“河水会流到哪里？”

“到很久很久以后，到一百岁，到你离开这个世界。”

烟花情书
十邮 著
湖南文艺出版社
HUNAN LITERATURE AND ART PUBLISHING HOUSE

南州东站
5
交通强国 铁路先行

入站(北)
4
4

Fireworks and Love Letter

他们在很多个夜晚一起听过歌，
就好像是在素不相识的时候，就曾看过同一朵花，
感受过同一片春风一样。
不曾谋面，却真实地互相陪伴过。

目录

第 1 章　这里不能吸烟　001
第 2 章　你们都怎么追女生啊？　019
第 3 章　好久不见，路小姐　034
第 4 章　我是在追你　054
第 5 章　钱夹里的……小姑娘？　074
第 6 章　为什么这么多伤　094
第 7 章　怎么会，不喜欢了？　112
第 8 章　别对我女朋友动手动脚　129
第 9 章　第一个吻　140
第 10 章　一见钟情？　152
第 11 章　小海鸥　165
第 12 章　你诈我？　180
第 13 章　那天的晚霞很美　197
第 14 章　私仇是吗？　214
第 15 章　你去……穿件衣服　231
第 16 章　我们回家吧　248

第 17 章　我从来都不喜欢玩乐高　264
第 18 章　这就是我男朋友　281
大结局　时过境迁　301
番外一　灌汤包　309
番外二　转角处　312
番外三　跟我走　315

Fireworks and Love Letter

单方的靠近从来都毫无意义，

两个人面对面走近，故事才有可能圆满。

第1章

这里不能吸烟

“你就再帮我问一下嘛。”安静的屋子里，只有一个细细的女声，不断重复着同样的请求。

贺岩站在柜台前，望了眼表，对被纪子炎磨掉的一个小时感到万般无奈：“纪小姐，我已经说过了，我们‘唐家’裁缝铺的主业是西装和旗袍，那件演出服只是这位设计师为了展示自己的风格设计的。她早就跟我们打过招呼了，不接演出服的商业订单。”

“那你能告诉我这位设计师叫什么名字吗？或者能不能给我个联系方式？”纪子炎并不甘心，坚持道，“我想尝试自己联系他。”

贺岩回了一个非常官方的礼貌笑容：“抱歉，我们的设计师都是统一的名字，‘唐家’，联系方式也并不方便告诉您。”

“可是我真的很喜欢这位设计师设计的演出服……他展示的那件，很像我之前喜欢的一位老师的风格，那位老师以前设计过古典舞的演出服……”

“古典舞？”贺岩愣了愣，“你也跳舞？”

“也？”

这次的声音是从一个角落里传来的。坐在那里的男人从进屋后就一直沉默，这会儿突然出声，引得屋子里的人都朝他看过去。

“还有谁跳舞？”男人问。

冬天的下午，阳光总是格外吝啬。昏暗的屋子里，贺岩看不清男人的表情，却能敏感地觉察到，那双眼睛正紧紧盯着自己。他意识到自己方才无意间说错了话，镇定地补救："我表妹。"

角落里的男人没再说话，另一边，瘫坐在椅子上的谢其瑞来来回回将屋子里的几个人看了几遍，意外地发现他们此时的神情竟然都非常耐人寻味。

角落里的人沉默了几秒钟，忽然呼了一口气，起身，朝外面走去。

"你干吗去？"谢其瑞冲着离去的背影喊。

"透透气。"

付河一向不喜欢那种半黑不黑的环境，一切事物都合理地隐匿在光线之下，明明可以看到，却难以辨认细节，看得他头痛、眼睛痛。他揉了揉眼睛，仰头望向天空定神。但天空冷寂，底色灰白，实在起不到任何抚慰人心的作用。

心里的压抑感愈演愈烈，付河看了看表，对于在这里耗费的半天时间有些懊恼——原本是想跟来看看那位设计师长什么样子，却没想到人没见到，就听纪子炎在这儿磨了两个小时的嘴皮子。

也是，付河在心里自嘲，自己从来没什么好运气，又怎么会真的凭着那一点儿虚空的预感就能抓住奇迹。

不想回屋子，于是他低着头，沿着平整的石板路一直往前走。他一路都心不在焉，自然没注意周围景色的变化，直到已经绕着房子走了大半圈，走到了石板路的尽头，他才在枯败的草丛前停住了脚步。

付河站定，朝四周望了望，发现这里应该算是个后花园，只不过大部分花草都不复鲜绿，只剩几丛北方常见的灌木，不带感情地点缀着毫无生机的土地。

他把手插进衣兜，摸了摸，掏出一个被压扁的烟盒。烟盒已有些空，付河轻轻将烟盒晃了两下，而后食指借着中指的阻拦发力，弹了弹烟盒底部，一根烟便探出头来。

付河点了烟，深吸了一口，看向电线杆上落着的那几只不小心和天空顺了颜色的鸟儿。

“那个……”

烟圈刚从嘴边冒出来，没待散开，幽静的院子里突然冒出个声音。

付河以为是自己的一通乱走惊扰了哪间屋子的主人，慌忙回头，想要致歉。但他的身子只转到一半便停住，夹着烟的手也停在半空，就像是一部流畅的影片，突然被按下了一个暂停键——主人公的动作与情绪均被打断，影片卡在一个不尴不尬的画面上，剧中人表情呆滞。

“您好。”

泛白的背景下，女孩儿浅浅笑着，同他打招呼。

这声音驱散了最后一片挡在付河面前的烟雾，雾气像长了翅膀，随着那几只颜色不甚讨喜的鸟儿一起扑棱着飞走，女孩儿的脸便逐渐清晰起来。

梦想成真的感觉，付河这么多年从未体会过。

等了好久，都没有另一个声音响起。女孩儿只好抬起一只手，指了指不远处的立牌，轻声提醒：“抱歉，先生，这里不能吸烟。”

听到这话，付河才终于如同梦醒般回了神。

“抱歉。”他连忙将手里的烟转了半圈，改成用两个指尖捏着，然后四处张望，迫切地想要搜寻到一个垃圾桶。但这院子里净是些绿植，付河将身子转了一圈，都没看到垃圾桶的影子。

懊恼正往上涌着，付河的视线里忽然出现了一个烟灰缸。烟灰缸是烟青色的，有着并不规律的浅淡花纹。

“丢在这里就好了。”

顺着烟灰缸往上，能看到女孩儿纤细的手，以及像是穿了很多年之后，已经变得有些宽松的袖口。

这样的冬天里，空气好像都会凝结成晶莹通透的形态。一只手放在这样的空气里，看上去干净透明。

直到握着烟灰缸的手轻微地抖了抖，付河这才察觉到了自己再一次的失神。

他忙道了声谢，接过烟灰缸，将那截害人不浅的烟摁在里面。等他稳住心神，再抬起头，才终于能够正常地去看面前的女孩儿。

像是匆忙出门，黑色的羽绒服松松垮垮地罩在她身上，并不十分规整。她踩着一双栗色的雪地靴，围了一条黑白相间的围巾。明明是很寻常的冬季打扮，却被她穿得很好看。

像当年他第一次看到她时一样。

恍惚间，付河好像看到眼前的人在和那个很遥远的影子重叠，一切都那么相近。

只不过，那时是一束光照在她的脸上，如今是一个冬天将她笼罩着。

两个人站在石板路上，一时间相对无言。院子里起了一阵风，女孩儿又将身上的羽绒服裹紧了一些，先开口打破了眼前的尴尬：“这里有设置吸烟室，需要我带您过去吗？”

付河愣了愣，随即摇头。

“不用。”他下意识地拒绝，但在感受到周围又沉静下去的气氛后，立刻又后悔了。

女孩儿在听到他的回答之后倒是很随意地笑着点了点头：“好的，那如果等下您想去的话，可以让贺岩带您过去。”

说完这话，女孩儿朝他伸出了手：“烟灰缸给我就好了。”

她的声音轻轻柔柔的，付河却像是听到指令一般，机械地将手里的东西递了过去。

“那我就先走了。”

见女孩儿转身欲走，付河不由自主地往前跟了一步。女孩儿听到后面窸窣的动静，有些奇怪地转过了身子。

视线相对，付河立即意识到了自己的唐突。

“嗯……”他轻轻咳了一声，突然说，“烟灰缸，特别好看。”

没头没尾的一句话，付河说完都想再把自己的声音拽回来。却没想，女孩儿愣了愣，很快笑了。

“您喜欢吗？因为之前客人来总是找不到烟灰缸，所以我无聊的时候去朋友那里做了一些，其实不算成功，颜色和我预期的有些差别。”

说到这儿，她停顿了一下，有些不好意思地笑了一声："大家都说，颜色挺奇怪的。"

"不会，我倒觉得，挺好看的。"付河摇摇头，说。

女孩儿静静地盯了他一会儿，像是在确认他是不是在说谎。在接收到付河万分真诚的目光后，笑着说："谢谢。"

像是爱丽丝忽然出现在了仙境，留下一个美梦后再悄然离开。付河目送着女孩儿慢慢走远，好半天都跟着了魔似的，没有动弹一下。

和几年前他所看到的那个背影不一样，如果不细看，就不会发现，她走路的姿势其实有点儿……跛。

直到女孩儿的背影已经完全消失在自己的视野里，付河才收回目光，转过了身。而转身的一瞬，他就看到了那块方才半天都没有被他注意到的立牌——"此处禁止吸烟"。

"唉……"付河懊恼地叹了口气。

等付河再回到会客厅，不出意外，纪子炎还在坚持不懈地恳求着贺岩。

"我可以等，"纪子炎说，"只要你愿意帮我跟设计师好好说一说，等多久都没关系，这次赶不上我可以下次演出穿。"

有了刚才的偶遇，无论是此刻并不明亮的房间，还是纪子炎的喋喋不休，对付河来说好像都不再是那么难以忍受的事情。他又重新走回刚才的角落坐着，低头看向自己刚刚握过烟灰缸的手。半晌，付河将两只手交叉在一起，用力握紧，直到手上传来痛感，他才像确认了什么似的，重新放松下来。

贺岩还真的没见过像纪子炎这么难缠的客人，他看了看墙上的挂钟，眼见已经快指向了五点，便赶紧对谢其瑞说："谢老板，我是四点半下班，按理说我现在已经下班了。"

谢其瑞无奈地点点头，然后叫了纪子炎一声："我们该走了。"

可谁知，他这话刚说完，门口就冲进来了一个雪白的身影，随之而来的，是纪子炎接近于破音的尖叫声。

谢其瑞已经吓出了一身的冷汗。

纪子炎怕狗，她那个将她视作宝贝疙瘩的老爸曾经千叮咛万嘱咐，一定不能让她的宝贝女儿被狗吓到。所以谢其瑞想都没想，立马冲到了纪子炎身前，挡住她，连声安抚。

“没事，没事，肯定是他们自己养的狗，不咬人、不咬人。”说罢，谢其瑞又连忙挥着手跟贺岩说：“快把它带走。”

贺岩一看这情况，乐了。

“哎哟，我哪儿弄得走它啊，每天一到五点就过来报到，我都跟你们说了我该下班了，五点之后的时间我都得留给它。”

纪子炎一听，叫得更惨烈了。

付河默不作声地看着眼前的闹剧，还没从自己的思想中抽离出来。

“贺岩。”

门外不知是谁唤了贺岩一声，贺岩愣了愣，赶紧放下手里的笔，应声往门口大步走去。

“还有客人没走吗？”一个女声不紧不慢地说，“那我带菜菜出去吧。”

“别了，”贺岩站在门口，朝外面的人喊，“它出去以后就撒欢，我怕你牵不住它。”

“不会，菜菜乖得很。”

纪子炎原本正死死拽着谢其瑞的衣服，躲在他身后。听到门外的声音后，她突然睁大了眼睛，慢慢放开了手。

“西加姐姐……”她小声念着，有些难以置信地望向门口的方向。

片刻后，她猛地起身，还因此撞到了挡在她身前的谢其瑞。谢其瑞没来得及哀号就已经被推开，与此同时，角落里一直没动的那个身影也已经起身，朝门口走去。

纪子炎小跑到门口停下，在看到了眼前的人之后，眼泪突然就涌到了眼眶里。

等谢其瑞走到门口和付河并肩而立时，纪子炎已经不顾前方有狗，径直朝站着的女孩儿跑过去。她跑得太快，以至于当她抱住路西加时，撞得路西加朝后踉跄了两步。

付河微微皱眉，朝前走了两步，又在意识到什么之后停住。

“西加姐姐——”

纪子炎话还没说完，就哭了出来。

站在一旁的贺岩看着抱在一起的两个人，实在搞不清眼前这是什么状况，只得伸手先安抚因为有陌生人靠近路西加而叫得很大声的菜菜。

而谢其瑞思索之后，偏头小声问付河：“这情况，她是……路西加？”

谢其瑞是想了好一会儿，才回忆起这个曾听纪子炎念叨过很多次的名字。

付河紧紧抿着唇，始终看着一个方向。

过了好久，他才给出了一个答复。

“嗯。”

付河回答得简短平静，没有给自己任何暴露情绪的机会。

“啊，”谢其瑞了然地点点头，站直了身体，“怪不得。”

小时候耐心教她跳舞的姐姐、跳起舞来像仙女一样的人、拿过很多大奖……类似的赞美，谢其瑞从纪子炎的嘴里听过许多。但很奇怪，每次他追问一句“你这位仙女姐姐现在在哪里跳舞”时纪子炎的脸都会慢慢垮下去，然后沉默。

谢其瑞偏了偏头，又仔细看了看这位常被纪子炎念叨着的“仙女”。的确，这张脸应该非常上镜，而且她的表情始终是淡淡的，气质有些像月光下的鹅卵石，泛着牙白的光，不刺目，却让人一眼难忘。

纪子炎将路西加抱了好一会儿才放开，她忍住激动情绪，小声喊：“西加姐姐。”

方才朝路西加扑过来时喊的那两声，更像是纪子炎的自言自语，这一句，才算是真正地同路西加打了招呼。

相比之下，路西加显得平静许多。

“子炎，”她简简单单地说，“好久不见。”

听到这话，好不容易才克制住的眼泪又开始不听话地往下流，纪子炎抬手想把眼泪擦掉，却在脸颊前碰到了另一只冰冰凉凉的手。

路西加不知什么时候拿出了纸巾，耐心地帮纪子炎擦掉了脸上的泪水。

“哭什么？”

哭什么？

纪子炎实在不知道怎么回答这句话，哭她找了路西加很久，哭她等了很久路西加的消息，哭她知道路西加想要躲起来，所以尽管很想找到她，却不敢拜托爸爸帮忙找……

一时间有太多回忆在脑海里闪现，最终她摇了摇头，没有说话。路西加也没有再问，只是不住地帮她擦着脸上的泪水，等着她平静下来。

付河总觉得眼前的这一幕似乎理所当然——平静的路西加，和站在她面前为了她而哭泣的人。

几人一狗在外面站了好一会儿，最后还是菜菜实在忍不住了，叼着贺岩的裤角哼哼着要出门。贺岩从来都拗不过这只狗，只得取来牵引绳，带着菜菜出去了。

路西加又带着一行人回了屋里，还把屋子里的灯打开，迎接逐渐下沉的暮色。

纪子炎打从见到她开始就一直盯着她，像是生怕她再跑掉一样。路西加被这可怜的眼神盯得有些想笑，随即低下头，从托盘里拿了个橘子，递给纪子炎。

“你们是来做衣服的吗？”路西加轻声问。

“嗯，”纪子炎剥着橘子点头，“我想找这里的设计师做一件演出服。”

“演出服？”路西加似乎很快明白了什么，她走到柜台前，从抽屉里翻出一本画册，快速翻了几页，取出一张夹在画册里的卡片，“是这件吗？”

卡片上正是那件被纪子炎一眼看上的衣服，她飞速点点头，说：“对，我一看到就特别喜欢。西加姐姐，你记不记得，这件衣服很有刘念老师的风格，以前我们都很喜欢老师的作品。但刘念老师已经不再做演出服了，我……”

说到这儿，纪子炎看着面前的路西加，脑海里忽然闪过一个可能性很大的猜测。

刘念老师当年只做过几件舞蹈服，其中有两件，都是专门做给路西加的。

“西……西加姐姐，你不会……”

她说了一半，忽然想起“唐家”设计师不露名的规矩，便立刻停下。

“嗯，是我做的。”

“西加姐姐。” 纪子炎唤了她一声，随后转头看了看还坐在一旁的谢其瑞和付河。

谢其瑞瞥到纪子炎的目光，心想，得，一见着西加姐姐他们都成了外人了。

“没关系，”路西加看懂了纪子炎的提醒，解释说，“其实‘唐家’也没有那么严格的规矩，最初的设计师是怕麻烦，所以才隐姓埋名，后来大家也都按照这个习惯走了下来。对朋友当然不需要隐瞒姓名。至于演出服，我本来是说过不会再做，但如果是你想要的话，我可以帮你做一件。”

听到这话，纪子炎的第一反应便是欣喜，只是还没等喜悦沾上眉梢，她便又想到了刚才贺岩说过的话。

“西加姐姐，如果你很忙的话就算了，其实……”

她想说，其实再见到路西加，已经比她得到一件自己心仪的演出服要让人高兴太多了。但旁边有人，这些话纪子炎没好意思说出口。

“没关系，”路西加轻轻弯了唇，脸上露出两个小酒窝，“还是有时间的。”

简单聊过几句，门口进来了一个小姑娘，脚步匆匆的样子，大概是临时被叫过来的。她进屋后对路西加笑了笑，说这里交给她就好。路西加于是起身，和他们告别。

纪子炎跟着站起来，嘴唇动了动，但最终还是把话忍在了嘴边。路西加看了她一眼，又到柜台上拿了一张白色的卡片。

方才开门关门间涌进了冷气，一盏茶被递到付河手里时，带了些驱走寒意的效果。付河捧着茶杯，静静地看着站在柜台后的人。他听到笔盖启开的声音，随后见路西加微微低着头，不知在写着什么。

过了片刻，路西加捏着卡片递到纪子炎手里，说：“这是我的电话号码，今天有些晚了，演出服的事情，我们之后再联系吧。”

纪子炎怎么也没想到，时隔多年，在一切都已经物是人非的情况下，她就这样轻易地又和路西加恢复了联系。

路西加离开后，她还攥着那张小卡片和半个没吃完的橘子，呆呆地坐在凳子上。谢其瑞见她一动不动，探身，抬手在她面前晃了晃：“子炎。”

纪子炎动了动，看他，依旧没说话。又过了好一会儿，她才举起手里的小卡片，问谢其瑞：“我不是在做梦吧？”

怀疑自己在做梦的，当然不止纪子炎一个人。

三个人各怀心思，喝了两杯茶才离开。

负责招待他们的姑娘在几人起身后忽然拿出一个礼品袋，走到付河身前：“有人吩咐把这个给您带回去。”

付河眨眨眼，犹疑地问：“我？”

对面的姑娘肯定地点点头，又将袋子朝他递了递。

付河在其余两人狐疑的目光中接过了袋子，略微掂了掂，心中大概有了一个猜测。

车子一路驶下山，谢其瑞看着窗外一闪而过的景色，说道：“也是奇怪，我去过‘唐家’的其他几家店，他们专门喜欢挑那种车开不上去的山区开店，好像生怕别人发现他们一样。这家店……虽说也是在山上，怎么大大方方开在商业区了？”

坐在后座的付河看了谢其瑞的后脑勺一眼，没说话，一只手无意识地摸了摸被端端正正放在腿上的纸袋。倒是纪子炎的眼睛动了动，很快说：“那当然是因为……”

她话说了个开头就没了下文，谢其瑞奇怪地问：“因为什么？”

纪子炎脸上的表情黯淡了下去，沉默半天，闷声说：“没什么。”

她猜到了其中的原因，可是并不想跟谢其瑞说。

看着付河一直用两个胳膊圈着那个纸袋，纪子炎再一次试图说服他拆开看看。

“不，”付河看了她一眼，拒绝得果断，“我回去再拆。”

“你怎么突然这么小气？看都不给看，”纪子炎对他这种反常的行为颇为不满，“到底是谁给你的嘛？”

想来他们一共也没见到几个人，纪子炎很自然地猜测是不是路西加给付河的。这么一想，心里酸得不行。

“不会真的是西加姐姐给你的吧？”纪子炎嘟囔，“可是你们又不认识，她怎么会给你礼物，要给也应该给我啊。”

谢其瑞很少见到这位大小姐对什么事这么耿耿于怀，要知道，从小在糖罐里泡大的孩子，可是什么都不缺，更不会在意谁送了什么礼物。

付河没回她，自己努力压着嘴角，故作冷静，看着窗外。

直到到了家，他才将袋子里的盒子取出来。

深蓝色的盒子上扎着一朵白色的蝴蝶结，付河研究了半天，确定如果不把蝴蝶结取掉，是没办法打开盒子的。他叹了口气，只好小心翼翼地扯开蝴蝶结。

蝴蝶结是用柔软的丝带做的，付河只不过轻轻扯了一下，蝴蝶结便像一朵花一般一下子绽开。丝带从盒子上滑落，垂到浅灰色的地毯上，在光线昏暗的室内，像是能拨动空气，划出声音一般。

付河将盖子打开，果然，里面是一个烟青色的烟灰缸。和在花园内，路西加递给他的那个一样。

纪子炎到最后也没问出来付河收到的礼物是什么，只从付河这儿确定了一件事，那就是礼物确实是路西加送的。

大概是一周后，付河帮纪子炎录制一首电影宣传曲时，纪子炎举着手机在他面前晃了晃，脸上是丝毫不加掩饰的炫耀表情：“西加姐姐哟。”

付河瞟了一眼屏幕上的聊天界面，没说话。

他知道纪子炎与路西加认识了很多年，而且纪子炎一直把路西加当偶像。这也是为什么，当初那么多新人歌手，他偏偏同意了给纪子炎制作专辑。

临近年末，各种颁奖典礼都扎了堆。录音快结束的时候，谢其瑞跑到录音室跟纪子炎确认相关行程。

说着说着，不知怎么，话题就转到了付河身上。

“怎么样，你也去参加一下？你可是提名了两个‘最佳作曲人’。”

这几年付河没少在各种颁奖典礼上被提名，但他不想露面，所以每次都是谢其瑞这个老板去替他领奖。付河的粉丝不少，虽然比不上镜头前的明星，但作为一个幕后的制作人来说，已经很火了。谢其瑞从来没有放弃要说服付河走到幕前去的想法，无论是作为一个制作人，还是作为一位歌手。只可惜，付河在“绝不上镜”这件事上有着超乎寻常的固执，每次在谢其瑞提到这事时，都不发一言地摇摇头，或是坚定地丢出一句“不去”。付河惜字如金，谢其瑞既问不出来为什么，也改变不了他的想法。

“也不是不可以。”

“我说你这个想法真的该变变了……”谢其瑞刚要开始他的“习惯性操作”，忽然发现不太对，他揉了揉耳朵，问，“你说什么？”

付河没抬头，低声道：“今年不参加，明年吧。”

他的话说得随意，似乎只是在肯定谢其瑞提出的某一个晚饭地点。可淡淡两句话，却使得旁边的两个人都见了鬼似的看着他，连本来在看热闹的录音师都发出了一声惊呼。

“这……”纪子炎盯着付河，说话都结巴了，“你……你要露脸了？”

“嗯，”付河把挂在脖子上的耳机戴上，状似不经意地说，“不过我没什么合适的衣服，得准备准备。”

谢其瑞不知道付河这葫芦里到底卖的什么药，但无论如何，他对付河这个决定是喜闻乐见的。

“衣服还不好解决，我给你安排，就你这条件，我让你当晚艳压一众男明星。而且你这衣服早就该换换了，天天套件卫衣，灰头土脸的。”

作为一个常年窝在录音室里的人，付河对穿着可以说是丝毫不讲究，几件卫衣、T 恤轮着穿，顶多天冷了，在外面套件外套。甚至，谢其瑞以前还开玩笑问付河，是不是以后结婚也要穿件都快要磨破了袖口的卫衣上台，用他多年艰苦朴素的精神去迎娶他的新娘子。

“也别等明年了，”谢其瑞达成目的，心情好得不得了，“等有空我带你去商场，我出钱，带你改头换面。”

谢其瑞自认对时尚和服装搭配还是有那么一点儿认识的，他挑了个两人都有空的日子，带着付河去了自己常去的几家店，给他从头到脚搭配了几套衣服。付河每换完一套出来，谢其瑞和其他几个店员都要换一番夸赞的说辞。

皮囊好看的人谢其瑞见得多了，但付河不一样。谢其瑞第一次见到付河的时候，他穿了一件旧得不能再旧的黑色牛仔衣，谢其瑞请他喝啤酒，两个人在江边坐了一会儿。江边没什么光，只有几户农家留着的昏黄灯盏，晃在安静的夜风中。但就是在那样的光线下，静坐的那一小会儿，谢其瑞愣是没能从付河身上挪开眼。

付河身上的气质太特别了，这是谢其瑞对他的第一印象。

谢其瑞有一段时间一直在琢磨，付河的气质到底特别在哪里。慢慢地对比下来才发现，付河和那些看上去就是长在温室的男孩子不一样，他不胖，甚至可以说是偏瘦，穿上衣服，好像还能看出骨骼的轮廓。可他身上的肌肉很结实，形体透着一股力量感。这种力量感和在健身房里锻炼出来的那种大块肌肉不同，那是完完全全的生活所留下的痕迹。

这些痕迹铸就了付河身上鲜明的色彩，仿佛他坐在那里，不是坐在夜色中，而是他在静静地看着夜色。在他的面前，夜色不是无边的，灯光也不是无所不能的。

谢其瑞大概知晓付河以前过得并不如意，凭他当初遇到付河时的情况，他能猜到付河一定吃过很多苦。可具体吃的什么苦，付河从没主动和他聊过，有时他有意问起，付河也总是用轻描淡写的一句“没什么”，带过那无人知晓的年岁。

“还是不满意？”

谢其瑞看付河左右转着身子，一个劲儿端详镜子里的自己，感到很奇怪。明明平时是个连麻袋都敢往身上套的人，怎么现在突然这么挑剔了？这都已经试了几套，竟然没有一套能让付河夸上一句。

付河摇了摇头。

谢其瑞吸了口气："那要不这样吧，先把刚才倒数第二套买了，我觉得那套最简单，最适合你，然后咱们再去别处挑挑。"

付河还是摇头："不太行。"

付河把西装脱下来，还给销售员，低声说了句"谢谢"，便招呼谢其瑞往外走。

这下，轮到谢其瑞头疼了。他寻思着自己看好的几个牌子也都领付河试过了，既然付河都不满意，那就只能去定制了。他正在通讯录里寻找自己熟悉的服装师的名字，一旁的付河突然说了话。

"要不，去'唐家'吧？"

"'唐家'？"谢其瑞立马予以否决，"'唐家'很慢的，不知道要排到什么时候去。"

"反正也还早。"付河插着兜，推开商场的大门。冷风倏地侵袭过来，也使得被商场的暖风烘了好半天的人一下子变得清醒。

临近节日，商场门前的空地上增加了许多节日的布置。傍晚已至，暗下来的天色下，所有的灯光都已亮起，许多人都驻足拍照。付河环视一圈，视线最后停在两个穿着黑色羽绒服的女孩儿身上。

插在兜里的手微微动了动，碰到烟盒。

"走啊，站在那儿干吗呢？"已经走下台阶的谢其瑞转身，叫了一声不知为什么忽然停下脚步的人，"快快快，去吃饭，冷死了。"

付河一步跨下台阶，掠过流动热闹的光影，行至谢其瑞身侧。

"就'唐家'吧，定制的合适一些，穿得久。"

"哟呵？"谢其瑞吃了一惊，侧头看他，"你这还打算经常出镜？"

付河摸了摸鼻子，没说话。

即便是谢其瑞，如果想要定制衣服，也是要跟贺岩约时间的。本来预定了两天以后的下午，但临出发时，谢其瑞接了一个电话。挂断电话后，谢其瑞拍拍付河的肩，说："你得自己去了，纪子炎这丫头录节目在后台和别人吵起来了，我找司机送你。"

付河听了，却说："不用，我自己开车，借我一下你的车就行。"

"你开？你不是不爱开？"

付河有驾照，但谢其瑞和他认识这么多年，除了有两次谢其瑞喝醉了，付河不得不当司机外，其他时间再没见他碰过方向盘。

"不爱开，还是会开的。"

付河拎着钥匙上了车，坐定后，没急着打火，而是翻开头顶的镜子照了照。和上次的见面不同，这次的见面，其实他有很多准备的时间。前一天晚上他便在家将自认为好看的衣服都试了一遍，只不过换来换去，还是换回了自己最习惯穿的卫衣。

倒是没破洞，新的。

从公司到路西加的店有段距离，付河打开了收音机，调到音乐电台，结果发现电台刚好在放着他早些年写的一首歌。

"不知道为什么，这首歌明明写的是普通的日常，歌词看上去是很温馨的，但配上旋律，我每次听都好像能够感受到一股淡淡的悲伤……"

主持人在念着观众的评论，付河静静地听完这段评价，换了台。

车子驶到半山腰，付河忽然瞥到空旷的道路上有一辆车，车前站了两个人，面上均是愁眉不展。他打了转向灯，将车缓慢停在路对面，下了车。

路西加在他下车的时候就看到了他，付河也回望她，大步走了过来。

"怎么了？"付河走到她身边，问。

"车忽然坏了，不知道为什么。"

路西加的话说得有些急，连呵出的白气都透着一股紧迫感，一股脑儿从嘴边涌了出来。她低头看了看腕上的手表，轻轻咬了下嘴唇，对身边的司机说："叫一辆车来吧，你先坐车去给客人把衣服送过去，不要误了事，我在这里等修车的人来。"

付河大概掌握了此时的状况，立刻说："开我的车去送衣服吧，我帮你看看车。"

路西加看了一眼那辆看上去价值不菲的车，婉转地拒绝："不行，太麻烦您了。"

算下来，这不过是他们的第二次见面，路西加并不觉得他们已经熟悉到了能够让她坦然接受付河这样的帮助的程度，也断然不敢就这么用他的车。

“没关系，车是我朋友的，就是上次和我一起来的那位，叫谢其瑞，他和贺岩是朋友，帮你们也算帮贺岩了。况且……”付河顿了顿，说，“就当是谢谢你送我烟灰缸。”

话说完，付河已经将自己的车钥匙塞给了那位司机，自己开始前前后后检查起他们那辆车的状态来。

付河平时话少，但并不是不会说话，摸爬滚打了这么多年，再耿直的性子也早已经懂得了“体面”的含义。

这番话让路西加找不到拒绝的理由，她便只好吩咐身边的人先开付河的车，将客人的衣服送过去。

“问题不大，但需要工具。”检查完毕，付河对路西加说。

路西加看着他，眨眨眼，没说话。

很显然，面前的女孩对这辆车的状态一无所知。征得同意后，付河打开后备厢，找到车上的备用工具箱，从中挑出两样，然后将车前盖打开。

路西加看着他熟练的动作，觉得有些神奇。上次见面之后，她听贺岩提起过付河的身份，也立刻将他和总是出现在音乐播放软件界面的那个名字对上了号——SEA. G。所以此刻看着他如此熟练地修车，手指蹭上了黑色的污垢，她有些无法将眼前的人与那个人们眼中神秘的音乐制作人联系到一起。

一双弹钢琴的手，却在给她修车。

她还在沉思，付河已经干完活，将工具箱收好，动作麻利地合上了车盖。

“好了，打火试一下吧。”

“啊，好。”路西加对于付河解决问题的速度很是惊讶。她转身，却没到驾驶位，而是先到副驾驶位拿了自己的包，掏出一张湿巾递给付河：“谢谢，先擦擦手吧。”

付河接过来，一个指头一个指头地掰着将手擦干净，随后指了指驾驶座的位置："需要我开车吗？"

几乎没有什么犹豫，路西加立刻点了头。

车里的空间狭窄又安静，路上，路西加怕气氛变得尴尬，摁下了音乐播放的按键。

在那一瞬间，付河的心里其实起了个小心思，他想着会不会恰好放出一首他写的歌，之后说不定能得到两句夸赞的话语。然而很遗憾，偶像剧里的情节并没有在此时上演，音符流淌起来，组成的旋律很熟悉，却并不是出自他。

车辆行驶到十字路口，付河停下车，换到空挡。路西加瞄到付河放下来的手，发现应该是因为刚才那一番修车的操作，付河的手此刻仍旧是冻过之后微微红肿的样子。她伸手，将空调的温度调高了一些，又调整了出风方向，让更多的暖风能够吹到付河身上。

"今天真的谢谢你，想不到你还会修车，"路西加抿抿唇，由衷地说，"好厉害。"

在未知的领域更容易对别人产生好感，路西加不知道是不是只有自己会这样。

"以前刚好在汽修店工作过，所以会一些。"

付河这样说，让路西加更加惊讶。冒到她脑海里的第一个问题，便是付河怎么会在汽修店工作。这样的经历与他如今的状态并不算匹配，可路西加转念一想，又深觉人生这东西实在没什么规矩和道理可言。十年前的故事可能和如今格格不入，却就是那样真实而深刻地存在过。

"这样啊……好厉害。"

说这话的时候，像是为了增强自己话语的可信度，路西加还点了点头。因为刚好停着车，付河得以将她一系列的表情、动作看得真切。他一下子笑了："这有什么厉害的？"

路西加笑着，微微耸了耸肩。她知道，付河一定是觉得自己在说客套话。但其实不是，只不过此时的她同付河还没有那么熟悉，所以也只是跟着笑了笑，没有解释很多。

路西加一直留意着付河的手，付河早就注意到了她的目光。

“没事，其实不冷，就是冬天风一吹太干了，手才会看着有点儿红。”付河说着，还将两只手合在一起，搓了搓，试图让皮肤尽快恢复正常。但这一动不要紧，路西加忽然发现付河的左手掌外侧竟还有一点儿破皮。

“你……”

话没说完，指示灯已经转成绿色。付河有些疑惑地看着她，等待她开口。但后面的车显然没有这样的耐心，付河在鸣笛声中踩下了油门，还不忘问一句：“怎么了？”

“没事。”路西加摇摇头，说，“这两天还挺冷的，你应该多穿点。”

作为一个很怕冷的人，路西加实在是不认同付河这种冬天只在卫衣外面套件薄外套的行为。

不过付河关注的重点显然没有放在“路西加担心他冷”这件事上，虽然他借助谢其瑞的帮忙，成功拿到了唐家工作室的预约，但找到路西加，还是需要他自己来。

“说到这个，其实，我是来做衣服的。”既然话题赶到了这儿，付河正好顺势交代了此行的目的。他顿了顿，笑着说：“我知道不能指定设计师，但如果路小姐有时间的话，我还是想要试试，请你帮我做一件。”

第 2 章

你们都怎么追女生啊?

路西加显然有些意外。

不知道为什么，此时的付河给她的感觉和她对他的第一印象似乎有些偏差。那天在后花园，她觉得这个男人不善言辞，很帅，在同她说话时，整个人是紧张的。而此时他开着车，坐在位置没有调整得非常合适的座椅上，手臂曲起，同她说着想要找她做衣服。他的穿着打扮与那天无异，都不正式，看上去自由散漫，但与那时的仓促和慌乱相比，今天的付河显得从容了许多，甚至，还多了一些让人安心的感觉。

安心?

路西加很奇怪，自己为什么会有这样的感觉。或许是因为刚刚他很轻松地就解决了她眼前的困境，也或许只是因为外面寒冷，而车内的暖风烘得她放松了神经。

“我不知道你有没有时间，但没关系，我不急，如果可以的话，帮我往后排个号?”

这话说出来，付河才发现自己的措辞竟然和纪子炎的差不多。他心中懊恼，为自己的直接和鲁莽。

“那我可以问一下，为什么要找我吗?”

做衣服不是什么难事，只是路西加很好奇原因。

“就……感觉吧。”

歌曲刚好唱到付河最喜欢的部分，沧桑的男声在唱着，像在诉说一段深情，付河在歌声中撒了谎。

“那天在后花园遇到你，看到你拿着的烟灰缸，就觉得你做的衣服我应该会很喜欢。”

这样奇怪的原因，使得路西加在短暂的错愕后笑开，她偏头看向窗外，想了想，又忍不住转回头问：“做音乐的人，都这么感性吗？”

付河也被她引得轻轻笑了一声，说：“可能吧。”

两人之间好似因这突然同时发出的笑而亲近了不少，路西加无法判断这个原因是真是假，可她不得不承认，两次接触下来，她对付河的印象都很好。

“那好吧，‘唐家’确实不能指定设计师，不过如果是给朋友做的话，就另说了。”

付河被这句话里的“朋友”两个字眼弄得一怔，等反应过来，嘴角已经不受控制地翘了起来。

这是路西加在遇见付河以后，在他脸上看到的幅度最大的一个笑。那一瞬间，路西加忽然觉得付河这样一个轻抿着嘴笑的侧脸有些熟悉，但这种感觉仅仅存在了那么几乎察觉不到的一瞬间。她严谨而慎重地在记忆里搜寻，回忆自己是否曾经见过付河，又在回忆结束后，非常肯定自己并没有任何关于这张脸的深刻记忆。

牙齿轻碰下唇，乐声仍在牵动心魂。

余下的路程已不远，不过两首歌的时间，便快要到达山顶。付河看了眼仪表盘，心知如果再把速度放慢就太刻意了。用余光瞄了眼旁边的人，确定路西加正看着窗外，付河才小心地转过头，放任视线在路西加身上停留。

今天的路西加没有扎头发，长发披在肩上，是付河从没见过的样子。她穿了一件高领的白色毛衣，衬得她的脸毛茸茸的。付河想起来一些以前的事情，忽然发现，她好像尤其爱穿这种样式的白色毛衣。

为乘客和自己的安全考虑，付河很快便把头转了回去。但他对着前方的空气点了点头，在心里肯定，白色确实是他所认为的最适合她的颜色。

而路西加此刻恰好往付河这边看，见他不住点头，还一副若有所思的样子，有些奇怪："怎么了？"

"嗯？"被路西加突然的问话打断了思绪，付河自然不能将自己的想法如实相告，便只能从自己最擅长的歌曲里找原因，"没什么，就是很喜欢这首歌。"

这样说着，握在方向盘上的手指还随着音乐的鼓点敲了敲。

到达"唐家"后，路西加先带付河去会客厅登记。贺岩惊讶于她返回的速度，在听完路西加的解释后，又连声向付河道谢。

"不用客气，车虽然修好了，但还是要再开去检查一下比较好。"付河顿了顿，视线不着痕迹地扫过路西加，"不然，不安全。"

"肯定的。"贺岩应下来，付河这才放心地跟着路西加去了她的工作室。

他们走的路还是上次付河乱走的那条路，不同的是，这次路西加带着他绕过了光秃的草坪，到了院子里的另一栋楼中。

"屋子里比较热，外套可以挂在这边的衣架上。"进屋后，路西加指了指靠墙的衣架，对付河说。

付河依言将外套脱下，挂好，随后注意到路西加已经取了一个发圈，将头发扎了起来。

路西加取了碘伏棉签和创可贴，示意付河伸出手。

那处伤口不大，要是从前的付河，甚至根本不会注意到这样微不足道的疼痛。可此时，当他顺从地露出自己的伤口后，那处伤口被轻轻擦拭，覆上一块创可贴，被稳妥地保护起来。

这是挺新鲜的体验。

付河不自觉地抬起另一只手，想要摸摸那块创可贴。

"哎，"路西加瞧见，出声提醒，"别碰。"

付河微微一愣，听话地缩起了手指。

路西加的工作室和付河猜想中的差不多，满屋子的线稿、半成品，虽然数量很多，但整理得井井有条。付河环视一周，并没有看到任何一件成品或图片。角落里有一排 CD 架，很自然地吸引了付河的注意力。

架子上的CD种类很多，古典音乐也有，流行音乐也有。而流行音乐的唱片，似乎都属于几位老牌歌手。付河走过去，一张张看过去，直到看到两个熟悉的专辑名字，目光才停住。

纪子炎一共出过两张专辑，路西加竟然都买了好几张，付河一时间不知该羡慕纪子炎收获了路西加这么高的关注度，还是该高兴两张专辑都是出自他之手。

“刚刚在车上就发现了，你好像很爱听老歌。”

路西加原本正低头整理准备给付河看的资料，听到付河的话，便循声望过去。这一望，却使得她有一瞬间的愣怔——付河半仰着头，老旧唱片反射了阳光，不大的一块，刚好落在付河脸上。

路西加缓了缓神，点点头：“贺岩经常说我，听的歌和外表不匹配。”

付河笑了：“那你应该看看我的歌单，我是个不折不扣的老歌爱好者。”

“那……可以看吗？”

这样的一句接话，是付河和路西加都没想到的。

事后路西加回想起来，也还是没搞明白，自己怎么会如此主动地要去和别人建立联系。她猜，或许是因为那时刚好有一束光透过窗纱照到付河的身上，付河抬头仰望着CD架的样子，像极了港风电影里的画面。

路西加从付河的身上看出了一种强烈的怀旧的感情。她不知道他在怀念什么，是那时的音乐，抑或是某一个人，但她在那一刻的确清晰地体会到了。那情感浓烈鲜活，缠绕周身，却被深藏于平静无波的湖水之下。或许只有伸手探至湖底之时，才能触碰到那滚烫的边角，然后被烧得彻底。

“当然可以。”像是感觉到了路西加的尴尬，付河很快说，“方便的话我们加个微信吧，我可以把歌单推给你，做衣服有什么事情的话，我们联系也方便一些。”

两人都掏出了手机，因为距离很近，脑袋又凑在一起，所以，尽管付河并没有想要偷看路西加手机的意思，却也在低头间，瞥见了她的手机屏保。

漆黑的背景下，有一朵烟花绽放。

付河愣了愣，不自觉捏紧了手机，盯着路西加的头顶看了很久。

付河从很久之前开始，就一直保持着一个习惯——会以年份和季节命名一份歌单，记录自己在这段时间里喜欢的音乐。那天回家之后，他本想挑一个最经典的，但考虑再三，还是选定了自己最近的歌单。

路西加是在临睡前收到了付河的消息，歌单的名字为“2018 年冬”。伴随歌单而来的，还有付河的两条消息。

“今日歌单。

“晚安。”

路西加点开，设置顺序播放，然后回复：“谢谢，晚安。”

付河看着屏幕上再普通不过的四个字，将手机放在胸口，向后仰躺在了椅子上。他呆呆地望了天花板好一会儿，突然起身，从一旁柜子的抽屉里取出路西加送他的那个烟灰缸。

付河是有烟瘾的，尽管这两年已经在尽量克制自己，但始终戒不掉。他点了一支烟，在烟草完全燃尽之前，将烟蒂摁在烟灰缸里，旋灭。

又窝在椅子上坐了一会儿，他才拿起烟灰缸，想要将里面的东西清理掉。但将灰烬倒进垃圾桶，反复将烟灰缸擦拭几次后他才发现，被方才那支烟烫出的痕迹，竟然是清理不掉的。

而另一边的路西加已经将歌单循环听了几遍，她不知道什么时候睡着了，又在某一句深情的副歌里迷迷糊糊地醒来。

摸到枕边的手机确认时间，那张已经用了许多年的烟花屏保上，显示的歌曲是那首她也很喜欢的《漂洋过海来看你》。

她习惯性地用拇指摸了摸那朵烟花，然后忍着困意，将这首歌听完，才摘下耳机，沉沉睡去。

付河在这晚失了眠，他在床上躺了半天，脑海里那张烟花的照片却一直挥之不去。天已接近破晓，原本寂静的窗外响起了鸟叫声、清扫街道声，付河又翻了个身。他睁眼望着透进迷蒙光线的窗户，迷迷糊糊地想，得买辆车了。

虽然一晚上几乎没睡，但早上听到开门的声音，付河还是很快清醒了过来。他简单洗漱后，随便套了件长袖衣便出了卧室。

“哥。”普天林正在厨房忙活，回头见着他，指了指餐桌，“给你带了包子。”

“嗯。”的确饿了，付河抬手，压了压有些肿的眼睛，拉开一把椅子坐下。他看了眼时间，问：“怎么这会儿过来了，不上课？”

“研二没课了。这不是刚拿了一笔奖学金，赶紧过来给你买点儿包子吃嘛。”

付河正拆着塑料袋，听见这话，挤出一声轻笑：“拿了奖学金就给我买袋包子？”

普天林利落地弄了锅鸡蛋汤，盛了两碗端到桌上。他往付河对面一坐，两只手臂叠放到桌上，笑着问：“那你想要什么？我给你买。”

听着这不小的口气，付河咬着半个包子，含含糊糊地道：“买辆车吧。”

“那我可得再攒攒，哥你再给我两年时间。”

“逗你，赶紧吃饭。”

普天林带的包子是付河最爱吃的那家灌汤包，皮薄馅大，还兜着烫舌的汤汁，趁着热一口咬下去，只觉得一直到舌根都是香的。付河一口气吃了五个，肚子里不那么空了以后，他拿过原本放在一旁的手机，点了两下，进入一个直播间。

熟悉的音乐从蓝牙音箱里流淌出来，普天林早就在付河这儿把这首歌听了千万遍，忍不住跟着哼了两句。

“哥，你直播间现在有人听吗？”

付河低头看了看，回道：“八十三个。”

“不少啊，这大上午的，还是工作日。”

这直播间是很久以前开的了，说是直播，其实付河既不出镜，也不说话，就是在直播间里放一些平时听的音乐。一开始的时候根本没人，就付河自己随便放着玩，后来偶尔会有人点进来，许是因为直播间的音乐好听，几年下来，竟然也积累了不少听众。有人说这个直播间像个品味不错的小电台，平时无聊的时候听一听，做事情的时候当当背景乐都挺好。

付河听曲子的口味很杂，直播间里各种风格的曲子都会放，但有那么几首曲子似乎得到了主播明显的偏爱，比如，现在这首《明天会更好》，就是每天开始和结束直播时必放的歌曲。

“哦对了，”普天林瞄了瞄付河的脸色，觉得他哥现在看上去心情还不错，于是试探性地开口，“哥，我找了个实习。”

“实习？你有空？”

“有，也跟老师说了，不耽误学习。我也是为了锻炼一下，提前积累点儿工作经验。”

“嗯。”这些付河不大懂，也就没有再发表什么意见。

“实习有工资，加上现在在实验室干活老师也会给点儿工资，哥，你就别往我家里打钱了，我爸说家里钱也够用。”

又是这老生常谈的话题。有时候付河拿普天林这股韧劲也是没办法，这孩子打从上了大学开始，就一直没停过打工，饶是付河多次说让他不要把自己搞得那么辛苦，钱可以以后再挣，普天林也根本不听。他们为这事争过几次，后来付河退了一步，答应只要普天林不影响学习、不影响健康，怎么折腾都行。

“行了，别天天操心那么多。我现在又不缺钱，你那点儿钱，给自己买点儿吃的穿的，别天天凑合。”

“哥……”

普天林还要再说，付河却已经抬了抬手，示意他赶紧闭嘴吃饭。

吃完早餐，身体里晚睡的疲惫感却像是还没退去，付河于是起身，到客厅拿了烟和打火机。普天林瞧见他又开了窗，点了烟，朝后倚着椅子嚷道：“哥，你怎么又抽烟？别抽了，对你身体不好。”

“没事，”付河靠着墙，淡淡说道，“现在抽得不多。”

不知是因为烟气还是冷风的刺激，尽管已经极力克制，付河还是忍不住咳了好几声。躯体颤动间，视线刚好落到那个安静卧在手上的创可贴上。

“你看你看，你又咳嗽了吧？我还是建议你赶紧戒了。”普天林见状，眉头皱得更紧了一些，“哪有你这样的，医生都让你戒了，你还抽。”

捏着烟的手转了转，使得那个创可贴正向上。

付河的手并不好看，其上遍布着大大小小的伤疤、老茧，丑陋的痕迹太多，有的连他自己都不记得到底是什么时候留下的。那块创可贴掩着小小的新伤，混在一片过往的泥泞中，看上去就像是给站在冬夜大雪中的人裹了条围巾——看似根本不足以抵御风寒，但只有雪中的人知道，围巾裹住了一处最柔软的要害。

目光在创可贴上停了半晌，付河回身，低头，将烟摁在了烟灰缸里。

他打开水龙头冲了冲手，一转头，瞧见普天林夹着半个包子，正直直地看着他。

“看我干什么，吃饭。”

普天林眨眨眼：“哥，你这是怎么了？”

付河瞥他一眼，没说话，拿起手机，翻看微信上的工作消息。

这么多年，普天林早就习惯了付河这种反应，自顾自接着说：“你竟然真的把烟掐了？”

付河抽烟这个事，普天林没少说过，可他也知道，他哥太累，特别是以前，不抽根烟真的很难坚持下来。所以尽管普天林一直锲而不舍地唠叨，但也没指望过自己的话能让付河真的把烟戒掉，只不过是想着这样时常提个醒，付河好歹能少抽一点儿。

付河正给谢其瑞回着微信，屏幕上方忽然弹出来一条新消息——“这两天有空来量一下尺寸吗？”

想都没想，付河第一时间点开和路西加的对话框，给了对方一个肯定的回复：“随时可以。”

回完这条，付河迟迟没有退出聊天界面，又开始盯着路西加的头像发呆。路西加的头像依旧是那日看到的那张壁纸，简简单单的一朵烟花，甚至，若是点开大图，会发现那张图片并不清晰。它不是高端相机拍下的艺术照，而更像是匆忙之下，用手机抓拍的一个画面。

“哥？”一旁，普天林又唤了付河一声。

“嗯？”付河猛地抬头，反应过来，“你刚才说什么？”

“我说，你竟然真的把烟掐了，以前可是我怎么说你都不听的。”

“嗯。”心不在焉地应了一声后，付河看回手机屏幕。发出去的消息得到了一声轻轻的应答，一个“好”字，却好像能一下子扫清所有的疲惫，比烟还好用。

静了片刻，付河说：“我试试慢慢戒了吧。”

“啊？”

因为纪子炎的演出服要得还比较急，路西加决定先把手上的加急订单处理一下，之后便可以着手开始设计。

路西加的小助理叫田柚，二十多岁的小姑娘，还处在对追星较为狂热的时候。在接待过纪子炎两次后，她终于忍不住问路西加，她们以前是怎么认识的。

在田柚的印象里，在纪子炎出现之前，路西加从来没有过除了同事之外的朋友。她倒是看到路西加买了许多纪子炎的唱片，但她那时只是单纯地以为，路西加同她一样，是纪子炎的粉丝罢了。

路西加正低头，给一束蝴蝶扣做最后的修边。小小的盘扣看似不起眼，却是精致非常。真丝布斜裁，然后刮浆、阴干数遍、缝线……这样一个小点缀，却经历了许多道工序，沉淀了许多昼夜。路西加从做第一件旗袍开始，就坚持要自己做每一束盘扣，她享受这个锻造美丽的过程，每次都做得认真。

“很久以前就认识了，她小我几岁，小时候……”她没抬头，轻声说，“我们一起学过跳舞。”

“对啊，”田柚恍然大悟，“子炎也学舞蹈，虽然……”

贺岩就坐在一旁看着路西加干活，听了这话，立马瞪了田柚一眼。

被冲昏了头的田柚也立刻意识到了什么，她赶紧收住话头，轻轻用牙齿咬了下舌尖，懊恼自己的失言——在成为路西加助理的第一天，她就已经被贺岩告诫过，千万不可以在路西加面前提和舞蹈相关的字眼。

路西加埋着头，田柚和贺岩都看不清她的脸，也无从猜测她现在的心情如何。但她一直没再继续说话，屋子里只有很轻的剪东西的声音，使得两个人心里都有点儿发毛。

田柚想补救，可在脑子里将各种词汇拎出来看了个遍也没能组织出一句有效的话语来，只好龇牙咧嘴地朝贺岩使眼色求助。

贺岩白了她一眼，清了清嗓子。眼睛瞟到桌上那个装着各式各样小扣子的烟灰缸，贺岩笑着伸手："西加，你这又是研究了个什么颜色出来啊？"

他想办法岔开话题，路西加也很配合，抬头望了一眼。

"不好看吗？"路西加说，"我新做的，这个颜色我觉得调得挺好看的呀。"

"倒是还行，比你上回做的那几个好看，"贺岩将烟灰缸托在手里转了个圈，"就是当烟灰缸不大合适吧，有点太粉了。"

路西加撇撇嘴："怪不得老师说你只能算半个设计师。"

前一天晚上她给付河发这个烟灰缸的图片，付河可不是这么说的。

都是男人，但有的人的审美天生就要好一些。

想到这儿，路西加不自觉地笑了笑，跟田柚说："柚柚，帮我打包一个这个烟灰缸吧，有机会送给客人。"

贺岩听了，好奇，探头问："哪位客人？"

"当然是懂得欣赏我的作品的客人。"

见面的时间约在第二天下午，付河先到公司做了会儿编曲，看着时间差不多了，便又去找谢其瑞借车。却没想到，走到谢其瑞办公室门口，被谢其瑞的助理拦住了。

"纪先生在里面，"助理走到付河身边，低声问，"付哥你有什么事？我帮你进去转达一下吧。"

没待付河开口，办公室的门忽然打开，纪怀则站在门口，笑着朝付河招手："我刚从窗户看着好像是你，好久不见，进来聊聊吧。"

这话听得付河头疼。要知道，他和纪子炎合作以来，最不喜欢应付的，就是这位十分疼爱纪子炎的纪爸爸，纪怀则。

金一娱乐成立五年，期间扩张最为明显的一次，是得益于纪怀则的注资。所以，纪怀则一方面是自己合作歌手的父亲，另一方面，又是连谢其瑞都要礼让三分的大股东。

付河迈进办公室，和谢其瑞对视一眼，清晰地看明白了谢其瑞脸上无可奈何的神色。

“关于子炎这次的巡回演唱会，我觉得歌单倒是没什么问题，而且我相信付河的能力，现场版的编曲一定会带给歌迷不一样的感受。但是舞美和服装这块儿，我有点儿想法。”纪怀则亲自拉出一个椅子，示意付河坐下，“我听子炎说，她找到了一位很喜欢的服装设计师，也很期待那位设计师为她设计的演出服。既然这样，不妨让这位子炎喜欢的设计师，来做巡演的服装总设计师。她可以多设计几套，子炎一定会非常开心。”

这一下午的聊天，让谢其瑞有无数个绝望的瞬间，他觉得自己似乎是回到了带着纪子炎第一次去“唐家”的那一天。只不过如今是他变成了当初的贺岩，面对一个姓“纪”的人提出的要求，怎么挡也挡不回去。

真是自作孽。

谢其瑞揉了揉太阳穴，打起精神：“纪先生，我可以安排人去和那位设计师聊一下，但目前看可能性不大，因为对方主要还是为‘唐家’做设计，子炎的那件演出服，也是因为一些特殊的原因，才向对方争取到的。恐怕——”

“先试试吧，”纪怀则语气柔和地打断了谢其瑞的话，他看着谢其瑞，含笑点头，“我相信，总有办法的。”

又是这样。

谢其瑞和付河不愿意应付纪怀则，并不是因为他不讲道理，而是因为他实在太讲道理，又太执着。你说做不了，他会说先做做试试，你说已经试了，但是真的做不了，他会说遇到了什么问题，说出来，他来想想有什么解决办法。纪怀则永远不会发怒，但也永远不懂得什么叫放弃。

“哦，还有，这件事就先不要和子炎说了，如果可以的话，刚好给她一个惊喜。”

纪怀则走后，谢其瑞朝后一仰，瘫到椅背上，感叹：“真是一个比一个难伺候，我这个老板当得也太憋屈了。”

“是，”付河点了点头，对他的后半句话表示认同，并补充，“这就是经济不独立的下场。”

“你懂个屁。”谢其瑞边骂边直起身子，“不过刚才他说的时候，我也想了一下，如果路西加真的能当服装总设计师的话，确实对我们有利无害。一方面，她虽然之前只有一件演出服作品，但那风格非常适合子炎，而且非常特别。另一方面，我后来查了查路西加这个人，如果她能加盟，那她本身就可以成为一个卖点。你看啊，昔日舞蹈界横扫各大金奖的新星，子炎的偶像，如今亲手为子炎打造演唱会服装——”

谢其瑞是个商人，虽不能说他唯利是图，但也总是以逐利为先的。他这番话完全是站在纪子炎和公司的角度考虑，出于获利的目的，和他的身份相符，按理说没什么毛病。但付河听得非常不舒服，他不喜欢别人这样将路西加当成一个有价值的商品算计，不喜欢任何人生出这种利用路西加的心思，哪怕是谢其瑞。

“不行。”付河沉声打断，拧着眉看向对面的人。

“知道。”谢其瑞显然没领会到付河说的不行是因为什么，只自顾自沉浸在自己的思维里，“别说人家本来就没时间，要是当了演唱会的服装总设计师，怕是这几个月都得忙这一件事，就算路西加真的答应了贺岩也得拍死我。”

付河垂下眼皮，手指在桌子上轻轻敲了两下。沉默了一会儿，他说：“我正要去找路小姐，这样，我顺便问一下她吧，得到一个答案，你也好回绝纪先生。车借我一下。”

“啊，哦，行。”谢其瑞把钥匙拿给付河，脑袋却转得慢了点。等付河转了身，谢其瑞看着他的背影，才忽然觉察到不对劲：“不是，你怎么突然管这些闲事了？你不是除了音乐一概不过问吗？”

付河没回头，只扬了扬手，便大步走出了办公室。谢其瑞望着再度紧闭的大门，心里直犯嘀咕，不知道这尊大佛最近这是要干吗。

付河到了“唐家”，刚好撞见路西加和贺岩带菜菜遛圈回来。

“就上次过来找我的那个朋友，哎呀，我直说了吧，他就是想请你吃顿饭，但又怕太唐突会让你尴尬，所以他才想组个局，多叫几个人，到时候我也去。怎么样，你有兴趣吗？”

停车位被一排树挡着，说话的两个人都没注意到付河。付河琢磨着贺岩这话里的信息，停住了脚步。

路西加的唇角是微微上翘的，但凭付河的分析，这份好心情应该不是因为贺岩的话，而是因为一直围着她转圈的菜菜。果然，路西加伸手，摸了摸菜菜的头，轻轻回了一句："我不去。"

付河舒了一口气。

"那……"贺岩看上去有点儿为难，但也没再说什么，"行，我帮你拒了。"

"路小姐。"

并没有故意偷听的心思，付河适时开口，唤了路西加一声。不远处的两个人同时转头看过来，路西加的脸上很快现出一个笑。

"哎？你已经来了呀。"

女孩子说话带着软软的尾音，穿过冷空气，摸进人心里。

"嗯，刚刚到。"付河说完，也朝贺岩点了下头，算是打招呼。

路西加又摸了两把一直缠着她的菜菜，便带着付河朝工作室走去。路上，路西加询问了付河是要在什么场合穿这套西装，是否有什么特殊要求。在得知是要在颁奖典礼上穿之后，路西加的眼睛立刻变得亮亮的，然后很开心地向付河表示祝贺。

付河赶紧解释："只是预备着，以后如果有机会的话，就穿去参加颁奖典礼。"

"一定会有的。"路西加说，"你写的歌那么好听，怎么会不获奖？"

付河笑笑，为这样的肯定。

到达工作室后，路西加和田柚一起帮付河量好了各处尺寸，随后路西加拿出一个本子，给付河看一些西装样式。

"我先给你大概介绍一下西装吧。其实男士的西装呢，虽然乍一看好像都差不多，但细节、比例的差别还是非常大的。比如衣领会分为平驳领、戗驳领、青果领，扣子有单排、双排，还有粒数的区分。"路西加坐下来，拿了一支笔，配合图册，耐心地给付河讲解每一件衣服的特点，"比如这一款就是平驳领、单排两粒扣，属于日常穿得比较多的。但如果是要参加颁奖典礼，那我建议选择更隆重一些的，类似于这一款，这是戗驳领、双排扣的，你看这个领子开口的部分，有一个漂亮的燕尾，使得这件西装看上去更有气势、更隆重，而且你很高，很适合穿这种六扣二的双排扣……”

付河从前没关注过西装，根本不知道西装还有这么多讲究。他仔细听着，偶尔会抬头看一眼那张认真的脸。

轻柔的声音中，付河有一瞬间的走神，他突然觉得，眼前的女孩儿好像什么都没有改变。她还是会温柔地同身边的每一个人讲话，还是会认真地做每一件事，还是会在听到别人的一个好消息时，连眼睛里都亮起星星。

“差不多就是这些了，怎么样，你更喜欢哪一种？”

要让付河回答更喜欢哪首歌，付河能说得很清楚，可要让他回答喜欢哪件衣服，他心里是真的没有什么主意。

“我觉得这几件都挺好看的，我不太懂，按照你的想法来就好。”

坐在一旁的田柚听了这话，心头一跳——这种自己什么要求都不提的顾客，要么是最好伺候的，要么是最难伺候的。

而这位……

田柚看不大出来，在她的印象里，付河应该是不大好相处的。虽然付河从前从没出过镜，但对这样一个写出了那么多首好歌的作曲人、制作人，大众是不可能不展现出好奇心的。纪子炎就经常在采访中被问到关于付河的问题，而从纪子炎的回答中，可以总结出来付河是一个对音乐毫不马虎、对歌手要求很严格、脾气有点儿臭的人。可这么半天下来，付河又明明很有耐心、脾气很好，使得田柚一下子又拿不准了。

路西加想了想，同付河确认：“真的没有一点儿偏好吗？”

付河又翻了翻图册，回忆刚才路西加说的话。

“要不，这种戗驳领，双排扣吧。”

“好，”路西加听到他这样说，像是很高兴，“我也觉得这样会很适合你。我会出两份设计稿，到时候你可以再选一下。”

“不用，就出一份吧。”付河却说。

田柚暗地里看了路西加一眼，有点儿搞不清楚这算是什么状况。向来只有顾客多提要求，还从没有人会主动减少需求。

聊完衣服，趁着路西加收拾工具的时间，付河顺口提了一句：“对了路小姐，我听谢其瑞说，他们有意找你当纪子炎演唱会的服装总设计师。”

付河说得漫不经心，还特意隐去了一些信息，尽量将这件事表达得令人舒服一些。

“服装总设计师？”路西加有些惊讶地抬头，愣了两秒以后，问，“怎么会有这种想法？这应该有很多事情吧，我没时间，而且我也没有很多做舞台服的经验，恐怕不太适合。”

她的回答在付河的预料之中，所以当天晚上回了家，付河就直接打电话告诉谢其瑞，说路西加已经明确拒绝了，让他不要再去找路西加了。谢其瑞倒是没再说什么，含含糊糊地应付了两句就挂了电话，听上去本来也没对这事抱多大希望。

打完电话，付河站在阳台，望着远方的灯火发愣。前来借宿的普天林在房间里看了好一会儿书，出来喝水，发现付河还没睡，便站在客厅叫了付河一声。

付河转身，隔着窗户朝他招招手。

普天林端着一杯水到了阳台，干的第一件事就是把付河手上那根还没点燃的烟抢过来，装回了烟盒里。

付河看着他，倒是没反抗。

“还说戒烟，你这破戒也太快了。”

付河斜斜地睨了他一眼，哼笑一声：“你现在都会教训我了。”

普天林一听这话就有点尿了，但还是立场坚定地说：“我这是为了你的健康。哥，你怎么不睡觉？有烦心事？”

普天林问出这话，其实没想着付河会回他。他知道，付河不喜欢跟别人聊天，以前普天林见付河心情不好都会询问，但不管遇上什么难事，多累多苦，付河都没跟普天林抱怨过一句。

可是没想到，安静了片刻后，付河忽然“嗯”了一声。没等普天林反应过来，就又听见了付河低沉的声音：“你们……”

话刚出来一半便像淹没在夜色里，普天林以询问的眼神看过去。

“你们都怎么追女生啊？”

第3章 好久不见，路小姐

普天林的手大幅度地一晃，一杯水泼出来小半杯。他在这一瞬间怀疑自己是不是幻听了，可他哥不大自然的表情又在告诉他——不，事情就是这样真实地发生了。

“追，追女生？”

“嗯。”倏然起来一阵夜风，吹得付河倒吸了一口气。他把胳膊搭到栏杆上，那口气在体内兜了一圈，又被沉重地叹出。

“怎么……才能平时多点儿接触呢？”

这事他其实已经烦了好一阵子，今天听到有其他男士想要约路西加吃饭，更是将这股焦躁不安的情绪推上了顶峰。他和路西加虽然有些工作上的交集，可见面的机会真的不多。单靠平时微信上推推歌是远远不够的，况且，季度歌单也没有那么多，等推完了以后怎么办？

得想想辙。

消化了目前的事态，普天林冷静下来，反思了一下，才发现自己真的从没关心过付河的感情大事。也许是因为从前付河一心一意只想着赚钱，醒着的时间几乎都在工作，所以普天林从没将“谈恋爱”三个字和付河联系在一起过，他没想过他哥身上也会发生这种事，没想过他哥也会喜欢上一个女孩子，然后花费时间和心思去追她。

这么一想，普天林心里更不是滋味了，他哥这么优秀，以前都没时间谈恋爱，实在太惨了。他本就老想着要报答付河，此刻立刻来了劲，觉得自己怎么也得帮付河达成心愿。

“多接触啊……”普天林认真想了想，“我这方面没什么经验，但我看我同学他们，基本上就是把人约出来一起上自习、看电影之类的。”

这就不大切合实际了，付河低下了头，苦笑一声：“我这也没自习可上，电影……也不太合适，况且也不可能天天看电影。”

“也是。”普天林晃了晃水杯，毫无头绪中，瞧见了不远处一家公司的灯牌，“对了！打游戏。我以前的室友，就是这么追他女朋友的。”

打游戏？

这活动对付河来说着实已经有些陌生了，他小时候倒是经常玩 Dota（《远古遗迹守护》），不过这游戏实在不像是路西加会玩的。

付河有点儿犹豫：“靠谱吗？”

普天林没谈过恋爱，但不妨碍他纸上谈兵：“我感觉挺靠谱的，那会儿我室友天天晚上和他女朋友一起组队，你想啊，一般组队都要开语音吧，你再叫上两个熟的、搞笑的朋友，打着游戏顺便就把天聊了，也不尴尬，一起玩几天关系立马就亲近了。”

付河认真琢磨这方法的可行性，最终还是摇摇头：“但我感觉，她应该不爱玩游戏。”

“那不一定，”普天林怂恿付河，“你找机会问问。”

普天林说完这些，又忽然想到：“不对啊，哥，你可以写歌追啊！”

付河有点儿后悔跟这个同样恋爱经验为零的人讨论这个问题了，他瞥了普天林一眼，敲了两下栏杆，问他：“这还没怎么着呢，我跑过去跟人家说，我给你写了首歌？”

“哦，也是，”普天林挠挠头，憨笑，“不太合适。”

两人绕着这个问题讨论了好半天，谁也没有要睡觉的意思。远处灯火绵延，又恰逢阴历月中，天上的一轮明月，散着比往常更亮的光辉。溶溶的光似能穿过万家的透明玻璃窗，把夜都推远了一些。

而同一座城，同样的月光下，路西加在床上躺了半天，头脑却始终清醒得不行。在觉得肩膀已经因为躺了太久而有些酸痛后，她旋开床头的台灯，掀开被子下了床。

路西加从包里翻出平日随身带着的速写本，发现纸张竟也已经用到了最后一页。她坐到书桌前，一页页翻看，回忆着画下每一幅画时的心情。速写本中有一些是突然迸发的设计灵感，有些则只是画的一些行人。有在公交车站等车的学生、路边叫卖的小商贩，还有在小店里吃着刀削面的工人……缓慢看过一遍后，路西加才起身，将本子放到已经整整齐齐码了一排用过的本子的书柜里。

整理好过往的痕迹，路西加从抽屉里又取了一个新的本子，拆开包装，翻到第一页。

“戗驳领……”

关于要给付河做的衣服，其实在之前路西加就有很多想法。一个好的模特可以刺激设计师的灵感，付河于路西加而言也是这样。西装和付河平日的休闲打扮风格相差太多，在白纸上画下第一根线条时，路西加便已经在翘着唇角期待着，付河穿上她做的西装会是什么样子。

为了演唱会歌曲的新编曲，从十二月开始，付河几乎就住在了公司。录音室有沙发，有时候熬得累了又懒得回家，付河就躺一会儿。他往往睡不实，约莫睡半小时就要醒一次。偶尔神志不清的时候，付河会恍惚觉得像是回到了刚来谢其瑞公司的那两年，那时候他没钱租房，几乎把录音室当成了自己的家，每天在这里没日没夜地写歌。往往一睁眼，就能透过录音室那并不大的窗户，看到黯淡漆黑的天边。

那时候谢其瑞说从没见过对自己这么狠的人，可付河自己知道，这样能每天在录音室写歌的日子，已经是很轻松的日子了。

付河再一次在沙发上醒来，皱着眉，躲避刺眼的灯光。虽然睡不着了，但意识还不是很清醒，他去洗手间洗了把脸，回去的路上听见有两个小姑娘在走廊里愤愤不平地议论着什么。

“不知道是哪里冒出来的设计师，之前都没听说过，凭什么把文文姐的名头挤了啊。”

另一个姑娘拍了拍她的肩，安慰道：“算了，别气了，明天不是要开会嘛，到时候看看就知道了。”

付河因为“设计师”这三个字而侧了头，但公司近年来的新人很多，付河和别人接触不多，自然不认识这两个小姑娘。而两个小姑娘注意到他的存在，对视一眼，赶紧闭上嘴巴，互相拽着胳膊溜走了。

付河看着那两个仓皇离去的背影，微微偏头，思索着这是哪个设计师这么不让人服气。

谢其瑞知道付河工作起来很疯，但他来到录音室，见着这个几天没刮胡子的人，还是有些受不了。

“我的大佛啊，求求你了，你回去花点儿时间收拾收拾你自己。”谢其瑞指了指前方的玻璃，“你自己看看，你别忘了下午要开会呢，你就打算这个样子见人？”

闻言，付河抬头，看向前方玻璃上的影子。左右端详，他自己瞧着也确实是不太像样子，于是拿了一旁的鸭舌帽，扣在头上。

“你……”谢其瑞气结，干脆拽着付河的胳膊，迫使他站起来。

约是坐了太久的缘故，被迫起身间，一股子尖锐的疼痛感从尾椎骨一直蹿到了腰间。付河用手臂撑住桌子，长长地呼了一口气，缓解身上的疼痛感。

瞧见他这样子，谢其瑞更是不让他在这儿待着了：“赶紧的赶紧的，别回头你累出个好歹把我送上社会版头条，我可不想这么扬名。”

“行吧。” 付河也体会到自己的身体大概已经疲累到了一个临界点，便也不再犟。毕竟，灵感什么的，说不定也会在路上出现。

谢其瑞挥了挥手，示意付河赶紧走，自己则坐下来，打算听听目前的编曲成果。

“哦对了，”拿起耳机，谢其瑞想起什么，转头喊住了已经在开门的付河，“下午路西加也来，这活她接了。”

接了？

连续的熬夜、缺少睡眠，使得付河脑袋里的零件好像都运转得极慢，半天，他才反应过来。昨天在楼道里听到的对话又蹦到了他的脑袋里，他也立刻意识到，令那两个姑娘不服气的设计师，原来就是路西加。

“接了？为什么？”

谢其瑞撇着嘴摇摇头：“不晓得，那天你跟我说了以后，我就又尝试跟她联系了一次……哎，你干吗？”

见付河的眼神莫名变得犀利了许多，连眉毛都拧了起来，谢其瑞不由得也把脸挤得皱皱巴巴：“你这是什么眼神？搞得我是恶人一样。”

“你联系她，怎么说的？”

“我能怎么说，我就说想邀请她当特约服装师或者服装总设计师，她也是很明确地拒绝了我。但后来不知道为什么，她主动打电话来，说可以参与到这次巡演中。”

谢其瑞的话没有解答付河心中的任何疑问，反而给这件事渲染上了更加浓重的“不对劲”的色彩。

付河不觉得路西加是一个会轻易改变决定的人，他直觉这里一定有什么特殊的原因，可是直到下了电梯，出了公司大楼，他还是没能理出一点儿头绪。

站在十字路口，他摸出手机。但对着那聊天框犹豫再三，他还是按下心中的疑惑，决定等见了路西加再当面去询问。

手机屏幕在晃动间亮了起来，付河无意间瞟到了当下的时间，立时一个激灵。

已经十二点了？

讨论会是在下午的两点半，那么……他只有两个半小时了。

付河赶紧跑到路边拦了一辆出租车，匆匆跳上去。司机见他慌慌张张的样子，以为是有什么急事，一脚油门下去就冲到了路中间，嘴上还不忘给付河宽心：“别急啊，咱们在保证安全的情况下开到最快。哎？你这是有什么急事？”

付河在这之前完全没察觉到自己在后排所释放出的焦躁，听见这话，他愣了愣，随后身体向后，靠到座椅背上，干咳了一声：“没事，等会儿见个人。”

“哦……”司机拉着长音回应，面上带上了看戏的笑，像是学生时代的宿舍里，逮着了室友的八卦一般兴奋，“女朋友？”

听到这个词，付河心头不可抑制地一跳。

这是在他之前的人生中从未出现过的角色。

他转头望向窗外，出租车掠过街角，匆匆而过的画面和他都只有擦肩的缘分，脑海中清晰浮现的一张笑脸，却像是在很久以前，就已经扎根在了他贫瘠的生命中。

他半天没回答，司机大概以为他并不想聊天，也没再说话。直到车开过一个街区，付河才对着窗户中映出的自己，自言自语般说：“在努力。”

下午一点四十五分，路西加准时到达了金一娱乐的门口。

今天的天空出奇地难看，好像进入十二月以来，这样灰扑扑的日子便格外多。马路上依旧满是匆匆的行人，下了车，路西加习惯性地再一次对着马路出神。不知站了多久，忽然听到背后有熟悉的声音在呼唤她。

回过头，路西加便看到了提了两大袋咖啡，站在咖啡店门口的付河。

视野中的男人越来越近，直到他走到自己面前，路西加终于放松了一直紧绷的身体，笑了起来：“好久不见啊。”

“好久不见。”

注意到路西加今天拿了一把白色的长柄雨伞，付河有些奇怪：“怎么带了伞？”

路西加伸出一根指头，指了指天空：“今天应该会下雪。”

即便这样，雨伞在北方的冬天也是并不常见的。毕竟在北方，雪落下来还是雪，肩头的白色轻轻一拂就掉了。

雨伞很长，微微动作间，路西加轻轻一撑，雨伞便像个拐杖一般，撑在了地上。

付河低头，看着伞尖，明白了什么。

“等会儿我送你回去吧。”

“嗯？”付河突然这么说，路西加有些没反应过来，呆了两秒，她赶紧摆摆手，说，“不用，太麻烦了，我打车就好了。”

“没事，”付河说，“我没什么事，而且，新买了车，正好遛遛。”

两人说话间已经进了公司，公司的电梯其实并不常用，因为大部分员工都在二楼办公，而且这电梯运行速度奇慢，上班族的日常像打仗，大家好像都没那个时间等。

等待电梯的时间里，付河不作声地朝路西加那边挪了一步，确定周围没有其他人，才低头问：“怎么又决定过来了？”

路西加预想到付河一定会向她询问，但一直没想好要怎么回答。她不想撒谎骗付河，又觉得好像也没有必要去解释这其中过于复杂的缘由。最终，在长久的沉默之后，她也只是微微笑了笑，说：“你就当我欠别人人情吧。”

路西加说这话的时候，透露出浓重的无奈，使得付河根本无法忽视。付河皱了皱眉，虽然不能猜测到到底是怎么一回事，但起码他确认了自己先前的感觉——路西加来，是有不情愿的。

“其实……”

他想说，其实路西加如果不想做的话，他可以再去和谢其瑞说。但他又意识到，自己其实完全不清楚路西加口中的人情是怎么一回事，所以后面的话到了嘴边又停住，一时间也没说出口。

路西加却似乎看出了他的想法，赶紧说：“没关系，能参与也挺好的，虽然和我原本的计划比有些偏差，但说不定会有其他的收获。”

电梯到了，下来寥寥几个人，付河也没再找到机会说些什么。

纪怀则说得没错，纪子炎对路西加的到来非常意外，也非常惊喜。两个人刚走进会议室，纪子炎便从椅子上弹起来，奔跑到路西加旁边，又是像之前那次重逢时一样，一把抱住了她。

好在，这次付河就在路西加身后，他在方才开门时就腾出了一只手，这时刚好伸出手臂一挡，拦住了路西加的被迫后退。

会议室的人都在往这边看，然而大部分的目光都是带着好奇落在路西加和纪子炎的身上。唯独谢其瑞，一双眼睛一直盯着付河看。付河注意到了谢其瑞的目光，迎上去的瞬间，谢其瑞朝他露出了一个不太明显的笑容。

付河假装没看到，在确定路西加已经稳住身形后，便绕开相拥的两个人，把咖啡放到了桌上。

“咦？付哥给大家买了咖啡啊！”

有人喊了一声后，付河的周围立刻拢过来一群人。付河把几个袋子都打开，朝边上推了一把：“嗯，自己拿。”

谢其瑞不知道什么时候抱臂凑到了付河旁边：“我可算是看明白了。”

付河抬了抬眼皮，瞟了他一眼，随后敷衍地扯了扯嘴角，一声都没吭。

谢其瑞看看他，再看看那边还在被纪子炎抱着胳膊亲热的路西加，怎么都克制不住脸上那副看热闹的表情。

他正在脑海里捋着付河最近那些不对劲的地方，面前忽然出现一杯咖啡。谢其瑞的目光顺着那只手臂溜上去，对上付河的眼睛。

付河看着谢其瑞，面无表情地朝路西加站的方向偏了偏头。

谢其瑞看懂了，但纳闷：“你自己送不好吗？”

“你送。”付河坚持。

“得嘞，我去送。”谢老板无奈，低低笑了一声，接过咖啡，在众人探究好奇的目光下亲自将咖啡端了过去。

纪子炎的演唱会已经准备了很长时间，整体主题、几个篇章的风格早已确定。路西加要做的，是和另一位设计师李文文一起，根据每个章节、每首歌曲的风格去设计演出服。一般演唱会都是一套服装会唱几首歌，那就需要这套服装能连续适应几首歌的风格。

一开始的讨论还算顺利，但到了最后结尾的几首歌时，路西加和李文文对于整体服装的颜色有了些不同的看法。李文文主张用绿色，原因是这几首歌里有一首歌，讲述的是走到一个山上，在树林里迷路的故事。这首歌画面感很强，也很火，最适合当作主题牵引曲。

路西加也觉得这首歌很特别，不过对于歌曲所描述的画面，却有着不一样的看法。

“虽然歌曲写的是树林，但我听着，总觉得这片树林好像并不是绿色的，歌词描述的是在树林里迷路的无力感，而且这首歌里几乎没有能体现生机的词语，更像是……冬天的树林。”

停顿在纸上的笔尖动了动，慢慢勾勒出一根树木的形状。路西加笔下的树没有叶子，枝干光秃。

其实路西加在这个会议上的发言并不多，她突然闯入一个相对陌生的领域，初期习惯以了解为主。所以，大部分时候她都是默默聆听，然后记下一些要求，只有别人问到她的意见时，她才会开口。

唯独对这首歌，路西加格外想表达自己的想法。因为她是真的很喜欢。

会议桌前的众人都没作声，不约而同地将目光转向了这首歌的词曲作者，等待他的答案。

路西加也抬起头，但朝付河望过去时，意外地撞上了对方早就等在那里的目光。那束目光似乎已经在她身上停了好久，其中情绪复杂。路西加一时间看不明白，只觉得这样的注视很容易让人沉迷，耳根的温度像是在缓慢升高。

过了几秒钟，付河才垂了垂眼皮，点头：“这首歌里的树林，的确不是绿色的，是冬天的树林。”

这是付河从未跟别人说过的创作故事，故事里有望不到边的光秃树木，像是要掩盖住一切的白雪，还有仅存的落日余光，预示黑夜即将到来。

付河的一句话，为这场争论画上了句号。屋子里的气氛忽然显得有些怪异，路西加在一片寂静中重新低下了头。笔尖在纸上轻轻戳了几下，像往常那样，她在这棵枯树的右下方写上日期。可笔尖的运动似乎没有完全受她控制，等她回过神，那行日期的下面已经多了两个字——付河。

讨论结束时，已经是夜幕降临，刚刚认识的几个人围在她身边，热情地邀请她和他们一起去吃夜宵。路西加看了看表，正苦恼着如何推托，付河刚好走过来。

“走吧，我送你回去。”付河自然地说。

“别啊，”策划姑娘索性一起邀请，“付哥，这大冷的天，吃个火锅再回去。”

“你们吃吧，”在接收到路西加带着明显回家意愿的眼神之后，付河说，“西加还有事，我们就先走了。”

路西加在心里松了一口气。

转身的瞬间，她忽然发现认识这么久了，这好像还是第一次，付河叫她“西加”。

往前数，他要么就是称她为路小姐，要么就是直接省略了称呼。

出了大楼，路西加才发现已经下了雪。到停车位还有一点儿距离，付河回身望了一眼，提醒跟在他身后的人：“小心一点儿。”

尽管鞋底应该是防滑的，走在这样薄薄的雪上，路西加还是有些担心自己会摔倒。她一直专心地看着脚下，却也还是明显感觉到付河放慢了脚步——这样的速度，让她根本不需要手中的那柄雨伞的支撑。

前方的背影高大，可路西加一直都知道，在这样的外表下，付河有着一颗非常细的心。在付河给她推送歌单的日子里，她就发现，付河发送歌单的时间在慢慢调整——路西加是个生活很规律的人，她习惯晚上十一点钟关灯入睡，所以根据付河发来歌单时间的不同，她和付河的聊天时长自然也会有些变化。直到后来的某一天，路西加发现付河已经连续几天都是十点半给她发歌。这是她觉得最舒服的时间，洗漱完躺在床上，歌单刚好到达她的手机上，她听听歌，两个人聊几句，也就到了入睡的时间。

回去的路上，雪有着越下越大的迹象。

车厢里的暖气很足，和外面的冰天雪地形成了鲜明的对比。路西加在上车一会儿后就把羽绒服脱了下来，这样的一个动作，让车内的两个人都有了一种进一步打破距离的熟悉感。

等红灯的时间里，付河突然说：“这是今年第一场雪吧。”

“好像是吧。”路西加说。

路西加非常喜欢冬天，尽管下了雪的路会很不好走，尽管寒冷的气温会经常刺激得她浑身疼痛，她也还是喜欢。

下雪的天，天上竟然还有圆圆的月亮。路西加隔着车窗仰头看了一会儿，忽然想到了会上的话题。

“那首歌，你是哪里来的灵感？”

路西加转头问完，才发现自己没将问题描述完整。正想补充，付河却已经开了口。

“《寻》吗？”

事实上，打从下午提到这首歌，路西加说出那番“森林不是绿色”的话之后，他就不停地被两种思想折磨，一种是往事，是与这首歌有关的那段寒冷岁月，另一种则是一个声音在不停地告诉他：她听懂了你的故事。

付河一直觉得写出的歌曲是很私有的东西，可当歌曲所表达的情感被人准确地听懂时，也的确会让人非常感动。

大雪夜，往事随着雪花的飘动悄悄探出了头，付河没拦住。

“以前我在东北那边待过一阵子。”

“东北？”路西加喃喃地重复了一遍。

“嗯，”付河笑了一声，偏头问，“去过吗？”

路西加摇摇头：“但我知道那里的冬天会很冷。”

“嗯，小城总是飘着白雪，日落总是来得特别早。其实这样的环境下，很容易让人变得消极，因为到了冬天，下午四点便会天黑，家家户户都会关上门，进入夜晚。有一天下午，我去了一个地方，我至今也不知道那里叫什么名字，只记得我买了一张车票，坐到了终点站。下车后我漫无目的地走了很长一段路，然后，我看到了一片森林。我看那些树上覆盖着雪很美，就一直往山上走。没想到打算下山的时候，却迷了路，我好像兜兜转转走回了原来的地方。那时候太阳已经快落下了，我意识到，如果我再不快点儿走出去，等天一黑，我在这没人的山上，就不知道会发生什么了。”

付河隐去了一些可怕的猜测，但路西加很清楚后果。寒冷和野兽，无论哪一个都足以让一个人失去生命。

“后来呢？”

“后来……”

雨刷器来来回回扫着雪，像是在给故事的后续打着一个有规律的节拍。

“后来，我也不知道怎么回事，脑子里什么都没想，像是得到了什么指引，趁着最后一点儿光，不知怎么就走下山了。”

坐在副驾驶位上的人舒了一口气，一只手还轻轻拍了拍胸口：“还好，走下来了就很幸运。”

幸运。

付河没想到那些年的自己，还能和这个词搭上关系。不过这时回想，那应该确实算是幸运的。

他从没想过自己有一天会像现在这样，坐在温暖的车内，和路西加讲述从前的故事。这样想着，他不禁轻轻笑了一声：“或许吧，可能是有幸运女神眷顾了我。”

他笑，路西加不知为什么也跟着笑。

笑完，路西加又接着问：“那你那时候，是不是心情不好啊？”

不然，为什么会一个人买一张不知道去哪里的车票，又在车到了站之后还漫无目的地游走，像是放逐自己一般？

“嗯。”

“其实调节心情真的很重要，散散步会有效，或者听听歌也行。我在心情不好的时候就会找喜欢的歌来听，我觉得歌曲真的能安抚人心、给人力量，所以一直也很佩服那些能写出动听歌曲的人，”路西加眨眨眼，说，“比如你。”

“嗯……”突然得到夸奖，付河忍不住笑着点点头，“那我以后多写点儿甜歌。”

路西加弯着眼睛笑起来，说：“好呀。”

汽车到达了目的地，付河按照路西加的指示，将车靠向路边。

既然话题到了这儿，付河思忖片刻，貌似不经意地问：“那你平时还喜欢干什么，喜欢玩游戏吗？其实心情不好的时候玩游戏也挺解压的。”

“游戏啊，”路西加想了想，“也玩，不过我会玩的游戏不多。”

“都玩什么？”付河的手指点了点方向盘，顺势说，“以后可以一起玩。”

路西加说了一个游戏的名字，随后不太确定地问付河：“你知道吗？”

付河怎么会知道这是个什么游戏，但他本就是抱着别的目的，此刻当然不能退缩。于是，他还是面不改色地说：“知道。”

这回答完全在路西加的预料之外，将付河硬朗的外形和这款游戏联系在一起，实在是有些困难。

难道，这就是音乐人骨子里的细腻？

“啊，”路西加在惊奇中回过神来，忙说，“那我们可以加个好友，你可以来我的岛玩。”

饶是付河完全不了解这个游戏，也还是从路西加的话中觉察出了那么一点儿不对劲。

这好像不是那些……可以组队的游戏。

晚上，普天林结束了实习工作，拎着一兜菜到付河这儿来慰问“空巢哥哥”。进门后就见付河正靠在沙发上，盯着手机发愣。

“哥？”

付河挑起眼皮，看他。普天林莫名觉得他哥这眼神多少透露出一些心如死灰的心情，一下子严肃了起来。

付河抬起手，朝他招了招：“你过来。”

普天林忙放下手里的袋子，靠过去。

“你怎么了？”

付河没回答他的问题，反而仰头盯着他说：“报答你哥的机会到了。”

“什么？”

“我今天……问了她喜欢玩什么游戏，结果她说……”

“什么？”普天林把脱下来的外套扔在一边，兴奋地搓手，“别管是什么，我陪你练！我不行我可以找室友陪你练。”

付河看着他，深深吸了一口气，半天没说话。

“到底是什么啊？”普天林着急地追问。

“她说，《动物之森》。”

“这竟然……是个建岛游戏。”

付河把手机亮给普天林看，两人对视了足足有五秒钟，普天林憋得嘴都变了形。付河照着他的大腿给了一脚，骂道：“我真是多余信你。”

“不是，这不能赖我啊，”普天林一屁股坐在付河旁边，委屈地喊，“我这方法没错，就是这游戏有点儿不好下手。哎？哥，那你怎么说的？”

“我就照你说的说的啊。”

普天林一听，蒙了：“那你好歹考虑考虑，或者查查再说啊……”

“我查什么查啊，当时面对面呢，我怎么查？”付河坐在这儿查了一晚上游戏攻略，这会儿才觉出口干舌燥来，他起身，给自己倒了杯水，接着说，“而且，你说《动物之森》和《炉石传说》，听着是不是差不多？”

“这……”普天林仰着脑袋琢磨了一下，“好像也是……”

付河瞥了他一眼，端着水杯朝卧室去了。

“那怎么办？”普天林起身，追在付河身后，“那你还玩吗？”

“玩啊，话都说出去了。”付河推开卧室的门，停在门口，转身，“我下单了游戏机。”

近两年裴静并没有继续陪女儿留在北京，只是时常会过来看看，给路西加做几道她喜欢的饭菜。许是今天外头温度低，吃完饭后，路西加仍然觉得身上一阵阵发冷，便去洗了个热水澡。

擦着头发出来，路西加才发现自己被金一娱乐负责和她对接的那位策划姑娘拉进了一个微信群。群里有人发了会议纪要，并说大概两周后进行一轮设计稿碰头。路西加一边吹着头发，一边读着消息，忽然看到付河也被拉进了这个群。

路西加有些奇怪，看着那个名字思索了片刻，打开私聊的窗口，发了一条消息过去：“制作人老师还要一直跟进服装设计吗？”

那边，制作人老师一本正经地回复：“舞台和歌曲要融为一体。”

路西加抿唇笑了笑，关了吹风机，一头栽在柔软的大床上。

裴静拿着一盘水果进屋，就看到路西加披散着一头黑发，举着手机在那里发消息。卧室的台灯不甚明亮，手机屏幕散发的灯光刚好将路西加脸上的笑容圈了起来，愉快的心情被放大得格外明显。

难得看到女儿这么轻松的笑容，裴静忍不住好奇：“遇到什么高兴的事了？”

“没什么。”路西加爬起来，凑到裴静身边，在果盘里叉了一块苹果。

苹果酸酸甜甜的，是她最喜欢的成熟度。

裴静仔细打量着路西加脸上的表情，不确定自己的猜测是不是靠谱。但秉承她一贯的教育风格，她没有过多地询问，想着，若是西加真的恋爱了，到了该说的时候自然也会跟她说的。

“前两天打电话听你心情不大好，想着来看看你，给你做点儿好吃的，”裴静说，“你没事我就放心了。”

“放心吧，妈妈，”路西加鼓着嘴巴，说话时都没从手机上移开视线，“心情不好也是暂时的，我现在已经好了。”

裴静点点头，摸着路西加的头发还有些湿，又拿过吹风机，继续帮路西加把头发吹干。路西加乖乖趴在桌上吃着水果，等吹风机的声音停了，才听到裴静说：“还有件事，张医生给我打电话说你上次复健没有去，是怎么回事？”

路西加手上的动作顿了顿，一颗圣女果从叉子底下溜走，就着光打了个滚。

沉默了几秒，路西加重新把那颗圣女果逮住。

“最近工作忙，就没去。”

“那不行的，”裴静摇摇头，“再忙也要抽出时间过去。这样，我在这儿住一段时间，等你有空了，我陪你过去。”

路西加没说话。

其实她也不知道自己在想什么，工作、生活、复健，这些年她都是这样过来的。她一直都是一个很听话的病人，按时就医，谨遵医嘱。医生也不停地夸赞她恢复得很好。

可能变化就是发生在和纪子炎相遇之后，她开始越来越多地想到从前，她并没有刻意地去缅怀一些什么，只是从前的那些记忆画面不住地往她的脑袋里跳，怎么都赶不走，连梦里都是。

也因此，她逃避了一次复健。

“西加……”

听到裴静的这声呼唤，路西加抬头，朝她笑了笑。

“不用。”

路西加知道这样做除了是对自己身体的不负责外，毫无其他意义。所以，任性和放任也只能是暂时的。妈妈已经为她付出了太多，她不能再因为这种任性而让妈妈担心。

见裴静欲言又止，路西加赶紧保证：“你看我之前不都是按时去看医生嘛，真的只是因为最近接了新的工作，有点儿忙，等我有空了一定过去。”

虽然这样说，但路西加接下来的两周却一直在赶设计稿。到了约定交稿时间的前两天，路西加终于将手上的工作都做完，这才跟张医生约了时间。

复健的时间定在了设计稿碰头会的第二天，却没想到，这边刚刚敲定，金一项目群里组织会议的姑娘就突然问大家开会的时间可否提前一天。

路西加正犹豫着要怎么处理眼前的情况，群里的其他人却已经大都回复了说没有问题。路西加想了想，私聊了付河。

“这个会议一般要开多久？会和上次差不多吗？”

那边付河正在帮纪子炎录歌，看到手机上蹦出的消息，立刻用两只手捧着手机敲起了字。

“我之前也没参加过这种会议，最多半天吧。”

路西加很快回了个“好”，还附带了一个很可爱的表情图。

退出和付河的聊天，她在群里也回了一声“可以”。

录音室里，付河一只手撑着脑袋，思索片刻，发了一条消息过去。

“明天要不要吃早餐？”

手指从“发送”按键上移开，付河才觉得自己这话说得不够好，于是赶紧又追加了一条：“我家附近有一家很好吃的早餐店，我帮你带一份尝尝？”

付河拿着手机，静静等待回音，看着屏幕上方不住地显示“对方正在输入中”，然后又恢复成“路西加”三个字。如此重复了几次，付河才终于收到一句：“好，那就提前谢谢啦。”

付河克制不住地打了个响指，美滋滋地将手机放到了一边。

一旁的纪子炎看着他面上的表情，立刻竖起了脑袋上的小天线。她眯着眼睛靠近付河，又仔细观察了好几秒钟，用肯定的语气说：“你谈恋爱了。”

付河于是收敛了脸上的表情，轻咳一声：“你刚才唱的那句，再重新录一遍，这里情绪不要那么浓……”

“哎你别转移话题啊，”付河正儿八经地要开始和纪子炎聊音乐，但纪子炎可不干，音乐什么时候都能聊，八卦可是讲究实效性的，“你刚才一直在偷偷笑你自己都不知道吧？你在跟谁发消息？”

“跟你没关系，”付河拧着眉，指头在桌上敲了两下，“赶紧录歌，不录我下班了。”

“下什么班，这才几点你下班。”谢其瑞推门进来，刚好听到付河的后半句，便顺嘴调侃了一句。

付河没理他，倒是纪子炎指着付河朝谢其瑞大呼：“他谈恋爱了不告诉咱们！”

纪子炎本想拉个同盟军一起八卦，谁料谢其瑞只淡淡瞅了她一眼，对她的话没任何反应：“你就别操心了，只要不是你谈恋爱不告诉我就行。”

纪子炎不屑地努努嘴：“果然，男人都是一伙的。”

谢其瑞吸了口气，拿手里的文件夹敲了纪子炎的脑袋一下：“你给我少惹点儿事吧。”

“我哪儿惹事了？”纪子炎不服气。

“你还没有？是谁的负面消息在热搜上挂了一天？”

上次纪子炎跟那个新人歌手在后台吵起来后，网上什么“耍大牌”“欺负新人”这种惯用黑人词汇全出来了，给谢其瑞气得够呛。对方明显是有备而来，蹭着纪子炎的热度赚一波同情，也就纪子炎竟然真的上钩，和人家吵。谢其瑞先将对方以及团队的名字记了个遍，随后拿出看家本事好好给对方上了一课，最后又告诫纪子炎，以后不要这么冲动。

“那可不行，”纪子炎哼了一声，“下次别让我碰见他，下次见到他我还跟他吵！”

“我真的是奇了怪了，”谢其瑞纳闷，他们怎么都觉得纪子炎这反应和他从纪怀则那里了解到的情况不一样，“你不是和他从小就认识吗？你爸爸还说你们以前总一起玩，你怎么这么恨他？”

“对，”纪子炎理直气壮地说，“我就是恨他，他很烦人的你知不知道？”

“烦人下次你在公共场合起码也忍一忍好不好？让你老板，我，稍微，省点儿心。”

纪子炎没答话，但脸色已经变得有些难看，她紧紧抿着唇，放在桌子上的手也握成了拳。

“哎呀，不说他了，”纪子炎有些烦躁地挥了挥手，“想起他我就生气，我去个洗手间。”

纪子炎走了，谢其瑞抬手拍了下付河的肩膀：“我听人说你主动要求参加服装会议，怎么，你很闲啊？很闲你给我多写两首歌。”

“你要几首歌我没写给你？”付河平静地反问。

“也是，”谢其瑞开玩笑，“我可得抱紧你这个金牌制作人的大腿，想挖我们SEA.G的可不少。哎？你说我是不是应该跟贺岩商量商量，和他们搞个什么合作之类的，看能不能把路西加签到我们公司，这样我是不是能绑死你？”

都是问八卦，这老狐狸就扯得比较多。

付河操着懒洋洋的语气回：“歇歇吧，哥。”

服装会议的确是他要求参加的，不然呢？哪有人家到了自家公司，他都不来见的道理。

付河买早餐的店，坐落在一条七拐八拐的巷子里。一座城市总会有着各色各样隐秘的角落，不被大部分人知晓，却是小部分人的精神港湾。早晨或傍晚，可能是这些角落最热闹的时候。

陌生的几个人挤在一家早餐店的一张小桌子旁，六块钱一碗的馄饨所冒出的热气，却像是能冲散整个冬天的寒气。

这家早餐店里的早餐种类很多，客人也很多。老板见付河过来，立马装了一屉灌汤包。一旁有个大叔拿着一张五十元的钞票要老板找零，付河熟练地接过来，在一旁的零钱盒子里找零钱。

“今天这么早啊？”老板见到老熟人，笑容堆出的褶皱比自己的包子还要显眼。

“嗯，今天有事，”付河一边把零钱递给旁边的大叔，一边同老板说，“今天多要几屉。”

付河拎着一袋子早餐到了会议室，一群习惯了不吃早餐的年轻人闻到香味就欢呼了起来。

“付哥，今天这是怎么了，你竟然给我们带早餐啊。”

“正好今天去吃，顺便带了点儿。”付河一边应付着周围的人，一边分出心来往路西加的方向看。

打从付河进来开始，路西加的视线就一直跟着他。她本来还在想自己如果在这会议室吃早餐，是不是不太好，没想到付河直接给大家都买上了。

路西加抬起拿着笔的手，偷偷朝付河晃了晃笔杆。

两个人心照不宣。

相比起上次会议的讨论，这次的会议更像是两位服装设计师的设计发表会。付河耐心地听着路西加讲解她的创作理念，衣服上的各种设计对应哪首歌曲的哪种元素。服装设计是他从没接触过的领域，他看着路西加将对自己写的歌曲的理解转化成一件件华丽漂亮的衣服，心里是说不出的庆幸。

他从没想过音乐除了能成就他之外，还能让他们产生交集。

路西加站在大屏幕前，显得神采奕奕。这样的路西加付河曾经见过，那是很久以前，他看到的一个电视采访。路西加在候场，后台采访的主持人问她“要比赛了，紧张不紧张”。那个十几岁的小姑娘对着镜头笑，然后摇了摇头，说：“不紧张，准备好了就不会紧张。”

路西加讲得投入，以至于后退一步想要指一指裙摆的时候，没留意身后的白板，撞了上去。底下听着的人还没反应过来，路西加已经飞快地用手扶住摇晃的白板，说了一句：“不好意思，不好意思。”

见她给一块白板道歉，几个人都被逗得笑了出来。

付河愣了愣，好久之后，也勾起了唇角。

会议结束得比付河预计的还要早一些，他和路西加并肩走在楼道里。付河偏头看了看路西加的脸，小声问：“灌汤包好吃吗？”

“好吃呀，”路西加说，“你知道吗？小时候我最爱吃的早餐就是灌汤包，初中的时候，我们学校的南门口有一家特别好吃的灌汤包。只不过……后来很久都没吃到过了。”

楼道里人不多，还算安静，所以路西加的回答也非常清晰。

付河的脚步变得有些慢，他侧头，细细打量路西加的表情，从心里觉出点儿不对劲来——路西加话语里所夹杂的情感，并不是单纯的喜欢和怀念。

电梯口忽然响起了一阵说话声，付河循声望过去，竟然看到纪怀则正带着两个人走过来。付河和他迎面撞上，打了声招呼，见纪怀则的目光落到了身旁的路西加身上，付河侧了侧身，打算为两人介绍。

却没想到，是纪怀则先开了口。

“好久不见，路小姐。”

第4章

我是在追你

同样的台词从不同人的口中说出来，原来可以是完全不同的感觉。

付河起初有些诧异，可转念一想，以路西加和纪子炎从前熟悉的关系，纪怀则说这话好像也很正常。可不知是不是他想得太多，看着纪怀则此时微微笑着的神情，他总觉得这句“好久不见”是话里有话。

这股奇怪的感觉在他看到路西加的表情后变得更加强烈——路西加此时脸上是完全紧绷的神色，她失去了平日那副淡淡微笑的样子，双唇抿在一起，连原本放在腿侧的手都收成了紧缩的拳。

她在紧张，又好像……是愤怒。

“西加？”

“西加……”

两声呼唤叠在一起，付河这才留意到站在纪怀则身后的那个年轻人。

“西加，你怎么……在这儿？”

那个年轻人这样问着，上前一步，靠近了路西加。而几乎在同时，路西加面上镇定却迅速地往后撤了一步。

看出了那个年轻人眼中毫不遮掩的热切，付河微微皱了皱眉，朝旁边跨了一步，将半个身子挡在路西加身前。

“你是谁？” 他的骤然插入显然使得年轻人不满，年轻人表现得十分不耐，且话语中满是不客气。

付河冷着脸没说话，气氛一时有些尴尬。倒是纪怀则轻咳一声，提醒：“翰维，他就是SEA.G。付河，这是楚翰维，你应该知道的，算是新人。”

付河扫了一眼面露讶异的人，依旧是沉默。

而楚翰维已经很快收拾好面上复杂的神情，换上一副有礼貌的微笑模样。他后退半步，朝付河微微点了下头：“不好意思，老师好。”

付河没应。

纪怀则伸手拍了拍楚翰维的肩，接着对付河说：“其实，我就是带翰维来找你的——”

身后，付河感觉到路西加忽然轻轻拽了拽他的衣服下摆。

“不好意思，纪先生，”付河垂下了眼皮，侧身，用一只手揽着路西加的肩，“我们有点儿事，之后我再找您。”

“你们……”不知是惊讶于自己被打断，还是惊讶于付河此时的动作，足足愣了三秒，纪怀则才又发出了声音，“恭喜。”

一声“恭喜”虽算不上真心，但好歹也是能听得过去的场面话。一旁的楚翰维可就顾不得这场面了，他从刚才开始就死死盯着付河放在路西加肩上的那只手，虽未发一言，可那眼神看得付河心里莫名窝火。

付河沉了脸，冲纪怀则点头道别。

揽着路西加往大门口走，一路上都能看到公司员工震惊的表情。前台小姑娘甚至忘了跟他们说“再见”，就拿着一支笔，木呆呆地看着他们出了门。

付河的手一直没松开，路西加也不知是不是没反应过来，一路上竟然也没挥开他。两个人就以这样的亲密姿势走到了车前，付河伸手开门，护着路西加坐上副驾驶位。

就跟配合人的心情似的，今天的北京风很大，从副驾驶位转到驾驶座的这几步，付河心都跳得特别厉害，那声音像是能盖过狂风呼啸，直到他坐进安静的车厢，狂乱的心才终于硬被他压着安定下来几分。

“刚才……我有点儿冲动，”付河清了清嗓子，“可能之后，会产生一些谣言，抱歉。”

“没，没事，”和平时不一样，这次路西加罕见地没有转过头来看着付河，而是一直紧紧靠着椅背，目视前方，“谢谢你刚才帮我。”

“嗯……没事。”

付河发动了车子。有枯叶被卷到车窗上，碎裂的声响在风中显出些疯狂。付河看着那枯叶碎成几瓣后又飘走，在胸腔中压下了一口气。

那个男的好像喜欢西加?

但西加好像并不喜欢他，甚至是压根儿不想看见他……

乱七八糟的想法在付河脑海里绕了一个遍，最后定格的画面，是他揽着路西加，在前台小姑娘的注视下出门的镜头。

憋了半天，付河终于还是舒出了那口气。

他伸手又将火熄了，周遭再次归于可贵的平静。

“其实……也不能完全说是谣言。”付河说。

路西加愣了愣，这次也终于转过头来。

“我是在追你。”

这几个字无疑像是悠远夜空突然炸出的焰火，火星于人毫无防备间冲上天空，然后迅速绽开，占据漆黑的夜，冲击人的一切感官。

路西加没说话，也没动，只眨着眼，消化着这短短的一句话。

车厢内只有呼吸交替的声音，安静中，原本被隔开的风声都再次露了头。

付河摸了摸鼻子，又补充：“虽然，可能之前看上去不是很明显。”

以前的人生里，路西加其实没少被告白过，更直白的她听过，更含蓄的她也听过，可这还是第一次，在简简单单的话语面前，她忽然慌了神，完全不知道应该怎么回应。

“嗯……”正支吾着，一阵铃声适时响了起来，路西加匆忙低头，翻出手机。

“喂，张医生……嗯，我等一会儿就过去……”

两人的距离够近，付河隐隐能听到那端的人在和路西加确认时间。他用双手攥紧了方向盘，又默默做了一次深呼吸。

等路西加挂断电话，付河忙问：“怎么了？身体不舒服吗？”

路西加似是略作犹豫，才摇摇头：“没有，只是去做例行的检查。”

付河其实没料到会是这样的答案，路西加说这话的时候，唇边甚至还挂上了浅淡的笑，如果不是看到她放在腿上的手一直在不住地摩挲，付河会以为她真的已经完全对过往释怀了。

沉默了几秒，付河缓缓说：“我送你过去。”

“不用，”路西加忙说，“有点儿远，你把我送到家，我自己打车去就好了。”

路西加这样拒绝，付河却直接将手机递给路西加。如今这个时代，手机几乎藏了一个人所有的信息与秘密，路西加觉得这东西太过私密，犹豫着，没敢接。

“西加，刚才我说的话，不要求你现在回应。但是……”付河忽然自嘲地笑了一下，“我没追过女孩子，如果你觉得我还不算糟糕，不如之后给我个表现的机会。”

手机再次朝自己靠近，路西加终于伸手，将手机接了过来。

付河的手机桌面非常整洁，壁纸就是系统自带的图片，图标也都分门别类，归纳得很好。路西加很容易就找到了地图 APP，输入了医院的地址。

付河看了看屏幕上显示的预计时间，车程要一个多小时。

“把座椅放倒睡一会儿吧，你这几天应该也挺累的。”

倒是想睡，可怎么都觉得自己就这么睡了的话太对不起付河了，所以路西加还是坚持道：“不用了，我不困。”

回答她的是一声低笑。从嗓子里荡出的声音代替了她的一拍心跳，路西加抬眼看过去，付河脸上的笑意未消，他转过头来，只哄人般轻声说了一句：“睡吧。”

简单的两个字，却让路西加的心痒了一下，方寸乱了几分。空气中陡增了一些亲密的气息，方才焦躁的情绪似是被这气息安抚，偃旗息鼓，为睡意让了道。

付河开车的侧脸很认真，握在方向盘上的手消瘦却有力，黑色卫衣并没有遮住他宽阔的肩膀，反而为他修饰上几分少年的英气。

“我是在追你。”

方才的话又开始回响在路西加耳边，像是被催眠一般，她忽然不想再同付河保持礼貌了。

“那……我躺一会儿。”路西加闭上眼，将脑袋转向车窗的一面，借以遮掩自己此刻的慌乱。

“嗯。”

趁着等红灯的工夫，付河换了首舒缓的歌。路西加侧了侧头，睁眼看着付河。还没放下手机的付河察觉到动静，以询问的视线看过来:“怎么了？”

路西加想了想，轻声问：“你会唱歌吗？”

“嗯？”这问题有些突然，付河愣了愣，才摇头，“也不能算会，没有系统地学过，但也可以唱。”

“嗯……”路西加认同地点点头，“你唱歌肯定好听。”

“为什么？”

想到刚才那声短促低沉的笑，路西加眨眨眼，说:“因为你的声音好听。”

原本只是想眯一会儿，路西加也没想到自己竟然真的就睡了过去。醒来时已经到达目的地，是付河轻声将她唤醒。

“约的几点？是不是现在要过去了？”

“啊，”路西加揉了揉因睡眠而有些发热的脸，匆忙看了眼时间，“哎？我们是到了一会儿了吗？”

“嗯，感觉既然你本来要回家一趟的话，应该没那么着急，就让你多睡了一会儿。”

说这话时，付河一直把手搭在方向盘上，转头看着路西加。按理说路西加也见过不少帅哥，可这还是第一次，她在这个密闭的空间里，一次又一次地被一个声音缠绕得脸上不住发烫。

“谢谢，那我……先下去了。”

她拿了大衣，匆忙要下车，付河也作势要开车门。

“我送你到门口。”

“啊？不用了，你回去吧。”

付河一条腿已经跨出车门，他指指外面，道：“风很大。”

付河坚持下了车，陪她穿过大风和人群，将她一直送进了医院大厅。

付河并未向路西加打听来医院的原因，这倒是让路西加松了一口气。她照例做完了检查，又做了按摩与光疗，等出来时已经是两个多小时以后。

让她意外的是，付河竟然还等在大厅。

“你……”路西加看着起身走到她身前的人，有些愕然，“一直没走吗？”

付河点点头：“等你。”

本想问为什么，可想到刚才付河的表白，路西加又觉得没有问的必要了。

两个人并肩往外走，付河先一步帮她掀起沉重的门帘。路西加忽然想到，除了爸妈之外，付河真的是第一个陪自己来医院的人。裴静爱干净，每次出门，都会护着路西加，尽量不让她碰这些公用物品，她会帮路西加开门，会帮路西加掀门帘，小时候是这样，后来受伤、长大，也依旧是这样。

暮色来临，每个人都被黄昏拖出了长长的影子。走下医院大楼的斜坡时，路西加回头，看了看两人的影子——太阳在付河那边，所以付河的影子扑过来，将她整个人罩在其中，像是一种无声的保护。

好像从认识到现在，付河真的都在做着一件件保护自己的小事。每次去金一开会都会送自己回家，会在纪子炎扑过来时悄悄在背后扶住自己，会在有不喜欢的人靠近时挡在自己的身前……

付河的保护好像来得很早，像是他们刚认识，他就已经在保护着她。

可是……

路西加没谈过恋爱，望着那微微晃动的肩头，她又有些想不明白，如果这就已经是喜欢，他又怎么会喜欢上自己？

付河承认，自己那句“我是在追你”确实是有些冲动。可他并不后悔，毕竟，暗有暗的追法，明有明的好处。

有了这句预告，很多事情都会变得更加合理。以后即便没有什么重要的事，他也可以给路西加发几句没有太大意义的话，可以多分享几首歌……他不需要再顾虑是否妥当，他可以更加积极地朝她靠近。

只是付河没想到，到了第二天公司就已经传满了八卦。付河倒是不大在意，反正除了熟悉的几个人，他也不怎么和公司其他人来往。而且他惯爱冷着个脸，公司里也没什么人敢开他玩笑。不过纪子炎可不怕，知道这事后她就直接冲到了录音室，怒气冲冲地质问付河到底是什么时候对她西加姐姐下的手。

付河对于她的措辞并不满意，看着前方玻璃映出的人影，他曲起手指敲了敲桌子，提醒道："说话好听点儿。"

纪子炎抱臂冷哼："我早就应该想到了，你以前哪儿关心过我演唱会的服装、舞美，现在想想，自从遇见西加姐姐，有她在的场合你真的是一个也不落啊！"

虽带情绪，可所述倒是事实。

瞧付河默不作声的样子，纪子炎一下子就想到之前付河一定也默不作声地做了好些个追求路西加的事。这么一想，她更是有一种路西加在自己眼皮子底下被自己的合作伙伴骗走的感觉。

"关键是……西加姐姐竟然被你追上了！"

是了，流言没有被当事人反驳，在众人眼里便成了事实。

纪子炎盯着付河的后脑勺，嘟囔："诡计多端的男人。"

诡计多端的男人其实头疼得很。因为之前硬着头皮和路西加说自己也玩《动物之森》，付河最近都在忙着圆这个谎。要说这游戏是真的费时间，房子扩建、修桥、修路，没有一样不要花钱，和现实中一样，要花钱就要先赚钱，要赚钱就要不停地打工，付河不得不把大把的时间耗在游戏里。以前，付河睡觉之外的时间几乎都用来工作，如今工作只多不少，他便不得不压缩自己的睡眠时间。这样半个月下来，付河觉得自己已经因为睡眠不足而出现幻觉，走在路上看见棵树都恨不得拎着斧子上去砍两下。

好在，这一番努力也不算白费，虽然现在付河的整个岛看上去还是没什么美感，但起码已经踏出了由原始社会向现代文明迈进的重要一步。付河这天在岛上又晃了一圈，觉得也差不多了，便打开聊天软件，问路西加要不要玩游戏。

路西加很快回了消息："好啊，我们先加好友吧，然后我先去你的岛？"

付河在网上稍微搜了一下，顺利加上了路西加的好友，然后打开了岛屿大门。系统很快给出了访客提示，付河操纵着游戏里的小人早早等在机场，虽然知道不是现实生活，可看到从机场走出来的小女孩，付河竟还有些紧张。

游戏的小人儿其实都长得差不多，可看着这个跑在他身后的小女孩形象，付河还是觉得她和路西加有那么几分相似。小女孩穿了一条白色的小裙子，头上戴了个小公主皇冠。很像……曾经那个跳舞的她。

绿色的草地，蓝色的天空，奔跑的两个人。一幅普普通通的画面，却被付河品味出了两小无猜的味道。

路西加的语音电话在这时打了进来，付河接听时还没来得及调整自己的状态，以至于声音中还带着方才不由自主冒出的笑意。

“你笑什么？”那端，路西加问。

“嗯？”付河反应过来，忙清了清嗓子，“没有，就是……”

停了一会儿，付河将身子朝后，靠到床头。

“第一次邀请人上岛。”

无线电波带来了一声轻笑，付河操纵着摇杆，围着游戏里的小女孩转了个圈。

付河对这个游戏其实谈不上喜欢，他早就厌倦了打工，厌倦了挣钱，更加厌倦借钱。可就是路西加从机场走出来的那一刻，他忽然领会到了这个游戏于他而言的意义——他在这里创造着一个世界，为了她。

付河陪着路西加将岛上的小动物看了一个遍，路西加又在电话里说要付河去她的岛逛一逛。

客厅忽然响起了开门的声音，随后便是一声呼唤：“哥！”

“唉。”付河应了一声，心里有些奇怪。平日里如果普天林晚上过来，见他已经回卧室了的话，通常都不会打扰他，今天这是怎么了？

“你有事吗？”路西加问。

“没事，我弟弟来了。”

“嗯？亲弟弟吗？”因为是独生子女，路西加从小就很羡慕有兄弟姐妹的孩子，听到付河说到“弟弟”，便忍不住多问了一句。

“不是，没有血缘关系，但以前一起生活过很长的时间……”

付河还想再多说点儿，却没想忽然听到客厅里一连串的巨响，像是椅子倒地，又碰倒了什么东西。这声音大到电话那端都能听到，路西加赶紧问：“怎么了？你要不要去看看。”

付河此刻也觉出来不对，迅速放下游戏机，起了身：“嗯，我等会儿给你打。”

“好。”

匆匆挂断语音电话，付河赶紧出了房门。客厅里的景象是他从没见过的，浓重的酒味，翻倒的椅子和书架，还有趴在地上、捂着膝盖呻吟的普天林。

付河皱着眉骂了一声，赶紧过去扶人。他架着普天林的胳膊扶着他坐起来，才看清普天林那张通红的脸。

喝醉的人眼光迷离，视线飘忽地转了一圈，最后才落到付河的脸上：“哥……”

付河伸手拍了拍普天林的脸：“你这是喝了多少？”

普天林没答话，突然捂着嘴，干呕了一声。付河一看这情况，也顾不得审问了，赶紧把人往厕所架。普天林趴在马桶上吐了个够，终于算是稍微缓过来点儿了。

付河拿杯子给他接了杯温水，要他漱口。普天林接过来，却坐在地上不动。

少年的眼角和眼底都是红的，付河原以为是吐的，可过了片刻，那双眼里忽然流出了眼泪。

也算是从小看大的小孩，普天林有多懂事，付河是知道的。他一直都是标准的好孩子，醉酒这种事，之前从未有过。能憋到这种程度，一定是心里压了太久，真的过不去了。

付河也不催普天林漱口了，而是就地坐在普天林面前，等他稍微平静下来一些，才开口问：“怎么了？”

“难受。”普天林攥着杯子，却没注意角度，杯子里的水洒出来了一些，顺着地砖的缝隙漫开来。付河伸手扶了扶他的手，帮他将杯子端正。

“我给小静的生活费……本来也没多少，我爸今天跟我说，她半年还剩下来两千块钱。我都……”哽咽地停下，普天林吸了吸鼻子，才接着说，

“我都不知道她每天吃的什么啊……”

不需要普天林多说，就这几句话，付河就明白了是怎么回事。他伸手，拍了拍普天林的肩：“好了，哭什么。”

“我难受……”普天林抹了把眼泪，“她还那么小，我跟她说了，让她别省着、别省着，正长身体呢……可她……”

付河看着普天林哭，倒是哼笑了一声：“她这样，像谁？”

听付河这么问，普天林撇过头，不说话了。

“你当初不是这样吗？天天馒头咸菜，都得把肉塞在你嘴里你才肯吃。上大学以后也是，从来不参加集体活动，不跟同学出去玩，不也是怕花钱吗？”

“不一样，”普天林说，“我这么拼，就是不想让我妹妹也过得那么苦。”

“行，”付河哄人般说，“回头我给她打个电话，说说她。你还想吐吗？”

普天林摇摇头。

把自己喝成这样，付河本想骂他两句，可看见普天林瘦瘦的身板，坐在地上可怜兮兮的样子，也开不了口了。

“那你漱个口，收拾收拾，晚上去我屋睡。”

普天林一副没理解他这话里的意思的样子，慢半拍地抬起脑袋看着付河。付河瞧他那醉醺醺的样子，又有点来气，抬手照着他的脑袋给了他一巴掌：“我怕你晚上睡过去被自己的呕吐物呛死。不管是什么原因，下次再敢喝这么多，你看我不揍你的。”

普天林坐着不动，付河便先起了身，又弯腰拽了拽他的胳膊：“起来。”

“哥……”普天林忽然闷声闷气说，“我真的挺佩服你的。我也想挣钱，想挣很多。”

总有人说不要一心想着挣钱，可普天林真的觉得，有些人是站着说话不腰疼。没有一个道理能够适用于所有的人。他很清楚没钱能把一个人逼成什么样子，什么自尊、生活、梦想，有时候，贫穷根本不会给他们面对这些的资格。他们面对的，是生存，是健康，是温饱。

“钱总会挣到的。而且现在有我给你兜着呢，你老那么急干什么？”付河有时候真的拿普天林的固执无可奈何，“当初让你读研的时候不是说了嘛，你好好读书，钱我现在有，不缺，能负担得起。这样，你实在觉得过意不去，就当我借你的，以后你还我，行不行？”

普天林摇头：“哥，你知道的，我还不清——”

“好了，”付河开口，打断了普天林的话，“别说了，我也不想跟醉鬼讨论，先收拾收拾睡觉，有什么都等你酒醒了再说。”

交代完，看着普天林还算能自理，付河就回了房间。他先拨了一通电话，电话接通，那端是一个年迈的声音。

“德叔。”付河唤了一声。

“唉，付河，这么晚还没睡呢？”

“嗯。”付河简单问候了两句，直奔主题，“德叔，以后家里如果缺钱，您就直接跟我说。有什么花销，能瞒着天林就瞒着他点儿，他现在还是学生，虽然有收入但也没多少，而且这孩子从小就心事多，肩上担子太重了，我怕他受不了。”

那端，德叔沉默了半晌，才幽幽叹道：“我知道。我现在也都是跟他说家里不缺钱，可家里的开销他心里算得门清，他妈治病要多少钱，妹妹上学要多少钱，他都记着呢，我瞒也瞒不了。”

“嗯，我知道，德叔，我先给您再转笔钱，治病和上学都是不能耽误的事，天林那儿我来跟他说。”

“付河……我有时候真不知道，要跟你说什么。”

付河拉开一截窗帘，看着远处“那就什么都别说了，您用不着跟我客气，我说过，您救过我，我管您，是应该的。”

“那不值得……”

“值得。”或许是因为付河的语气过于坚定，电话那端一时没了声音。

长久的安静后，德叔哽咽着说了一句：“好，等你什么时候回来，我给你做饭。”

“行。”

付河又叮嘱了一句“早睡”，正要挂断电话，德叔却又叫了他一声。

“对了……你爸，这几天老问起你。”

付河的目光依旧抛向这个城市里很深的夜，他保持着一个动作没动，也没说话。

德叔对于他的这种反应并不意外，自顾自接着说："问你今年过年回不回来，说怕你烦，不敢给你打电话。你要是有空，要不抽时间给他也打个电话？他现在膝盖也总是疼，我看也挺遭罪的。"

付河依旧没回话，德叔等了一会儿，才又重重地叹了一声："那你早点儿睡吧。"

"他有定时去医院吗？"付河突然问。

"啊，有，有，"德叔结结巴巴地答，"去着呢。"

"嗯。"付河点了点头，道，"睡吧，德叔。"

"哎，那你今年过年，回来吗？"德叔问得有些犹豫，可又好像不甘心，忍不住补了句，"都好几年没回来了。"

"看吧。"

付河只给了一个模棱两可的回答，便在烦乱中将电话收了线。他重新把窗帘拉好，躺回床上。寂静的屋子似乎更容易被往事挤占，闷热隧道里摇晃的灯光、卡车窗户外没有星星的黑夜，还有很多次睁眼醒来，看到的自天花板脱落而下的墙皮……在这样的环境的纵容下，那些陈旧却清晰的影像，都不打招呼地一股脑儿朝他扑了过来。

刚才游戏带来的好心情被现实的一通折腾彻底搅乱，付河烦躁地闭了闭眼，隔断回忆，也不愿再去思索和那人有关的事。

他没有忘记和路西加的约定，但看着已经过了路西加平日睡觉的点，便没再拨电话，只发了条信息过去。

"睡了吗？"

发完这条消息，付河就躺在床上等着。手机一直没有回音，安静到使人焦急。就在付河以为路西加已经睡了，打了"晚安"两个字准备发过去时，对话框内突然蹦出了一条新的消息。

"没呢。"

付河愣了愣。

在看到这两个字之前，他都没有细细衡量过，自己那股焦急的情绪里到底含了多少期盼。好像很多，多到这样两个字，能让他一下子体会到一颗悬着的心落地的感觉，可好像又很少，因为他从不贪心，似乎只要路西加随便发句什么，让他知道她在就好。

付河动了动手指，摸了摸那简单的两个字。屏幕没有温度，付河却觉得指尖是暖的。他开始敲击回复的话语，可一时间心绪涌动，竟忽然不知道下一句该说些什么。

约过了几十秒，付河还在删删减减，斟酌措辞，那两个字下面却又出现了另一条消息——

“在等你。”

怎么形容那时的感觉呢？好像，是这三个字让一个混乱的世界重新有了秩序。万物有了引力，扭曲的形态回归正常，停滞错乱的时间开始重新行进。

几乎是情绪驱使下的本能动作，付河拨出了一通电话。没有经过太长的等待，他便如愿听到了她的声音。

“喂。”

“已经躺下了吗？”清了清喉咙，付河低声问。

“嗯，打算等等你的消息就睡的。”路西加说，“对了，刚才怎么了？没事吧？”

“没事，我弟喝多了。”

这句话之后，两个人忽然都静了下来。听筒里是寂静的，可付河好像感觉到从里面钻来了一阵微风，带着路西加起伏的呼吸，钻进他的耳朵里。

耳朵发痒，他却不由自主地将电话贴得更近。

落在床上的游戏机还开着，小岛上的小动物们大多都睡了，夜空下飘荡着背景乐，乐声轻柔，安抚人心。

已经这么晚，肯定不可能再上岛了，付河知道他该对路西加说句“快睡觉”，可此时此刻的静谧气氛让他无论如何都舍不得打断。他自私地想要再这么待一会儿，可惜，总有人爱扰人好时光。

卧室的门几乎是被普天林撞开的，随后，他整个身子重重地蹭过门板，跌跌撞撞地朝床这边扑了过来。付河眼看着他要砸下来，赶紧伸手把床上的游戏机捞了起来。

普天林一头栽倒在床上，却还坚持睁着眼睛。他盯着付河手里的两样东西看了半天，像是在思考什么。

付河把游戏机放在枕边，抬手，带着警告的意味指了指普天林，嘴上却轻声对着电话问："明天要早起吗？"

"不用，明天可以多睡一会儿。"路西加很快回答。

屋内安静，听筒里的声音很自然地泄露出几分。普天林歪着脑袋朝付河这边凑，试图将电话中的声音听得更清。

"嗯，那还好，"付河用一只手抵住普天林的脑袋，阻止这个醉鬼靠近，"明天多睡一会儿。抱歉，今天害你熬夜了。"

"没关系的。"

"那……下次我再去你岛上？"

听到"岛上"这两个字，再看看被付河放在一旁的游戏机，普天林突然反应了过来。他猛地把脑袋支棱起来，嘴巴虚张两下后，出了声："啊，哥，是嫂……嗯……"

他没说完，就被付河一把捂住嘴巴。被醉意冲昏头脑的人一点儿都没觉得自己在以身犯险，还在不要命地扯着付河的胳膊挣扎，嘴里"呜呜"地试图喊出刚刚被堵在嘴里的称呼。

"好啊。哦对了，明天你有空的话，来试一下衣服吧，已经……"

"嫂子！"

留神听着路西加说的话，手上不自觉就松了劲，付河一时不防，竟被普天林钻了空子。洪亮的一声，震得付河一只耳朵里都在嗡嗡作响。

"你给我闭嘴！"

情急之下，付河低声朝普天林吼了这么一句。

电话那端忽然没了声音，付河很快意识到不对。

"不是，"付河也顾不得管普天林了，赶紧攥着手机起了身，"西加，我没说你，我在骂我弟，他一直在旁边吵。"

“哦……”停了两秒，路西加笑了一声，“吓我一跳。”

付河抬手，揉了揉眉心，对这个小乌龙有些哭笑不得。

“你弟弟……”路西加说着说着忽然停住，支吾了两声后，小声说道，“好像真的喝多了。”

付河意识到路西加一定是听到了那声“嫂子”，顿时懊恼地用手挠了挠头。

“他……喝多了会胡言乱语，抱歉，你……别介意。”

电话那头的声音还在笑，那起码说明，她没因为这个生气，付河想。

这话题实在不大适合再继续下去，付河想起路西加没说完的话，赶紧问：“你刚才说，衣服是已经做好了吗？”

“嗯，你明天有空的话，来试一下？”

“好。”

床上的人还在埋着脑袋哼哼唧唧，得不到回应后又开始一口一声“哥”地叫，付河头疼地回头看了一眼，也顾不得多说，叮嘱路西加赶紧休息后便结束了通话。

挂了电话，他走回床边，朝着那个乌黑的后脑勺给了一巴掌：“明天收拾你。”

路西加不习惯晚睡，加上这几天屋里的暖气一直不大热，晚上屋子里特别冷第二天早上睁开眼以后她就觉得头很痛整个人也昏昏沉沉的没有力气。她抱着枕头趴了一会儿，脑袋里没有顺序蹦过一些乱七八糟的记忆片段。挑挑拣拣地过了一遍，神志回归清明时，脑海里剩下的唯一一件事，就是今天约了付河。

艰难地撑着身子坐起来，路西加倾身摸过手机，看了看时间。

“十点……”

虽然还早，可没吃早饭的人肚子却很饿。路西加点了个外卖，将手机连上音箱，打开了惯常听的直播间。

这个直播间放的歌都很符合路西加的喜好，只有一点，就是主播似乎很任性。开播时间随缘，也从来不说话，弹幕里有人点歌，放不放也全看主播的心情。也有人觉得这样无聊，但路西加却觉得这样挺好。

今天很幸运，主播在线，晨间的洗漱便有了好听的背景乐。

路西加和付河约的是下午五点半，她提前了一些，赶在闭店的时间到了工作室，想着要带菜菜出去遛个弯。贺岩瞧见她过来很是惊奇："你不是今天休息吗？"

菜菜听到她的声音便跑了过来，兴奋地在她旁边跳来跳去，路西加笑着叫了声菜菜的名字，又用两只手撸着它的脑袋安抚它。

"约了付河来试衣服。"

闻言，原本低着脑袋在整理客人资料的人偏了偏头。琢磨了片刻，贺岩"嘶"了一声："你……亲自约的？这不应该是田柚的活吗？"

两人认识这么多年，路西加早就摸透了贺岩的人精本质，所以她此时很聪明地保持沉默，弯腰，给菜菜上好牵引绳。

贺岩一直观察着路西加表情上的细微变化，等路西加起身，拉着菜菜准备往外走时，贺岩很肯定地下了结论："你不太对。"

路西加抬了抬下巴，淡淡看了他一眼："哪里不对？"

"休息时间专门来店里，也不叫田柚，而且……"贺岩拿笔杆戳了戳自己的嘴角，提醒道，"你在笑。"

路西加愣了愣，随后朝下放了放唇角——唇角的确有向下的空间，路西加这才发现，原来刚才自己真的一直在笑。

"不跟你说了，"自己都没意识到的事情就这么被贺岩戳破，路西加多少有些不好意思，她不想暴露更多，拉着菜菜就往外走，"我要带菜菜出去了。"

付河比约定的时间来得更早一些。路西加带菜菜遛了个圈回来，冬天的太阳还没下山。她低着头，踩着笔直的砖缝走到大门口。地上有一个长长的人影在慢慢靠近，仅凭着那影子晃动的规律，路西加就认出了来人。

付河很快走到路西加身侧站定，路西加仰头，正看到黄昏在他下颌留下的金黄印记。

"昨天睡得好吗？"付河问。

冷空气的包围下，头疼的感觉好像变得更明显了一些。路西加犹豫了片刻，在礼貌和诚实之间，选择了后者："不太好，有点儿头疼。"

听到这回答，原本正在帮路西加开门的手顿了顿。付河侧头，细细地去看路西加的脸色。

黑眼圈倒是不明显，只是眼底的红血丝的确比平时多。

付河叹了口气：“我的错。”

路西加摇摇头：“主要是因为暖气坏了，睡得很冷，可能有点儿感冒了。”

两人进了院子大门，付河换了个位置，走到风吹来的那一侧。原本被风吹起的头发立刻落下来了一些，路西加将手中的绳子攥得更紧了一些，瞄了一眼那个挡住了风的人。

“暖气坏了？找物业了吗？”

“找了一次，师傅来修过了，但好像没什么用。”

两人边聊着边往工作室走，付河心中斟酌着，又迈了两步，才问：“你是自己住吗？”

路西加没明白他为什么要这么问，但也没来得及想太多，还是点了点头：“嗯。”

“那方便的话，等会儿我帮你去看看吧。”

刚好行至院子的走廊，路西加脚步顿了顿，有些诧异地看着付河。

他还会修暖气？

付河会错了意，问：“不方便吗？”

“啊，不是，没有不方便。”路西加连忙否认，但否认完，却又觉得自己的反应好像显得有些……过于急切？

明明知道对方在追求自己，还这么急切地解释……好像是会造成一些影响。

她一时间不知道要怎么说。而不知是谁先停下的脚步，等路西加回过神来，才发觉他们已经面对面，站在了走廊里。

她抬头，发觉付河正在一眼不眨地看着自己。很近的距离，她连对方眼睛里闪着的光都能看得真切。

付河今年多大了？

因为那双眼里的光，路西加的脑袋里忽然闪过这个问题。按理说，起码他们大概算同龄人，早就不是少年，也早就远离了校园。可付河眼里的光，虽然沉静，却很纯粹，和其他人眼里的都不一样。就像是一个历尽了冷暖的诗人，却仍以平静的心去欣赏一朵花开。

被风吹着，路西加不自觉吸了吸鼻子。

“那等会儿试完衣服我帮你去看看。”付河说完，抬手指了指前方，“这里风大，先进屋。”

到了工作室，路西加把已经熨烫好的西装拿出来，还拎出了一件衬衫——此前在聊天中得知付河并没有衬衫，路西加便建议他连衬衫一起做了。

付河拿着衣服去了隔壁试衣间，路西加就坐到凳子上等着。院子里有人在说话，路西加听到里面夹杂的贺岩的声音，便倾身，凑到窗边去看。只见楼下贺岩和两个师傅正踩着梯子，为已经光秃的树木挂上灯饰，还有小小的红色灯笼。

路西加恍然惊觉时间过得如此之快，一转眼，这一年竟然又快要到底了。她仰头看了看天空，回忆之后，想起今年的雪下得真的很少。

身后有门板推动的声音，路西加转身，看到了已经换好西装的人。

“哇，”路西加只觉得眼前一亮，情不自禁地夸奖，“好看呀！你觉得怎么样？”

“好看，”付河不大自然地动了动肩膀，自嘲笑道，“感觉像是变了个人。”

其实刚才在试衣间里磨蹭的这半天，付河就是在适应这身过于正式的衣服。他也想学平日里见到的那些明星，想让自己以从容又帅气的姿态去面对路西加，但平日随意惯了，镜子前面，僵硬的肢体怎么也摆不顺，最终，他也只好别别扭扭地走了出来。

好在，路西加的反应让他松了一口气。身体不那么紧绷了以后，镜子里的人看上去也更加自然了一些。

“我就说你很适合穿这种西装。抬一下手，我看看。”

付河依言抬手，路西加确认了一下领口和后背：“嗯，很合身。”

路西加又绕着付河来来回回转了几圈，确认好各处细节，记下两处需要略作修改的地方后，才点头道：“只要再稍微改一点点就好，下次你参加颁奖典礼，肯定就可以穿了。”

做音乐这么多年，付河没少得奖，但他其实对各个奖项都没有太大的感觉。如今各种颁奖典礼的含金量参差不齐，能拿奖不代表真的做得好，不能拿奖也并不代表你差，所以他从不看重这些。唯独此刻，他希望自己下次一定要获奖。

星光和舞台对他来说都不是那么必要，可是那条路，他想穿着这身衣服走一趟。

没有什么比自己设计的衣服被穿出了预想中的效果而更让一个设计师高兴了。因为付河这次完美的试衣，直到离开时路西加心情都很好。在屋里时没留意，等出门，路西加才发现不知什么时候开始，空中竟然又飘了雪。

她伸手接了几片雪花，有些惊奇："好巧啊，我刚才还在想今年没怎么下雪，这就下起来了。"

"嗯，小心一点儿。"付河提醒。

路西加搓了搓被雪弄湿的手，然后将双手插在衣兜里，跟着付河朝前走。

"一起吃个饭？然后我帮你去看暖气。"

"好。"

下雪的夜晚，外头温度实在是冷。两人到了车上，付河刚把空调打开，路西加就打了个喷嚏。

"冷？"

路西加点点头。感冒的症状好像变得更加严重了一些，她将头靠到椅背上，闭上眼睛，缓解短暂的晕眩。

车子热得没那么快，付河抬手试了试空调风的温度，还很低。

"你现在不太适合出去吃饭，应该回家休息。家里有吃的吗？"

路西加将眼睛睁开一条缝，摇了摇头。她不怎么做饭，家里也没有存粮的习惯，大部分时候都是靠外卖解决。

"嗯，我之前看你家楼下就有个超市。"

"是有……"路西加有些奇怪，"怎么了？"

"其实……"略作沉吟，付河含笑说，"我做饭也还不错。"

既然是在追求，当然要多展示一些自己的优点。

空调吹出的风终于热了起来，付河抬手，将原本扳向自己这边的扇叶朝路西加那边拨了拨："要不要尝一尝？"

非常明显地，在付河的尾音落下时，路西加感觉到自己心跳漏了一拍。她在这一刻看着付河的眼睛想，这个人，不会是刻意用这样的低音来说话的吧？

太犯规了。

而犯规的人显然没有停下的意思，暖风中，低沉的嗓音继续响了起来。

"这样好不好，我把你送回家休息，然后我去超市买点食材，给你做个饭。"

路西加能明显感觉到付河好像在一步一步走进她的世界，她的生活。就像他说的，他在追求她。

可即便有这样清晰的意识，她心底却没有产生任何抵触的想法。她在这时是有些奇怪的，明明之前的许多年，她都很抗拒和别人走得很近，她守着自己小小的生活空间，在里面重塑自我，固执地不想被任何人打扰。但到了付河这里，却好像多出了很多的意外。她接受了付河每一次的好意，接受了他每一次的照顾。

她没说话，付河也没催促，发动机规律的声响中，付河就这么静静等待着。

窗外的雪飘得更大了些。

最终，路西加还是遵从了情感导向的意愿。她点了点头，说："好。"

汽车终于起步，路西加依旧靠着椅背，但这次她没再闭上眼睛。她望着外头白色的雪花，忽然说："今年只下了两场雪。"

"嗯，"付河想了想，的确是，"很少。"

安静的山路上，付河在认真开着车。路西加摆正了头，闭眼眯了一会儿后，她又偷偷将脑袋偏了一下，看了一眼付河。

其实她还有一句话没有说——

今年只下了两场雪，而雪花两次飘落时，他们都在一起。

很巧。

第 5 章

钱夹里的……小姑娘？

付河说要先把路西加送回家，路西加却坚持要陪他一起去超市。

只是，当来到自己家门口，路西加才懊恼自己刚才为什么不先回来——门口的快递箱起码堆了七八个，其中还有一个巨大的箱子，几乎挡住了整扇门，显得凌乱又挥霍无度。

“这都是……今天的快递？”面对这一堆快递箱，付河显然问得有些迟疑。

“嗯，之前有活动打折，所以就多买了点。”

路西加说完，偏过头，刚好碰上付河含着笑的眼神。她抿抿唇，不甘地补充：“其实也不是经常买这么多。”

听到身后的人轻轻笑了一声，路西加一边在心里嘀咕这些快递怎么都挑今天到，一边尝试着扒拉了一下那个大纸箱，想要将它挪过一些，挪出开门的空间。但纸箱比她想象中沉很多，竟稳稳待在那儿，一点儿都没被挪动。

这东西质量也太好了……

“我来。”说完，付河放下手中的袋子，弯腰将挨着门的纸箱一个一个搬开。搬动最大的那个时，他顺口问：“这是什么？”

“买了一个衣柜。”

终于挪出空间，路西加将大门打开，付河站在门口，朝几个纸箱撇了下下巴："那我帮你都搬进去。"

"啊……好，谢谢。"

付河于是把箱子搬进屋，整整齐齐地码在玄关处。

"平时这种东西你都自己搬吗？"付河忽然问。

玄关狭窄，堆上这一堆箱子以后都快站不下人了。路西加费力地从鞋柜里找出一双拖鞋，递给付河，才说："嗯，快递小哥会送到门口，我自己慢慢挪进来就好了。"

见付河已经微微皱起眉，路西加解释："其实这种大件的东西也不会买几次。"

"嗯。"

两个人站得近，以至于付河低头时，都能闻到路西加身上散发的淡淡香水气味。看得出来，路西加是习惯喷这种淡香型的香水的，付河不知道她用的具体是哪一型，但他觉得这香味很好闻，不浓烈，却也不寡淡，好像掺着一股木香，让人印象深刻。

身前，路西加脱下了厚厚的雪地靴，露出毛茸茸的袜子。付河看着她穿上一双草莓图案的拖鞋，眼中神色微动，说道："下次再买这么沉的，叫我来帮你搬，别自己弄。"

这话，如果细想其实能琢磨出很多意思。可到了今天，路西加知道自己和付河之前已经产生了很多不清不楚的勾连和默契，所以此刻也并未深究，只是应下来，接着刻意低头，避开头顶的那束视线，把钥匙放到柜子上的收纳托盘里。

银亮的钥匙在托盘里打了个晃，随后安稳地躺下。

付河进屋后没有多坐，路西加给他指了一下各屋的暖气片，在将屋里的暖气片和楼道的水管都看过后，他问："你家是一楼，进水口那里有师傅检查过吗？"

"上次师傅来看过，说是把阀门开到最大了。"路西加摸了摸，明明这个点正应该是暖气烧得旺的时候，这暖气片却只是刚刚有温度而已。

"我怀疑是进水口那儿被沙子堵住了，有物业电话吗？看能不能让他们找师傅再来看一下。”

路西加依言翻出电话，拨过去，说明情况以后却被告知师傅现在在别的楼，恐怕要明天才能过来。付河听了，朝路西加伸出手，把电话接了过来。

“您好，是这样，我们本身就是一楼，现在暖气温度非常低，屋里是肯定没有达到十八度的标准的，我……”付河说着，顿了顿，看了路西加一眼。

路西加以为他是有什么问题，微微睁大了眼，朝他探了探身。

付河却垂了垂眼眸，轻轻摇摇头，继续对电话那端的人说：“我们已经睡感冒了，真的不能等明天。我现在怀疑是进水的管道堵了沙子，放出来就行，其实我自己也能修，但需要师傅确认一下管道，所以最好待会儿还是让师傅过来看看吧，很快的。”

听完付河这段话，路西加才后知后觉地意识到，方才他的停顿，大概是卡在了一个称呼上。

路西加不由自主地缩了缩肩膀。

后面付河和物业的对话路西加都没认真听，等回过神，付河已经把手机递回给她，说晚点儿师傅会过来。

路西加带着付河熟悉了一下厨房，随后便接到指令，要她出去休息。再三确认付河真的不需要自己帮忙，路西加只好转身往外走。

但走到门口，她又忍不住回头看了一眼。付河的动作一看就是经常做饭的，用刀熟练，无论是对肉还是蔬菜的处理都没有半分犹豫。

厨房对路西加而言是个难度等级极高的地方，这几年一个人生活，她也不是没尝试过自己做饭，只是她似乎真的没什么天赋，除了煮面、炒鸡蛋这种非常简单的饭菜外，别的饭菜被她做出来，无一例外地会让人觉得难以下咽。尝试过几次，她便彻底放弃了下厨。

人在自己的弱势领域更容易对强者产生崇拜感，所以路西加对会做饭的人一直有着天然的滤镜。付河今天还是穿了黑色的帽衫，在他低头切菜时，背脊隆起一个弧度，肩头随着手臂的动作轻微晃动，路西加靠着门框，歪头看着那个背影，忽然想到以前穿着校服的付河，应该也是非常帅的。一定是那种，会在篮球场上吸引所有人目光的男生，话不多，但走到哪里都是焦点。

等付河把做好的菜端上来，路西加更加确定他那句“我做饭也还不错”是真的没掺半分虚假。

见她不吃饭，只盯着看，付河奇怪：“不吃吗？”

路西加的目光又挨个在那几道菜上转了一圈，随后从一旁摸过手机，冲付河伸出一根手指：“我拍一张照片。”

闻言，付河非常配合地往后撤了身子：“要把碗拿走吗？”

路西加眯着眼笑：“不用。”

其实路西加也不是想要发到社交平台，她平日不太用那些东西，也并不喜欢与那么多人分享自己的生活。她只是单纯觉得，这顿饭很值得纪念。

正常来说，感冒的时候人都会没有胃口。可路西加这顿饭吃得却很香，大概是最近外卖吃多了，又或许是付河做的饭菜太好吃，路西加今天竟有些控制不住食量。

两人正吃着，一旁路西加的手机响了起来。

路西加看了眼屏幕，将手机贴到耳边。

“喂，妈妈。”

裴静赶着饭点打过来，自然是要询问路西加吃了没。

“正在吃呢。”

那端，裴静一副早就有所预料的口吻，开玩笑说：“又是叫的外卖？”

“当然不是，”好不容易争了一口气，路西加毫不含糊地反驳，“在家做的。”

“是吗？”裴静听上去不大相信，“你自己做的？”

“不是，”路西加看了眼对面的付河，老实回答，“朋友来做的。”

这回答让裴静有些惊讶：“哪个朋友啊？不是小柚？”

“不是，”当着付河的面，路西加不好多说，于是含含糊糊回了句，“你没见过。”

“行，那你们吃。”裴静无意探听女儿的隐私，接着说，“我打电话是想问你，上次说咱们今年过年回家过，怎么样，你想回吗？”

“回家啊……”路西加低头，用筷子在碗里戳了两下。

见路西加犹豫，裴静忙说：“没关系，你不想回咱们就不回去了。”

“没事，回吧，大伯他们不是都想我们回去嘛。”

结束通话，路西加才发现付河正在看着自己。

“过年要回家？”

“嗯。”

付河想了想，问：“怎么回？”

“应该……坐高铁吧。我家离这里很近，高铁只要三十分钟就到了。”说到这儿，路西加问，“你呢？你过年在哪里？”

“还在北京吧。”

路西加并没有错过付河在说这话时脸上一闪而过的冷淡。

她愣了愣，随后反应过来那应该并不是对她产生的情绪。

两人相处，不同的关系下要有不同的距离感。路西加觉得自己现在不太方便继续追问，所以暂时按下了好奇心。

她正出神，忽然听见付河说：“忘记买可乐了，可以给你弄点儿姜丝可乐喝，祛寒。”

“我这儿有，在冰箱里。”

路西加正欲去拿，付河却先一步起身：“我去吧。”

“好，”路西加应了一声，又追加了一句，“还有酸奶，拿两个吧。”

路西加的冰箱不大，但布置得很可爱。冰箱门上有各式各样的冰箱贴，压着不同的照片，都是过去的年岁中值得记住的时刻。有路西加坐在书桌前的，有她抱着菜菜的，有她拿着一杯咖啡站在满是灯光的街道上的，还有一张，是一个梳着马尾辫的小女孩，穿着舞蹈服，靠在练功房的墙壁上。

那是一张只有上半身的近照，照片清晰得可以看清女孩额角流下的汗，还有被汗浸湿后贴在皮肤上的发梢。阳光照到她的眼底，将眼瞳映成了明亮的琥珀。

付河的手扶在冰箱门上，却迟迟没有将它打开。

路西加已经走到他旁边，见他的目光长久地停在那张她小时候的照片上，不禁问：“怎么了？”

目光离开时仍透着留恋，路西加一直看着付河的眼睛，所以被那双眼里克制不住的汹涌感情弄得愣怔——那是太明显的怀念。

路西加在这一刻忽然有种很奇怪的感觉，她强烈地感觉到付河好像在透过这张照片看着什么人。一个在过去的故事里，被他深深爱着的人。

她的心蓦地一沉，一下子，好像之前想不通的那些来自付河的太过自然的善意都有了解释。

冰箱门打开，冷气扑了出来。路西加有些迷茫地看着付河动作，心里忽然变得忐忑和低落。

他在看谁？

付河取了可乐，又按照路西加的吩咐找到酸奶：“酸奶你要喝什么口味的？”

路西加还没从刚才的猜测里缓过来，答得心不在焉：“草莓吧。”

付河看着她愣了两秒，又低头确认手中的酸奶。

“没有草莓的。”确认完毕，付河把两瓶酸奶举起来，亮给路西加看，“杧果和桑葚。”

就像是被撞破了胡思乱想的心思，路西加一下子有些窘迫，忙答：“那杧果吧。”

人的思想一旦陷入怪圈，就很容易越陷越深，路西加觉得自己并不是个患得患失的人，可整整一个晚上，她却都在想着那个付河在透过照片看着的人。

修暖气的师傅来得还算快，付河跟路西加要了一个盆，跟着师傅去了楼道。没过几分钟，付河便端着一大盆混着泥沙的水回来了，路西加忙快走了几步，帮付河打开洗手间的门。

“这是堵在管道里的吗？”

“嗯，”付河把水倒进马桶，泥沙放在一旁，跟路西加叮嘱，“以后如果暖气不热，先让师傅看看是不是有没放出来的气，然后再看看是不是有沙子堵了管道。过几分钟再看……”

他说着回了头，看到站在卫生间门口的人，又停住了话头。

路西加不解："怎么了？"

付河笑了一下，摇摇头："算了。"

算了？路西加一下子就皱起了眉，怎么就算了？

付河留意到她脸上变化的神色，笑着解释："我是说，你也不需要学会，再坏了，给我打电话就行了。"

每一件事情于不同的人而言，都有着不同的必要性。在付河看来，做饭、修暖气、装衣柜，都不是路西加必须学会的生活技能。她这样，布置布置屋子，规划一个可爱的冰箱，就挺好的。

修暖气的师傅跟过来，从随身的袋子里拿出一张单子："麻烦两位给我签个字。"

付河还站在卫生间里，于是路西加接过笔，在工单上签上了自己的名字。师傅是个健谈的，她签名的工夫，还不忘唠叨两句："今年这也不知怎么了，供暖的问题特别多，我这每天恨不得都跑个十户八户的。"

路西加听了，关切地问："您吃饭了吗？"

"刚来之前垫了点，嗨，我等会儿还得再去一家，今天这下这么大的雪，也没法早回家。"

路西加签完字，将单子和笔都还给师傅，说道："我去帮您拿杯水。"

"不用不用，"师傅连连摆手，朝外走，"你们忙，我赶紧去，修完早点儿回，你们也早点儿休息。"

好像被当成了一家人。只不过，这次路西加已习惯般不再感到慌乱，还十分平静地回了一句："好的。"

因为师傅的话，路西加站到窗前，将额头抵在窗上，用手遮着眼眶周围的光，看了看外面的雪。

"雪真的很大，"路西加建议，"要不你早点儿回去吧，我怕等会儿路不好走。"

付河这次竟顺从地点点头："那我明天再过来？"

路西加眨眨眼，回头："啊？"

付河低头一笑，瞬间暴露了方才逗人的意图。

“既然是简易衣柜，应该很简单，我装完再走。”

的确很简单，付河只看了两眼图纸，就动起了手，整个组装过程不过十分钟，每个动作都干净利落。

“你……真的好厉害啊。”

虽然路西加也是个手工爱好者，但付河这动手能力就跟专业安装师傅似的，还是让她不由赞叹。再一回想，好像在他们刚认识不久的时候，她就说过这样的话，到了现在，她还依然这么认为。

付河把该做的都做完，便没耽搁地同路西加道了别，走时还捎走了所有的垃圾。

四周的温度已经升起来，屋内整齐明净，新衣柜好好地立在那里，空气中还掺杂着甜甜的可乐味道。

大雪，还在继续。

这明明是一个普通的夜晚，却因为一个人的到来，让许多事物都有了新的意义。她独自生活的屋子里，留下了另一个人的痕迹。

路西加靠在暖气片上，抬手摸了摸变热的脸颊，突然发现自己已经很难忽视早已暗暗生根的心动。

被追的感觉……原来这么好的吗？

手机振动了两下，路西加走过去拿起，看到了付河发来的短信。

“外面有积雪，明天应该会更厚，出门一定当心。”

路西加的手指敲了几下，回了一个“好”，想了想，她又发了一句过去。

“你到家告诉我一声。”

两人间的关系好像一直都是在这种小小的互动中渐渐升温，没有大开大合，也没有突然拉进，但等路西加如今反应过来，暗下去的手机屏幕已经暴露了一些初露端倪的甜。

付河没再回，应该是已经在开车。路西加到厨房给自己又倒了一杯姜丝可乐，无意间，视线掠过冰箱门，方才忐忑的猜想又不可抑制地浮现。

美好的景象会让人容易沉迷，却也更容易怀疑。

杯口升腾而起的热气裹紧了胡乱飘散的思绪，坐在那里想了半天，最终，路西加还是向心底的忐忑不安屈服。

她吸了一口气，打开手机，给纪子炎打了个电话。

“子炎，你知不知道，付河以前有没有什么喜欢的女生啊？”

“什么情况，”电话里，纪子炎原本带着困意的声音一下子清醒，伴随着猛然拔高的音量，一声质问钻进了路西加的耳朵里，“付河对你不好了？”

“没有没有，”路西加忙否认，跟着解释，“不是，我就是好奇一下，随便问问。”

纪子炎将信将疑：“真的？”

路西加给了她肯定的答复。

抛开两个人被外人误解的关系，单纯回答付河对自己好不好这个问题，路西加这可不算撒谎。

“那就行，他敢对你不好你告诉我。虽然谢其瑞很护着付河，但他欺负你的话，我还是能帮你教训他的！至于他喜欢的女孩……反正我跟他认识的这些年里，他感情史肯定是一片空白的，他这个人就是个写歌机器，以前天天待在隔音间里，别说谈恋爱了，感觉他连别的生活都没有，就跟卖给公司了一样。”说着说着，纪子炎忽然捕捉到记忆中一个小片段，“等下，不对，我忽然想起来，以前谢其瑞开玩笑说过什么……钱夹里的小姑娘？好像说是他钱夹里有一个小女孩的照片，但再多的我也不知道了。当时付河没接话，好像不愿意让谢其瑞说这事，谢其瑞就闭嘴了。”

钱夹里的……小姑娘？

路西加没想到自己真能问出这样的信息，一时间噎在那儿，不知道该作何回答。

“西加姐姐？”

“嗯，好，”路西加放在桌上的手动了动，松松攥成一个拳，“我知道了。”

挂断电话，路西加觉得心头有点儿闷。她倒并不是真的介意付河有怎样的过去，她当然能够接受付河在过去二十多年里有过倾心的人，但如果纪子炎说的是真的，她会在意那张照片是不是还在付河的钱夹里。

自从受伤以后，路西加就只回过一次家。那次也是回去过年，是治疗暂告一段落之时。那时她还坐着轮椅，亲戚朋友见到她以后都会关切地问她怎么样了。他们带来了许多水果、营养品，说着宽慰的话。路西加知道他们都是好意，可他们眼里的心疼和同情，却仿佛在一次次提醒她，要她认清再也不能跳舞的事实。

所以，那次她只在家待了几天，便实在忍受不了那种时过境迁的痛苦。她和父母说，自己不想再活在过往的影子下，于是到了北京，开始新的生活，从此再也没回去过。

这次是家里人思念，加上时间也过去很久了，她便下决心，要再回去一次试试看。

收拾行李的时候，路西加原本拿出了许多衣服，可对着已经被塞得满满的行李箱沉默了一会儿，她又将里面的大半衣物一件件拿出来，挂回衣柜。

看一看家里的亲戚，应该也不需要待很多天。

她原本是打算乘高铁，但付河坚持要开车送她。

离开北京的那天阳光明媚，路西加从床上睁开眼时，看到难得强势的阳光从没合紧的窗帘缝隙里漏进来。卧室的床就靠着窗户，她没有起身，将上半身弯到窗户旁，撩开窗帘，眯着眼睛望了望窗外的景色。

院子里已经有早起的小孩子在玩耍，树枝上吊着红艳艳的灯笼。灯笼被风吹得缓慢旋转，上面印着的“新年快乐”便在路西加的眼里舒展开来。

起床后，路西加化了一个淡淡的妆，随后将屋子收拾好，确认所有的垃圾都已经倒掉，才拖起行李箱，准备出门。

大门打开，说要来接自己的人早已等在门口。

路西加的工作时间相对自由，为了避开春运高峰，她已经选择了提前几天回家。可回去的高速路上仍旧很堵，虽然不至于水泄不通，但车辆行驶的速度始终缓慢。路西加怕付河觉得无聊，一路上都在尽力找着各种话题。

“对了，你过年应该也会休息几天吧？”

付河点头，说：“会。”

“上次你没来得及去我岛上玩，我把游戏机带上了，我们过年可以玩。”

说完，路西加又想到付河曾对她说过年不会回家，于是侧头问道：“你过年会去找朋友吗？”

“不会，朋友过年一般也都要回家。”

“那你弟弟呢？上次电话里喝醉的那个。”

“他会回家。”

那么，他就是要自己过年了。

虽然路西加也很享受一个人的生活，但想到除夕夜这样合家欢的日子，付河会自己度过，她还是觉得听上去有些孤单。

以他的性格，应该不会看春晚，那他会干什么？除夕，也会在写歌吗？

感受到她突然的安静，像是看穿了她的想法，付河看着前方，忽然说了一句：“习惯了，倒不觉得有什么，从十几岁开始，我就都是自己过年。所以，现在如果一定要让我回家，我反而觉得不自在。”

十几岁？

这样的回答使得路西加一时间心情复杂，她不知道原因，但大概能猜到，在这习惯养成以前，付河应该经历了一些不愉快的事情。

路程过半，路西加从手提袋里取出一个透明的保鲜盒，里面装着她早上准备的水果。

用牙签扎了一颗草莓，路西加捏在指尖，将草莓转了半个圈，温声问付河：“吃草莓吗？”

“吃，”付河答了一句，接着说，“有点儿渴。”

付河在开车，吃东西自然是不方便的。路西加伸手，将那颗草莓送到付河嘴边。付河很自然地微微低头，就着她的手，将草莓含到嘴里。

收回手时，路西加都还觉得有些紧张。长这么大，她还没给谁喂过吃的。

嘴唇有点儿干燥，路西加用牙齿轻轻碰了碰下唇，然后给自己又叉起一颗草莓。

香气四溢，暧昧滋长。

车驶到收费站ETC的通道上，前面的车不知为什么卡住。付河慢慢将车停下来，转头，便看到路西加吃草莓的样子。

喜欢的人就坐在身旁，不可能不心动的。口中甘甜的草莓汁液还在，付河看着那张被阳光包裹住的脸，突然对“喜欢”有了新的感悟。

从前那么多年，他有过许多目标，最终大部分也都达到了，可没有一个目标的实现，可以让他体味到这样心底充盈的感觉。无论是金钱还是荣誉，付河始终认为那都是他付出努力之后所应得的回报，他知道自己付出了多少，所以拿起来时绝不心虚或胆怯。但路西加这样坐在他身边，在阳光下做着寻常的小事，于他而言，却更像是得到了命运不寻常的馈赠。

他偶然间遇到了他的宝石。

他每一刻都觉得自己幸运。

后方有车鸣笛，路西加看了一眼前方，见通道已经空空荡荡，忙提醒付河：“可以走啦。”

付河轻抬唇角，踩下油门，车子向前。

瞥见他过于明显的笑意，路西加含含糊糊地问：“你笑什么？”

“嗯？”付河很快地转头看了一眼，唇边的笑变得更加不加掩饰，“没事，草莓甜。”

快到家时，路西加邀请付河上楼坐一会儿，中午吃个午饭。但付河却说自己弟弟那儿还有点儿事，恐怕等会儿把她放下就要回去。

路西加心疼付河这样太辛苦，皱着眉问：“真的不休息一会儿吗？”

付河遗憾地摇摇头。

路西加抿嘴将头转向窗外，瞥到前方的一家咖啡店，忙对身边的人说：“那你前面靠边停一下，我帮你买杯咖啡。”

刚刚一路上，她看到付河打了好几个哈欠。

付河依言将车子停到路边，刚要下车却被路西加拦住。

“你在这里坐着，要不就下车活动活动，我去帮你买。”说完，像是怕付河不答应，急急地补充，“不然我会觉得不好意思。”

付河于是收回了正要推开车门的手，笑得纵容。

路西加出来时，看到付河正站在车旁抽烟。相识这么久，其实除了第一次见面，路西加都再没见过付河抽烟。他的身上并没有会令人皱眉的难闻烟味，路西加推测，起码他现在是不经常抽烟的。

付河始终在望着马路对面的一个方向，顺着他的视线看过去，路西加笑了笑。

“那是我读的初中。”路西加端着两杯咖啡，走到付河身侧。

付河见到她，立刻将手里的烟摁到了一旁的垃圾桶里。

路西加将咖啡递给他，转了个身，又望了一眼自己的中学，接着说：“其实我好几年没回来了，家里变化挺大的，学校的楼也翻修了，比以前好看了。”

有零星的学生从学校里走出来，路西加有些讶异：“现在还没放假吗？”

付河仰头喝了一口咖啡，一下子清醒了不少。

“可能是初三的，初三放假比较晚。”他说。

“嗯对，”路西加点点头，“你看，我们的校服还是很好看的，是不是？”

蓝白相间的校服，好像是很多人的青春记忆。

几个学生越走越近，路过他们时，两个人的视线都不约而同地追随着。女孩子的马尾辫左右荡着，使得视野中的整幅画面有了轻快的韵律，更加生动。

家就在街对面，送自己来的人马上就要离开。路西加的脑海里突然涌现了这样的想法，在冷空气的侵袭下，这想法催生了心底那点儿舍不得，酸酸的，空落落的。

许是太久没回家了，站在街头，路西加的心绪竟十分动荡。她忽然很想和付河分享一些事情，希望他能多在这里留一会儿。

“你下次……如果时间不那么紧，我可以带你逛一逛。”她没有顾忌地说出这句话，之后的话便显得顺畅多了，“虽然我的家乡只能算一个小城市，但是在北方来说，公园和学校也算漂亮。我可以带你去看看我的学校，还有我以前常去的公园、图书馆。”

付河好像很快领会了她的意思。他没答话，不作声地看了她一会儿。就在路西加被他看得有些不好意思，想要移开目光，躲避他的视线时，他忽然朝她走了一步。

四目相对，在热闹的街头，以很近的距离。

“要给我讲讲你的从前吗？”

付河说话的声音却并不大，像是低声耳语。

从前?

是的。

路西加一时有些恍惚。眼前好像铺开了一条路，路的那端，站着一个永远都静静站在那儿，等着她的人。

路西加这才意识到，早在不防备的某个时候，她已经不再想要刻意对付河隐瞒过去。他一直都在给她创造一个两人之间的安全区，耐心地等待她打开花园的门。

手中的拿铁还在传递着热度，路西加的拇指在杯身上摩挲两下，才轻轻笑起来。

“嗯。”

单方的靠近从来都毫无意义，两个人面对面走近，故事才有可能圆满。

不知为何，这一刻，路西加的心里升腾起了强大的信心，她觉得，如果她向付河讲了自己从前的故事，付河一定能理解她。理解她的甜，她的苦，还有那些沉默的选择。

或许是因为方才站在这个街头时，她发现他也和她一样，在依依不舍地看着过去学生时代的影子。就是在那时，她突然感受到了他看似冷冽的外表下丰沛的情感。情感从不是没来由的，它伴随思想而产生，每一种深入心田的情感都一定经过了岁月和经历的锤炼，藏得越深，就容纳得越多，越是浓烈。

而此刻，付河依旧是含着笑，用那一双透着安静包容的眼睛看着她。

她听到他说：“好，等你回去的时候，我提前一天来接你。”

心跳忽然加了速，新年，好像多了一种期盼。

家里的一切好像都没变，从前的那些奖状、奖杯都好好地摆在柜子里，路西加坐在椅子上，撑着手臂看着那一排柜子，连裴静走进屋都没能发现。

“要收起来吗？”裴静到床边坐下，陪女儿静静待了一会儿，才这样问道。

“我之前犹豫要不要把这些都收起来，但这是你的荣誉，我觉得还是要等你回来，让你自己做决定。”

在小时候，父母会试图留下女儿每一刻的成长印记。所以在路西加获得第一块少年儿童舞蹈大赛金奖的奖牌时，他们便请人专门打了一整面墙的陈列柜。柜子的颜色还是路西加自己选的，白色。她记得很清楚，第一枚奖牌是她亲手摆进去的，那是她第一次知道，原来顺着脸颊流下的汗水，真的能变成晶亮的果实。那一年的生日，她许的生日愿望就是，自己要把这个柜子摆满。

或许真的是时间久了，路西加此刻坐在这里，面对席卷而来的往事，竟然已经可以像看一部电影般置身事外。她看着故事里的小女孩转身告别，沉默了一会儿，摇了摇头：“不收了。”

这一天剩下的时间过得很快，路西加没出门，就在家里吃了两顿饭，看了会儿书，再一抬头，竟然就已经到了睡觉的时间。只不过，明明是在自己从小睡到大的床上，路西加这晚却睡得并不安稳，她在半夜被熟悉的噩梦惊醒，探身，旋开了床头的台灯。

昏黄的灯光打散了屋内空洞的黑暗，也像是搅乱了原本有序的时空。不甚清醒间，路西加眯着眼睛环顾四周，不知怎么，柜子里一排排的奖杯看上去竟像是一轮轮悬于天边的月亮。光辉清冷，触碰不到。

路西加愣了好一会儿，才想起自己这是在哪里，面前的又是什么。白天时没有感觉，这会儿坐在床上，那种身体硬生生被剥离了一块肉的感觉却是突然死灰复燃。等她回过神来，发现自己的额角已布满了细细的冷汗。

脚和小腿都在隐隐作痛，再躺下时也已经全无睡意。路西加来回翻了几个身，最后摸过了手机。她打开音乐直播软件，想要碰碰运气，却没想到那个被自己关注的直播间竟然真的在直播。

路西加看了一眼时间，凌晨四点十六。

主播不睡觉的吗？

进到直播间，意外地发现除了自己以外竟还有几十个听众。有几个活跃听众一直在刷屏聊天，调戏主播，无非就是嚷嚷着要点歌，要主播开口说句话。

主播依旧高冷，在公屏上回道：可以点歌。

几个人又说相声般逗了几句，见今天还是没有撬开主播的嘴的希望，只好退一步，点了首歌。

路西加看到最新的弹幕，不禁弯了弯唇角。

付河写的歌……

她伸手，将耳朵里的耳机摁得更紧了一些。

“不放 SEA. G 的歌。”

没等到熟悉的音乐响起，取而代之的，是屏幕上冷冰冰的几个字。

SEA. G 这个名字出现在太多热门歌曲的制作名单里，大批音乐爱好者赞扬他的风格，论坛上分析他的音乐的帖子一抓一大把，甚至有人说，这个名字，就是曲子质量的保障。

路西加看到这几个字就有些预感，果然，屏幕上静了片刻，突然涌现了大片的消息。往常一直在潜水的人都被炸了出来，每条消息后面都跟着一串的问号或感叹号，以表达发言者此刻的愤怒。

“不会吧？主播你不会是 SEA. G 的黑粉吧？”

“为什么不放！”

“主播咋回事啊！”

按照主播的风格，路西加以为他肯定不会解释，却没想到这人好像唯恐天下不乱，又发了一条简短的消息。

“不想听。”

路西加微微睁大了眼，这人……听歌的品位好像也不太行。

虽然知道“萝卜青菜，各有所爱”，但看着那明晃晃的对付河的否认，路西加心里也难得地动了气。她皱着眉在直播间留下了三个大大的感叹号，表达怒气，随后便点了右上角的“退出”键，从自己的播放器里找了一首付河的歌听。

原本心情就不好，经过这么一通折腾，路西加躺在床上觉得更烦躁了。听了会儿歌，她感觉胸口还是闷得很，又把那个直播间找出来，坚决地取消了关注。

关注列表从 1 变成了 0，路西加把手机甩到一边，重重地舒了口气。

过年期间永远逃脱不了的，便是来自亲戚的各种询问。堂姐路明枝大龄未婚，堂弟则是从小就爱惹是生非，所以，往年都是这亲姐弟背靠背站在战场正中央，共同抵挡万千炮火。如今路西加时隔多年终于回家，自然成了全场的焦点，路明枝和路萧然窃笑着躲到她身后，宣布单身三人组终于合体。

亲戚们的话题无非是那几个，说身体、说工作、说婚嫁，别的还好，路西加敷衍两句也就过去了，但听到路西加说没有男朋友，几个婶婶可就来了劲，你一言我一语地接连发问，试图在周围的青年才俊里帮路西加挑一个喜欢的。

路西加疲于应对，回手拧了一把堂弟的胳膊，顺便给堂姐递去求救的眼神。路萧然吃痛地叫了一声，路明枝则拉着路西加起身，拿上了一把仙女棒，招呼家里下一辈的小孩子出去玩。

院子里风有些大，路西加出来站了几秒，又回屋把几个小孩子的帽子、围巾都拿了出来。

仙女棒应该是最安静的烟花了，烧起来的时候只有嗞嗞啦啦微弱的声响，声响过后，便是焦黑的灰烬，裹着滚烫的钢丝。路西加从衣兜里将另一只手掏出来，摸了摸燃尽了的仙女棒。

烫的。她缩了缩指尖。

“干吗呢？”路明枝用胳膊碰了一下路西加的腰，笑说，“你怎么还跟小时候一样，总是伸手摸这脏兮兮的东西。”

路西加将那只剩了余烬的仙女棒举起来，对着灯光看。

是脏兮兮的，好像并不值得留恋。可刚刚耀眼的光，也是这脏兮兮的东西留下的啊。

点燃一根新的仙女棒，在它烧得正好的时候，路西加掏出手机拍了一张照片，趁旁边两人不注意，偷偷给付河发了过去。

“小姑姑，帮我点一下烟花好吗？”

小侄女拽着她的羽绒服央求，路西加应了一声，将自己那根仙女棒和她的对在一起，一簇花火便成了两簇，光亮更盛。

“小心点儿啊，千千，”路明枝在一旁叮嘱，“去年你就烧了袖子了，今年可不能再烧了。”

“知道啦姑姑，”小姑娘噘着嘴，奶声奶气地说，“我都长大一岁了，肯定不会烧了。”

“那可不一定，你去年也说不会烧……”

“姑姑！”

路西加站在一旁看着她们拌嘴，一只手始终揣在兜里，攥着手机。

手机振了两下，路西加立刻掏出来查看。

“好看。”

这支也烧完了。把仙女棒递到鼻子下面，闻了闻火药的味道，路西加又举起手机拍了一张照片，也发给了付河。

冬天的户外还是有些冷，路西加想发一句话过去，手指却哆哆嗦嗦，半天没摁对键。

就在这时，屏幕上忽然显示了新的来电，路西加忙接起。

“心情不好？”

付河问得直接，路西加一下子没想好要怎么回答。

大过年的，好像应该说点儿吉祥话，可路西加沉默的几秒暴露了她的想法，付河又问：“在外面放烟花吗？”

“嗯。”

出来久了，有些流鼻涕，说话的声音都变得粗了几分。

“冷不冷？”

攥着手机的手动了动，路西加如实答：“有点儿冷。”

听筒里传来低低的笑声，夜风中，平白显得性感。

路西加不自觉地低了低脑袋，用脚尖蹭着地上的树影。再抬头时，路明枝正用一副饶有兴味的神情望着她。

路西加猛地清醒过来，忙对付河说："等下我再跟你说。"

她挂了电话，路明枝才带着笑意蹭过来。

"你有喜欢的人了。"

不是疑问，而是肯定。

路西加没说话，路明枝却不依不饶，一定要她讲讲到底是什么人。

"就是挺好的一个人，有才华，还很细心，"路西加回忆起付河的脸，补充，"还很帅，个子也高。"

路明枝皱了皱眉，突然问："有钱吗？"

路西加抿抿唇，不知道这个问题要怎么回答。

"我不知道。"她摇摇头。

路明枝的面色忽然变得古怪，她拉着路西加的胳膊，语重心长地说道："你吧，长这么大也没谈过恋爱，我可提醒你一下啊，不要再……"

说着说着，突然卡了壳，路明枝叹了口气："不要被男人骗了。你没听过那句话吗？如果一个男人又帅、又有钱、品质又好、又专一，那这多半是个杀猪局。"

杀猪局？

路西加因为最后这句话一下子笑起来，路明枝见她拿自己的话不当回事，气得拍了她后背一下："笑什么，跟你说正经的，这个世界上哪有那么好的男人，偶像剧里的男主都是不存在的，你可不要太理想化了啊。"

"不是，你怎么还一竿子打翻一船人呢？"路萧然听见，在一旁瞪眼，"我不就是活脱脱的偶像剧男主。"

路明枝嫌弃地"啧"了一声，评价自己的亲弟弟："要点儿脸吧你。"

"什么意思啊？我不是吗？成绩好、长得帅，虽然我没谈过恋爱吧，但我肯定专一啊。"

"滚滚滚，"路明枝正想和自己妹妹说点儿悄悄话，就被这个没眼色的人打断，此刻自然是十分不耐烦，她推了路萧然一把，"赶紧去看着那仨小孩，别在这儿参与我们的姐妹茶话会。"

路萧然顺着她的力道往那边走，又不甘地回身，用仙女棒指指路明枝：“我看你就是对男人有意见，你有你的，别把我堂姐也往沟里带啊！”

路明枝懒得搭理他，追着他的背影踹了一脚。等耳边的噪音没了，她才清了清嗓子，一本正经地继续对路西加说：“我说真的，我知道追你的人肯定不少，你呢，可不能别人说什么你就信什么。”

“好好好。”手里的手机又振动起来，路西加看了眼来电，心思早就飞上了天。她把手里的仙女棒往路明枝怀里一塞，连连后退：“你带他们玩，我先进去一下。”

“哎，你干吗去！”

路西加朝单元门口走了两步，回身，一边小步子后退一边抬手扬了扬屏幕还亮着的手机：“和猪肉店老板打个电话。”

屋子里的人太多，路西加没回去，就在无人的楼梯间里跟付河通了话。

怕被人听到，她特意爬了半层楼梯，到两层楼的中间，电话接通时心跳得好像比往常快一些。

“你怎么知道我心情不好啊？”路西加问。

楼梯上落满了灰，路西加弯腰用指尖蹭了蹭，发现实在是无法落座，于是便举着电话走到窗边，倚在栏杆旁站着。

“照片告诉我的。”

路西加觉得刚才跟堂姐说的话应该再加上一条：猪肉店老板还很善解人意。

完了，更像杀猪局了。

路西加被自己的想法逗笑，笑声荡进话筒，付河听见，声音也跟着透出愉悦：“笑什么呢？”

路西加轻轻咬了下下唇，忍住笑。

“刚才和我堂姐聊天，她说，如果一个男人又帅、又有钱、品质又好、又专一，那多半是个杀猪局。”无人的楼道里，路西加看着窗外的月亮，问着毫无营养的问题，“你怎么看啊？”

付河笑了一声：“那可能要让你失望了，我挺穷的。”

第6章
为什么这么多伤

“嗯？”听到付河在笑，路西加顺着他的话调侃，“谢老板不给你发工资吗？”

本就是玩笑，却没想到，得到了付河一本正经的回复。

“倒是发，只是之前没存下来。”停顿了两秒，他话锋一转，又说了一句，“不过，之后都会存下来了。”

之后都会存下来了。

一句话点到为止，没有太过直白的表述，却更加引人遐想。

从路西加奶奶家回来后，裴静和路尚源便坐在沙发上准备看晚会。路西加没打算看晚会，但想着陪父母坐一会儿，便也留在了客厅。注意力没有完全集中在合家欢的节目上，路西加回复了几条新年祝福的微信，又随手刷了下朋友圈，正巧看到一个老同学发的状态。

精致的妆容，红彤彤的背景。

春晚的舞蹈节目吗？

她看着照片这样猜测，果然，看到这条状态下面是一连串的恭喜和崇拜。路西加又点开那张笑得灿烂的照片，放大看了看，然后给她点了个赞。

电视里刚好演到舞蹈节目，路西加抬头，望见那眼熟的服装，立刻起身，凑到了电视前。

裴静被她突然的动作吓了一跳，问：“怎么了？”

“这个节目有我同学。”说着，路西加微微弯腰，凑在电视前。捕捉到那张熟悉的脸庞，她指了指屏幕里的那个人，“这个，这个，我大学同学，以前我们都一起练功的。”

裴静和路尚源对视了一眼，皆是复杂的神色。但见路西加开心，谁也没多嘴说什么。

付河在这天晚上，终于在《动物之森》中踏上了路西加的小岛。他从机场出来后，便被机场门口复杂的三层楼的设计震撼，路西加围着他跑了一圈，示意他跟着自己走，可屏幕里的小男孩还是一动不动地站在那儿。

手机上忽然响起了语音电话的铃声，路西加摁下接听键：“怎么了？”

付河笑了一声，说：“有点儿震撼，你的岛，太好看了。”

想到了路西加的小岛会很漂亮，但没想到会漂亮到这种程度。如此一比，自己那已经建设了很久的岛依然像个荒岛，放眼望去都是绿绿的草地，房子的建设也没有丝毫设计感。

“我可是花了很长时间的。”

女孩子的语气中透露了一点儿小骄傲，像个幼稚地在攀比玩具的小孩子，和平时很不一样。但付河听着很喜欢。

跟着路西加走了一段路，付河看着小岛上的设计，问：“是特意布置成新年的样子了吗？”

“嗯。”停了停，路西加轻声问，“好看吗？”

路西加不会告诉付河，其实从她听到付河要自己过年的那天起，就已经在实施这个计划。她觉得付河一个人过年很孤单，便想在岛上陪付河过这个大年夜。为此，她特地给小路铺上了自己设计的带有红色花瓣的地砖，在岛屿各处都加了喜庆的小装饰，甚至还给小动物们都送了好看的新年服装。

如今一切达成，她觉得心满意足。

“非常好看。”付河说，“谢谢。”

小岛上飘着雪，两个小人儿站在高高的观星台上，天空上明月高悬。

是个别样的团圆夜。

时钟的指针悄然走向十二点，语音电话里，付河说：“西加，新年快乐。”

路西加打算在初十回北京，付河说要来接她。但初八这天晚上，路西加发给付河的消息却很久都没得到回复。

奇怪，这人明明平时都是秒回消息的。

在床上换了很多个姿势，又不住地看时间。十一点时，路西加给付河打了个电话。

铃声响了很久，没有变化的提示音像是给了她平静的机会，原本的心情还是忐忑，期待，到后来，便只剩了担心。

为什么不接电话，也不回消息？反常的事情通常指向并不乐观的结果，路西加的预感不大好，于是更加急切地想要联系上付河。她又尝试着给付河打了好几个电话，终于，得到的不再只是冰冷的提示音。

“刚才睡着了。”

听到付河有些沙哑的嗓音，原本已经有些困的路西加立刻清醒了：“你生病了？”

“大概是，好像在发烧。”付河说得不疾不徐，好像生病的人根本不是他一样。

“好像？”路西加皱眉，“没有测体温吗？”

“没有，”付河解释，“我不怎么生病，家里没有体温计。没关系，我的身体恢复很快，估计睡一晚就好了。”

这话不假，付河来北京这么多年，还从没去过医院。即便偶尔身体不舒服，也不会很严重，休息一天就能痊愈。

“那不行啊，真的发烧的话要吃药的，你搜一下周围有没有药店，点个外卖。”转念一想，路西加又觉得这人肯定不会乖乖照她的话做，于是说，“算了，你把你的地址发给我，我帮你点。”

“不用……”

“不行，”路西加这次难得强势，“生病不是小事，而且你一个人住，万一晚上病情恶化了怎么办？”

无奈，付河只好听路西加的，将自己家的地址发给了她。

三十分钟后，付河收到了体温计，还有几盒比较常规的感冒药、退烧药。他按照路西加的吩咐量过体温，吃了药，才捂上被子睡了过去。睡前，还不忘跟路西加说，自己明天养病一天，后天可以按照原计划过去接她。

路西加含含糊糊地应了一声,头晕脑涨的人也没注意到这回答里的敷衍。

到了第二天醒来，身体果然已没什么异样的感觉，付河量过体温，拍了一张照片，发给了路西加，告诉她自己的体温已经恢复正常。

路西加回了一个小兔子扬声说“好”的表情图。

“明天我吃过午饭出发，到你那儿应该是三点多。”

发完这句话，付河便到冰箱里给自己找了一点儿还能做的菜——两个小土豆，一袋空心菜。昨天因为生病而几乎没有进食，此刻胃里空得不行。

拿着食材往厨房走，放在餐桌上的手机又响了一声。

聊天界面上躺着一张路西加发来的照片，照片上是高铁的座椅。

付河偏了偏脑袋，立刻意识到什么，拨了一通电话过去。

“你回来了？”

“嗯。”路西加擅自做了决定，虽然是好意，但此刻被付河问起来，不知怎么，却仍有点儿心虚，“我觉得你生病刚好，不想让你再跑一趟，就自己买了高铁票。”

付河沉默了两秒，转身，用肩膀和头夹着手机，又将食材一样一样放回了冰箱。

“几点到？”他问。

“刚出发几分钟，大概还有二十多分钟。”

付河已经握着手机朝外走：“等会儿从最近的出站口出来，我去西站接你。”

现在应该不堵车，二十分钟，从自己家开车到西站，足够了。

别后重逢。

这是路西加第一次,体会到这件事在男女之间发生的感觉。列车降速，缓慢驶入车站。可与之相反的,是越来越不平静的心情。

想念的劲头好像总是在重逢前突然变得浓烈，就好像两块磁铁，隔得很远时磁场的作用并不明显，越是靠近，便越是暗流涌动，难以掩饰。

路西加拖着行李箱从出站的闸机口出来，一眼便看到了站在人群中的付河。他今天穿了一件黑色的羽绒服，明明是最不显眼的颜色，却仍能一下子将她的目光吸引过去。

逆着人潮，付河一步步朝她走来。

路西加在原地等着，心里竟像是敲着鼓点。

她早就意识到自己对付河是动了心的，却很难说清楚，到底是从什么时候开始的。此刻站在这里，她才明白，其实心动是一直积累的。她是个感性的人，会因为一场雪而心动，会因为一束夕阳而心动。而现在，四方嘈杂，广播里还不断提醒着大家不要随便将车票和身份信息交给他人，空气中的味道不算好闻，旅途带来了隐隐的脚痛……这不算是一个浪漫的环境，可他们的一个对视，却好像将四周都变成了黑白色。

他走到她身边，垂眸，接过了她手里的行李箱。

在还没想好说什么之前，路西加的嘴巴已经动了动。付河注意到，低头，将耳朵凑近她。

刚刚是想念，现在则是欢喜。真实的相见和通电话的感觉是不一样的，他站到她身边,便让路西加觉得方才一路上那股一直飘在心头的情绪终于落了地。

舒了一口气，路西加不自觉地扶了扶肩上的书包带。

“怎么了？不舒服？”

见她欲言又止，付河主动问。

路西加摇摇头，随后也凑近付河，在他耳边问：“你真的不发烧了吗？”

这次，付河没有直接回答，而是朝路西加低了低头，说了句：“你摸摸。”

看着那个就在眼前的额头，路西加意识到，在他们相处这么久的时间里，付河从没主动做过太过亲昵的举动。他一直保持着极好的绅士风度，没有让自己经历过任何尴尬或不适的时刻。

其实路西加以前也在父母的介绍下相过亲，只有一次。她记得那次是和那个男生去看了一场电影，电影稍微有些恐怖，但她其实并不怕，可看到中场，在周围的人尖叫时，那个男生忽然伸手摸了摸她的头，在黑暗的环境里，她一下子就起了鸡皮疙瘩。

并不熟悉的人做出这样的动作，无论出于什么心理，无论这个人长什么样子，她都会觉得自己有被冒犯。

于是，从那以后，她便明确拒绝了这类活动。

不知怎么想到这件事，路西加不自觉弯了弯嘴角。

但付河就不一样。

她抬手，将手掌覆上他的额头，然后又煞有介事地摸了摸自己的。

“嗯，不烧了。”

说完，发现付河已经站直了身子，在含笑看着自己。

隐隐能知道付河在笑什么，路西加却还是在心脏快速地跳动中问：“笑什么？”

付河抿着唇摇了摇头，问她：“可以拥抱一下吗？”

路西加没说话，无声地对视后，她朝他笑了笑。

面前的人张开双臂，她的整个身子都被揽进一个坚实的怀抱里。

路西加感觉到有一只手盖住了自己的后脑勺，他的呼吸声也很近，很近。

耳朵好烫。

“西加，新年好。”

耳边的声音太近，付河的声音又太温柔，竟像低声呢喃，产生了无数回音，连成一段直入人心的催眠乐章。这无端让路西加想起一句歌词，“难及给最爱在耳边，低声温柔地唱”。

无意识地动了动脑袋，鼻子蹭过付河的肩膀，路西加还能感受到他衣料上的凉意。

心头微动，她抬手，也环住了这个刚刚穿越了城市和冬天，来到她身边的人。随后，她抵着他的肩头，仰头笑道：“新年好。”

还没过十五，这个年就不算过完。

这句祝福还有效，他们谁都没有迟。

天气刚刚暖和起来的时候，公司便开始铺天盖地地为纪子炎的演唱会宣传。一个月后，巡回演唱会在北京开启第一场。

因为是第一站，所有工作人员都打起了十二分的精神。演出服的设计复杂，路西加怕出差错，特意排开了工作时间，全程都带着田柚跟着。

给自己的偶像工作，田柚这小丫头比谁都卖力气，一直到演出开始之前都还在对几套衣服的细节反复确认。等纪子炎终于换上了路西加设计的最后一套衣服登台，田柚才松了一口气，可怜兮兮地拉着路西加的胳膊，问自己能不能到上台的通道那里去偷偷看一会儿。

他们的工作已经做完，只要不妨碍到其他人，应该没什么关系。看田柚一晚上忙得连口水都没喝，路西加实在是拒绝不了这样的请求，于是点了点头，带着她到了舞台旁。

任何一场演出都是这样，舞台上在按照编排，井然有序地进行着一个又一个的节目，但舞台背后，后台却永远杂乱，总会有找不到的人，总会有突然不好用的设备。周围的人都在高度紧张地盯着自己负责的那部分工作，路西加和田柚躲到一个不挡别人路的角落，探头朝舞台上望。

吵闹声中，忽然响起一个小孩子的哭声，路西加下意识地回头望去，看到一群穿着舞蹈裙的小姑娘。

对了，路西加这才想起来，下个节目子炎会跳舞，一起表演的正是这些小演员。

小演员们是分成两边入场，凑巧，熟悉的舞蹈老师在这时到了另一侧，留在这边带队的老师似乎只是临时过来帮忙的，再加上那个小姑娘许是太紧张，这会儿不管那位老师怎么哄都不管用。小女孩一直仰头大哭，两只手绞在一起，将大拇指攥得通红。小孩子在情绪极为激动的时候，往往都是听不进别人的话的。蹲在一旁的年轻老师焦急地猜着小女孩哭泣的原因，问了很多个问题，小女孩却一个都没有回答。

眼看着小姑娘都已经要哭花妆了，而上台的时间也已经越来越临近，路西加朝那边走了几步，蹲到小女孩的身边。她轻轻拽了拽小女孩的手，试探地问："为什么哭啊？是鞋子的带子松了吗？"

哭声一下子减弱了几分，小女孩终于将一直仰着的头放下来一些。看了路西加一会儿后，她点点头，又有两颗眼泪从眼角坠下来。

小演员们的服装也是找设计师设计的，粉色的蓬蓬裙，白色的舞蹈鞋，非常漂亮。

“散了就系好嘛，”路西加笑了笑，伸手揽了下小女孩的腰，“来，坐到姐姐腿上，姐姐帮你系，好不好？”

顺着她的力道，小女孩愣愣地坐到了路西加的腿上，用一只胳膊抱着她的脖子。在路西加的怀里，小女孩的情绪似乎终于稳定了一些，但大哭的劲头很难一下子收住，小女孩始终红着眼睛，耸着肩膀啜泣着。

付河在服装间没有找到路西加，听到其他工作人员说她到了舞台这边，便一路寻过来。

转过走廊的转角，蹲在地上抱着小女孩的人便一下子闯进了他的视野。

看到她这样的姿势，付河下意识地皱紧了眉头，举步往那边走去。

路西加还在耐心地安抚着小女孩的情绪，她说了一些别的话题分散小女孩的注意力，直到小女孩彻底平静下来，才放开她。

重新站到队列里，小女孩却还牵着路西加的手不愿意松开。路西加以为她还在为演出而紧张，于是摇摇她的手，说：“等会儿加油，姐姐在这儿看着你，好不好？”

小女孩朝她点点头，随后低头看了看被重新系好带子的舞蹈鞋，突然问：“姐姐，你也会跳舞吗？”

“嗯？”路西加反应不及，没有做出有效的回答。

小女孩于是抬了抬腿，晃着自己的舞蹈鞋说：“你系得好漂亮呀。”

在小女孩的世界里，能把舞蹈鞋的带子系得漂亮的，一定是像老师那样跳舞很厉害的人。

明白过来之后，路西加只觉得心脏忽然发紧。

见她出神，小女孩有些奇怪地拍了拍她的肩膀：“姐姐？”

被这动作惊醒，路西加抬头看着小女孩明澈的眼睛，微笑着摇了摇头。

舞蹈老师在这时赶了过来，路西加想要起身，将位置让给老师，可因为蹲得太久，腿竟已经麻了。她将手搭在膝上，正苦恼着，余光所及处忽然出现了一只手。

“来。”

顺着那条胳膊望上去，路西加看到了付河的脸。也是奇怪，一下子，心里的那股紧绷感消解了不少。她松了口气，把手搭在付河的手掌上，付河从身后环住她，将她扶了起来。

“还好吗？”付河的眉峰处依旧不大平整，看上去很是担心。

“嗯，没事，就是腿麻。”后台人多，虽然脚麻，但路西加也不好意思一直站在这儿，她用手拽了拽付河的胳膊，指了指田柚站着的位置，“你帮我挪过去吧。”

“好。”付河依言张开手臂，比画了两下，却没找到很舒服的姿势，他看着路西加的眼睛停下动作，说，“我抱你过去？”

路西加一愣：“啊？”

付河轻笑一声，道：“开玩笑的，来，我扶你。”

回到角落里，付河也没有离开，就插着兜站在路西加旁边。路西加将目光投向舞台，付河却一直微微偏头，看着她。

而在一旁，为了让小孩子们能够放松下来，老师开始喊着节拍，带她们复习舞蹈动作。路西加不由自主地朝旁边转过头，一动不动地望着那群举高了手臂，笑着在原地转圈的小孩子。

肩上覆上了一只手，这次不用想，路西加也知道是谁。她察觉到自己的失态，保持着原本的姿势将情绪平复一些后，才将头转到付河那边。

可掩藏所用的时间太短，眼底那层透亮的水汽终是没能完全消散。

第一场演唱会结束后，谢其瑞包了酒店，举行庆功宴。纪怀则说要给付河介绍几个人认识，硬拉着付河去喝了几杯酒，但付河根本顾不得去细想这些人到底是什么大人物，一整晚脑袋里闪过的，都是路西加的那双眼睛。

终于摆脱了互相吹捧的虚伪交际，从热闹的宴会大厅穿过，人声鼎沸之中，他寻到了那个牵挂了一晚上的人。

她今天穿了一件浅蓝色的丝质衬衫，耳朵上还戴了一个珍珠耳环。刚才在后台还没这样强烈的感觉，此刻她一只手握着酒杯坐在流光溢彩的大厅里，付河脑海里蹦出的第一个词就是大家闺秀。

路西加刚同别人碰完杯，见他过来，笑着招了招手。

由于在别人眼里，他和路西加早已是情侣，所以同桌的人见他过来，连忙起身，让出了路西加旁边的位置。付河也不客气，点头道了一声谢，便安稳地坐了下来。

演唱会比较成功，庆功宴的氛围也很好，一桌人热热闹闹地吃了很久，聊了很久，付河的酒量不错，但今晚这酒不知怎么，竟让他有些上头。

他觉得屋子里有些闷热，于是抬手解开衬衫的一个扣子，还将袖子也挽起来一截。

动作间，却扫到路西加正在看着自己。

“怎么了？”他凑过去问。

“你喝多了吗？”路西加有些好奇，想知道付河的酒量怎么样。

头有些晕，但男人不能说醉。付河低低地笑了两声，摇摇头：“没有。”

路西加眯着眼睛看着他，头左右摆了两下，似乎在观察他是否在撒谎。

瞧见他俩如此旁若无人地窃窃私语，桌上的人忍不住问：“西加姐，付哥写了那么多情歌，谈起恋爱来是不是特别深情、特别浪漫啊？”

喝酒壮胆，平日里公司里这些人见着付河都恭恭敬敬叫声“哥”，这会儿竟然也敢当面讨论他的八卦了。

谢其瑞刚好路过，已经喝得有点红脸的人听到这话，竟然一屁股坐到了付河旁边。他勒着付河的脖子，举着酒杯的那只手还伸出一根手指，指着说话的人：“那当然了，我们付河可是深情得很啊。”

付河是知道谢其瑞喝大了以后那张嘴是什么样的，此刻不由有些头疼。他从桌上拿了个干净杯子，倒了杯橙汁，换下了谢其瑞手里的酒杯。

“来，喝杯橙汁，洗洗脑子。”

谢其瑞瞪着那杯橙汁看了半天，生气了：“怎么回事？你这是说我喝多了？我可没有啊，我清醒着呢。你不信我给你回忆回忆，咱俩第一次见面，你是不是大冬天穿了个牛仔褂，我还说这小子还挺能耍酷。还有，你是不是说过，以后就认我这一个老板，我让你往东你绝不往西，哦，还有还有，你钱包里是不是有一张……”

即便是头晕，付河也知道谢其瑞要坏事，他赶紧一把捂住谢其瑞的嘴，说：“哥，你该换个桌子去聊聊了，那边还等着你呢。”

最后半句话，桌上其他人没听明白是怎么回事，路西加却是在心里敲了警铃。

看来，付河的钱包里真的有个小姑娘。

她捏了捏手里的酒杯，心里多少有些不舒服。犹豫了半天，路西加假装漫不经心地转头：“你……”

话还没出口，就被手机的响铃打断。路西加一下子泄了气，指了指桌上付河亮起的手机：“你有电话。”

付河拿起手机看了一眼，却是选择了挂断。来电没有名字，但路西加很敏感地捕捉到了付河的变化。她看着付河嘴角的笑一下子消失不见，整张脸瞬间变成了紧绷的状态，不由得微微皱起了眉头。

付河放下手机后就没再说话，他微微低着头，一只手缓慢转着桌上的酒杯，不知道在想什么。路西加一边和别人聊天一边留意着付河，付河看上去再没有什么异常，除了喝酒喝得更多了一些。

等到散场的时候，路西加已经能肯定付河是喝多了，因为他无论是说话还是行动，都像是按下了慢放键一样。别人过来同他道别，他都迷迷瞪瞪的，半天才朝人家挥挥手。

一直给路西加开车的小靳要送她回去，在众人的目光下，路西加自然要带上付河一起走。她走到付河身边，用一根手指戳了戳他的手臂。

付河转头，看到是她过来，便微微放低了身子，把耳朵凑过来听她讲话。

“你和我一起走吧，小靳顺便送你回去。”路西加说。

像是这话很难消化，好一会儿，付河才看着路西加，点了点头。

小靳去停车场开车，路西加和付河便按照他的指示，站在一条必经之路的路边等他。

路灯下，付河摇摇晃晃地问路西加冷不冷。

路西加抬头，灯光中，正看到他因为喝酒而有些微红的脸，还有微微眯起的眼睛。眼看着这人不停地将重心从左脚换到右脚，再换回来，试图用变化来掩盖失衡，路西加没忍住，轻轻笑了起来。

“笑什么？”付河在略微模糊的视线里，只捕捉到了她明晃晃的笑，却没看懂这笑的意思。

路西加摇摇头，接着环顾四周，找到一个长椅。

“付河，”她叫了付河一声，然后指指长椅，说，“我们过去坐吧。”

她担心，付河这样站着，真的会一个稳不住栽到地上。

付河依旧以慢放的转头速度确认了长椅的位置，之后又缓慢点点头，迈开步子，试图往那边挪动。

路西加见状，赶紧搀住他的胳膊，却没想到，这次付河却迅速地用另一只手拿掉了她的手。

“别，”付河说，“我怕压到你。”

“不会的。”路西加一边说着，一边又要去扶他，却又是遭到了付河坚定地拒绝。

“不行。”

无奈，路西加只好跟着付河，慢慢挪到了长椅上。

两个人面对灯红酒绿的闹市区坐下，付河低着头，半天也没说话。路西加弯下腰看了看他的脸，发现他竟然闭上了眼睛。

“付河。”她赶紧捅了捅付河的胳膊，“不要睡啊，会感冒的。”

听着她的呼唤，付河缓缓掀起了眼皮，又反应了片刻，才点点头，从鼻子里挤出一声“嗯”。

他将目光投向前方那个热闹又漂亮的世界，巡睃一圈，停在一个广告牌上。他盯着看了许久，久到路西加以为他是在发呆。

“时间，真的……能治愈一切吗？”

“嗯？”原本怕他睡着，路西加一直在找话说，听他忽然这么问了一句，一时间没明白现在是什么状况。

付河看了看她，又抬手，指了指远方。

路西加顺着他的手指望过去。那是一张巨大的广告牌，上面写了一行大字，“让时间治愈一切”。

现在的广告总是有着各种各样的新奇创意，没待路西加搞清楚那到底是在给什么产品做广告，身边的人忽然又说了一句话。

“那为什么，没有治好你？”

大概是因为醉酒，付河说这话的语气并不像他平时那般冷静、成熟，而是听起来充满了委屈。

路西加不知该怎么形容这句话在此时对她造成的冲击力，好像眼中的霓虹灯一下子都失去了颜色，世界上只剩了这短短的一句话，不停地在路西加脑袋里回响。

这话有些莫名其妙，可路西加懂。

两个人的视线交缠在一起，谁都没再说话。

不知过了多久，路西加觉得鼻尖冻得有些疼，她吸了口气，叫了付河一声。

“付河。”

付河依旧是看着她，眼睛里竟是路西加可以轻易读出的温柔。

“我们以前，认识吗？”

有车鸣笛，小靳已经降下窗子，喊他们两个人的名字。付河歪歪脑袋，说：“车来了。”

付河先起了身，觉察到一旁空空荡荡的，又转头去寻旁边的人。可回头，却发现路西加没动，而是坐在长椅上，执着地望着他。

安安静静。

即便是醉酒，付河也知道，路西加是在等他的答案。于是他弯下腰，看着她。

好一会儿过去，他轻轻摇了摇头：“应该，不算认识。”

路西加的脑袋里有些乱，她有很多个问题想要问清楚，可偏偏，知道答案的人醉了。

付河的酒品还不错，上车以后一直不吵不闹，就只安静地看着窗外。路西加不知道他在看什么，但有特别亮的灯光掠过时，他的视线会跟着灯光走，直到车驶出很远，再怎么转头都看不到了为止。

看着他左右摆了好几次头，然后微皱着眉，将额头抵在了窗户上，路西加探身，询问他是否不舒服。付河像是没听明白，好半天才将头转过来，看着她。

路西加只好再次去问：“冷吗？要不要把窗户升起来？”

“窗户……”付河重复了一次，接下来却没回答，而是将头靠在座椅靠背上，说了声，“困。”

从窗口探进的光落到了他的脸上，流动变幻的光影中，他半眯着眼看着路西加。

像是想要得到她的允许，他将脑袋换了个方向，朝她凑近了一些，又嘟囔着说：“困了。”

眼前人好像在借着醉酒耍赖，程度不大，却看得人心软。路西加叹了口气，探身将付河那边的车窗升起，然后哄小孩般拍了拍付河的肩膀：“困了就睡吧。”

车里太暖，加上微微的晃动，像极了儿时不需要做任何防备的摇篮。困意席卷而来，最后望了一眼路西加，付河便彻底闭上了眼睛。

车子缓慢行驶，没过两分钟，付河的手机忽然响起。路西加猜测这个时间会打电话来的，有很大概率是付河的家人，于是伸手从他的衣兜里摸出了手机。

手机屏幕上显示两个字：天林。

她只略微迟疑了一下，对方便挂断了电话。但好在，没过几秒，第二通电话便又打了进来。这次路西加没有犹豫，果断地按下了接听键。

那端的人像是很急，电话接通后立刻喊：“哥，你怎么还没回来，你今天不回了吗？”

听到这声音，路西加便知道了他就是那次曾经在她和付河通电话时胡言乱语的“弟弟”。

“您好，付河有些喝醉了，现在在我车上，我送他回家。”

“啊？”对方显然没料到会是这样的情况，怔了一下，甚至忘记了问接电话的人是何身份，“哦，好的，那等会儿我下去等你们。”

清醒状态下的弟弟显然还是很靠谱的，路西加到了付河家楼下，便看见一个裹着黑色羽绒服的男孩子站在那儿。很年轻，个子比付河矮一些，看上去像是还在上学。见着车来，他晃着身子朝里张望了两下，确认了来人后，忙迎了上来。

路西加下了车，普天林见着她，一只手摸着后脑勺，有些腼腆地说：“姐姐，我哥没跟我说你叫什么名字。”

男孩和她想的一样憨厚，路西加又回想起那次电话里那声“嫂子”，忍不住笑了笑：“我叫路西加。”

“哎，西加姐，我叫普天林，你叫我天林就行。”普天林说着，已经拉开另一侧的车门，将付河背了起来。

付河虽然挺瘦的，但个子高，普天林背着他整个人都有些打晃。路西加看着不放心，在旁边帮忙扶着，跟着将付河送了上去。

好不容易把付河弄到了家，普天林累得够呛，顾不得给他换衣服，便直接将人扔到了床上。

“哎……”路西加想阻止，可是已经晚了一步，看着付河这样穿着衣服躺在床上，路西加的强迫症立马犯了。

“西加姐，我去帮你倒杯水。”

普天林没注意到路西加纠结的神色，说完便要往外走，路西加赶紧喊了一声：“天林……”

“唉，”普天林站在房门口回头，“怎么了？”

路西加看看他，又看了看床上的人，说：“要不，给他换个衣服吧，他这样睡好像不舒服。”

“哦，行，换吧。”

也不知道普天林这会儿怎么想的，应完这声，他竟然径直出去了。

出去了？

路西加看着空荡荡的房门，微微瞪大了眼睛。

他怎么就出去了！

难道，付河和普天林说的也是他们两个已经在一起了？

路西加哭丧着脸望了望天花板，总不能真的让她给付河换吧……

而床上的人显然也对目前这身衣服很不满意，迷迷糊糊地哼了两声，竟然拧着眉头开始扒自己的外套。但人的意识不清楚，动作也就跟着变得毫无章法。外套只脱了一半就卡在肩膀处，路西加见付河在那儿一个劲地使蛮力，赶紧上前。

“付河，别拽了。”她攥住他的手，哄着他将攥着衣服的拳头放开，“我帮你脱，你松开。”

付河不知是不是听懂了，反正手上慢慢松了劲，眼睛也慢悠悠地睁开了。许是头顶灯光刺眼，付河始终都只将眼皮掀起一条缝。

路西加用一只手扳着他的肩膀，抻直了他的胳膊，将挂在肩上的外套往下拽。衣服褪到手腕处，付河的手忽然动了动，等路西加反应过来，自己的手已经被他握在了手里。

“西加？”

一声呼唤，带着鼻音，听起来是犹疑的。

路西加停下动作，将视线抬起，看向付河，发现他此时已经完全睁开了眼，正望着自己。

握在手腕上的那只手又收紧了些，与此同时，付河再次叫她：“西加。”

路西加清了清嗓子，应声：“嗯？”

终于得到回应，付河却又不说话了。不知是不是路西加的错觉，她好像看到付河的眼眶变得有些红，眼底的血丝也更多了一些。

以为是醉酒后的反应，路西加俯身过去，用还自由的那只手摸了摸付河的额头：“是不舒服吗？”

付河还是不说话，也依然还是很执拗地，不肯将视线从她脸上移开。

又是这样安静的房间，又是这样长久的对视，类似的感觉从前也有过，只是这次，对方眼里的情感像是更加外露，路西加的害羞也就来得更急了一些。

她心里奇怪，为什么付河每次都能如此坦荡地将深情写在眼底，而自己面对这样的注视，却总是承受不住，想要躲闪。

这样可不行。她抿了一下嘴，逼着自己这次不能躲。她想借着付河的不清醒来练习习惯这样的目光，希望自己可以坦然回视。可付河的眼中好像藏了太多的情感，好像把整个世界的温柔都装在眼睛里，捧给她了一样。看着看着，她便好像突然失去了自我的意识。

整个人都是轻飘飘的，连呼吸都只能依靠本能。

付河的嘴巴动了动，但几乎是无声的，只有几个断续的气音飘到了空气中。

路西加惊醒。

“什么？”怕付河是不舒服，她将耳朵凑到付河的嘴边，去仔细听他说的话。

手腕上的力量忽然消失了，紧接着，在路西加反应不及的时候，一只手摁到了她的背上。付河的手臂带上了很大的力量，这使得路西加原本撑在床上的手一下子打了滑，整个人跌到了付河的怀里。

只是觉得天旋地转，晕了一下，等回过神来，感受到脸颊贴着的胸膛，路西加也没有挣扎。

“你系的舞蹈鞋带子，最漂亮。”

这次付河的声音依旧不大，但路西加听清了。

听清了，却是忽然鼻头就酸了。

路西加几乎能确定，付河一定认识曾经的她。

原本放在她背上的手滑到了肩膀上，头顶上也落下一个下巴。路西加感觉到环着自己的手臂收得更紧了一些。

“疼吗？脚。”

酸胀的感觉由鼻子蔓延到眼睛，路西加没想到自己会被这么简单的两句话惹得想哭，也不知道为什么，此刻在付河的怀里，她会这么容易觉得委屈。

她吸了吸鼻子，忍住马上就要控制不住的情绪，咬着嘴唇摇了摇头。

付河半天没反应，就在路西加以为他没理解自己摇头的动作时，头顶传来了掺了点哑的声音：“我不信。”

“西加姐，你要喝茶还是热水……”

门口不合时宜地闯入了一个人，路西加一下子变得慌乱，赶紧撑着付河的肩膀，直起了身子。她想站起来，可付河却又揪住她的手腕，就是不让她走。她只得一条腿跪在床边，转过了头。

“不是，我……”比她更慌张的是普天林，他是万万没想到会撞上这样的场景，“我，我不知道——”

“没事，”路西加怕他说出什么更让她脸红的话，顾不得等情绪完全平复，便赶紧打断他，“你，你要不还是给他拿睡衣换上吧，他刚才要自己脱衣服。”

“哦，好。”刚犯了错的人就像接到什么特赦的指令，一个跨步就冲到衣柜前，翻了一件短袖出来。

路西加想先出去，但付河就跟着了魔似的，死活不松开手。路西加越是去掰他的手指，他使的力气就越大，最后硬是让路西加疼得倒吸了一口气。

连普天林都看不下去了，他伸手拍了拍付河的脸，着急地说：“哥你别使劲了，西加姐的胳膊都快让你攥坏了。”

“算了，”路西加无奈，“你先给他换上衣吧，估计一换衣服他注意力就不在这儿了。”

普天林于是应了一声，开始解付河的衬衫扣子。路西加偏过头去，尽量不让自己的视线往这边瞟。可也不知怎么的，灯光下赤裸的胸膛就跟会发光一样，路西加越是刻意控制着自己不要往那边看，余光里付河的身体好像就变得越亮、越吸引人。

一个愣神，她就将脑袋转过来了一点。

目光触及付河的身体，路西加却一下子怔住。

她从来没在一个人的身上见过这么多伤，也从来没想过，一个人的身上可以有这么多伤口。

大大小小，各种形状，深浅不一……

忘了要避讳，忘了要害羞，她看着那些触目惊心的疤痕，一时间脑子里竟然是空的。

直到普天林给付河穿上了上衣，路西加才愣愣地抬起头，看向普天林。

“他身上……为什么这么多伤？”

第7章
怎么会，不喜欢了？

付河第二天醒来，对昨天发生的事只有模糊的印象。

是路西加送他回来的，他好像还……抱了她。

付河抬头揉了把头发，怎么也想不起拥抱之后还发生了什么。

卧室的门被推开，普天林探进脑袋，叫了他一声："哥，你醒了，起来吃点儿东西吧。"

"等会儿，"付河蹙着眉，抬起一条手臂，朝普天林招了招手，"你过来。"

普天林依言站到床边，付河缓了缓，问他："昨天我没干什么不合适的事吧？"

普天林的面色一下子变得有些古怪，他坐下来，简单组织了一下语言，才说："我也不知道算不算不合适，因为我不知道你们俩现在到底是什么关系，我只说我看到的啊。"

付河按了按眉心，做好充分的思想准备："说。"

"前面倒是没什么。但我出去倒水，回来就看见你抱着西加姐，然后西加姐起来以后，我要给你换衣服，你又拽着人家不撒手。"

"嗯，"付河听得眉心直跳，但面上还是装着云淡风轻的样子，道，"然后呢？"

"后来西加姐就说让我先给你换上衣，衣服一脱，你身上的伤就露出来了，西加姐好像……有点儿吓到了，问我你身上为什么这么多伤。"

“你怎么说的？”

“我能怎么说啊，”普天林说，“我又不知道你怎么想的，我就说都是你以前干活弄的，具体的我也不太清楚。”

付河听了，将一条胳膊枕在脑袋下面，盯着天花板，不知道心里在想什么。

普天林观察着付河的脸色，在确定他并没有心情不好之后，才小心翼翼地开始八卦：“哥，你到底追上没追上啊？”

付河连眼皮都没动一下，悠悠说了句：“还在追。”

“那我之前给你出的招怎么样，一起打游戏了吗？是不是关系升温特别快。”

不提这个还好，一提起来付河顿时胸口憋上了一口气。他隔着被子拿膝盖顶了普天林的腰一下：“你还说呢，你知道现在我们游戏上的互动是什么吗？”

“什么？”

“我们现在最多的互动，就是她背着个小书包来我岛上给我送各种素材、礼物，跟扶贫似的。人家都把这游戏玩成艺术品了，我还在这儿搞基建呢。”

普天林一听，想象了一下他哥在游戏里窘迫的境地，乐得不行，气得付河又给了他一脚。

“哎哎哎，别生气啊，我觉得你已经胜利在望了。你都不知道，昨天晚上你们那个氛围，”普天林说着说着有点激动，红了一张脸，一只手还不住拍着付河的大腿，“特别好！”

“啧，别碰我，”付河把腿往旁边一撤，耷拉着眼皮睨了普天林一眼，“怎么好？”

“这还有什么‘怎么’啊，就是感觉啊，两个人在一起那种般配的感觉……”缺乏恋爱经验的人在脑海里搜索了半天，终于想到了很重要的一点，普天林打了个响指，指着付河的脸说，“对，她心疼你。”

付河愣住。

“网上不是说了嘛，一个女人心疼男人，那就是喜欢他啊——”

“得得得，”付河扬声打断普天林，“你是不是学习不忙啊，天天看的什么乱七八糟的东西。”

普天林笑了两声：“反正，昨天从她看见你的伤开始，嘴角就一直都是耷拉着的，后来还让我找了毛巾和热水，她亲自给你擦了脸。”

顺着这话，付河摸了摸自己的脸。意识到他在干什么以后，兄弟二人对视一眼，随后一个憋了笑，一个一脸的尴尬。

“哎，我去给你准备饭啊。”普天林怕他哥恼羞成怒，识趣地起身，留下付河一个人回味。

起来洗了个澡，付河便给路西加打了个电话。电话接通，路西加的第一句话就是问他还有没有不舒服。

“没有，昨天晚上辛苦你了。”

付河举着电话，走到书桌边。阳光此时刚好透过窗户照进来，放在书架上的几本杂志反着光，变得夺目。

“倒没有辛苦，就是……你还没回答我的问题。”

电话里的女孩听上去有些急切，好像已经迫不及待想要知道这问题的答案。

昨晚从酒店里出来，付河还是保有一部分清醒的意识的。他记得那块广告牌，记得自己那时的心情，也记得自己说了什么。

他伸手，从书架上抽出一本舞蹈杂志。杂志已经有些旧了，边角不可避免地翘起了一些，但并没有磨损的痕迹，看得出来已经被刻意保护过。杂志的封面上是一个十几岁的小姑娘，一旁的小字写着她刚刚获得了国内一个青少年舞蹈大赛古典舞金奖。小姑娘四肢伸展，做了一个很漂亮的舞蹈动作。

电话那端没再传来声音，付河知道路西加在等他。

“是，我认识你。”付河摸了摸那本杂志，像是在回忆记忆里珍贵的光亮，“我看过你跳舞。”

曾经那个站在舞台上的小姑娘实在太过耀眼，看过，便很难忘记。

这是他们两个第一次正面地提起舞蹈，听着付河的话，路西加的大脑里有些混乱，好像一瞬间涌现了无数种猜测和无数个问题，反而导致她不知道应该先说什么，先问什么。

不仅是大脑，她的情绪也是混乱的。她为他曾经见过那个还在跳舞的自己而庆幸，却又因为知道他了解自己的经历而心中酸楚。但不管怎么样，她意识到，如果说是他以前就认识她，那么那些从第一次见面起就格外慷慨的善意便有了除了一见钟情之外的合理解释。

这让她觉得踏实。

她不说话，付河就也安静地等着。

“是什么时候？哪一场？”

她急切地追问，想要知道他们到底是什么时候开始有的交集，想知道他曾经看到的那个自己舞蹈跳得够不够好。她几乎在一瞬间就想到了自己曾经最棒的几场演出，但付河的答案却在她的预料之外。

“很多场。你每一场有公开影像资料的表演，我都看过，也看过几次现场。”

到这里，她没再继续问下去。她觉得眼眶发酸，却并不想在这时候哭出来，于是从鼻腔里挤出短促的一声“嗯”，便没再说话。

她觉得问到这里就够了，他不仅透过屏幕和影像资料，看过她跳舞，就已经是个巨大的惊喜，何况他还看过几次现场。

挂断电话前，付河叫了她的名字。

“西加。”

“嗯？”

清醒的状态下，他再一次说：“你系的舞蹈鞋带子最漂亮。”

鼻子开始不通气了，路西加吸了吸鼻子，握着手机笑：“嗯。”

“你跳的舞，也是最好看的。”付河说，“一直都是。”

春天，定制旗袍的人要更多一些。演唱会那边已经不需要路西加她们再时刻跟着，偶尔有什么问题，路西加也交给田柚去处理。可即便这样，她还是连续加了大半个月的班。

生活被工作填充得太满时，即便是好脾气的路西加，也会觉得烦躁和疲惫。所以，在贺岩再次敲开她工作室的门，说有一个老客人需要加一个急单时，路西加难得地说了拒绝。

“我已经很多天没有休息了。”

半个月前那场庆功宴之后，付河约过她许多次，有时是吃饭，有时是看电影，但到现在她都没腾出时间同他见上一面。

想到这儿，路西加心里的不开心便更多了。

贺岩也知道她最近已经累得不行，赶紧赔笑脸：“哎呀，我知道我知道，真的是最后一单了，这人直接找到了老师，我也没办法，之后谁再说，我都给你拒绝掉。”

听到“老师”，路西加就知道这单自己是非做不可。她深深吸了口气，看着窗外沉静了半晌，也没再为难贺岩：“把资料给我吧。”

埋头将线稿画完，路西加看了看时间，让田柚先回去。田柚是知道路西加最近的魔鬼作息的，于是主动说今晚要留下来帮她。

“不用了，”路西加敲了敲贺岩刚送来的资料，“你先回去休息，明天给这个客人量尺寸，我就不管了。”

她这么说，田柚只好点点头。

收拾好今天刚送来的几匹布料，田柚又走到一张小桌子前，摸了摸给路西加准备的晚饭。

“那我去给你热热饭，你吃了饭再工作吧。”

路西加却是摇摇头，说自己现在吃不下。

在身体累的情况下她的胃口通常也会不好，明明很饿，看着那些饭菜却就是没有食欲。

等田柚走了，路西加放下笔，在桌上趴了一会儿。起身后，她揌了揌酸痛的肩膀，打开了音箱。

一个人的屋子，如果没点儿音乐就显得太孤独了。可她在音乐播放器里找了半天，也没想好要放什么歌，最后索性搜了一个付河作曲的歌单，从头开始播放。

手机上在这时弹出了一条新消息，是付河询问她有没有吃晚饭。路西加看了看桌上已经冷掉的饭菜，回了句“还没有”。

下一秒，付河的电话便打了进来。

“还在工作室吗？我去接你吃饭？”

路西加忙说不用，解释自己今晚要加班。

“要很久吗？”

“嗯，”路西加如实说，“这儿有休息室，我晚上就在这儿睡了。”

本以为付河会如之前一样，说不打扰她工作，却没想到电话那端的人沉默了几秒，说：“那我去找你。”

“啊？”

路西加的反应慢了半拍，付河也并没有再解释什么，只是说：“等我。”

原来一句话真的能瞬间改变一个人的情绪，电话挂断，路西加攥着手机，都还觉得这种情绪的转变来得太突然，太不真实。

放下电话，坐回椅子，路西加环视四周，忽然发觉周围好像变得不大一样了——冷掉的饭仍旧对她没有任何吸引力，身体还是累的，她也依旧很困，但钟表嘀嗒的声音下，悄然蔓延出一种等待的心情，填满了寂静空荡的屋子。

一个小时后，工作室的门被推开，付河插着兜走进来，肩上背了双肩包，一只手还拎着一个纸袋子。

抬头的瞬间，路西加已经忍不住笑了起来。

“忙起来连饭都不吃？”

路西加摸了摸此时并不舒服的胃部，心虚地说“刚才有点儿吃不下去。”

付河走到她身边，朝她亮了亮手里的袋子：“所以我给你带了饭。”

纸袋里还有个保温的袋子，里面是两个保鲜盒。付河把它们放到一旁的小桌子上打开，香味便飘到了空气中。

付河能过来，路西加本就很开心，这饭菜更是远远超出了她的期待。人在脆弱的时候，一点小事好像都可以攻破内心的防线。她看看那热乎乎的饭菜，再看看付河，一时间竟有些说不出话。

付河递给她筷子，将两个饭盒都推到她面前。

“你不吃吗？”路西加问。

付河摇摇头，坐到一旁：“我吃过了。”

刚才还没有胃口，此时却是忽然有了明显的饥饿感。路西加将每样菜都尝了一遍，竖着大拇指夸赞好吃。

付河看着她笑笑，说：“那就多吃点儿。”

“好，”路西加点了点头，又看到旁边的外卖袋子，“就是田柚帮我买的饭可能要浪费了。”

付河听了，解开那个塑料袋子看了看：“不会，等会儿我热一下，当夜宵。”

等会儿？

路西加举着筷子停住了动作，不知道付河这是打算在这里待多久。

像是看出了她的疑惑，付河打开书包，掏出电脑，说：“我在这儿陪你。”

陪她……一整晚吗？

一首歌曲恰好播放完毕，下一首歌的前奏响起，付河敲击键盘的手停住。他抬头看了眼桌上的音箱，接着露出有些无奈的笑容：“你这是……在放我写的歌？”

路西加咬着筷子点了点头：“刚才想放首歌听，但又想不起来听什么，就放你的歌了。”

“嗯。”付河抿了抿唇，一副有话说不出的样子。

被付河脸上的表情逗得想笑，路西加忽然好奇：“你听自己写的歌会不自然吗？”

她倒是知道有些歌手听到自己唱的歌会觉得尴尬，但制作人，应该还好吧。

“倒不会，但是歌曲做完之后，我自己肯定不会没事放来听。”说完，付河掏出手机，“蓝牙是哪个？我给你放歌听。”

路西加探过身去，给他连接好蓝牙，又说：“不过，你推给我的歌单我都循环过好多遍了。”

“我听的歌可不止这些，有些我没放到歌单里。”

提到音乐，付河还是有些底气的，他垂着眼在手机上点了几下，视线触及到一个 APP 时，眼睫轻轻眨了两下。偏头看了眼正一只手压着从肩上搭下的长发，认真吃饭的人，付河接着说：“我还弄了个直播间，平时有空就放放歌，你可以去听。”

“是吗？”肚子得到了满足，路西加的话也变得多了起来，“啊，说到这个，之前我其实经常听一个直播，那个主播会放很多种类型的歌，我当电台来听。但是他竟然不喜欢你的歌，气得我把他取关了。”

付河还是第一次见着路西加这样气鼓鼓的样子，忍不住帮着她一起吐槽：“是吗？这么没品位。”

“可不是，别人在他直播间点你写的歌，他竟然说‘不放 SEA. G 写的歌’，亏我还听了他那么多年直播。”

这话……有点儿熟。

付河在脑海里将路西加的话重复了一遍，抬起了头。

猝不及防与他对视上，路西加有点蒙：“怎么了？”

倒吸了一口气，付河挑了下眉，问：“这个直播间，叫什么名字？”

虽觉得付河此时的表情有些奇怪，但路西加也没多想：“红灯舞台。”

付河点点头，没说话，继续低下头，选了一首歌。

轻柔的音乐响起，温柔的男声唱着，“I bless the day I found you，I wanna stay around you（感谢上天让我遇到你，我想和你厮守）”。

路西加认真听完一段，才问付河：“这是什么歌？”

“*Let It Be Me*（《但愿是我》），没听过吗？”

路西加摇摇头，评价：“歌词很深情。”

“是一首电影的主题曲，叫《怦然心动》。”付河说。

“我没看过。好看吗？”

付河点点头，很自然地说：“有时间放给你看。”

这样的话，使得路西加又想起了几次都没有约成功的电影。

像是心有灵犀，路西加听到坐在身边的人说：“看不了新上映的电影，看看老电影也不错。”

“嗯！”她因两人之间的默契开心，这种开心多少弥补了一些之前没能赴约的遗憾。

“那个直播间，你听了很多年吗？”

以为只是闲聊，路西加没抬头，边吃边应了一句：“嗯。”

“怎么发现的？”

时间过去太久，有些细节路西加自己也记不清了。她仔细回忆了一下，不太确定地说：“好像就是在首页刷到的，应该是根据听歌喜好推荐的吧，那个主播放的歌刚好有很多都是我循环过很多次的，所以就关注了。”

“嗯。”

付河盯着电脑屏幕看了半天，末了，幽幽吐了一口气出来。

“其实……可以考虑考虑，再关注回来。”

没待路西加疑惑，她的视野里便出现了一个手机屏幕。

那个直播间的界面她很熟悉，但付河手机上的界面又和她平时看到的不大一样。

看清了，路西加惊讶地抬起头：“你……你就是主播？”

付河因为方才路西加一句“听了好多年”而心情好得不行，此刻脸上的笑怎么都克制不住。他从没想到，自己无聊时弄的直播，真的能被她听到。

一场乌龙，引得路西加指着付河的粉丝数轻声抱怨：“那你怎么自己黑自己呢？你看你掉了多少粉丝。”

付河攥着手机轻笑，摇摇头：“倒是不太在意。而且，我没有黑自己，我只是说我不放，哪知道大家会理解成我不喜欢自己的歌。”

路西加舒了口气，但仔细琢磨之后，又觉得这事也太巧了。那么多直播间，她偏偏就刷到了他的，偏偏就听了这么多年。

“笑什么？”

“嗯？”偷笑被发现，路西加没收敛，反而笑得更加肆意，“就是觉得很巧啊，很奇妙，还有点儿……”

她的话说到一半便停住，付河见她看着自己，也以询问的目光回视。

音箱里播放的歌曲已经接近尾声，男声唱到最后一句，尾音拉得长长的，像是告白没说完，满是不舍。

是啊，成年人，面对感情，好像也不需要一直遮遮掩掩的。

于是，落下的旋律里，路西加朝付河粲然一笑，说："还觉得有点儿浪漫。"

是真的浪漫，隔着遥远的距离和人生，他们在很多个夜晚一起听过歌，就好像是在素不相识的时候，就曾看过同一朵花，感受过同一片春风一样。

不曾谋面，却真实地互相陪伴过。

六月末，付河终于参加了一个颁奖典礼。纪子炎已经为了这场颁奖典礼控制了两个月的饮食，饥饿使得她整个人心气都不大顺，在后台不住地对着正在吃晚餐的付河发牢骚："凭什么男生穿西装，女生就要穿这将身材一览无余的礼服。"

助理一面附和，一面安抚，付河则没说话，把碗里最后一口汤喝掉，起身将包装盒扔到了垃圾桶里。

纪子炎和助理都是第一次看见付河这种装扮，两人盯着他的背影看了一会儿，小助理凑在纪子炎耳边嘀咕："其实男生穿西装也是很考验身材的。"

这倒也是，纪子炎的目光向四周晃了一圈，发现竟有不少人都在偷偷瞄着付河。纪子炎知道这些视线下所藏匿的心思各不相同，很难评价好坏，只不过人人都是在为了自己考量罢了。想了想，纪子炎跟助理要来手机，对着付河的背影拍了张照，给路西加发了过去，同时还配了个坏笑的表情。

知道纪子炎一定是等得无聊，在八卦，路西加只回了个发呆的表情图，没说别的。纪子炎却不依不饶地说："好多人都在看你男朋友哟，我觉得他今晚至少能上一个热搜。"

纪子炎猜得没错，付河正式出场后，"SEA. G"这个名字便登上了热搜榜。在现场参加典礼的人没时间刷手机，坐在家里的路西加却是实时关注着大家对付河的夸赞。

裴静洗了澡出来，见路西加竟然在看电视，有些惊奇："怎么看起电视来了。"

路西加则指指电视屏幕："你看那是谁。"

镜头固定在一个人的脸上，裴静擦着头发稍加辨认，迟疑了两秒，说："子炎啊。"

主持人一个个念过奖项提名者的名字，随后，音乐声中，纪子炎的名字被再次念起，星光熠熠的女孩笑着站了起来。

裴静坐到沙发上，感慨道："也是大姑娘了。"

纪子炎的获奖感言规规矩矩，把所有帮过自己的人都感谢了一个遍。镜头带过了许多人，路西加抬起头，特别留了心看着。她本想着付河一定会出现那么一两秒，却没想到电视台的偏爱表现得异常明显，小半段致谢的时间里，电视中的画面竟都是付河。

路西加也给不少名人做过服装，当然也经常会看到他们穿着自己做的服装出现在电视上、杂志上。可她此时看到付河，却是和之前全然不同的感受。

虽然付河今天的装束与往常差别很大，可神情却和平日无异。他没有看镜头，脸上是平静的、坦然的。路西加琢磨了半天，为什么看着付河坐在那里心里总会有不一样的感觉，片刻后，终于想通了——即便是纪子炎，在路西加的心里都会给她加一个"明星"的标签，所以，当在电视里看到光彩照人的纪子炎时，路西加会清晰地感受到两人之间的距离感。可付河却不是，不知是因为从前他从未出镜，还是因为两人日益密切的关系，即便是现在这样隔着一层电视屏幕看着他，路西加还是会觉得他只是那个坐在驾驶位，总能让她安心地在旁边睡着的男人。

"哎？这是谁？"

裴静一出声，便把路西加的注意力吸引了过去，见裴静在问付河，路西加不知怎么，心里慌了一下。她有些心虚，但还是清了清嗓子，装成一副漫不经心的样子啊："啊，他是个很有名、很厉害的音乐制作人，会作曲、会编曲，子炎的好多歌都是他写的。"

说完，路西加忍不住去观察裴静的表情。她希望裴静能给出一些夸奖、赞叹，却没想裴静凝神思考片刻，有些迟疑地问："他叫什么？"

裴静从来不会关心娱乐圈的事，路西加觉得她今天这连续两个问题有些奇怪，正要询问，便听到电视里主持人叫出了“SEA. G”的名字。

电视里，付河配合着起身，含笑朝他致意。

裴静却转过头来，追问路西加：“你知道他的真名吗？”

路西加眨眨眼，点点头。但没待她开口，裴静就问：“他是不是叫付河？”

这下，路西加吃了一惊，她一下子坐直身子：“你怎么知道？”

一旁的裴静却是笑着舒了口气：“我果然没认错，我以前带过他，我是他班主任，他还是班上的英语课代表。”

这样的信息，完全在路西加的预料之外。裴静没注意到她的错愕，望着电视自顾自地感叹：“都长这么大了啊，没想到还能再看见他。”

妈妈教的是初中英语，自己也是在那个初中上的，那么……付河和自己曾经在一个学校读书？

好像是发现了什么不得了的事情，解读出这个信息后，路西加心底首先涌上来的便是巨大的惊喜。他们是校友。这样的关系好像一下子让两人之间的距离更近了一些，他们有了更深的渊源，更远的缘分。

路西加也顾不得管付河现在能不能看手机，立刻就想把这消息告诉他。可打了几个字，惊喜的情感被理智冲散了一些，她才迟半拍地觉出不对劲来。

如果付河和自己在一个初中上过学，那之前他送自己回家，为什么不说？即便是他不认识自己，不知道自己的妈妈就是他初中时的班主任，那起码也应该告诉她，他们两个人的家乡是一个地方吧？

意识到付河或许是刻意隐瞒，路西加停下了动作。

路西加看着电视，理清了头绪，而后试探地问裴静：“妈妈，你教过的学生这么多，都这么多年了，你还记得付河啊？”

“当然记得，我对他的印象很深刻，”裴静点点头，又说，“其实很多老师对他都应该印象很深刻。他比你大两届，学习很好。班上学习好的男孩子很容易偏科，但他不是，他每一门功课都非常好，语文老师经常跟我夸他作文写得好，数学老师也经常夸他，那年中考，他还是咱们那儿唯一一个数学满分的。”

路西加放下手机，认真听着：“是吗？这么厉害？”

“嗯，他是那届中考第一名，所以，高中他被隔壁市的重点高中选走了，没在本地上。不过……”裴静顿了顿，叹了口气，“后来的事就挺让人唏嘘的。他家本来条件挺好的，爸妈一起做生意，应该挣了不少钱。我记得，那会儿班上的男生都喜欢买篮球鞋，就数他的鞋子最多。但后来听说他爸爸迷上了赌博，欠了很多债，他家里人一开始不知道，知道的时候已经晚了。他高一的时候，一家人一夜间忽然消失，去躲债了。你也知道，咱们那地方不大，有点儿什么事都能传开，所以这事很多人都知道。”

“啊？”这样的消息让路西加一时间有些难以接受，嘴巴张了几下，干涩的喉咙里才挤出一句话，“那他就没上学了吗……”

裴静摇摇头：“估计没有吧，反正当时他学没上完，而且什么手续都没办就不见了。因为以前教过他的老师都挺喜欢他的，所以那会儿在我们办公室提起这事，大家都觉得太可惜了，都说他这个爸，是要害了这孩子一辈子。”

电视里，热热闹闹的颁奖典礼还在继续，镜头还是会扫过坐在台下的每一个人。路西加在一排排的人脸中寻找自己想看的那张，找不到的时候期待，找到了，心里又有些酸涩。

她完全没想到付河会有这样的往事。

“后来呢？”她轻声问裴静。

“后来就一直没他的消息了。所以刚才我挺诧异的，不过你不是说他现在是很厉害的音乐制作人吗？那他现在应该过得挺好的吧。”沉吟两秒，裴静又说，“但想想也是，那会儿还教他的时候，我就觉得这孩子是特别有恒心、有毅力的那种，这种人做什么都能成功的。”

提及付河的过去，路西加忍不住想要知道更多。她将双腿放到沙发上，抱着膝盖问：“为什么这么说啊？他怎么有恒心了？”

像是忽然想到什么有趣的事，裴静弯了弯唇角，看向路西加：“举个例子吧，有件事我记得特别清楚。你记不记得，以前我会买些奖品，一学期结束以后奖励给表现好的学生。”

路西加点了点头。她当然记得，那时候的奖品，还都是她跟着裴静去挑的。

“我当时是给他们贴星星，一次听写全对给一个星星，一次考试满分给一个星星，向英文报刊成功投稿一篇文章奖励一个星星。我记得特别清楚，别人一学期下来，最多也就是十几个星星，结果他有一天拿着课本冲进我办公室，翻开封皮，扉页上大半页全是星星，一共三十七个。我当时被他惊讶得都说不出话来，他就问我，他是不是可以把大奖拿走了，还需不需要和别人比。”

平日里沉默稳重的人，原来少年时还有这样的故事。路西加有些想象不出来冲进办公室去兑奖品的付河什么样，但她猜，一定别扭又可爱。

“那大奖他拿走了吗？是什么啊？”

“当然拿走了，不可能有人比他星星还多了。那次奖品是一套乐高，哎？你还记不记得？当时去买乐高的时候，我说要买一个树屋的，你非说咖啡厅的那个好看，最后还是听了你的。回家以后，你还吵着要打开看一眼。”

裴静这么说，路西加便想起了这件事。那套乐高买来以后就放在她的屋子，她最后还是拆开看了一眼。但她没敢玩，就只是偷偷看了看。

主持人宣布了最佳作曲奖的获得者，一片掌声中，付河起身，朝台上走去。一路走过，不少付河合作过的歌手都起身祝贺，关系好一些的是一个拥抱，关系一般或者性子比较矜持的，便是笑着与他握手。

路西加还在回忆着那套乐高，在脑海中描绘着一个渴望获得乐高玩具的初中生，忽听到裴静说：“他怎么在这儿？”

相比方才，裴静的语气明显冷了下来。路西加心里奇怪，看向屏幕，看到那个也站了起来，试图与付河拥抱的人之后，便明白了裴静为何会有这样的态度。

楚翰维。

“好像是要当歌手。”她木着神情，回道。

“什么人都能当歌手了吗？”裴静说着，摁了下遥控器，将电视关掉了。

电视屏幕忽变成漆黑一片，路西加没看到付河有没有回应楚翰维的那个拥抱。

那晚路西加没睡好，难以入眠的时候，她反复想起自己和付河站在家乡的街头，看着那两个穿着校服的中学生。

他们的校服这么多年都没变过，当时的付河，又在沉默地想些什么呢？

她记得她问他，“我们的校服还是很好看的，是不是”，为什么他那会儿不肯说一句，那也是他曾穿过的校服呢？

问题积攒得太多，路西加忍不住又打开了手机。对着和付河的聊天框看了半天，最终她还是退出了微信，又去翻了翻实时的热搜词条和话题。

“SEA.G”的名字还高高地挂在榜上，点进去，大多是赞美之词。赞美外貌，赞美才华，赞美低调。好像这一晚，“SEA.G”的现身，承载了这许多年的荣耀。

看着这些毫不吝啬的夸奖，路西加却忍不住想，付河是怎么成为“SEA.G”的。她不知道当初付河的爸爸到底欠了多少钱，但能让一家人一夜蒸发，那肯定是个天文数字。

她想到了付河那一身伤，止不住地猜测后来发生了什么，却毫无所获。

一个姿势躺得久了便有些累，路西加翻了个身，手指仍在无意识地划着手机。一片没有什么营养的实时消息里，路西加忽然看到有一个人发的“生日企划帖”。

路西加心里一沉。

点开详情，看着那个已经没剩几天的日期，路西加猛拍了下脑门。

对啊，她怎么都没想到要去查查付河的生日呢？

自从付河公开露面后，工作好像就变得越来越多。以往只要路西加有空，付河都会来工作室接她下班，带她吃点儿好吃的。但最近却是一直都没时间过来，倒是纪子炎，忙完演唱会以后便给自己放了个假，经常来路西加工作室待着。用她的话说，这里清净，没人会打扰她。

“对了，西加姐，付河要过生日了，你给他准备礼物了吗？”

路西加点了点头。

纪子炎八卦本性不改，凑过来，神秘兮兮地问：“准备的什么呀？”

“买了一套乐高。”

她选了那套全白的建筑工作室，现在已经停产，问了很多人才好不容易买到。

她本来因为裴静的话而对自己的生日礼物信心满满，不料，纪子炎却立马摇头：“乐高不行吧！他不喜欢乐高，以前他给我录歌，我嫌他脾气臭，给他买了套乐高让他磨磨性子，结果他根本就没拼，现在都还在公司放着。”

“啊？”路西加有点蒙，看着纪子炎，回不过神来，“他不是……挺喜欢的吗？”

“他说过？”因为路西加“女朋友”的身份，纪子炎略微怀疑了一下自己的判断，但很快又斩钉截铁地否认，“不可能，我记得他亲口说过他不喜欢这种需要消耗大量时间的东西，他没必要跟我们撒谎吧……”

这下子，路西加有些慌了神。

怎么会，不喜欢了？

一旁的田柚刚将工作室新到的一批布料看了一个遍，发现其中有几匹非常不错，兴奋地叫路西加去看：“西加姐，这次到的布料摸起来都很高级啊。你看这匹，虽然支数不高，但比一些高支数的摸起来还要细腻。”

路西加被纪子炎刚刚几句话搅得晕晕乎乎，听到田柚这话，强打起精神，回道：“参数只是决定布料好坏的一部分因素，原料产地、布料的制作过程，都会影响它的好坏。”

她起身，摸了摸田柚选出来的几匹布料，果然是上等的。思忖片刻，她指着其中一匹跟田柚说：“我要用这匹做一套。”

田柚应了一声，随后翻了一下手上余下的订单，问路西加是要给哪位客人。

路西加却摇了摇头：“给付河。”

她早就想着要给付河再做两身更日常一些的西装，这匹布克重350gsm，挺阔，好打理，却又柔软，天气稍微冷一些的时候穿，再合适不过了。她晚上便跟付河说了这个想法，问他要不要再来量一次尺寸，付河却在短暂的停顿后，问她能不能给自己的弟弟做一身。

“这小子都没一身正儿八经的西装，我才知道之前他去面试一个会议的志愿者，都是借的室友的衣服。以后他还要毕业找工作，我想送他一套，就当，之后的毕业礼物吧。”

路西加对普天林的印象很好，加上一些爱屋及乌的心态，自然就应了下来。又聊了几句，路西加心头一动，决定试探着问一下乐高的事。

“对了，我今天看到朋友圈有人发了拼好的乐高，还挺好看的，我打算自己也买一套试试，但是又怕没时间拼。你玩过吗？会不会很难？”

把这问题问出口以后，路西加就在心里祈祷。可显然，不管是佛祖还是上帝都没听到她的祷告。紧紧闭着眼，她听到付河说：“我没玩过，我对这种玩具没什么耐心。”

一句话，让路西加之后的聊天都心不在焉。付河以为她是累了，便也没再多说，叮嘱她早点儿休息。

也是，过去这么多年，有些喜欢的东西会变，好像也是很正常的。就像她以前吃饺子喜欢吃饺子馅，现在却喜欢吃饺子皮。

路西加把已经结束通话的手机扔到床上，又将自己也抛过去。

她把脸埋在枕头上，心乱如麻。

这可怎么办，得换礼物了啊……换什么呢？

第 8 章

别对我女朋友动手动脚

隔了一天，普天林便在付河的安排下来了路西加的工作室。男生穿着整洁，背了一个双肩包，同样刷得很干净。见着路西加，普天林仍旧像上次一样，礼貌地朝路西加和田柚问好。

路西加看出他的紧张，让田柚给他倒了杯果汁，陪他先聊一会儿。

田柚不认生，再加上简单聊了两句后，发现两人一般大，自然话就更多了一些：“你姓普呀？是哪个字？”

“普通的普。”

“好特别，”田柚说，“我还是第一次见着这个姓氏。”

普天林端着杯子笑了两声：“我是云南人，我们那儿其实姓普的挺多的。”

云南？

路西加想起付河说过，普天林和他一起生活过。

那么，他之后是去了云南生活吗？

这么想着，路西加又小幅度地摇了摇头，不对，应该不止云南一个地方。她记得，在和他讨论《寻》这首歌时，他对她说过，他曾经在东北待过。

说到云南，很容易想到大理洱海……田柚早就想去云南玩，无奈一直没等到合适的机会，此时见着一个云南人，难免有点儿兴奋：“哇，那你是云南哪里的啊？”

“普洱。”普天林说，“就是产普洱茶的那里。”

“普洱茶真的是普洱产的啊？”

普天林笑着点头。

普天林配合着量了各处尺寸，路西加又拿着图册让他选了样子，最后还加上了普天林的微信，让他有什么其他要求都可以跟自己说。普天林离开时，路西加亲自将他送了出去，两人走到大门口，普天林才有些不好意思地问：“西加姐，你做一套衣服，是不是很贵？”

普天林虽然没穿过多好的衣服，但他还是能看出来的。那些布料一看就价格不菲，再加上又是定制，衣服的价格肯定会非常高。

路西加沉默未语，斟酌着要怎么回答普天林。

“哎，其实之前我哥跟我说让我来找你做衣服，我就不想来。首先是觉得太给你添麻烦，还有就是觉得我其实不需要这么贵的衣服。但我哥非要我来，我也拗不过他。”

“没事，不贵的。至于添麻烦更是说不上了，你哥是在我这儿正常下的单，只不过看在他是老顾客的分上，我给他打了个八折。”路西加宽慰道，“而且，这是付河之后想送你的毕业礼物。以后你就懂了，西装对男人来说，还是有些意义的。”

“嗯。”普天林点点头，之后又觉得不够似的，朝她鞠了个躬，“总之，谢谢西加姐。”

路西加拍了拍他的肩膀，示意他不要在意。

“西加姐，我觉得我哥，真的特别喜欢你。”约是心里的感激之情太多，两个人站在那里等车的时候，没头没脑地，普天林嘴里忽然蹦出这么一句话。不过话说出来，瞧见路西加明显有些愣住的神色，他就后悔了。

完了，他在心里哀叹，他哥回头不会骂他多管闲事吧。

两人对视，普天林在莽撞失言的懊恼下憋红了脸。路西加却被他的淳朴逗得想笑，她侧了侧头，强忍着笑问：“为什么这么说啊？”

普天林平日也是个和女生接触很少的人，路西加的笑容太有迷惑性，他一下子乱了阵脚，说话也忘了过脑子。

“就，他特别努力追你。就比如《动物之森》那个游戏，其实他之前根本没玩过，是他问我怎么追女生，我就说可以陪你玩游戏，他不就跑去问你了吗？结果你说你玩《动物之森》，他就买了个游戏机，在家不眠不休地搞岛建……”

说着说着，普天林回过了味来。他猛地咬了下自己的舌头，不敢相信自己刚才是说了些什么话。他把他哥，卖了？

路西加这次再也忍不住，终于侧过头，以拳头掩着嘴巴，彻底笑了出来。

“不是不是……西加姐，我哥不是在骗你，他就是……”普天林赶紧摆手想解释，但这哪是能解释得清楚的事。

瞧见他慌得额头上都冒了冷汗，路西加赶紧说：“没事，我理解。”

“不是，别理解，”普天林急得两只脚不住地交换重心，“西加姐，我胡说的，你就……就当没听过行不行？”

路西加怕给孩子急坏了，连声说着“好”，随后指了指刚刚停到路边的出租车，问：“是不是你的车到了？”

山上没有公交车，普天林只能先坐一段出租车下去。坐上车，和路西加挥手告别后，普天林脸上的笑已经扭曲得非常难看。他抱着双肩包反思自己刚才鬼迷心窍下就出卖了自己哥哥的行为，哪知就像苍天有眼一样，出租车驶出去没多久，付河的电话就打了进来。

普天林看着电话咽了好几次口水，都没敢按下接通键。前排司机见他一直埋着脑袋不动，出声提醒：“小伙子，电话响了。”

普天林这才拍了拍脸，接了电话。

“已经量完尺寸了？”

“嗯……”

“你跟西加聊什么了？”

这话问得普天林心里猛跳了一下。完了，来得这么快吗？

“怎……怎么了？”他结巴着问。

“没怎么，刚给她打电话，听着她心情挺好的。她还说你……”

电话里付河的声音顿了顿，对普天林而言，却像是被架在脖子上的刀“温柔”地蹭了两下——身上立刻起了一层鸡皮疙瘩。

“说……说我什么？”

普天林把窗户开到最大，想让灌进来的热风吹走他的痛苦。

“说你……可爱。”像是费了很大力气，付河才说出最后这两个字。

话音落下，电话两端的人都是好久没说话。

“哦……”普天林肩膀耷拉了下来。

付河却是觉得有点奇怪：“你怎么了？今天话这么少。”

“没事。”

听到这儿，普天林已经知道路西加肯定没把他的话告诉付河了，但是怎么说呢？他觉得这就像个隐形炸弹，如果不告诉付河，万一付河在不知情的情况下，还继续在路西加面前装自己已经玩了很久《动物之森》的样子，那岂不是会更加出糗。

不行。

普天林做了个深呼吸，打算自己主动交代，换取付河的从轻发落。

“那个，哥……你听我说啊，”普天林斟酌了半天，打算先铺垫一下，“我觉得西加姐特别好看，真的，是我见过的最好看的人。今天弄完衣服的事，她送我出来，我俩聊了会儿天，然后她朝我一笑吧，我都觉得整个人轻飘飘的，感觉都完全不知道自己是谁了……”

“普天林。”

忽然被叫了大名，普天林浑身一颤，下意识地回：“在。”

“信不信我打断你的腿。”

付河这话说得简洁，但从他咬牙切齿的表达中，普天林很快领悟了这句话的前提——你要敢觊觎你未来嫂子，信不信我打断你的腿。

“不是，哥！”普天林急了，“你误会了，我不是这个意思！”

付河深深吸了口气，用最后的耐心问：“那你什么意思？”

这阵势，普天林哪敢再说什么。他把脑袋往椅背上一靠，认命地说：“算了，我没什么意思……”

路西加还在为生日礼物焦虑，贺岩又跑来给她添了件别的事。

“什么歌？”路西加缠着线轴，以为自己这是听错了。

“想弄一首我们的宣传曲，倒也不是为了商业，就是想着可以弘扬一下传统文化嘛，现在在找作曲老师，但我想着，这不就有现成的吗？你看你能不能跟付河约一下，你们不是关系比较好吗？”

路西加看了他两秒，继而低头，将手上的活干完。酝酿好了，路西加才认真地说：“你知道 SEA. G 写一首歌多少钱吗？”

贺岩笑得讨好，摇摇头：“不知道。”

路西加说：“我也不知道，但肯定很贵。”

“钱不是问题，只要他肯接。”

因着贺岩这句话，路西加只好无奈地将这事应下来。这天付河来接她回家，路上她便跟付河提了一嘴这事，付河听后，只问了句：“你唱吗？”

这么重要的歌曲，肯定会找专业歌手唱吧？路西加没有跟贺岩确认过，但她下意识地这么认为。刚要回答，看到付河的嘴角冒出一丝笑意，路西加这才意识到这人是在逗自己。她轻轻瞪了他一眼，含着嗔怒。

“我唱歌也挺好听的！”

她难得不再谦虚，付河笑得肩膀都在抖：“嗯，我当然知道。那有空来我们公司一趟，聊一聊曲子的感觉。”

这便是答应了。

路西加挑了个日子，带着贺岩上了门，公司的人对她都不陌生，接待的人说付河被谢老板叫去办公室了，直接将他们带到了录音室等着。

付河常待的录音室在二楼，站在窗户边朝外望，可以看到半条街的景色。今天的天气并不好，天空阴沉，像是藏着一场大雨。但冷寂昏暗的色调中，街边树木的葱绿却是浓郁得像是要流出来，几只鸟点缀在翠绿之间，嘴里吐出的是婉转悠扬的旋律。

楼底下一个小孩在跳起来够柳条，指尖几次和末端的叶子擦过，但都被随着微风晃荡的柳条躲过。

约过了一刻钟，录音室的门推开，路西加站在窗边回头，发现进来的人不止一个。谢其瑞跟在付河后面，头发蓬乱，面上透着藏不住的焦急：“付河，你再考虑考虑。”

付河看见路西加，朝她打了个手势，示意她再等自己一下。路西加点点头，便又低头，去关心那个小孩子到底有没有摸到柳条。

“哥，不是我不帮你，主要是我给他写了歌，他也唱不出来。”

谢其瑞在原地转了一个圈，伸手又薅了两把头发：“你就给他写首简单点儿的。”

“怎么简单啊？”付河说得不疾不徐，“高音唱不上去，低音下不来，他连基本的发声方式都不会。”

“哎呀，我给他安排了声乐老师，他最近一直在学唱歌，真的进步挺大的。下次我让他过来，你再听听。”

付河抿着唇，微微摆了下脑袋，似乎已经不知道要说些什么。他走到一旁的柜子里拿了两瓶水，先递给贺岩一瓶，又将手里剩下的那瓶拧开了瓶盖，这才递给路西加。

顺着这个动作，谢其瑞这才看见坐在角落里的两个人，扬头打了声招呼。

“我说你刚怎么这么着急走，女朋友来了啊。”谢其瑞一脸了然地拍了拍付河的肩，“行，那我先不烦你，你再考虑考虑。哦对了，晚上一起吃饭。”

这话听得贺岩一愣，女朋友？

感受到贺岩投过来的视线，路西加才想到，虽然自己和付河在金一娱乐这边是公认的情侣，可在自己工作室那边，并没有这么说。她轻咳一声，掩饰尴尬，可一旁的视线过于露骨，让她不得不硬着头皮回视。

贺岩摊了摊手，歪着脑袋朝她打口型：“女朋友？”

一只手不住地将瓶盖旋松，又反向拧紧，路西加朝贺岩露出个笑，没做解释。可贺岩是憋不住的，路西加于他而言是同事，却更是朋友。等付河也在单人沙发上坐下后，他忍不住问：“你们……是什么时候在一起的？”

路西加还在犹豫要不要跟贺岩说实话，一旁的付河已经先一步开了口：“其实还没在一起，我还在被考察期。”

他说得坦然，完全没有一丝一毫的不好意思，反倒是贺岩“嗯嗯”地应了两声，没有了追问的理由。

这次沟通并没有持续很久，结束后，付河低声问路西加：“晚上有时间吗？再等我会儿，一起吃晚饭？”

今天日子特别，路西加也就没有避讳贺岩，点了点头。见状，贺岩便非常有眼力见儿地先走一步。

屋子里只剩了两个人，付河说要将今天的工作收个尾，路西加便自己坐在沙发上，掏出随身带的本子写写画画。

白纸上逐渐添了线条，一个背影成形时，窗外闪过亮白的一道光，接着便是一声惊雷。原本平滑地在纸上勾勒轮廓的笔尖猛地颤动了一下，带出尖锐的笔锋。突兀的一笔毁了整幅画，也使得路西加好不容易维持住的好心情开始朝着窗外的天气靠拢。

有雨打在窗上，不密集，但雨点似乎很大。路西加正出神地望着，忽听到一声唤。循着声音转头，她看到付河正靠着椅背，回身朝她伸出一只手。

“来，听听这首曲子。”

路西加勾了勾唇角，不发一言地走过去，坐到付河旁边的椅子上。正要接过耳机时，天边又是一声巨响，她手上的动作停住，耳机却被付河握着，覆上了她的耳朵。

头戴式耳机的隔音效果很好，轻快的吉他和弦灌入耳蜗，一下子驱散了阴魂不散的雷声。

曲子开始，一场她听不见的大雨也终于落了下来。

路西加一只手扶着耳机，认真听着这首新曲子，余光扫到付河落在桌上的手，忽然又想起了他们第二次见面时，他穿过马路，来解救车出了故障的她。那时他的手被冬天的冷风吹得通红，还带着小块的擦伤，可现在想一想，她却觉得那双握着方向盘的手好看又性感。

路西加回过神来，不知道自己怎么会想到那时候的事。她忽然想要去握一握他的手，但理智迅速勒住了情感的缰绳，已经离开耳机的手又落回来。

曲子快要播放完毕，旋律在渐渐落下，故事却远不到收尾的时候。

付河本没有过生日的习惯，但这次谢其瑞坚持，说是一起奋斗了这么多年，他都没给付河过过一次生日，今天说什么都要请大家吃顿好的。付河推托不掉，只好要求人不能多，就他们相熟的几个便好。

晚餐的地方是谢其瑞选的，就在公司旁边，挺高端的一个餐厅。付河和路西加到的时候只有纪子炎一个人坐在包间内玩手机，瞧见他们进门，纪子炎皱了皱眉，不满地说："谢老板怎么还没到啊。"

纪子炎起身拨了个电话，路西加则低声同付河说，自己要去个洗手间。

付河坐到一旁，掏出手机回了几条祝福的消息，突然听到纪子炎猛地提高了音量："你带他来干什么啊？你要是带他来，那我们走了。"

说完这句，纪子炎就直接挂断了电话。付河见她面色沉得厉害，有些奇怪："怎么了？"

纪子炎虽然平日任性惯了，但这样直接毫不给人面子地发脾气，还真的是很少。

纪子炎闭了闭眼，双唇紧紧地抿成一条线，将一口气提起来，憋了足足两秒，才重重抛出。她用握着手机的手敲了敲桌子，歪着脑袋冲付河说："你说你过生日，谢老板把楚翰维带来干什么？晦气。"

又是楚翰维。

"他好像是金一新签的艺人。"

说完，付河将双臂抱在一起，思索着谢其瑞为什么一定要捧这个人。歌不会唱，演技……他没见过，无从评判，所以目前只能说，楚翰维那张脸长得确实是许多小姑娘喜欢的样子。

"他就是跟屁虫、学人精，看着别人做什么做得挺好，自己就也要插一脚，烦得要死。"

纪子炎说这话的时候不仅仅是气愤，更夹杂了让人难以忽视的恨意。

"不对啊，"纪子炎的声音忽然高了一个八度，"你怎么这么平静？你是西加姐姐的男朋友啊，你不应该更讨厌这个人吗？"

原本付河一直以为楚翰维应该是以前干过什么事，惹到了纪子炎，但听她这么一说，他才觉得事情似乎和自己想的不大一样。他的神情一下子变得凝重起来，沉声问："他对西加做过什么？"

纪子炎的嘴巴动了动，脸上现出几分纠结的神色："西加姐姐没跟你说是吗？”

“那我是不是也不应该跟你说……”几秒的沉默之后，纪子炎咬了咬唇，似乎是下定了决心，“反正你不要让他靠近西加姐姐。他以前追过西加姐姐，西加姐姐不同意，但他就一直死缠烂打……”

“呦，寿星怎么还坐门口迎接我们啊？”

纪子炎的话被爽朗的一声调侃打断，包间的门被推开，谢其瑞拎着个黑色的袋子，脸上堆了满满当当的笑。

付河留神朝他身后看了一眼，没人。

平日里付河没表情惯了，谢其瑞此时也没觉得有哪里不对，仍旧过来给了他一个大大的拥抱，又将礼物塞到他怀里。付河伸手将那个沉甸甸的黑袋子接了过来，听着谢其瑞不带停顿地说了一连串吹捧自己的话。

走廊里忽传来一阵争执声，开始时只是一个男生在情绪激动地说着话，屋里的三个人都朝门口望了一眼，没看见什么情况，便没大在意。直到隐约听到一个女生说了句“麻烦让开”，付河一下子认出了那是路西加的声音。

谢其瑞的嘴还没停，付河直接越过他，大步往门口走去。

拐过走廊的拐角，眼前的景象让付河一下子沉下了脸。楚翰维正用一只手拉着路西加的胳膊，路西加则是将小臂抬起，奋力想要挥开。

路西加并没有呼喊，付河却从她已经在颤抖的唇角看出了她的慌张。

“放开。”付河快步上前，一只手擒住楚翰维的手腕，迫他松开。楚翰维吃痛地惊呼一声，没防备地，被付河推得朝后一个踉跄。

赶来的服务生都看出了付河糟糕的脸色，忙温声询问：“先生，发生什么事了吗？”

付河摇摇头，继而快速回身，拉起了路西加的手。

“他弄疼你了吗？”

路西加还没从方才的对峙中缓过来，此时整个身体都紧紧地绷着，就连抬头看向付河时，脖颈都还是僵硬的。她咬了咬牙，摇了摇头：“没事。”

“怎么了？”

谢其瑞匆匆赶来，瞧见这怪异的气氛，不动声色地向楚翰维递去一个询问的眼神。楚翰维却是没理，一双眼睛仍旧直勾勾地盯着路西加。

付河也不知是不是有所感应，他帮路西加揉着手，下颌绷得很紧。

谢其瑞看出来付河已经在强忍着怒意，他怕事情闹大，赶紧上前打圆场："翰维，怎么回事啊你，你就算以前认识西加，也不能没分寸啊，赶紧给西加和你付哥道歉。"

"我就是想跟西加说两句话。"

"楚翰维你有完没完啊……"

一阵急促的高跟鞋声后，是纪子炎带着薄怒的声音，但她话还没说完，就被谢其瑞拦住了腰："祖宗，你就别掺和了。"

付河深深吸了一口气，接着转过身，迎上楚翰维的视线。

"不管你想说什么，别对我女朋友动手动脚。"

似乎是这个时候，楚翰维才意识到自己惹恼了这个大名鼎鼎的制作人，他的目光变得飘忽不定，懊恼地在付河和谢其瑞脸上都溜了一圈。接收到谢其瑞的眼色，楚翰维忙说："对不起，付哥，我真的就是想说两句话。"

一个人的眼睛骗不了人，比起现在姿态谦卑、态度良好的样子，付河更相信方才自己看到的才是真实的楚翰维。他眼中表露的觊觎之心丝毫未加遮掩，一举一动，都像是试探和挑衅。付河不知道过去路西加与楚翰维之间究竟发生过什么，但起码能够判断，楚翰维对路西加，绝不只是想说两句话那样简单。

"我不想听。"安静中，路西加忽然开了口。

付河牵着路西加的手一直没松开，听到这样的表态，他便立刻想要带路西加先离开。他用身体挡住楚翰维的视线，低头对路西加说："我们先回去。"

今天是他的生日，这场饭局，他亦是主角。但面对路西加，付河好像根本不会去考虑自己的做法是否合适。他心里这么想的，便也这么说了，可路西加却仍然保持着理智。她知道自己是作为付河女朋友来的，而请客的是付河的老板，自己如果就这么带着付河走掉，未免有些太不给谢其瑞面子。

所以，这次她没有像在楼道里那次一样逃走，而是在静默片刻后，对付河摇了摇头："没关系，给你过生日，就一起吃吧。"

她本就不是那个做错事的人，没必要次次看到这个人都逃。

可是，她为人情世故让了步，付河却不依：“不吃了。”

“哎，别别别，”谢其瑞一看这情况急了，他本来想借着这个机会让这几个人熟悉一下，此时弄巧成拙，不免懊恼，“都是我的错行不行？怪我，没提前沟通好。我就是想着以后大家都要合作，所以把翰维带来跟你们熟悉熟悉。这样，翰维，你给你付哥祝个生日快乐，然后自己去吃点得了，行不行？”

楚翰维顺着谢其瑞递过来的台阶，低眉顺眼地说了声“好”，又祝付河生日快乐。

付河没应，依然垂着脑袋，给路西加揉着手掌。

楚翰维识趣地离开，这边纪子炎的火却是怎么都搂不住了。

“合作什么啊？他跟谁合作啊？”

楼道里站着的服务生都在朝这边看，顾及纪子炎公众人物的身份，谢其瑞半哄半架地把人弄到了包间里。纪子炎从桌上端起茶杯，一口气闷了半杯，而后不依不饶：“什么意思啊？什么叫大家都要合作？”

“哎哟，”谢其瑞两边不是人，心里叫完苦，索性也不瞒着纪子炎了，“就是他现在不是签到咱们公司了吗？想让付河给他写歌。”

“付……”许是觉得这事太荒唐，纪子炎被噎了一口气，一句话生生卡在唇齿之间。

路西加猛地抬头，先是看着谢其瑞，完全消化了他所给出的信息。之后，她才将目光转向站在身边的人。

两束视线碰上，交缠出满腹的委屈。

路西加的这个眼神，付河在之后无论何时想起来，都还会觉得心疼。这几乎是她向其他人最大限度地袒露出自己，她不会像纪子炎一样，很直接地表达自己的反对与厌恶，似乎只有委屈极了，她才会这样静静地将情绪的闸放开很小的一个口子。

可就是这么一个小口子，付河也已经受不了。

“瑞哥。”付河拉着路西加起身，说，“真的，这饭先不吃了吧。我有点儿别的事，下次我请你。”

第9章

第一个吻

他们离开酒店时，外头的雨还没停，而且比来时更大。雨水模糊了车窗，高频率的雨刷独自抗衡着来自天空的河。

车经过了公司前面的街，方才蹦着高想要揪一片柳叶下来的小男孩已经不见了踪影，路西加一直看着窗外，无意间，竟发现那枝柳已经断了。断了，却没断干净，顽强的纤维拉扯着断枝，不让它从树上坠下。风雨飘摇中，那截断枝竟像是一只被人拿链子束了脚的大雁，挣扎着想要飞，却被拖着、拽着，一次次狼狈地跌回来。

付河觉得路西加自上车以后就一直不太对劲，她的两只手都紧紧攥着安全带，甚至连脸色都有些发白。

“西加？”在十字路口停下，付河叫了路西加一声，“不舒服吗？”

她现在的样子，已经不像是简单的紧张。她在恐惧，心理和生理上都在恐惧。

路西加看过来，却又很快将视线移开。

斑马线上，有行人在撑着雨伞过马路，他们大都行色匆匆，在属于自己的可以前进的时间里，穿过望不到尽头的雨雾。

“我不喜欢下雨。”路西加突然说。

付河没有立刻回话，路西加又说：“我害怕下雨。”

细听，这次路西加的声音是颤的。

那一瞬间，付河感觉自己的心里迅速塌陷了一块。他第一次听到她说害怕，心里涌出的焦急和心疼比自己预想的还要多。

电台里在放着一首纯音乐，钢琴声中，夹杂着撑开伞的声音、打火机上火苗蹿出的声音。

几乎是想都没想，付河伸出右手，握住了路西加一直抓着安全带的手。

下雨天，外面本就已经很冷，路西加手上的温度却是要低得多。

他第一次在没有外人的情况下做出这样亲昵的动作。这次不是演戏，不是心照不宣的半真半假。

"害怕就使劲攥着我的手。"

付河好歹也写过很多情歌，不知道有多少人用他写的歌去表白，可面对自己喜欢的女孩，付河却笨拙地忘记了所有的词汇，失去了所有表达的敏锐感。他仅仅说出了这样简短的一句话，不足以表达心中情意的万分之一。

他还要说什么？还要做什么？

这些问题他一时间都有些想不清楚，可唯独有一件事，从刚才看见楚翰维开始，他就决定要做了。

交通指示灯的色彩在湿漉漉的环境中显得更加明艳，三色灯光转换，像是镜头中不断变换着打光，营造更贴合故事的氛围。

付河攥了攥路西加的手，将她攥起的拳头完全收到自己的掌心里。

"刚刚我看到他抓着你的胳膊，非常生气。我当时很想冲过去揍他一拳，然后指着他说'别碰我女朋友'。"

不知是不是因为频率刚好契合，付河的声音混着嘈嘈雨声，路西加竟也未觉雨声杂乱。往常总一下下敲击着她的神经的落雨声，此时在付河的声音之下连成了缠绵的一片，如同催人入眠的白噪声。

这段时间的相处中，付河给路西加的印象一直都是沉稳、话不多，但脾气却很好。她一时间想象不到付河对着别人挥拳相向的样子，但大脑快速运转后，她想起了付河那一身的伤。

她低头，看了眼他握着自己的手。随后，竟鬼使神差地，将自己的另一只手覆在了他的手背上。

在录音室没能做出的动作，此时终于落成了真。

付河因路西加的动作而停顿了片刻，他看着她的眼睛，她却是有些紧张，不敢抬头。

“挡在你前面的时候，我有点儿遗憾。”

“遗憾……什么？”

路西加不大明白。

沉默之后，付河轻轻笑了一声。

“遗憾自己那一刻，其实名不正言不顺。”

其实两个人若是心意相通，那一定会有许多时候，对对方即将要出口的话有些猜测。

路西加的心跳越来越快，像春天要破土而出的芽，像学生时代跑完长跑，仰头望着烈日时的心若擂鼓。

但这次，却不是因为惊慌的大雨。

“我之前说，你可以考察一下我。现在呢？”付河的大拇指动了动，蹭过路西加湿润的手心，他的语气格外郑重，一字一顿地说，“觉得……可以做我女朋友吗？”

明明答案已经很明显，这人却要这样正经地再问一次。路西加出神地思考，两只手无意间动了动。可付河就像是怕她抽走一样，一下子将她抓得很紧。

路西加望向窗外，这才发现现在的路并不是回她家的路。

她正想问问这是要去哪里，却听见身边的人说：“如果还是犹豫的话，我们……加一个结业考试，好不好？”

结业考试?

“什么考试？”路西加问。

付河说：“如果我能让雨停，你就答应做我女朋友。”

让……雨停?

本就打算给予肯定的答案，听到这话，路西加现在便只是单纯地想看看付河要做什么。

她点了点头，付河说："闭上眼。"

路西加听话地合上了眼，付河又问："雨声大吗？"

没了视觉，听觉当然会被放大许多。路西加再次点头，说："很大。"

大到好像要翻覆整座城市，淹没每一个挣扎于其中的人。

"等会儿我说开始，你就倒数三下，好不好？"

听到他这样说，路西加没忍住，嘴角不受控制地扬了起来。她记得，上一次做这种闭眼倒计时的动作还是小学的时候过生日，她闭上眼，期待着爸妈给自己的生日礼物。

"怎么搞得像是我过生日一样。"这话像是在抱怨，又像是在撒娇，两个人好像是提前进入了某种关系，界限感随着大雨而变得模糊。

付河给出的回应很简单："我生日，想让你开心。"

心脏狠狠跳了一下，路西加收紧了手指。

车继续朝前，路西加静下心来听着，等到付河说了一声"开始"，她便配合着开始了属于他们的倒计时。

终于数到"1"时，四周竟真的没有任何过渡地忽然静了下来。

让她害怕的大雨不见了。

耳朵还没适应这样静的环境，一时间有"嗡嗡"的响声在回荡。愣怔很久，路西加才一下子睁开眼睛，看向车窗外。

能看出这是一个废弃的桥洞，雨水被坚固的钢筋水泥拦住了，再也冲不到他们。

周遭是暗的，也是静的。付河什么都没说，只是用一双眼睛看着路西加，像是考试考了满分，等着领取奖品的小孩子。

路西加说不出话，酸涩的感觉一下子侵占了眼眶。

"雨停了。"她说。

在他为她创造的安静世界里，一直压抑的情感再难克制，冲得她喉咙哽咽。泪水已经在眼眶里打转，她强忍着，不想在这个时候哭得很丑。

身旁的人忽然凑近，唇瓣上多了柔软的触感，这使得路西加一下子大脑空白，忘了动弹。

第一个吻，付河并没有碰一下就离开，而是将一只手覆上路西加的侧脸，浅浅地吻了她很久。

潮湿的空气似乎终于侵袭到了车里。

贴了很久的唇终于离开，路西加觉得自己的脸已经烫得能温热四周清冷的空气。

那之后，付河同她说了什么，他们又是何时离开那个桥洞的，路西加记得都不是很清楚，她好像忽然对时间和空间失去了判断，就只是垂着眼帘，回忆着刚才发生的一切。

这场雨比预料中的还要大，暴雨预警一直在升级，广播里不住地提醒市民不要出行，不断有突然插播的道路封闭情况通知。从车里向前望去，早已看不清雨中的东西，只有大雨连成的一片朦胧幕布，挡在玻璃上，遮在道路上。

大雨淹没了落日，天色逐渐暗下来。这样的道路行车危险，付河的身子坐得更直，同时微微朝前探身，仔细分辨着前方的路况。

交通电台的主播又提示了两条路段因积水过深而暂时封闭，付河听后，换到了右转车道："去你家的路封了，今晚先去我家避一避，可以吗？"

路西加没有立刻回话，客观考虑后，觉得现在的恶劣天气实在是危险，最好的选择的确是就近选择一个地方先过上一夜。

她刚要开口，却听见付河以缓慢的语速补了一句："刚刚新闻说，这场雨可能还会持续很久。"

他似乎说得有些犹豫，路西加对着模糊的挡风玻璃眨眨眼，不明所以地转过头。

付河轻咳一声，道："我怕你晚上害怕。"

也不知怎么，明明是付河在表达自己的好意，路西加却觉得有些不好意思。她抿着唇点了点头，刻意地将脑袋转向窗外，却在车窗上看到被藏住的笑意偷偷溜到了眼睛里。

车子行到较为狭窄的一条路时，积水已经深得可怕，路西加将额头抵在窗上，心惊胆战地看着外面几乎已经要没过半个车身的水花，担忧地问：

"车会不会熄火？"

他们这一路上，已经看到了好几辆因为故障而搁浅在路上的车。

付河此时的神情也并不轻松，他专注地看着前面的路，说："这段路水太深了，而且地面有坑，有可能。"

像是忽然想到什么，付河忽然问："你是不是不会开车？"

"嗯，"路西加摇摇头，"我没有驾照。"

逆向车道上，又有一辆小轿车停在了路中央。路西加看到车上的人下了车，走到了路旁。

"这种情况要怎么办？"

付河追着后视镜望了一眼，说："车在水里熄火的话不能重新发动，不然发动机会进水。只能打救援电话，但是今天的雨水有点太大了，这种情况很多，路也不好走，救援可能不会那么及时。所以……关闭点火开关，下车跑路，等救援来。"

"哦。"路西加点了点头。虽然她不会开车，这种应急常识，还是知道一下比较好。

"如果是你，就先下车到安全的地方，然后给我打电话。"停了停，付河接着说，"在室内打，别在树底下——"

"这个我知道！"路西加皱起眉，觉得付河这话就有点儿侮辱人了，"小学老师都教过。"

"好。"付河好脾气地笑了两声，不说话了。

付河家的小区比较老，停车位都在地上，风带着雨斜吹进伞底，尽管路西加一路都被付河搂在怀里护着，但进了家门，她发现自己的裤子还是湿了大半。湿了的裤子贴在皮肤上很不舒服，她低头扯了一下小腿处的裤腿，可扯开一边，另一边便又贴上去，路西加反复弄了两次，都没能让湿了的裤子彻底离开自己的皮肤。

付河从鞋柜里拿出一双棉麻拖鞋，弯腰放到地上时，注意到路西加的动作，便说："拖鞋是干净的，没人穿过。你等会儿先洗个澡，我给你找件我的衣服穿。"

“嗯，”路西加应了一声，直起身，“可是……你的裤子我也穿不了吧。”

路西加的声音越来越小，最后完全消失，只剩下两个人站在玄关，面面相觑。

末了，付河低头笑了一声：“没关系，我有买小了的运动裤，你试试能不能穿，如果实在不行，我还有很大的T恤。”

也没什么其他办法，路西加点了点头，低头脱掉了自己的鞋子。夏季的凉拖不可避免地会露出脚，虽然穿着袜子，但路西加仍旧习惯性地想将自己的脚藏起来，可转念想想，即便现在藏住了，等会儿洗完澡她也不可能再穿上袜子出来。

况且……在她看来，付河也应该知道她全部的事情。

大脑中考虑了太多，分神间，路西加竟没站稳。她下意识地抓住付河的手臂，右脚没来得及放到拖鞋里，只堪堪踩在了鞋面上。

付河反应很快地扶住了她，视线也自然地落到了她的脚上。

尽管有袜子包着，也很容易能够看出那只脚的形状是如此奇怪——脚后跟少了一块，脚趾的线条也和正常人不一样。

真的到了这一刻，路西加倒没有了那么多的想法，她知道自己要面对什么，一片安静中，她克制着做了个深呼吸，慢慢将拖鞋穿上，才敢去看付河的神情——他好像还没反应过来，脑袋仍旧垂着，视线仍旧凝固在自己的双脚上。

被吓到了吗?

路西加无声地攥了攥手，指甲深深陷进手掌，以疼痛刺激着流动缓慢的血液。她静静等着，大约过了几秒，付河才抬起头。两人的视线对上，路西加故作轻松地耸了耸肩：“我可是有残疾人证书的。”

说完，她抿着嘴巴，唇角朝下撇了撇，像是在强压着一些情绪。被付河看到如今真实的自己，她最直接的感受便是难过和紧张，但尽管如此，她却倔强地将目光紧紧锁在付河的脸上，看着他的表情。

两个人都没说话，过了几秒，路西加轻声开口。

“你如果反悔了，今天可以跟我说。”

其实，在来的路上她就想好了，因为之前她没提过自己的伤势，即便付河从新闻上知道自己受过伤，但肯定不会知道她到底伤到什么程度。所以，她应该给付河一次可以反悔的机会。

明明刚才都觉得自己还是勇敢的，真的将这句话说出口了，路西加又忽然不敢看付河的反应了。她自作主张地要往客厅里走，但在路过付河时却被紧紧拉住了手臂。

她仰头看过去，玄关的黄色灯光自上而下打下来，在那张俊朗的脸上留下了浅浅的阴影。付河的眼睛此时格外亮，眼瞳闪着光，连眼睫投下的阴影都遮不住半分。

他歪了下脑袋，笑了笑，问她："我反悔什么？"

路西加受不住这样亮的一双眼，瞥下视线。她看着地上两人交在一起的影子，鼻子发酸，没说话。

头顶忽然传来一声叹息，随后，身体被转了个角度，她被抱进了一个湿漉漉的怀里。

同样是走过了那一段风夹着雨的路，她只湿了裤子，付河却是全身都有被雨打湿的地方。

"西加。"

这样的距离，声音是会被加上混响的。

路西加在这样的声音里闭上了眼睛，她将脸靠在付河肩膀上，晕晕乎乎地答："嗯？"

"我喜欢你，你知道吗？"

表白来得突然，路西加不明白付河怎么突然这样问，但还是点了点头。

知道的。

"知道就好。"付河一只手拍了拍她的后脑勺，有些像在哄小孩子，"知道就不要说胡话了。"

路西加没谈过恋爱，也不知道别的情侣相处是什么样子的。反正，在他们正式成为情侣的第一天，她好像就已经非常适应付河的拥抱。同样是被雨水浸湿的衣服，自己的裤子贴在腿上会让她觉得不舒服，但将脸颊搁在付河的肩膀上，她却不再觉得湿了的衣服让人讨厌。

上次来，因为满心都在醉酒的人身上，路西加并没有留意付河家里的布置。此时走到客厅，路西加转着身子看了一圈，发现付河家里的布置很简洁。白色的墙壁，客厅里东西不多，家具是统一的灰白色调。放眼望去，整个空间里看不到很多零散的小物件，每样物品都摆在本该属于它的位置。

“这是我租的房子，三居，但有一个卧室被我当作了工作间，另一间客房是我弟弟在睡。晚上你睡我的房间，我睡客房，我给你换新的床单被罩。”

付河一口气说完，却发现路西加看着他的眼睛里写满了惊奇，他有些奇怪：“怎么了？”

路西加摇摇头，跟着走到付河的卧室门口，探身往里看了一眼，再次确认：“你家真的好整齐啊，和我见过的其他男生的房间不一样。”

她扶着门框，刚要站直身子，却撞上了付河的胸膛。路西加抬起视线，瞧见付河正在微微皱着眉笑：“谁的房间乱？”

迟了片刻，路西加才明白过来付河这好像是在……吃醋？

她忍不住偏头笑了一声，随后又仰起头，认真地看着他说：“我堂弟，他从小房间就超级乱，进去连个坐的地方都没有。”

人在恋爱里容易失去自我。付河从前还没有深刻的体会，但等他在浴室里为路西加准备好洗澡用的东西，一抬头，目光撞上镜子中一直在傻笑的脸，他才发觉了自己的不受控。他转着肩膀，放松了一下自己，又伸手拍拍脸，让自己不要笑得这么蠢。

路西加很快洗完澡，试穿了一下付河给自己找的衣服。短袖上衣很肥大，裤子是有抽绳的薄款运动裤，把裤腿挽起来一些倒是也能穿，就是……显得腿很短。

她苦恼地对着镜子将衣服摆弄了半天，但上衣不管是扎到裤子里还是放出来，好像都不好看。扎进去太傻，在侧边打个结又显得很刻意，反复对比，路西加还是老老实实地将上衣放了下去。

走出浴室，在客厅和卧室都没看见付河，厨房里传来声响，路西加猜着付河应该是在准备热水、姜茶之类的东西。她正想去找付河要吹风机，余光却瞥见吹风机已经接好了线，好端端地放在洗手池旁边。

女孩子留长发，吹头发真的是一件麻烦事。路西加在热风中慢慢闭上了眼，另一只手胡乱地扒拉着头发，等觉得头发差不多干了，她睁开眼，透过镜子看到付河正端着一个杯子站在她身后。吹风机的声响太大，路西加立刻把吹风机关了，转过了身。

付河朝她举了举手里的杯子："姜丝可乐，给你放客厅，吹完头发记得喝。"

"好。"路西加点点头，看清了水杯的样式，她忍不住抬起手，用手指戳了戳杯身，"这杯子好可爱啊……"

竟然是浅粉色的陶瓷杯，上面还有草莓和小兔子的图案。

这屋里……怎么会有这么可爱的杯子？路西加一下子想起纪子炎提过的那个"钱夹里的小姑娘"，这一走神，手就愣愣地悬在了半空。

"烫，"付河迅速躲开她的手，解释，"之前在超市买东西送的，一直放在柜子里没用，刚刚想起来，刚好给你用。"

赠品啊。

路西加暗自松了口气，缩回了手。

付河将她的一切都安排好才去洗澡，路西加得到了主人的允许，捧着那一杯姜丝可乐在这间灰色调的屋子里逛着。她好奇地推开了付河平日里会在里面做些作曲和编曲工作的房间的门，发现里面除了电脑、调音台，还有一台钢琴，一把吉他。

付河洗完澡出来，听到了工作间传来的钢琴声。弹琴的人或许不是很熟练，也或许是忘记了谱子，一首曲子被弹得断断续续，但付河还是听出了这是哪一首。

他推开工作间的门，看到路西加正认真地坐在钢琴前，纤细的手指在琴键上跳动。

听到身后的响动，路西加停下来，回过头："洗完啦。"

"嗯。"付河点点头，走近她，"以前学过吗？"

虽然不熟练，但手形很正确。

“嗯，但时间不算很长，只是为了能更好地感受音乐。”想到自己刚才将这一首曲子弹得一塌糊涂，路西加有些不好意思地收回了手，“很多年没碰了，刚才看见有点儿心痒，就想试试，结果谱子都忘得差不多了。”

琴凳很宽，路西加朝旁边挪了挪，让付河也坐下。刚洗完澡的人好像还带着潮湿的热气，两人手臂相碰，皮肤上微妙的感觉让人难以忽视，路西加忍不住偷偷瞥了一眼付河的侧脸。

“喜欢这首吗？*Passacaglia*（《帕莎卡利亚》）。”付河问她。

“嗯，感觉这首很适合下雨天。”路西加用一只手撑着琴凳边缘，另一只手又在琴键上敲了两下，弹出清脆的两个音。琴音刚刚消失的时候，她忽然想到了什么，扭头问付河：“你会吗？我想听你弹。”

付河点头，将手放在了琴键上。

这是路西加第一次看到付河弹琴，她知道他在音乐上非常有才华，也想到了付河会弹琴，但并没有想到他弹得这样好。

大概是因为这首歌本就是为了纪念而作，路西加一直觉得它的旋律是悲伤的、悲悯的，是对亡魂的追念，也是对生者的安抚。因为喜欢，所以她听过很多版本的*Passacaglia*，而付河的版本和别人的听起来都不一样——他更像是在倾诉。他弹得很轻柔，但流淌的乐声里又透着一股无法忽视的力量，不是通过重击琴键表达，而像是在黑暗里点燃了一截蜡烛，光芒是微弱的，但可以挨到破晓的一刻。

最后一个音落下，室内独留窗外透过来的雨声，路西加很久都没缓过神。她还一直盯着付河放在琴键上的手，直到付河动了动，将手重新落回腿上。

“好厉害！”

路西加抬起手，想要鼓掌，可手臂在身侧撑了太久，回弯时酸痛无比。她倒吸了一口气，手臂僵在半空，付河则是很自然地伸出手，给她揉着手肘处的肌肉。

路西加顾不得等疼痛缓解，一双晶亮的眼睛凝视着付河，赞叹道：“你真的弹得特别好，和我们这种出于爱好学着玩的完全不一样，你是不是学了很久啊？”

付河垂着头，面对这样的夸奖，面上还是淡然的表情：“挺久的，从五岁开始，学了大概有十年吧。”

十年，那就是到十五岁。

路西加想起裴静说过，付河是高一突然因为父亲的债务而退学消失的，那么应该就是因为这样，才没有继续学。

每次想到这里，路西加心里都会一紧一紧地难受。突然得知父亲因赌博欠下了巨额债务，对付河来说无疑是一个很大的变故。从家境优越，到被迫逃亡、四处躲藏，这么大的落差，那时仅仅十五岁的人是以怎样的心态去接受的？

见路西加突然看着琴键出神，付河以为她仍旧心情不好。所以给她揉完手臂，他便又要开始弹奏新的曲子。但手背忽然覆上了一根凉凉的手指，那根手指微微蜷曲，又展开，指尖抚过一道很浅的伤疤。

付河看了看路西加，只见她眨了眨眼，唇瓣微微拱起一些。

“有疤。”她小声说。

弹钢琴的手，却有这么多疤痕。

付河笑了笑，不甚在意的样子。他没做别的动作，只将被路西加碰着的那只手翻过来，在黑白分明的琴键之上，握住她的手。

“很久以前的了，都记不清是怎么弄的了。”他语调平缓，似是这些伤口真的只是做饭时不小心被刀划了一下。

第10章
一见钟情？

付河的这个生日，好像缺了很多东西。没有生日蛋糕，没有山珍海味，没有朋友们热热闹闹的庆祝，只有寿星自己亲手做的两碗长寿面。

他们吃了面，碰了杯，路西加也对付河说了第一声“生日快乐”。

往常的下雨天，路西加总会逃避似的早早入睡，今天却是一直到了十二点，她都还在听付河弹着他所喜欢的古典乐。等实在困得不行了，她克制不住地打了个哈欠，付河才拉住她的手，提醒她该睡觉了。

换床单和被罩的时候付河说什么都不要路西加帮忙，路西加只好坐在付河房间的桌子前，无聊地看着书架上那一本本杂志。她有些好奇付河为什么会收集这么多本杂志，等指尖在书脊上划了一个遍，她才觉出点蹊跷来。

取出几本来确认，果然，每一本杂志里竟然都有关于自己的内容。

她用两只手举着那厚厚的一摞杂志，调笑地问身后的人：“你这算是我的粉丝吗？”

付河瞧见她手里的东西，承认得也很爽快：“我不是说过吗，我看了你所有的演出。”

知道是一回事，亲眼看到付河收集了关于自己的这么多东西，又是另一回事。路西加随意翻看着那些杂志，也看到了自己以前的一些采访。如今回忆，好像从她在少儿组得到第一个金奖开始，便陆陆续续接受了不少采访，有的刊登出来了，有的在电视上播出了，有的则没了后续。这些采访的内容其实很多都大同小异，问小孩子是“紧不紧张”“喜不喜欢跳舞”“觉得练舞苦不苦”，问大一些的人则是诸如“觉得舞蹈对你而言意味着什么”之类的更深刻的问题。她的回答每次也都差不多——只要在台下练好了就不会紧张，觉得练舞有点儿苦，但特别喜欢……

路西加的视线扫过一排排铅印的文字，最后停在一行字体被加粗的字上。

“是唯一一件想坚持一生的事，也是唯一一件想拿第一的事情。”

有点儿狂妄，有点儿不知深浅。那时她多大呢？采访专栏里附着照片，她举着奖杯，笑容灿烂。路西加记得，那会儿，她恰好也是十五岁吧。

书页被猛地合上，声音惊动了正低头抚平床单皱褶的人。台灯打出一道长长的影子，影子的主人垂着头，掩藏着脸上的神情。

付河偏了偏脑袋，看清了路西加用手臂压着的那本杂志。那些杂志早已被他翻了太多遍，他已经能够清楚地记得每一本上，路西加的采访在哪一页，内容又是什么。

他走到路西加身后，在感受到她失落的情绪后，伸出手，无声地摸了摸她的脑袋。

路西加摇了摇头，想说一句“我没事”，可胸口沉甸甸的，一口气怎么也提不起来。最后，她就只仰起头，冲付河笑了笑。

“别乱想，睡觉吧。”付河将手摁在她的肩膀上，轻轻揉了两下，然后牵着她的胳膊，带她起身。

床上放着薄薄的被子，路西加脱了拖鞋，钻到被子里。

窗外的雨声还是很大，付河关了书桌上的台灯，只留了一盏床头灯。他蹲到路西加旁边，朝窗户的方向看了一眼，对她说：“有事就叫我，或者来隔壁找我？”

路西加看着他点了点头。

都已经安排妥当了，本该走了，可两个人互相看着，忽然谁也不动了。过了好一阵，付河才举起一只手，将床头最后一盏灯也熄灭了。

路西加以为他要走了，想都没想，伸手便攥住了他仍放在床上的那只胳膊。她被自己的动作吓了一跳，正要解释，却没想到，下一秒，嘴唇忽被轻轻吻住。

黑夜中的亲吻像是最好的催眠剂，唇齿纠缠，倾诉着难舍难分的情感。

不知过了多久，路西加才感觉到付河的唇离开了她的，嘴唇再次接触到空气，变得凉凉的。

“睡觉了？”

三个字，付河用了问句。他的声音忽然比刚才哑了一些，这样问出来的话竟格外撩人。方才接吻，路西加都没有觉得脸上温度升得那样快，这会儿却是因他一句疑问句的尾音而一下烧热了耳根。

谈恋爱可真要命。

偏偏，有些人对自己的魅力还一无所知，路西加听见付河又低低地笑了两声，继续以微微上扬的语调问：“要不我不走了？坐在这儿陪你？”

路西加这才意识到，自己还拉着他的胳膊。她懊恼地咬了下嘴唇，连忙松了手。可两人之间的连接也就断了那么不到一秒钟，付河很快便又拉住她要躲回被子里的手，紧紧攥在掌心。他的拇指在她的手背上摩挲了几下，没有要立刻放开的意思。

“为什么害怕下雨？是有什么不好的回忆吗？”

路西加看不到付河的表情，但能听出话语里的温柔。她点了点头，脸颊蹭过棉质的枕套，发出轻微的声响。

付河的手又攥得更紧了一些，他缓慢又艰难地问：“是……车祸吗？”

先是安静、纯粹的雨声，再然后，才又是脸颊蹭过棉布的声音。

“我出车祸的那天，后来下了雨。”路西加的呼吸开始变得很重，语句的各处停顿也并不正常，像是有力气了就挤出几个字，没力气了，就停下来歇一歇，“在救护车上醒来的时候，可以听到很大的雨声，响了一路。”

她并不愿意回忆那时发生的事情，可在救护车里，在那条很长很长的路上，雨声好像变成了她唯一能听到、能记住的声音，以至于时间久了，这声音像是变成了一个标签，能够自动抽取那天的感受与记忆。

雨声让她知道自己还活着，可又好像没有活着。她无比清晰地知道，自己的那个绚烂世界，就坍塌在那场好似无穷尽的大雨中。云霞散尽。

脸颊被一只温热的手掌盖住，路西加感觉到付河又将脸朝她凑近了一些。可惜屋子里足够黑，她仍旧看不到他的眼睛。

“那我不走了好不好？我打个地铺陪你。”他轻声说。

路西加听了，很坚决地摇头：“地上凉。”

付河便又说：“那我等你睡着再走。”

静了几秒，这次路西加没说“好”，也没说“不好”，而是小声问：“你是因为我会跳舞，才喜欢我吗？”

在得知付河很关注从前的自己以后，这个问题其实便总是在路西加的心里若隐若现。她对爱的认知浅薄，便觉得一个人爱上另一个人，一定是被她的什么东西吸引。所以，她有时会害怕，付河喜欢的是那个曾经在舞台上最光芒闪闪的人，是那个说出“想坚持一生，想拿第一”的人。

“为什么会喜欢我”，好像是很多人都或多或少会纠结的问题。

付河的脑海里浮现出第一次见到路西加时的样子，他坐到地上，认真地思考自己的喜欢究竟是从何时开始。良久，他对着漆黑的空间摇摇头，轻声说：“其实我说不出，到底是因为什么喜欢。对我来说，这像是一种突然出现的感觉，在它出现之前，我不知道自己还能这么慌乱、紧张，但就是那一个时刻看见你，忽然就产生了这种区别于以前所有情绪的感觉。”

“什么样的感觉？”

这样的内心剖白，对路西加而言无疑是新鲜又刺激的。她好像能听到自己扑通扑通的心跳，她感觉到自己的嘴角在上扬，好在有黑夜的遮掩，使得她并不需要那么用力地再去克制自己。但尽管这样，她还是想知道，这个写出了那么多首动人的情歌的人，在喜欢一个人的时候，会是什么样的感受。会不会像自己一样，总会因为他的一个小动作或者一句话而心头悸动，会不会有时候想得很多，说一句话都要斟酌再三。

“嗯……”沉吟过后，付河袒露了自己的内心活动，“第一次看见你的时候，心跳好像忽然停了一拍，然后又跳得很快，等你消失以后，还一直回不过神来。”

这算是，一见钟情？

路西加自然地将付河所说的“第一次”定义为现实中他们在“唐家”的第一次见面。许是性格使然，路西加对于一见钟情的信任度并不高，她带着疑惑问：“那是因为……喜欢我的长相？”

付河被她的理解一下子逗笑，忽觉自己变成了一个被美色所诱的浅薄之人。不过细想想，最初那一眼，也很难说和长相没关系。扎着马尾辫的女孩子被冬日温暖的阳光罩着，脸上是有些腼腆的笑容，明明当时她都没有朝他看一眼，他却在这样的场景里彻头彻尾地沦陷。

“当然也喜欢，”付河坦诚地回答，“但当时你给我的感觉，可不仅是漂亮。”

其实当年付河也不明白，漂亮的女孩子那么多，怎么唯独见着路西加的那一眼让他跟丢了魂似的。是在经过这么多年，见过许多人以后，付河才终于想明白了，那大概就是人们经常所说的“气质”。

“我觉得，每个人都有一种气质，气质的形成和经历、性格有关系。当时看见你，我觉得你看上去似乎柔柔弱弱的，笑起来很温柔，像个小天使，但你站在那儿，又透着一股子别人没有的劲，是一种不像同龄人会有的坚韧。”

就好像是在别人还在按照父母的意愿好好学习的时候，这个淡淡笑着的女孩已经锁定了一个目标。他看着她朝着自己的目标努力，看着她一点点进步、成长，开始时是这样，后来他深陷泥沼，也还是保持着这样的习惯。他去看她仅有的一些比赛片段，到茫茫的网络中去搜索和她有关的每一条讯息，好像在已经看不到希望的生活里，只有时不时看看她，才能让自己相信，这个世界上还是有美好存在的。

但这些话，付河并没有说出口，他只是用温柔的声音告诉路西加：“所以，如果一定要说的话，我不是喜欢那个跳舞的你，而是喜欢那个，会努力把舞蹈跳得最好的你。”

会努力把舞蹈跳得最好的她。

路西加闪着双眼，恍惚想着，思绪一时间飘得有些远。

付河用勾起的手指，轻轻蹭了下路西加的额头：“现在安心了吗？”

路西加点点头，将脸又朝柔软的枕头里埋了埋。

“那现在睡觉了？”

“还不能，”她攥住付河的一根手指，带着笑意说，“我还没给你生日礼物，本来准备了一个生日礼物的。但是听子炎说你并不喜欢，可临时换又来不及了……我就自己把礼物拼好了，打算直接送给你。可是拼好的东西不好拿，所以就先放在我家里了……”

“拼？”

“嗯，是一套乐高，建筑工作室那一款，可以自己设计。子炎说你嫌这个费时间，所以我就自己拼了一个咖啡店，想送你。”

“是不是拼了很久？”付河问。

“也没有，大概三天吧。” 顿了顿，路西加又说，“我觉得还挺好看的，刚才看了看你家里的布置，白色的乐高摆在屋子里应该也很合适，不知道你喜不喜欢。”

虽然为了拼这个咖啡店花了很长的时间，但路西加对自己准备的礼物并没有什么信心。她有些忐忑地等着付河的回应，付河则是用两只手将路西加的手包在手心，郑重地说：“我当然喜欢，女朋友亲手给我拼的，我怎么会不喜欢？”

有些不真实的一天，就在一声“女朋友”中收了尾。

虽然换了环境，又是她最不喜欢的天气，路西加这一晚却是睡得还不错。第二天醒来时，窗帘已不能完全遮住天光，光亮照出了窗口的轮廓。她揉着眼睛起身，到外面晃了一圈，却并没有寻到付河的身影。

“付河。”空荡荡的屋子里，回音跑了几趟。

不在家？

路西加一时间有些摸不准眼前的情况，正要去卧室拿手机，却听见大门打开的声音。她回身望去，看到付河手里提了个超市的塑料袋，正低头进门。

瞧见她，付河的脸上有些意外：“这就醒了？我以为你还会再睡一会儿。”

路西加点点头，想说些什么，但想了想，还是先走到了付河的身前。

付河朝她亮了亮手中的塑料袋：“我去给你买牛奶了。”

付河在临走前就已经将早餐的材料准备好，所以回来后，只用了几分钟，便做好了两份鸡蛋火腿三明治。

“我刚才还以为你有工作，先去公司了。”

“不会，”付河将手中的盘子放到桌上，递给路西加一个三明治，“我如果离开肯定会跟你说。”

话刚说完，付河忽然侧头咳了两声。

“感冒了？是不是昨晚着凉了？”路西加立即蹙眉问。

这样看，付河的身体好像也不像看上去那么结实。他们这才认识多久，这人都已经感冒了两次。

但付河却摇摇头，否认：“没有感冒，我偶尔会有点儿咳嗽。”

路西加将信将疑，埋头吃了几口三明治。

付河看出来她还在担忧，只能忍着还想要咳嗽的冲动，假装清了清喉咙，端起了牛奶杯。

“你抽烟抽得多吗？”

刚喝了一口牛奶，听到这话，付河差点呛到。他有些尴尬地又咳了几声，才摇摇头：“以前多，现在已经在戒烟了。”

上次跟普天林说了戒烟以后，他也是认真在践行，除了极其偶尔的情况，他是真的没再碰过烟。

“我之前送你的烟灰缸，你用过吗？”

没想到路西加会忽然问这个，付河愣了愣，才说：“用过一次，后来就收起来了。”

“为什么不用？”路西加又问。

有那么几秒，两人都是在沉默地对视。路西加忽然感觉自己在付河的眼神里猜到了答案，随后便又觉得自己这个问题实在是很蠢。

为什么不用？肯定是因为他舍不得用啊。

果然，付河轻笑一声，低声说：“舍不得。那个烟灰缸，用一次就会留下一个烟烧过的痕迹。”

“我故意的。”路西加笑起来，眼里有狡黠的光，“吸烟对身体不好。就像每一支烟都会在烟灰缸上留下痕迹一样，它也会在你的身体里留下痕迹。你如果偶尔会咳嗽，没准和吸烟有关系，所以，为了身体健康，以后都不许抽了。”

付河也是没想到，自己竟然这么快就体会到了被女朋友管着的感觉。他笑着偏了偏头，倒觉得这样还不错。

但他这一笑，却使得路西加会错了意。她意识到自己刚才说的话似乎太理所当然了，而且显得自己很霸道，一时间有点儿不好意思。见付河越笑越厉害，她佯装恼怒，握着牛奶杯喊了付河一声：“笑什么？”

付河于是朝前探身，将挡在两人之间的盘子推到一边。他趴到桌子上，最大限度地接近路西加，问：“在担心我吗？”

“我……”路西加立刻要回答，却被付河那一双眼睛看得忘了词。

她见过付河的许多种样子，可她不得不承认，付河这种小孩子一样的神情，对她而言有着巨大的杀伤力。他的情绪在此时是未加遮掩的，她能感受到他的开心，也清清楚楚地知道，他是因为自己而如此开心。

可她明明没有做什么，她只是说了几句很普通的关心他的话而已。

这样想着，不知为何，她竟心里有点儿酸酸的。她点点头，也不羞涩了，直白地说：“是，是在担心你。”

她到现在都记得，第一次见到他时，他站在园子里被烟雾包围的样子。她不喜欢交际，在“唐家”工作的这些年，也几乎从未主动与客人打过交道。但那天看着付河在楼下抽烟，她无端觉得这场景很是孤独——萧瑟的空气，形单影只的人，和好像永远散不去的烟雾。

所以，一股子冲动之下，她便拿着烟灰缸，莽撞地下了楼。

那时她也没想过，他们竟会有后来的这些故事，只是那天烟雾终于散开，他转过头，看向自己的场景，好像一直都格外清晰地印在了她的脑海里。或许是因为那一刻太寂静，明明是个冬天，却总能让她想到小时候的夏天清晨。那时她会听着 MP3 去跑步，在露水刚刚凝结起来的时候，周围一切都是静的，相比于繁华热闹，这样的环境让她更能感受到自己的存在，也便有了更深刻的印象。

记忆的串联有时会十分没有规律，就像路西加明明在回忆他们的初遇，脑海里却不停闪过年少时晨跑时会听的歌。旋律她还记得，只是时间过去太久，歌词她已记不很清楚，只记得一句“假如时间的速度没有超过心跳就好”。

雨后的朝阳散出柔和的光，光芒中间，那个才成为自己男朋友的人正趴在桌子上，含笑看着自己。

这一刻，路西加好像才真正明白了付河昨晚的话。的确，喜欢一个人是很难总结出原因的，可能不过是在一个合适的场景望见了他，然后心动便来得如洪流。

之后的日子，好像周围的每个人都能感受到付河的好心情。付河也没想到，他真的谈起恋爱来会是这样，会在工作的时候经常想到路西加，从前几乎从来不定闹钟的他会为了路西加设置好几个闹钟。以前他觉得那些说什么过得太安逸会影响创作的话都是屁话，现如今确实真真切切地体会到，幸福的确容易让人迷失。

谢其瑞发现付河在公司的时间变得越来越少，几次他来录音室，都没见着付河的人，问过别人才知道，付河天天一到四点半，就雷打不动地要离开公司。

“他干吗去啊？”

谢其瑞纳闷这人怎么忽然转了性，对面的录音师则是干笑了两声，说：“说是去接女朋友下班。”

“接……”谢老板都懒得重复这句话，重重地呼出一口气，脸上是万分无语的表情。

这样扑空了几次，谢其瑞考虑到公司发展，终于忍无可忍地给付河打了个电话，把人叫到了办公室。听着电话里谢其瑞火急火燎的样子，付河还以为公司又是来了多重要的客人，结果等他赶到谢其瑞办公室，发现办公室里只有谢其瑞和助理两个人。

谢其瑞抬头看见他，以夸张的语气开了口：“哟，这不是我们最优秀的制作人嘛，好久不见啊。”

付河仿若没听出谢其瑞话里的阴阳怪气，他走到办公桌前，径自拉开椅子坐下，低头发完了询问路西加晚上想吃什么的消息。

“答应我的歌呢？上次跟你说过的，电影片尾曲。”谢其瑞敲敲桌子，提醒，“你可是本来答应我上周交的啊。”

“写了，”付河暂时将手机扣到腿上，抬头说，“不过差点儿感觉，再改改。”

“行，”这答案让谢其瑞一直提着的肩膀稍微放下去一点儿，“但是不管怎么样，你今天晚上得给我个 demo（试样唱片）。”

付河点点头。手机振动了一下，付河悄悄低头，看到了路西加回的消息——“其实我想吃手擀面。”

“还有，纪子炎下一张专辑的歌，你那儿现在有几首？”

迟迟没等到答复，谢其瑞奇怪地看了眼付河。只见他又低头看着手机，不知在想什么。

谢其瑞用一只手摁了摁额头。

“付哥，付哥。”助理见老板面露不悦，赶紧叫了付河几声。

付河从“手擀面”中回过神：“嗯？”

助理顶着压力，笑着提醒：“谢总问子炎姐下一张专辑的歌，您准备得怎么样了。”

“哦，有几首，之前都给子炎听过了。”

谢其瑞一听，肩膀一下子又耸了起来，连音量都猛然拔高了一截：“还是那几首？我是说新的歌，新的歌有没有！”

老板明显已经十分暴躁，一旁的助理刚工作不久，还承受不了老板这样的怒火，不禁将头埋低了一些。小助理用余光瞥了一眼，看见坐在一旁的付河愣是一点也没慌，仍是那副淡定的模样。

“嗯……”付河叉着手，组织了下语言，“目前没有。倒是写了几首，但风格和子炎整体专辑的基调不搭。”

谢其瑞还是第一次遇见这种付河拿不出歌来的情况，他一时间没想到付河能写出多不搭的歌，要知道，无论是写抒情歌还是有爆发力的歌，付河可都是非常拿手的。

“你写的什么风格的？”他问。

沉默了两秒，付河答：“小甜歌。”

小助理把脑袋埋得更低了一些。

谢其瑞的嘴巴动了动，最后抖着嘴唇，闭得死死的。他忍了一会儿，转头冲着小助理扬了扬下巴：“去，再给我找个像他这样会写歌的人来。”

小助理两边都不敢得罪，苦着脸跟谢其瑞说：“会写歌的倒是有，但像付哥这样会写歌的……真的不太好找——”

“会写歌？你看他现在还会写歌吗？”谢其瑞打断了助理的话，指着付河怒道，“他现在就是个谈了恋爱的废物！”

小助理被这一嗓子吼得都快冒出冷汗了，付河却忽然笑了笑，笑容幅度之大看得小助理眼都直了。

谢其瑞也听到了声，他扭过头，奇怪：“你笑什么？”

看着屏幕上的那句“你是不是不会呀”，付河嘴角上扬的幅度变得更大，他攥着手机“啧”了一声，说：“得学学做手擀面。”

黑色的钢笔一下子被谢其瑞攥得非常紧。小助理眼看着老板脾气又要上来，赶紧起身，小跑着倒了杯凉水，给谢其瑞端了过去。

看着谢其瑞仰头灌了大半杯凉水，付河像是刚回忆起来刚才和谢其瑞说到哪儿了。

“哦，你说纪子炎的歌是吧？刚逗你的，不是甜歌的也有，虽然最近我没怎么来公司，但还是在写的，”付河抬起手腕看了看手表上的时间，快四点半了，“今天来不及了，明天吧，我整理一下发给你，你挑挑。”

谢其瑞被付河气得够呛，连话都不想再说，低着头冲付河挥了挥手，示意他赶紧走。

付河起身，正打算离开，又听谢其瑞叫了他一声。他回头，看见刚才还面色十分不好的谢其瑞此刻神情一下子缓和了不少。谢其瑞朝助理挥了挥手，让他先离开，等屋里就剩他和付河两个人，他才叹了口气，站起了身。

“还有就是，楚翰维的歌的事，你考虑得怎么样了？”

明白过来谢老板怎么脸色突然好看了，付河将原本搭在门把上的手放下去，转身，正色道："他的歌，我确实写不了。"

谢其瑞问："因为西加？"

"有一部分原因吧。"

谢其瑞点点头，从办公桌后走出来，在空旷的办公室里来回踱了两圈，才走过来伸手搭上了付河的肩："这样，付河，我不知道西加和翰维以前是有什么不愉快的，我问过翰维，他不说，如果你是因为这个的话，我可以再去跟翰维谈一谈。不管以前他因为什么惹过西加不愉快，我让他跟西加道个歉，而且我会让他保证以后都不去招惹西加。写歌这个事……你就算不愿意，这次也得写，就当帮我这个忙，行不行？"

谢其瑞这话的分量是有些重的，付河知道，谢其瑞这已经不是单纯从工作的角度在要求他，而是拿出了人情，拿出了他曾经向谢其瑞承诺过的话。

似乎是形成了某种默契，路西加和付河在一起后，遇到下雨天，都会去付河家里。夏天的阵雨总是来得急，走得快，这天在路上雨还很大，到了付河家楼下，雨却已经要停了。

下车前，路西加接到裴静的电话，裴静关注着北京的天气，在电话里问她是不是又下雨了，到家了没有。虽然和付河已经是男女朋友的关系，但路西加并未同父母说过。再看看眼前的建筑，路西加顿时有些心虚。

"到了，"她小声说，"雨已经快停了，没事。"

裴静又叮嘱了几句便挂断了电话，路西加如释重负般呼了一口气。

"还没跟你爸妈说过？"

密闭的空间里，即便无意偷听，付河也不可避免地听了个大概。

路西加点点头。她也不是要刻意瞒着父母自己恋爱的事，只是她知道，以父母对她的关心度，一定会问很多关于恋爱对象的事。而付河曾是妈妈的学生，这样的关系总会让路西加觉得有些微妙。她怕自己的父母会担心付河家里的问题，比如债务，比如赌博的父亲，但自己现在对这些都并不了解，如果父母问了这些，她很难有力地消除他们的顾虑。

她不想让父母对付河有任何不好的印象，所以，她便想再等一等。

想到这儿，她又怕付河误会，所以下车以后，她仰头跟付河说："我会和他们说的，就是想找个合适的机会。而且——"

几声小奶猫的叫声，打断了路西加将要出口的话。她顾不得继续解释，迅速朝右边望了望，然后扯了扯付河的手臂："你听见了吗？好像是小猫咪的叫声。"

付河点点头："听到了。"

两个人撑着伞站在残存的微雨中，等着小猫咪再出声。等了几十秒，终于又听见几声叫，他们循着声音过去，在旁边那栋楼的排水管道旁边，看到了一只已经被淋得湿漉漉的小猫咪。

"好小啊。"

路西加还是第一次看到这么小的猫，再加上它已经完全被打湿，蹲在那儿扯着喉咙叫的样子显得格外可怜。她赶紧拉着付河靠过去，小猫咪不知是胆子大还是跑不动，见他们过来也并没有躲，而是冲着他们叫得更大声。

对他们来说，这不过是一场会停的雨，即便能引起一些情绪波动，可放在人生里，也不过是微不足道的一笔。可路西加却不知道，对于这么小的一只猫咪来说，这场雨是不是可以算作灾难。

路西加朝四周望了望，并没有看到猫妈妈的影子。她心下着急，正想问付河能不能先把小猫带回家，手中就被塞了一把雨伞。

"你在这儿等我，我去车上拿个纸箱，把它带走吧。"

路西加点点头，看着付河快速跑到车那边，从后备厢里取了一个空纸箱。

这么一小会儿的工夫，那只小猫竟然慢慢挪到了路西加的脚边。小猫咪有着黑白色的毛，鼻子上该是蹭上了脏东西，也是黑乎乎的。它小小的脑袋一直仰着，似乎是在寻求她的帮助。

路西加忽然想，可能任何相遇都躲不开那名为缘分的东西。她和付河是，他们和这只小猫咪也是。

路西加蹲下身，摸了摸还一直在叫的小猫咪，轻声说："好了，马上就带你回家了。"

第11章

小海鸥

小猫的突然出现，打乱了他们原本的晚餐计划。路西加担心小猫一直叫是因为身体不舒服，顾不得吃饭，便先拉着付河将小猫送到了宠物医院。

他们到医院的时候雨已经彻底停了，令他们意外的是，宠物医院里人很多。前台告诉他们需要等二十分钟左右，等待的时间里，付河到门口接了个电话，回来后手上多了个肯德基的袋子。他把袋子递给路西加，又从兜里掏出车钥匙："先去车里吃点儿东西。到饭点了，不能空着肚子。"

袋子很热，提在手里沉甸甸的，里面东西应该不少。见付河没有要一起去的意思，路西加问："你不吃吗？"

付河指了指小猫："我看着它，你吃完我再去吃。我买了很多，挑你爱吃的吃。"

路西加一直都跟付河在一起，一时间竟不知道付河是什么时候抽空点了餐。她不常吃汉堡、炸鸡这类快餐，但阴沉的下雨天里，高热量的食物的确可以让人迅速打起精神。

两个人分别吃了饭，也刚好轮到他们就诊。路西加是第一次来宠物医院，也是第一次知道，原来宠物看病也要像人一样挂号、建档。前台的护士点了两下鼠标，微笑着问："小猫叫什么名字？"

路西加赶紧回说："刚刚捡的，还没有取名。"

护士听了，笑了笑："那现在取一个吧，要有名字才能挂号。"

取名字……

路西加低头看看箱子里的小猫，又抬头看看付河，脑袋里是一片空白。对于一个从没想要养宠物的人来说，突然要给一个小生物起名字，实在是有些困难。

一旁的付河看出了她的为难，小声安慰说："随便取一个，只是为了看病，之后我们可以再改。"

"对，可以先随便起一个，"护士也在一旁说，"比如取得比较多的小黑、小白、小不点儿？"

路西加的嘴巴动了动，没说话。付河看出来她的心思，低头问她："想要取个特别点儿的？"

路西加有些苦恼地点点头："可是我都不知道它是小公猫还是小母猫。"

暂时想不到好听的名字，她又不好意思让护士一直等，索性将这个棘手的问题抛给了付河："要不你取吧。"

接到任务，付河倒不见纠结。他又看了一眼箱子里的小猫咪，开口说："叫海鸥吧。"

检查下来，小猫还算健康，除了身上有跳蚤，需要做驱虫，并不需要再做什么其他治疗。护士给小猫做了简单的清洁，把脸上的脏东西擦掉后，这只小猫一下子变得好看了不少。

路西加忍不住掏出手机，给小猫咪拍了好几张照片，然后小心地用手指尖挠了挠它的脑壳。小猫很享受地闭起了眼睛，仰着头往她手上蹭，看得一旁的医生直夸这只小猫性格好。

"它多大了啊？"路西加问医生。

"估计两个月吧，小公猫。"医生将驱虫药装到袋子里，递给路西加，"等一会儿我们先给它做一次驱虫，把身上做个清理。它身上跳蚤不算很多，但一次可能还是清不干净，因为虫卵有七天的孵化期，但小猫现在太小了，一周做一次受不了，所以两周以后你们再给它做一次。疫苗三个月大以后可以打。"

听着医生的话，路西加有一种突然就当了妈的错觉。她把医生的话牢牢记住，又问了一些驱虫时的注意事项，在医院关门之前，才和付河带着小猫离开。

因为身上的跳蚤还没除干净，回家后付河并不允许它进卧室，可这小奶猫贼得很，跟在路西加的脚后，趁她不注意就钻进了卧室，还扒着垂下的床单要往床上蹦。

“哎，”付河赶紧冲过来，一把将它拎到怀里，“你现在不能上床。”

嘴上教训着，但付河手上的动作却是很温柔，一直用两根手指搓着它的下巴。小海鸥好像是不服，歪过脑袋抱着付河伸到它嘴边的手指就开始咬。倒没使劲，逗着玩儿似的，但付河躲开它就又伸着爪子去够。付河故意逗弄它，一会儿把手放过去一会儿又突然挪开，气得小海鸥“喵喵”直叫。

路西加坐在床上看着他们玩，不禁说：“它好像很喜欢你。”

付河抬了抬手，给路西加看还在使劲扒着他的手往嘴里放的小猫：“这是喜欢我？”

“对啊，你看它很喜欢和你玩。”

说着，路西加倾身，把小海鸥抱过来。也是奇怪，这小猫跟通人性似的，到了路西加怀里就乖得很，不抓不咬，闭着眼睛享受路西加的抚摸。

付河“哼”了一声：“还挺会看眼色。”

猫的体温比人类要高一些，软软的身体像个暖手宝，弄得路西加心里很熨帖。从遇见这个小生命，到它现在在自己怀里安睡，其间的几个小时都是匆忙慌张的。现在终于安静下来，路西加仍旧有点儿不敢相信，她摸着小海鸥，笑着看了付河一眼，向他确认：“以后它就是我们的小猫了吗？”

“嗯。”付河点点头，凑近她。两人的脑袋碰到一起，搭成了个小房子，罩着安睡的小猫咪。

“海鸥……”路西加嘟囔了一声，想起还没问付河取这个名字的原因，“为什么给它取名叫‘海鸥’啊？”

“不觉得它的颜色和海鸥有点儿像？”付河说。

小猫身上的毛大部分都是白色，只偶尔点缀了几个黑色的色块，倒是和海鸥的颜色挺像。

“是有点儿，”路西加点点头，“不过我还以为你喜欢海。”

付河歪了歪头，似乎在思考什么：“为什么这么说？”

“你的艺名里，也有‘SEA’这个单词。不过……”路西加想了想，“G是什么意思？”

当初看到付河这个名字的时候，路西加就很好奇字母“G”的含义，甚至，后来她还专门去网上搜了搜。有人说G可能是真名里一个字的首字母，有人说可能代表一个特殊的人，有人说可能是因为SEA.G喜欢数字7……虽然找到了很多粉丝的分析和猜测，但始终没看到本人的说法。

付河不知想到什么，抬头后，忽然笑了笑：“你猜猜？”

路西加摇摇头，老实说：“是真的猜不到，但是你这个名字听上去就很厉害。”

听到这话，付河忍不住笑得更大声了一些。

路西加拉拉他的手臂，追问：“快告诉我，到底是什么含义？”

她本来期待着得到一个很浪漫的回答，一个很有意义的名字的来历，却不想，付河只是漫不经心地说：“其实也没什么特别的含义，就是……取个这样让人看不懂的名字，会显得比较厉害，所以在后面拿了个字母凑数。”

路西加怎么也没想到，这位制作人取名会这么随意，想到网上那些各种角度的解读文章，路西加一时间很难接受这样的信息。

她脸上的表情一直在发生微妙的变化，原本笑着的嘴角开始往回收，到最后，眉毛都微微拱了起来。付河看着实在可爱，忍着笑问：“在想什么？”

路西加望了他一眼，说：“在回忆一些你的粉丝解读你名字的帖子。”

付河忍俊不禁。

小海鸥许是待烦了，翻了个身，想从路西加身上下来。路西加把它轻轻放到地上，小海鸥便迈着轻盈的步伐要朝屋外走。但在路过付河脚边时，小小的身体忽被一只大手捞起，小海鸥一脸蒙地伸着四条腿，来不及挣扎，就被抱到了付河的怀里。

付河抱着它靠向椅背，挠了挠它的脑袋，又说：“其实也不是那么随意。”

“嗯？”路西加没懂。

“海鸥的英文单词，记得怎么读吗？”

路西加用胳膊撑着床沿，歪头想了想，不太确定地说：“seagull。”这单词小学学过，但不常用，她不确定自己记得是否正确。

“怎么拼？”

“s、e、a、g、u、l、l。”

像回答老师的提问，路西加将每个字母都读得清晰。

付河点点头，笑着说了句：“不愧是英语老师的女儿。”

s、e、a、g……

“啊！”路西加恍然大悟，“你是取了这个单词里的字母？”

付河再次点头，淡笑着看她。

这样的来历是路西加怎么都没想到的，她有些好奇：“你很喜欢海鸥吗？”

见过有人喜欢狗，喜欢猫，还真的是第一次见到有人这么喜欢海鸥的。自己的艺名是海鸥，给小猫咪起名也是海鸥。

“好像……算是吧。”

路西加还想再问，但刚才的对话在大脑里再次闪回，她忽然反应过来了另一点不对劲的地方。

付河刚才说……英语老师？

路西加微微睁大了眼睛：“你知道我妈妈是英语老师？”

比起路西加的吃惊，付河倒是十分淡定。他抱着海鸥，身子没动，整个人的姿态仍旧是随意又悠闲的：“嗯，还是我的初中班主任。”

新的信息来得太突然，路西加需要一定的时间来转变自己先前的认知。许是看出了她一时的语塞，付河主动说：“所以，你的家乡也是我的家乡。”

路西加眨眨眼，终于找回了自己仿佛走失的话语：“那你怎么当时没告诉我？”

她的心里既有不解，又有激动，一时间没有注意，说话的音量已经不自觉提高了一些。

是到了此刻，付河才调整了自己的姿势。他将海鸥放到地上，两只手交叉，手指偶尔动一下，指尖的相互触碰是有规律的，像在帮助他理清思绪。

“那时候……没想好怎么说。”像是在寻找一个合适的开端，付河停了一会儿，才说，“我一直都知道你是裴老师的女儿，初中的时候，我就见过你很多次。”

听到这儿，路西加才反应过来，原来她一直都被付河当初的话误导了。付河说看过自己所有的舞蹈，她便以为付河是通过媒体认识的自己。她一下子想得有些多，隐约猜到付河是不太想提起过去，却又很遗憾地想到，如果他早点儿告诉自己他们还有这层关系，她一定会更容易和他熟悉起来。

斟酌之后，她小声问：“既然你认识我，那我问你我们是不是认识，你为什么说‘不算’？”

闻言，付河笑了笑，说：“因为我知道，你应该不认识我，那怎么能算我们认识呢？”

路西加不知道，这算不算一种阴差阳错。她记得那时候她的确经常去找裴静，她年级低，放学早，经常会在放学后到裴静的办公室去写作业，或者有时候想要提前回家，忘记了带钥匙，也会去找裴静要钥匙。她也对妈妈班上的一些同学有些印象，可对付河，是真的没有任何印象。

她没说话，付河便接着说：“我今天主要想说的是后来我家发生的事，也是为什么，我一直没跟你提过以前。”

付河这样说，路西加便隐隐猜到了他要说的内容。

“我高一的时候，有一天突然被我爷爷叫回家，他告诉我我爸因为赌，欠了好多债，之前全家人都不知道，现在瞒不住了，人家找上门来了。我爸借了高利贷，还不上，那些人差点儿把他打残。之后我们一家就去躲债了，我就这么突然……辍了学。”

虽然从裴静那儿已经大概了解了这件事，但听到付河这样无奈地笑着说出这些话，路西加还是心疼得不行。

“然后呢？”

“当时我爸欠的钱很多，对我来说，简直就是个天文数字。因为未成年，又一直要躲躲藏藏的，我只能打点儿零工，但那样挣的钱，根本就是杯水车薪。那种日子……太压抑了，我需要一个能发泄情绪的东西，所以偶尔空下来，就会写写歌。后来看到金一接受投稿，我就把我写的歌给他们发了一部分，于是就认识了瑞哥。”付河笑了一声，也舒了一口气，“那时候我在云南，他专程跑来找我，和我聊了聊，希望我能加入他的公司。我跟他说了一些我的情况，比如，怕被那些人找到，如果一直待在他的公司，怕给他的公司带来麻烦。他考虑了两天，我也不知道他怎么想的，两天之后，他竟然跟我说，他可以先把债给我还清，让我起码不用躲躲藏藏的，安心写歌，之后我只需要还他钱。”

“哇，”路西加微微张大了嘴巴，虽然只是在听付河讲过去的事，但好像也跟着松了一口气，“他真好。”

以前路西加就看过一些人说，谢其瑞和SEA.G是伯乐与千里马，说是谢其瑞有眼光，发掘了当时没有任何名气的SEA.G。她没想到，原来现实的故事比别人口中的“据说”还要动人。

付河点点头，沉吟片刻，他忽然插了一句：“我现在已经都还清了，没有负债，你……可以放心。”

先是应了一声“嗯”，路西加才后知后觉地疑惑，她放心什么？

她觉得付河有些小瞧了她，低声争辩：“又不是你自己欠的债，你又没有不良嗜好，你就算没还清我也不会嫌弃你的。”

“不行，”付河微微笑着摇头，“欠债可不行。”

其实再次遇见路西加的时候，付河就很庆幸，幸亏自己之前那么多年都在拼命努力挣钱还钱。对他来说，那些缠了他多年的债务就像冰冷的枷锁，如果他被困于枷锁之中，那即便再次遇见，他也不会去追路西加。他知道，谈金钱是肤浅的，物质不是一切，但如果他连挣的钱都不能给她花，那又凭什么觉得自己能给她幸福。

“他们也打你吗？”不知想到了什么，路西加突然问。

付河愣了愣，没急着答话。

“那天你喝醉，我看到了你身上的伤。”路西加解释。

付河其实不想和路西加提及过多的过往，他知道有些事情他必须向她交代清楚，比如自己父亲的情况，比如家里曾经的债务，她有知情权，也有选择权。但那时的艰难曲折，他却从来不想多言。他不想让自己心爱的人知道自己那样狼狈的过往，不想让她不安，更不想惹她心疼。

但显然，面前坐着的人大概已经在脑海里自己补全了这段故事。看着路西加微微红了的眼睛，付河总觉得她的眼神有些眼熟。慌神间，他垂眸瞥见在地上玩的海鸥，这才猛然惊觉，路西加此时脸上的神情可不就是在屋檐下，她看着湿漉漉的小猫咪的样子。付河在心里摇了摇头，感叹他的姑娘是真的心软。

他倾身，握住路西加的手："没有那么严重。"

他这样安慰，路西加却摇摇头。她并不相信，倔强地说："我都看到了。"

付河从前并不在意身上会不会留疤，能被衣服盖住的地方，往往受了伤也不会被人看见，他自己就更懒得护理。但这会儿，他突然很后悔。

"嗯……"付河不想让路西加再多想，忙继续说，"其实今天想跟你说的重点不是这个，是想跟你说，那时候瑞哥帮我还债，我真的很感激他。不知道你能不能理解，对我来说，他就好像一个突然到来的救世主，给了我一个可以活下去的机会。所以……那时候我就答应他，以后我的歌，他要多少有多少，他有任何用得着我的地方，我一定义不容辞。"

付河说到这儿停下来，路西加回视他的眼睛，不大明白地点了点头："嗯，这是应该的，怎么了？"

人要知恩图报，更何况是这样大的恩情。

对视中，付河抿了抿唇，接下来的话，似乎有些难开口。

"他现在几次三番要我帮楚翰维写歌……但我能看出来你非常反感楚翰维。"

因为付河提到的名字，路西加心里猛地一沉。付河立刻看出她神情的变化，他捏了捏她的手，想让她放松一些："能不能告诉我，他做过什么让你讨厌或者伤害你的事情？这样我才能更好地拒绝。当然，如果有什么需要保密的事情，我不会直接跟瑞哥说，但我得知道他到底对我的女朋友做过什么，有多严重。"

路西加知道付河说的话是合情合理的。谢其瑞对于付河而言，不仅是伯乐，更是恩人，她不能要求付河凭着自己一点儿情绪的变化和完全没有头绪的猜测，就去违背他当初对谢其瑞许下的承诺。

她低头看着地板反射的亮光，脑袋里混乱一片，一些零星的片段又冲到了她的脑海里，像没有上对颜色的油画，突兀刺眼，蛮横地和刚刚得到的信息来回撕扯。

她一直没说话，付河也没有催，就拉着她的手，一下下拨弄着她的手指，耐心等着。

路西加于是将视线挪到两人交缠的手指上，看着它们之间的纹路一次次重合，错开。

半晌，她摇了摇头："其实也没什么。"

握着她的手指慢慢收紧，付河低着头沉默一会儿，变成用两只手拉着她。他重新抬头看她，轻轻叹了口气，说："不要逞强。"

许是周围太静，付河又将这话说得太温柔，有那么一瞬间，路西加几乎想要自私一把，将过往的事和盘托出。但也只是那么不到一秒钟的时间而已，冲动很快被理智和习惯压过，快到都没来得及表露在脸上。

所以，付河看到的路西加仍旧是镇定的，甚至还微微弯着唇角，像在笑。

在付河掺着担忧和质疑的目光中，路西加再次摇了摇头："真的没什么大不了的，就是他以前追过我，而且很烦人，所以我很讨厌他。"

看上去，路西加此时真的没有什么反常的表现。但付河却相信，他们第一次一起遇见楚翰维时，他所感受到的路西加的愤怒和恐惧都是真实的。他记得从背后悄悄拉住自己袖子的手，记得路西加在车上不安的样子，那绝不是简单的"被纠缠过"能带来的情绪。

但她不想说，他也就不愿意再继续逼她。所以付河也只是笑着摸了摸她的头，说："好，不管怎么样，他现在不敢了，如果他敢再来找你，我肯定揍他。"

心里的难受随着付河的这句话而消散了一些，路西加点了点头，尽量让自己笑得更自然。之后的时间里，她努力克制着，让自己不要再去想和楚翰维有关的事情，但当晚还是不可避免地失眠了。这一晚接收到了太多的信息，情绪又千回百转，大起大落，她躺在床上，大脑却像不肯停止工作似的，不受控制地产生各种想法。大约到了三点钟，她躺得实在难受，便想起来去趟洗手间，顺便看看在客厅睡觉的海鸥。

没想到出了卧室，却看到付河的工作间还亮着灯。木门虚掩着，窄窄的缝隙露出一道光。

这么晚还在工作吗？

路西加放轻了脚步靠近，推开门，看到付河正戴着耳机在编曲，海鸥则趴在桌角，睡得正香。大概是猫天生警觉，又听觉灵敏，路西加觉得自己明明没有发出任何声音，海鸥却还是在她推门后掀开了眼皮，睡眼蒙眬地望了她一眼。

路西加本来只想偷偷看一眼，并不想打扰付河的工作。现在被一只猫发现，她没顾得上多想，竟然伸出一根手指，竖在唇边，想让海鸥不要出声。

可海鸥显然看不懂人类的动作，几乎在同时，海鸥就已经张嘴叫了一声，然后起身，似要跳下桌找她。

下一秒，原本背对着门口坐着的人便回了头。

付河见了她显然很吃惊，他第一反应是转头看向挂钟，确认了一下现在的时间，随后很快摘下耳机，问：“没睡？”

路西加垂下手，往里挪了两步。

“睡不着。”

话说完，连她自己都被自己过于明显的撒娇语气震惊到了。她一时搞不清自己怎么会这样说话，还没回过神来，便看见付河朝她伸出一只手：“那过来。”

这次，他的旁边可没有另一把椅子。

路西加被他牵着朝前走，随后腰上忽然一紧。视线的水平位发生了变化，她被他揽着，侧身坐在了他的腿上。

路西加被他的动作吓了一跳，但面上还是佯装镇定。略作迟疑，她将一条胳膊搭在他肩上，揽住他的脖子。

“在写歌吗？”她问。

“嗯。”付河撤下放在桌上的手，摸了摸路西加露着的小腿，“冷不冷？”

付河怕热，自己在屋里的时候，习惯将空调的温度开得非常低，一般人都受不了。普天林就经常说，夏天他的卧室像个冰窖一样，能冻死人。

路西加点点头：“有点儿冷。”

保持着一只手抱着她的姿势没动，付河探身，用另一只手从一旁的矮柜上拿起遥控器，将空调关了。随后扯过搭在一旁的一件衬衫，盖到了路西加的腿上。他细心地将衬衫铺开给她盖好，又将手放上路西加的膝盖，用掌心的热度给她暖着。

“着凉的话，腿和脚会疼吗？”他微仰了头问。

“嗯，冬天比较严重，夏天长时间吹空调也会有点儿疼。”说完，路西加瞄了眼屏幕，嘴唇翕动两下，她低声问，“你在给他写歌吗？”

手掌在一双膝盖上来回打了两圈，付河迟迟没出声，反而是唇角勾出一个很小的弧度，一直不错眼地盯着路西加。

被他看得心里发毛，路西加用一根手指戳了他的胳膊两下，问：“看我干什么？”

付河笑着撇开头：“看你……明明心里不愿意，却硬要跟我说没关系。”

两人一时沉默，屋子里似乎只剩了皮肤摩擦过布料的声音。路西加看着付河一点点挪动着手，抚过自己的腿，她好像突然就有些卸了力气——被一箩筐心事压着的感觉并不好受，要用理智说服自己始终也不是件容易的事。经过大半夜翻来覆去的思想斗争，她也是真的累了。

她闭上眼睛，像是想要回避烦乱似的，歪头靠在了付河的肩上。

“因为我觉得我还可以忍一忍。”

付河早就知道她是什么心思，他叹了一声，轻轻拍了拍她的膝盖：“忍什么？跟我不需要忍的。”

路西加姿势没变，但睁开了眼睛。看了虚无的空间半晌，她才晃了晃头：“我知道人情债有多不好还。我猜……谢老板也没因为其他事跟你张过口吧？”

付河没说话，算是默认。

“他跟你求的第一件事你就不答应，那你许下的承诺，还算什么数？”

付河摇摇头，并不赞成路西加这样的理由：“坦白说，诺言很重要，但是真的没你重要。”

路西加发现付河总是这样，好听的话说得不是很多，但是但凡说一句，都像是清晨时分寺里敲响的钟声一般，能震荡着撞到你心里，让你长久地回不过神来。

她在思绪飘动间坐直了身体，没防备地，对上了那双让人沉迷的眼。路西加恍惚中像是能看到他眼底飞动的光，而光芒中有她的影子。

一刹那，路西加忽然想，如果哪天有时间，一定要把付河的眼睛画下来。

她就这么与他长久地对视，直到感觉腰上的手臂不知为何忽然收紧，付河也忽然轻咳一声，错开了眼。

想起他们聊到何处，路西加勾着嘴角笑道：“那你这算是……色令智昏？小心败坏你的名声。”

原本忽然躲闪的人一下子笑了起来，随后耸了耸肩，随口道：“我不需要什么名声。”

答应了的事他会尽力做到，对他好的人他会尽力回报，但这一切的前提，都是自己所做的事情不能伤害到她。其实他早就想好了一定不会接这个活，之所以会那样问路西加，更多的是因为他自己想将她所经历的事情了解清楚。

路西加依旧沉默，付河看出她是真的不想开口，便主动说：“好了，实在不想说就不说了，但是你不能因为这个睡不了觉。”

路西加很快反驳：“我睡不着也不是因为这一件事。”

付河眉头轻挑，不作声地等着她继续说。哪知，路西加却忽然低下脑袋，伸手将付河的上衣朝上拽。

她第一次撩别人衣服，动作不熟，忙中出错，一下子触碰得深了，指头划过付河的小腹。

付河没做防备，腰间痒得厉害，他本能地快速擒住路西加的手，忍着笑问她："干吗？"

路西加缩了缩手指，但仍固执地攥着付河的衣服不放："想再看看你的伤。"

她用了些力，想要直接将付河的衣服撩开，手却一直被压着，未能得逞。她在力气上赢不了他，便抬眸，拿眼神逼着他放手。

"不看了。"怕弄疼她，付河将手上的力气放得更小了一些。

"为什么？"

"怕你看了，等会儿更睡不着了。"

路西加听了，松开手，撇了撇嘴："你看，你也不愿意让我看你的过去，还怪我跟你忍着。"

"我哪儿有怪你？"付河赶紧喊冤。

路西加半开玩笑半认真地睨着他："那你让我看看。"

付河被她的逻辑搞得不知如何是好，而后又忽然想起曾经听录音师说"老婆闹脾气只管好好哄就是了"。一个"哄"字在他脑袋里转了好几圈，他半天也没想到到底应该怎么哄。

就这么看了她半晌，付河软着语气说："好了，我的错，不看了。"

说完，没等路西加再说话，他朝前凑了凑，吻上了她的唇。

唇瓣交错，却一直相互贴得紧。

亲密姿势下的吻好像更容易使人动情，路西加能明显感觉到付河脖颈处不断升高的温度。心里烫，胳膊也烫，她忍不住动了动胳膊，无意的举动却蹭得付河自耳根生起酥麻，绵延一片。

他忍着，又将路西加的身体抱得更紧，将这个吻继续加深。等到自制力所剩无多的时候，才离开路西加的唇。

两人的视线自然对上，路西加先挪开，付河却是微抬了下巴，一双眼睛锁在她的脸上，紧追着不放。路西加的手臂早在刚才接吻时挪了许多次，不知什么时候，竟然已经将两只手臂都抱在了他的脖子上。此时清醒过来，她才觉得这样的姿势实在太过暧昧。

她悄悄放下一条手臂，又想将身子转个角度，付河却用两条胳膊勒紧了她的腰。

路西加不解，抬眼看过去。

付河哑着声音笑道：“不许动了。”

“嗯？”路西加没经验，开始时没理解付河这话里的意思。等她明白过来，慌忙错开眼睛，垂下了眼皮。

付河将头抵在她的肩上，平静了一会儿，听到路西加小声问：“我一直坐在你腿上，你会不会腿麻？”

付河吸了口气，忽然笑出声，连肩膀都在颤动。他蹭着路西加的肩膀摇摇头：“不知道，以前没试过。”

路西加眨了眨眼，付河抬起头看她，接着说：“可以试试，看多久会麻。”

说完，他将手重新覆上鼠标，岔开话题：“既然睡不着，听听给你写的曲子吧。”

“宣传曲吗？”

付河点点头，接着拔掉了耳机，让音乐从音箱里淌出。屋里做了隔音，但毕竟是深夜，付河还是将声音稍微调小了一些。

这是一首很能感染情绪的曲子，路西加原本以为付河会将这首歌写得很古典，却没想到他采取了弦乐组合的编排。一曲毕，路西加不由得说：“好听，而且，不知道为什么，感觉听着很适合跳古典舞。”

甚至，刚才她的脑海里都随着旋律闪过了一些适合编排的动作。

听她这样说，付河的眼睛里闪过一抹惊喜的神色。

路西加还沉浸在曲子里，她从付河手里抢过鼠标，想再放一遍。但她对编曲软件并不熟悉，鼠标晃了一圈，都没从界面上找到播放的按钮。

便问付河：“怎么播放呀？想再听一遍。”

付河于是将手覆上她的手，带着她再次来到这首曲子的开端。

付河再次回绝了谢其瑞，谢其瑞没想到自己搬出以前的人情也依然没改变付河的决定，一时间觉得偏头痛都犯了。偏偏楚翰维也不是省油的灯，从电话里得知付河依然不同意之后，他直接赶到公司，将付河堵在了录音室里。

瞥见他进来，付河假装没瞧到，继续做着自己的工作。楚翰维显然没学来人家三顾茅庐的精神，只等了一会儿，便急不可耐地开了口：“付哥，你为什么不给我写啊？我知道我唱功没那么好，但我真的在练，而且我本身就算你的粉丝，你写的每首歌我都听过。”

楚翰维说得诚恳，听上去真的像是个谦虚并且喜欢他的作品的新人。可付河混了这么多年，见过的各色各样的人多了，谁脸上的笑是假的，一副面具下藏了什么心思，他一眼就能看透。

这戏演得拙劣，他懒得看，将视线重新挪回屏幕上。

楚翰维却好像铁了心要对他软磨硬泡，他又朝前走了两步，不甘心地说：“我那天不知道西加是你女朋友。”

不知怎么，只听他口中叫着“西加”两个字，付河的眉头就已经不由自主地锁紧。等了一会儿，付河没听到自己想听的道歉的话，直接起身，说：“作曲人很多，你没必要非找我。”

他连个搪塞的理由都不肯给，楚翰维一下子觉得脸上有些挂不住。

付河却完全没注意他脸上的神情，他看了眼时间，意识到今天已经有些耽误了，头也不回地说：“我要去接女朋友下班，先走了，你自便。”

说罢，不待楚翰维回话，便将人扔在一边，径自拿起手机，出了门。

第 12 章
你诈我?

入秋后，北京的温度好像一下子降了下来，快到中秋时，路西加已经换上了厚外套，但坐在工作室里还是觉得冷飕飕的。

路西加将刚做好的旗袍从人台上撤下来，搭在臂弯。田柚刚好在这时进门，她瞧着这件旗袍眼生，又打量了几秒，还是没想起这是哪一单，便问："西加姐，这是给哪位客人做的啊？"

路西加到一旁的柜子里拿了双毛茸茸的棉拖，往试衣间走："给我自己做的，我去试试。"

田柚一下子愣在原地，看着试衣间的门关上，她才想起来，虽然路西加是做旗袍的，但自己跟着她的这几年，真的一次都没见过她穿旗袍。在田柚的眼里，路西加就是个不折不扣的大美人，不仅长相好，而且气质温婉，体态极佳，此刻光是想想她穿上旗袍的样子，田柚就已经激动得不行了。她脱了外套，坐到桌前描样子，一双眼睛却一直瞥着试衣间的方向。

时间艰难地流逝过后，试衣间的门终于被推开。只一眼，田柚就已经惊呼出声："天啊！西加姐你也太美了。"

为了配合今天的试衣，路西加还特意化了比平时精致一些的妆容，一时间显得眉目更加动人。

路西加笑着对着田柚分别左右侧了一下身，问她："觉得有哪里不合适吗？"

“这哪儿还有不合适的，”田柚扔下手中的笔，走过来，绕着路西加转了一个圈，“我真的不是拍马屁，是真的很完美。”

旗袍是素色底，点缀淡蓝色的花形图案，衬得路西加整个人白皙通透。优良的剪裁将路西加的身材勾勒得恰到好处。

田柚不禁说：“西加姐，你应该多穿旗袍啊，你也太适合了。”

路西加又对着镜子仔细瞧了瞧，确认好像没什么需要修改的地方后，才放下心来。她抬了抬左脚，跟田柚说“旗袍要穿高跟鞋才好看，我穿不了。”

有着袜子和棉拖的遮掩，田柚并没有看出她脚上的异样。所以听了这话，田柚只是不大在乎地摆了摆手：“哎呀，高跟鞋这东西练一练就好了，我刚上大学的时候穿上高跟鞋也不会走路，现在还不是健步如飞。”

路西加只看她一眼，笑了笑，没做辩驳。

“那你怎么忽然想起来要做旗袍了呀？”田柚好奇地问。

看着镜子里的自己，路西加暗地里做了个深呼吸，才说：“想中秋节穿。”

以往的中秋，她都不会特意准备什么，吃块月饼，隔着玻璃窗望一眼月亮，这个节也就算过去了。但去年的大年夜给她留下的印象太深，她猜付河往年的中秋一定也和去年的新年一样寂寞，便想着这次准备些什么，应个景，也让他印象深刻一些。

就像那次他让雨停下。从此再想起大雨，她第一时间想到的，总是周遭突然停止的雨声，还有桥洞下那个潮湿的吻。

她也想让他以后想起中秋，记着的都不再是一个人过节的场景。

“哦……”田柚靠着墙，阴阳怪气地拖着长音笑，“谈了恋爱就是不一样啊。”

路西加挑了她一眼，半含娇嗔，使得田柚一下子有点儿受不住。她用两只手捂住胸口，不住摇着脑袋说：“哎呀，我也想和美女谈恋爱。”

路西加一下子被她逗笑，伸手戳了她的腰一下。

除了刚学手艺的那阵子，路西加还真的是很久都没穿过旗袍了，再加上这次是特意准备的，她难免想要再多斟酌一下。见她还在对着镜子左看右看地确认是不是真的好看，贫嘴完的田柚朝路西加挤挤眼睛：“西加姐，别看了，我帮你拍张照，给付哥看。我保证，他肯定比我受不了。”

“哪儿有这么夸张。”

“真的！”田柚朝她挑下眉，拿过自己的手机，“来来来，我给你拍，你发给他看。你看啊，平时付哥都是五点多到咱们这儿来接你，我保证，你发给他以后他肯定立马飞奔过来，要一睹芳容。”

路西加有些哭笑不得地配合着田柚摆姿势，但心里也确实迫不及待地想让付河看到，便将田柚拍的照片给付河发了过去。

本来以为付河这次也会像平时一样快速回复，却没想等了半天，手机都还是安静的。

怎么没反应?

她微微蹙眉，点开自己那张照片，又确认似的端详了半天。

好像……应该配一副珍珠耳钉？耳朵上这样空着似乎显得有些寡淡。

正出神地看着手机，她又觉得右边像有风吹来似的，阵阵发凉。她望了一眼，走到窗边，伸手探了探窗缝。却发现窗户明明关得很死，缝隙里也并没有漏风。

一旁的田柚注意到她的动作，关心地问：“怎么了？”

“有点儿冷。”路西加到一旁的衣架上拿了条宽大的围巾，当作披肩裹到身上，自己也奇怪道，“怎么这两天总觉得冷，你觉得吗？”

“我觉得今天温度还好啊，你是不是发烧了？”田柚放下手里的活，过来摸了摸路西加的额头，“摸不出来热，你等会儿，我还是帮你找个体温计量量吧。”

“不用了，”路西加裹紧了围巾，“就是觉得有点儿冷，没有什么别的不舒服的地方。”

“量一量保险，”田柚在屋子里的药箱里翻了翻，却没找到体温计，“咱们这儿好像没有，我去岩哥那儿找一下。”

看着田柚匆匆出了门，路西加也没再坐到工作桌前，而是给自己倒了杯热茶，坐到一旁的沙发上，时不时看一眼手机。大约半炷香的时间后，手机屏幕终于亮起来。

“真好看。”

就这样?

大概是刚才被田柚一通夸奖迷了心，路西加竟然觉得这回应太过平淡。她食指曲起，轻敲着茶杯想了想，回道：“怎么这么久才回我？”

这回，付河一下子回了两条，看得路西加唇角直翘。

“看照片来着。

“放大缩小，来回看。”

路西加止不住笑意，又端起茶杯，看着屏幕，抿了口茶。

身后的房门再次推开，路西加以为是田柚回来了。却没承想，回头望去，身后站着的是个完全在预料之外的人。

路西加脸上的笑立刻消失得无影无踪，她放下茶杯，将头重新摆回来，淡然道了一句：“出去。”

楚翰维也没想到会看到路西加这样的打扮，他一时间忘了掩饰脸上的神情，就这么出神地呆看了路西加半天。

路西加因为身后的目光而皱起了眉，她尽力忍着心里的不舒服，用力地攥紧手里的茶杯。

等楚翰维终于回过神来，也似乎完全不介意路西加那句话，自顾自到对面的沙发上坐下。

“西加，你真漂亮。”

路西加略低着头，将茶杯在桌上缓慢地转了半个圈。茶杯碾着木桌，明明走过了一段路，停下时，却好像什么都没改变。

田柚在这时进了屋，见里面坐着个陌生男人，她有些摸不准当前的情况，便默默走到路西加旁边，没出声。

屋子里静了好一会儿，田柚看看对面的男人，又看看低着头的路西加，感觉屋里的气氛实在是不大对劲。

她正分析着这人是什么来历，便听到了路西加比平时都要冷上一些的声音：“同样的话，别人说出来就怪好听的，但从你嘴里说出来，听着让人恶心。”

田柚愣了愣，望向路西加的眼睛里充满了惊疑。她认识的路西加一向待人温和，从没对谁说过什么不好听的话，有时候遇到难缠的客人，她和其他同事都会忍不住抱怨平白多出的修改工作，路西加却没说过客人一句不好。

她又看了眼对面坐着的男人，倒是眉清目秀，长得不错。但因为路西加这样特殊的态度，田柚下意识地觉得这人一定可恶极了，所以即便她是个非常喜欢看帅哥美女的人，也对这人喜欢不起来。

她蹙起眉，又朝旁边靠了一步，离路西加更近。

楚翰维也没想到路西加会对自己说出这么刻薄的话，他张着嘴呆了一会儿，之后竟然没生气，还无所谓地摊摊手，笑了起来："你骂我是应该的，我知道我对不起你。其实那件事之后，我一直不敢见你——"

没待楚翰维说完，路西加便抬眼，开口打断："我让你出去，你听不懂人话吗？"

她的音量不高，话语里也没什么感情，连愤怒都没表现出来。

楚翰维闭上嘴，嘴唇又动了两下，还是又问了一句："你的伤……现在怎么样了？"

伤？

这话听得田柚心里直跳，她不知道路西加和这个男人之前发生了什么，但看到路西加骤然绷得发白的脸，她觉得事情不太妙。可她刚刚去找体温计，发现贺岩刚好不在店里，她又没有付河的联系方式……

田柚皱着眉头想了想，默不作声地退出了屋子。

她掏出手机，正想给纪子炎打个电话，忽然觉得有个人影罩了过来。抬头看见付河，田柚顾不得还在通着的电话，赶紧叫了一声："付哥。"

"嗯，"许是以为她在打电话，付河的声音很小，他指了指屋内，"西加在里面？"

田柚着急地点点头："你赶紧去，来了个西加姐特别讨厌的人。"

"讨厌的人？"

付河立刻猜到了会是谁。他没想到楚翰维竟然会直接过来骚扰路西加，忙赶了两步，到了门口，透过门缝看到了里面的人。

“当年是我不对。我那时候太幼稚了，拿到驾照以后就想带你去吃饭，然后……”楚翰维顿了顿，“但我真的不是故意的啊，那场事故，我也受了很严重的伤，也治疗了很多年。”

付河推门的手停住，跟在身后的田柚也一下子瞪大了眼睛。

付河没想到会听到这样的话，他之前有过许多猜测，但唯独没想过，楚翰维会是导致那场车祸的人。因为当年他在新闻上得知路西加出事的消息后，便搜索了很多相关的报道，但所有新闻稿中都没有具体提到车祸中的另一个人，只有一篇新闻稿中含糊地提了一下“司机”，他便想成了出租车司机之类的人。

付河的心里像一下子压了千斤重的石头，他深吸一口气，克制着心底骤然蹿起的怒火。

屋内，一直沉默的路西加忽然开了口：“不是故意的？”

轻轻一句反问，却让楚翰维立时变了脸色。

见对面的人终于闭上了嘴，路西加扯开嘴角，露出一个无声的冷笑。

其实路西加一点儿都不想知道楚翰维有没有悔过，她压根儿就不想听他的忏悔，不想听他的解释，不想和他再说任何一句话。她早就决定要从过去中走出来，也一直在这样努力。只是，听着楚翰维说着这些冠冕堂皇的话，听着他假惺惺地忏悔，那些早就被压在心底的悲愤好像又死灰复燃了一般。

付河已经能够很明显地听出路西加声音里在尽力压制的颤抖，顾不得细想，他推门而入，径直朝她走去。

她的装扮和照片里一样，只是肩上的围巾被她裹得很紧，脸上也没了方才浅笑的模样。看到付河进来，路西加有些吃惊，面部一直紧绷的肌肉没能及时调整，她便只是僵硬地抬起头，看着付河一步步朝自己走近。

只是看着她一脸木然地坐在那儿，付河就已经心疼得不行。

桌上的茶杯已经有些凉了，付河俯身，将她一直攥着茶杯的手握到手里，感受到冰冰凉凉的温度后，他小声问：“冷？”

方才还能克制，可听他问了这一句后，路西加的眼眶便猛地开始发酸。嗓子也被酸胀的感觉堵着，她说不出话，只点了点头。

衣架放置得不远，但付河现在不想放开她的手，只好回身，拜托刚刚跟进来的田柚："能帮我拿一下西加的大衣吗？"

田柚点点头，小跑着到衣架旁取了大衣，递给付河。

付河给路西加将大衣披好，自始至终都没看楚翰维一眼。

"付哥，我没别的意思，我就是来跟西加道个歉。"

付河仿佛没听到楚翰维的话，跟路西加说："走，去里屋休息一下。"

他扶着路西加站起来，转身间，仿若无意地瞥了楚翰维一眼。许是因为他脸色骇人，楚翰维一直没再敢说话。

里屋算是休息室，但路西加并不常用，平日里大部分时间都是闲着。付河带着路西加坐到床上，蹲下身："等我一会儿，我去处理一下。"

得到路西加的应允，付河转身要往外走，路西加却又用一只手拽住他。付河回头，路西加抿着唇，一双水汪汪的眼睛看着他。两人对视了半晌，路西加才小声说："他挺有背景的，和子炎的爸爸也很熟。"

付河并不意外，安抚般拍了拍路西加的手背："我心里有数。"

路西加于是放开手，看着付河推门走了出去。很快，她就听到外面响起了重物倒地的声音，与之一起响起的，还有楚翰维的哀号。

路西加愣了愣，不知道付河说的"心里有数"是怎么个有数法。理智告诉她，她应该打开那扇房门，拦住付河，不要让他因为这么一个垃圾人惹上麻烦。可她一个人坐在空荡荡的屋子里，心里是空洞的，没有知觉的，浑身也都像没了力气，动弹不得。

她忽然想起，在当年刚出事的时候，她幻想过很多次，想要狠狠打楚翰维一顿。她知道拳头改变不了什么，但起码能让她憋在心里的一口气稍微呼出来一点儿，让那些只能自己消化的委屈得到一个排解的出口。

她不知道自己坐了多久，只觉得周围的空气像是凝固了，自己开始麻木，慢慢地，甚至也感觉不到冷了。直到付河开门进来，放在腿上的手被自空中坠落的凉凉的液体打湿，她的思绪才恍惚地被从回忆里拉回来。

意识到自己哭了，路西加忙擦掉眼泪。付河没说话，坐到她的身边，她第一反应便是拉过他的两只手检查。

刚刚擦过泪的手握住他的手，泪水便也沾到他的指尖。

付河动了动手指，说："没受伤，他这样的伤不到我。"

路西加拉着他的手放到自己的腿上，勉强抬头冲他笑了笑："我刚才是不是应该去拦着你？"

付河也轻轻笑了一声："当然不应该。"

路西加低下头，用一根手指描摹付河掌心的纹路。静了片刻，她低声说："我也不想拦。"

听着她好像又要哭，付河皱了皱眉头，忍下自己的情绪，随后微微欠身，去看她一直垂着的眼眸。

半天，路西加咬了咬唇，突然展开双臂，抱住了他。

这是她第一次在他面前哭出了声音，他脖子上湿得厉害，不大的哭声就回荡在他的耳边。他发誓，活到现在，他是第一次这么煎熬。

他心疼到有些慌了神，除了紧紧地将她抱在怀里，好像什么都做不了。

与此同时，心底又涌上迟来的后悔，他恨自己的迟钝，明明路西加每次见到楚翰维时的情绪变化已经表现得那么明显了，自己都还是没有猜到，楚翰维可能就是导致她会出车祸的罪魁祸首。还问她到底介不介意，还一次次害她不得不面对楚翰维。

"对不起。"他哽咽着说。

路西加哭着摇头，想说些什么，可一张嘴，强行压制的哭声便又大了一些。她的身体颤抖得厉害，付河知道，即便到了这个时候，她还在忍。

付河的喉咙也是酸的，他狠狠闭了两下眼睛，缓慢地说："想哭就大声哭，好不好？我让其他人都走了，没人能听到。"

路西加还是摇头，她将脸向付河的脖子贴得更紧，好像要从他的皮肤上获得一些温度，一些力量。

猛地喘了两口气，她终于丢盔弃甲，放弃了所有的忍耐。

她呜咽着说："你不许给他写。"

付河一愣，赶紧亲了亲她的耳朵："不写，我怎么会给他写？"

"不许写……"像是陷入了魔咒，尽管得到了付河这样的回答，崩溃的情绪下，路西加还是不住地重复着同样的话。

她一遍遍哭着说，付河就一遍遍应，像是要把她话语里的委屈、痛苦都接下来。

窗外，天空已经散开了晚霞，白昼好似快要到了尽头。

付河一直抱着路西加，轻言细语地哄着，不知过了多久，路西加终于平复了情绪。她从付河的肩头抬起头来，还在一抽一抽地吸着鼻子。

看到付河那已经被自己的眼泪完全沾湿的衣领，路西加便能想到自己此时看上去会有多狼狈。她用一只手擦了擦眼下的位置，带着浓浓的鼻音说："讨厌。"

付河还以为是自己没听清，又将脸朝她凑近了一些："嗯？"

眼泪和鼻涕都混在了一起，路西加怎么擦都擦不干净。

"本来想很美地见你的，现在好丑。"

错愕片刻，付河还红着的眼睛一下子带了笑意。

"怎么会？现在也是美的。"

他上手给路西加蹭了两下，路西加却怕鼻涕蹭到他手上，将脸转开了一些，又推了推他的手臂，撒娇般说："帮我拿纸。"

"好。"付河赶紧起身，快速到旁边拿了包抽纸过来，然后小心地帮哭花了妆的人将脸上的"泥泞"通通擦掉。

擦干净了，付河用一只手托着路西加的脸，又在她的嘴唇上印了一下，再次说："美的。"

路西加不相信，但被他真诚的样子逗得笑了起来。她眼里湿润的雾气还没完全散尽，又红着鼻头，这样一笑，竟也格外好看。

"旗袍好看吗？"

明明在微信里已经问过了，路西加却忍不住带着哭腔，又问了一遍。

"好看得不行。"付河牵着路西加的手，朝后仰了仰身子，做出端详的样子，"就是感觉还差点儿什么。"

路西加又吸了吸鼻子："什么？"

付河松开路西加的手，从外套口袋里掏出一个精致的小盒子。

路西加一眼就看出那是个首饰盒，只是看到这样的东西从付河的口袋里拿出来，路西加心里难免诧异。她不自觉睁大了已经哭肿的眼睛，看着付河将那盒子打开，露出一个黑色的绒面袋子。而绒面袋子之下，有两颗很漂亮的珍珠。

路西加愣了愣，不敢相信自己刚才还想着的东西，就这么被他带到了自己眼前："耳钉？"

"嗯。"付河笑着应声，将耳钉拿出来一颗。修长的手指小心翼翼地捏着耳钉，珍珠落在两指之间，显得格外小巧精致。

付河又将绒布袋的抽绳打开，取出一片酒精棉片。路西加这下更加震惊了，她忍不住笑起来："你还知道要消毒呀？"

"当然，"唇角被笑拉出弧度，付河故意逗路西加笑，"为了买耳钉，我做了很多功课。"

他用酒精棉片将银针擦拭干净，大概是初次操作的缘故，动作多少有些笨拙，却认真极了。路西加就这么盯着他，眼睛一下都舍不得眨。很神奇，看着他为她擦拭着耳钉，方才那种茫然、空洞的感受忽然都不见了，她觉得心里一下子被填得很满。

终于擦拭完，付河举起耳钉，轻声道："来，公主掉了这么多颗珍珠，我们补上两颗。"

路西加这下红着眼睛，彻底笑出了声音。都是二十大几的人了，没人会把自己当公主。王子和公主都只存在于小孩子过家家的游戏里，现实从来不是童话，可偏偏付河说这话时的语气十分平淡，于是，有些幼稚的情话从他嘴里说出来，竟显得很真挚。

银针穿过柔软的耳垂，珍珠终于落在它们该在的位置上。

像是想尽了办法要哄她开心，晚上回家后，付河做了手擀面。香喷喷的西红柿鸡蛋，加上软度刚好的面条，即便是白天的那场风波也没能挡住路西加的食欲。

饭后，两人把手机扔到一边，拿逗猫棒逗着海鸥玩了好一会儿，但都有些心不在焉。等到该睡觉了，路西加一只手捏着逗猫棒，有些迟疑地问付河："你今晚能陪我吗？"

她是怕自己又会躺在床上辗转反侧，也怕自己又会做噩梦。

怕显唐突，她想将这些解释给付河听，但不待她开口，付河便很自然地说："好。"

他们第一次一起躺在床上，虽然都穿着睡衣，但也免不了肌肤的碰触。付河关了灯，屋子里彻底黑下来以后，路西加才因为身边人的呼吸而心跳加快。

不知是因为这一天情绪的起落，还是因为躺在身边的人，她格外清醒。拽着被子直挺挺地躺了一会儿，她想翻个身，付河却出了声音。

"睡不着？"

"嗯。"

"来，"付河动了动，将一条胳膊绕到她的头顶，"抬头，我抱你睡。"

路西加顺着他的话抬起了头，等回过神来，自己已经枕在了他的手臂上。

付河将她朝自己揽了揽，使得她的脸轻轻挨上自己的胸膛："试试这个姿势，胳膊多久会麻。"

路西加笑了一声，眨着眼，没敢动。紧接着，一只手又摸上了她的脸。她感觉到付河的手指在她的脸颊上抚了两下，奇怪地仰头问："怎么了？"

"看看你有没有偷偷哭。"付河说。

路西加闻言，迟了几秒才抛出一声笑："我才没有，就是不困。"

"嗯，"付河从喉咙里挤出低音，然后问，"那怎么办？"

路西加想了想："你哄我睡，要不，唱首晚安曲？我还没听过你唱歌。"

话出口，她才觉得自己好像在爱情里有些忘形了。

付河却很快应下来，声音里还带着笑："好。"

路西加本来以为他会唱一首自己写的歌，却没承想，等了一会儿，听到他说："那我给你唱首儿歌。"

虽然奇怪，路西加却更想知道付河会唱什么："好。"

等了几秒，付河开了口。

Tell me the tales that to me were so dear（请你给我讲那亲切的故事）

Long, long ago;long, long ago（多年以前，多年以前）

Sing me the songs I delighted to hear（请给我唱那动人的歌曲）

Long, long ago;long ago（多年以前，多年前）

Now you are come, all my grief is removed（如今你已归来我忧愁全消散）

Let me forget that so long you have roved（让我忘记你漂泊已多年）

Let me believe that you love as you loved（让我深信你爱我仍如前）

Long, long ago;long ago（多年以前，多年前）

Do you remember the path where we met?（可记得我们相会的那条路？）

Long, long ago; long, long ago（多年以前，多年以前）……

路西加没想到付河唱歌这么好听，节奏、音准都很棒。他的嗓音偏低，本就动人，在黑夜里更显得有磁性。

路西加听得入了神，很久之后，才忽然察觉到这歌曲很熟悉。

是一首英格兰民谣，年少的时候，参演一部音乐剧，她扮演一个生活在森林里的小女孩。有一个桥段是她要坐树上唱这首歌，她跳舞很在行，但唱歌其实没有太大的信心。那部音乐剧里的所有桥段她都练了许多遍，这首歌更是被她一直单曲循环。她记得那会儿大家还会喜欢用电脑上的QQ 音乐听歌，状态一栏会显示正在听的歌。她的一个好朋友就曾打趣她，只要看看她的状态栏，就能知道她最近要表演什么节目。

一首歌将她带回了年少时，路西加不知道什么时候合上了眼睛。

这晚没有噩梦，她梦到那个表演音乐剧的礼堂，梦到她坐在道具的高处，唱着这首她练了很久的童谣，有些紧张。等终于唱完，顺着梯子朝下走的时候，那把梯子却一直在晃。

一直站在一旁扮演大树的男生忽然朝旁边挪了一步，伸手帮她扶住了梯子。她顺着那条手臂看过去，没看到人脸，只看到大大的、绿色的毛绒树冠。

付河对于谢其瑞会来找他并不意外，所以第二天到了公司，看见坐在录音室沙发上，眉头都挤出了沟壑的人，他也只是抬头朝他打了个招呼，就径直到了电脑前。

“你说你……”谢其瑞用一根手指朝他背后虚点了一下，本想教育两句，见着付河那副波澜不惊的样子，又泄气般地垂下手，问，“你何必呢？”

付河没回答，在电脑上鼓捣了两下，又到自己的工作台上取了个文件夹，随后走过来，递给谢其瑞：“瑞哥，不好意思，这次写歌这个事我确实帮不了你。这里是我觉得最近写得不错的几首歌，demo 刚才也打包发你了。你看看有没有合适的，只要不给楚翰维，给谁都行。”

谢其瑞的脑袋一直随着他转，此刻看了他半晌，才叹了口气，接过那个文件夹。他往旁边挪了挪，然后拍了拍身旁的座位：“坐。”

付河依言坐下，谢其瑞却攥着那个文件夹，半天都没说话。末了，他歪了歪身子，从被挤着的裤兜里掏出盒烟，朝付河递了递。

这动作付河很熟悉，当初他熬夜写歌，谢其瑞这个老板经常会在忙完工作以后过来看看。两人会到楼下透透气，抽根烟，那时候付河买不起好烟，都是抽谢其瑞的。

不过这次他垂着眼眸静了一会儿，终是摇了摇头：“不抽了，戒了。”

闻言，谢其瑞惊讶地挑眉：“哟？玩真的？”

付河和他对视一眼，又淡笑着移开视线：“嗯，我之前体检其实肺就一直不太好，只是以前没在意。现在……”

不知想到什么，付河停住了话语，引得谢其瑞探询道：“现在怎么了？”

“现在觉得，还是得保重身体，” 付河笑了笑，有点儿自嘲的意思，“不想以后让西加担心。”

认识这么久，谢其瑞还是第一次看到付河说出这么真情流露的话。看着付河那明显挂着温柔的脸，谢其瑞不禁想起第一次听到付河写的歌时的感觉。其实那时他坐在办公室，点开付河的邮件时，根本没抱多大希望。毕竟在那之前他已经听了很多人投稿的歌曲，要么就是实在不好听，要么就是勉强及格，但平平无奇，让人甚至没有欲望听完一整首。唯独付河的，在旋律刚出来时，他一下子就知道，这就是他想要的才华，这个人就是他要找的人。

谢其瑞一直认为真正能让人记住并喜欢的音乐一定是可以引起人的情感共鸣的，所以即便在公司迫切需要一些能快速火起来、占领市场的歌的时候，谢其瑞都没有选择那些容易将人洗脑的旋律。他要的音乐是激烈的表达，是暗藏在旋律下的饱满情绪。这些付河的歌里都有。

既然音乐那么有感染力，在谢其瑞的概念里，能写出这样的音乐的人，情感应该是丰富且细腻的。可是见到付河本人后，谢其瑞却感受到了巨大的偏差——大多时候付河都没什么表情，他不会大悲大喜，仿佛早就活了几十年，抹平了一切欲望，对一切都无所谓。甚至，在谈到音乐时，别人往往都会情绪激昂地跟谢其瑞大谈自己的音乐理想，自己的目标、追求，年轻的付河却只是在夜色中低了低头，攥紧了手中两元一瓶的矿泉水，说：“有人爱听就挺好，能赚钱更好。”

谢其瑞以前习惯了那个喜怒不形于色的付河，所以此时面对他明显沉迷其中的神情，谢其瑞忍不住问：“就这么喜欢她？”

付河微微挑眉，似是没想到他会问出这种话。但很快，他点了点头，没有任何犹豫。

“行吧，那我知道了，之前我还想你会不会……就只是谈个恋爱，看来我想错了。”谢其瑞扬着文件夹拍了两下手，“其实昨天的事我也大概了解了一些。我昨天接到他电话就觉得不对，你这个人虽然跟谁都不热乎，但我知道你不会随便打人，我就逼问了他到底是因为什么。这种情况……我确实也不能再要求你给他写歌，所以，这事就算了。”

即便一直在拒绝，听到谢其瑞这话，付河还是松了口气：“谢了瑞哥。”

“你还用跟我说这个？我又不是黑白不分的人，再说了，我捧他也是没办法，你以为我不知道他唱歌烂啊？”谢其瑞“啧”了一声，又恢复了愁容满面的样子，屋里只有他们两个人，谢其瑞难得诉开了苦，“他唱歌烂，但资本更烂，我有什么办法？我需要一些资源置换，才能给那些有实力但是难出头的人机会。”

虽然付河一直把自己定位成这个圈子的边缘人物，也从来不会主动去结识圈子里的什么人，但这么长时间听见、看见的也不少。他知道这个看似风光的世界背后隐藏着多少条条道道，看似身居高位的人也不会有翻手为云覆手为雨的本事，端这个碗，吃这口饭，就得还回去点儿什么。所以，他能理解谢其瑞的迫不得已。

但等谢其瑞起身，准备离开的时候，付河还是开口叫住了他。

谢其瑞回身，付河思索片刻，问：“你有没有想过，他以后可能会给你惹麻烦。”

人的本性能遮掩一时，但时间长了，总会露出马脚。

谢其瑞朝他一摊手，无奈地说：“有这个准备，但其实他这个人，不能说坏，就是没能力，性子骄纵自大，被家里惯坏了。”

付河点点头，稍做犹豫后，他接着说：“瑞哥，你能不能再帮我个忙，也算是……我帮你再排排雷。”

楚翰维被谢其瑞叫来录音室，还以为付河是要为昨天打他的事道歉。所以到了以后，他就一屁股坐到一旁的单人沙发上，冷着个脸没说话。他本来在等着付河开口，但显然对方比他更能沉住气。付河就跟没看见他似的，自顾自在那儿低头玩手机，反而惹得楚翰维更加不快。

“叫我来干什么？”楚翰维没好气地说道，“我这还疼着呢，你道歉我不接受，我不能白挨这个打，我一定要追究到底，我要告你故意伤害。”

见这人少爷脾气又上来了，谢其瑞赶紧连喝带劝：“行了行了，昨天我怎么跟你说的，你还有理了——”

“告我？”付河突然插话，打断了谢其瑞，“你告我？”

楚翰维原本想给谢其瑞面子，一听这话，火又起来了：“怎么了？你先动手就是不对，我告你怎么了？”

付河左右活动了一下脖子，面无表情地说：“故意伤害的不是你吗？

应该是我们告你吧。”

“你什么意思你，”楚翰维的音量又提高了一倍，“你打人你还有理了？”

“不是吗？”付河慢悠悠地将手机放到一边，一双眼睛却一直死死盯着楚翰维，“当初要不是你肇事逃逸，西加怎么会伤成这样？你以为你家里有权有势，就能把事情瞒下来？居然还想做偶像？那你也是真的挺可笑的，事情只要发生了就不会留不下痕迹……”

付河微微朝前探身，用曲起的手指敲了敲面前放着的文件夹：“证据，只要肯花时间去找，怎么会找不到？”

楚翰维一愣，然后猛地起身：“你胡说八道！我什么时候肇事逃逸了？我没有逃，我也受了很重的伤，我也是被救走的！我只不过是让救援的人先救我，有错吗？谁不怕死？谁不怕疼？再说了，人都是我叫来的，我出的钱，先救我合情合理！我怎么知道他们撬车会害她被压成残废，我也不想她跳不了舞啊！”

大约是真的慌了神，楚翰维吼完这一通，才想起来要去确认那所谓的“证据”。他快速弯腰，从付河的手底下抢过那个文件夹，翻开后，却一下子瞪大了眼睛。他愣了片刻，意识到自己被耍了之后，立时怒不可遏。

“你什么意思？”付河的声音在安静的室内响起，比平日里更加低沉。

楚翰维用力将文件夹摔到茶几上，气得嘴唇都在抖：“你诈我？”

谢其瑞早就在刚才听到楚翰维那番话的时候就蒙了，他意识到事情不太对，第一反应就是要控制住付河。但付河还算冷静，他将两只手交叉着握在一起，没有动。只是随后说出口的话，更像是从牙关里硬生生挤出来的：“什么叫‘撬车会害她被压成残废’？”

付河一直没忘记路西加昨天反问的那句“不是故意的”，直觉告诉他车祸的事还另有隐情。他昨晚想了一晚，能想到的，是楚翰维可能肇事逃逸，害得延误了救援路西加的时间，却根本没想到会是这样的情况。

所以不是“意外”害她伤的腿，或者说，她原本没有伤得这么重。

付河起身揪住楚翰维衣领的动作太快，谢其瑞根本就没来得及拦。等他慌忙站起，只看到了付河脖子上暴出的青筋，在白炽灯的照耀下将他的愤怒展示得格外清晰。

“说清楚！”

楚翰维穿的是衬衫，在付河这样的动作下很快便喘不过气来。谢其瑞看他都憋红了脸，怕真的出事，赶紧拼了老命将付河的手拉下来。

楚翰维因为头晕跌坐在沙发上，文件夹掉在地上，曲谱散了一地。

“付河，你先冷静冷静。”谢其瑞怕付河再控制不住地动手，抱着他朝后撤。终于将他摁到沙发上，谢其瑞张口还要劝，却赫然发现付河的眼睛是红的。

也就是他注视着那双眼睛的这几秒钟，眼底多了晶亮的液体。谢其瑞还没来得及确认是不是自己的幻觉，付河便伸出一只手，遮住了自己的眼睛。

其实有时候，根本说不清楚，泪水的产生到底是因为愤怒还是悲伤。因为面对残忍的事实时，愤怒和悲伤一定是交杂的，但无论哪一个，都显得绵软无力。

人会流泪，不过就是因为心里太痛了。

第 13 章
那天的晚霞很美

贺岩这天晚上要去朋友家吃饭，下午聊起，路西加发现他刚好和自己家顺路，便没让付河来接，结束工作后直接搭贺岩的车回了家。路上，贺岩说起昨天的事，有些抱歉地向路西加解释对方的确跟他做了预约，但他以为只是个普通客人，不清楚对方怎么会直接找到路西加所在的房间去。还说之后会再多招两个保安，绝对不会再发生类似的事。

隔了一天一夜，路西加已经将昨天产生的负面情绪消化完毕，此时也只是无所谓地摇摇头，说："不用招保安吧，解决问题要解决根本，我有办法让他不再来。"

"那不行，"贺岩说，"这次他只是来骚扰你，万一下次他起了什么歹念，或者下次进来个别的穷凶极恶的人怎么办？总不能真等伤着你们了我再后悔去。只有大门有看守的人确实不合理，现在的人啊，知人知面不知心，有的人你看着他人模狗样的，但他就不干人事，我们这儿来的客人也不少，以后每栋楼都得安排上保安才行。而且实话告诉你吧，你男朋友昨晚大半夜就给我发消息说这个事了，生怕你以后会遇到什么危险。早上我醒了一看，凌晨四点啊，好家伙，这是后怕得睡不着觉啊。"

路西加微微一愣，而后弯了弯唇角，抱怨般轻声说："小题大做。"

"呦呦呦，"贺岩一边笑一边阴阳怪气地调侃她，"我怎么觉得这车里的空气甜腻腻的呢？"

“好好开车吧你。”路西加佯装恼怒地怼了贺岩一句，便将头转向了车窗。

她昨晚在付河的歌声中很快入睡，并不知道付河是几点睡的。但她真的没想到付河会紧张到这种程度，明明他早上还比自己先起床，做好了早饭，完全看不出失眠或担忧的迹象。

车子到了她家楼下，她跟贺岩打了个招呼，便下了车。只是等贺岩的车开走之后，她对着楼道发了会儿呆，还是转身，向小区外走去。

出租车上，她摸出手机，给付河发了条消息，问他回家了没有。付河很快便回复了过来，说自己晚上要和谢其瑞吃顿饭，估计晚上会晚点儿回。

路西加想了想，怕付河跟别人吃饭还要顾及自己一个人在他家，便没告诉他自己会过去。她点了份外卖，吃完饭又陪海鸥玩了一会儿，十点钟的时候，付河还没有回来，路西加便洗了个澡上了床，打算躺下等他。却没承想，被凑到她怀里的海鸥蹭得太舒服，她竟迷迷糊糊地睡了过去。

不知过去了多久，她被关门声吵醒，艰难地撑开眼皮，缓了几秒，她才坐起身，细听了听外头的动静。

确认了是付河回来了，路西加掀开被子下了床。客厅里没开灯，她从亮着的空间走进黑暗里，眼睛一时有些难以适应。她借着卧室打出的光亮摸到了一个走廊灯的开关，摁开，原本黑暗的客厅有了微弱的光。

原本低头坐在沙发上的人猛地抬起头，见她站在这儿，似乎一下子没有反应过来，静默了几秒后，才轻轻笑了笑：“过来怎么也不和我说一声，我早点儿回来啊。”

“就是不想让你因为我耽误了和朋友吃饭啊。”

光线昏暗，路西加其实看不清付河的表情。但她闻到空气中飘散着不同寻常的气味，于是她走到付河旁边，又弯腰凑到他的脸旁边嗅了嗅。

“你喝酒了？”

这时，路西加才注意到付河的眼底血丝遍布，红得吓人。

“嗯，”付河挤出一个短促的鼻音，哼笑了两声，“喝了一点儿，但没喝多。”

说完，他抬起胳膊，放到自己鼻子下方使劲闻了闻，又问："难闻吗？"

路西加摇摇头："还好。"

付河听了便笑起来，还将一只手放到她的腰上，揽着她坐到自己腿上。或许是累的，付河把头抵在路西加的肩膀上，一直没说话。路西加看了看一旁的时钟，伸手捏了捏付河环着自己的胳膊："困了就去洗个澡睡觉吧。"

付河又"嗯"了一声，身体却一点儿都没动。路西加也没再催，就这么由着他靠着自己待着。过了好半天，才退去没一会儿的睡意都已经又卷土重来，路西加才听到付河说："今天见了楚翰维。"

路西加的第一反应就是楚翰维肯定因为昨天的事情来闹了，赶紧问："他找你麻烦了吗？"

付河摇了摇头："算不上。"

他这么说，路西加却不信。她认识的楚翰维不但虚荣心重，还睚眦必报，怎么可能甘心这样被揍一顿。

"你不要瞒着我啊，"路西加有些着急地说，"我有办法让他不敢来找你的麻烦。"

这次，付河抬起了头。路西加也皱着眉头看向他，还紧张地摁了摁他的肩："他没带人打你吧？"

"没有。"付河笑了一声，用一只手攥住路西加还在他身上检查的手，问，"你有什么办法？"

路西加被他问得一愣，随后轻轻抿了下唇，说："有证据。"

两人各有各的心思，对视间，都沉默着。才睡醒一觉的海鸥不知道什么时候过来了，它跳上沙发，看着抱在一起的两个人摇了几下尾巴，转身窝到了角落里。

付河无意识地攥了下路西加的手，像是下定了决心般，垂头长长呼了一口气。

"我那天听你问他不是'故意'的，总觉得不太对劲。所以今天见着他，我就诈了他一把。"说到这儿，像是有些难以继续，付河停下了。他看着地板，使劲做了两次吞咽的动作，才终于抬头，继续说："他说……他让救援的人先救他，他们撬车的时候压到了你……是吗？”

问完这句话，付河的眼底红得更加厉害。

路西加在他的注视下点了点头：“嗯。”

心里压抑得厉害，眼眶也酸得厉害，付河像是喘不过气般用力喘了几口气，接着问：“是因为他们撬车，你才会伤得这么厉害，对吗？”

其实路西加一直都没打算告诉付河这些，对她来说，那天的悲剧已经是无法改变的事情，她知道接受这样的事情有多痛苦，便不希望她爱的人也要将这种痛苦再承受一遍。

但此时，看到付河血红的眼睛，还有虽然紧紧抿着，但仍在颤抖的双唇，她知道自己也只能如实相告了。

路西加抽出被付河握着的手，然后用双臂环住了付河的肩头，试图用这个姿势给他一些安全感。

“嗯。”她不得不再次回忆那天发生的事情，但或许是因为有付河在身边，也或许是因为她一心想要付河好受一点儿，这次回忆起来，心里倒是没有那么痛了。她甚至还笑了一下，才说：“当时他刚拿驾照，跑到我学校去跟我炫耀他的新车。我不肯跟他去吃饭，他就赖在我们的练功房不走，搞得别人也没办法练。我不想影响其他人，就跟他去了。可他路上开得太快，又是新手，转弯时控制不住车，车冲到了一旁，撞到了一棵大树上。后来救援队来了，本来按照当时车辆变形的情况和我们两个人的伤势来说，先救我比较合理……”

路西加抿着唇，停了一会儿，她将唇角朝上提了提，在心里给自己鼓足了劲：“我不太懂，只知道，救援队的人当时分析的是，先救我的话对他那边不会有影响，救援工作也更好开展，反过来如果先救他的话，需要撬开的地方，肯定会对我有影响。但他害怕车会爆炸，因为当时天气虽然不太好，但雨却一直没下下来，所以他就让救援的人必须先救他。当时出事的地方离他家不远，他家里人和朋友也很快赶过来了。他们也都吵着让救援的人先救他，救援的人大概看我……也晕着，就听他们的，改了救援方案。”

“车辆在救援的过程中发生二次变形，压到了我的腿。”

眼睫颤动几下，路西加说话的声音，几乎只剩了气音。她长长舒了一口气，朝着空中点了两下头，硬生生憋住了在眼眶里打转的泪水。

暂时缓和了涌动的情绪，路西加想要去看看付河的脸。转过头，她看到付河在很专注地看着自己，但无论是眼眶还是鼻子，都已经红了一片。他的下颌绷得很紧，这样近的距离下，她甚至能清晰地看到他脸颊两侧不断颤动的肌肉。

房间静得可怕，沙发的一角有窸窣的动静。路西加转头，看到海鸥弓着身子伸了个懒腰，然后朝前走了两步，跳下了沙发。小猫咪的脚步轻盈，跳到地板上，竟然没有发出一点儿声音。

她的视线追随着海鸥走远，长久的寂静过后，屋内忽然响起了付河声音。

“你那时是清醒的，对吗？”

路西加怔住。

她的目光渐渐失去焦点，半晌，她忽然说：“那天的晚霞很美。”

天边像起了火，红黄交映的晚霞，她一直记着。

她也记得她努力让自己不要睡过去，拼命想要喊出来，想要求救，可她就是发不出声音。或者说，即便真的有人听到了她的求救，也不会改变什么。

付河再也控制不住。深呼吸已经起不到任何阻拦的作用，眼泪就这么直直滚了下来，付河自己甚至都没有意识到。

她是醒着的。

别人以为她晕过去了，但其实她一直是清醒的。刚刚在听她讲的时候，付河就意识到了这一点。他知道她的描述刻意淡化了自己的主观感受，但如果当时她真的晕过去了，又怎么会知道这件事，那些人一定会将救援的事情掩盖起来，她不可能了解得这么详细。

她是清醒地感受到自己的腿和脚在受伤，清醒地看着那个跳舞的自己死去。

付河心底疼得发慌。他不知道她到底在变形的车里等了多久；不知道她听到那些人的对话时在想什么；不知道她有多害怕，有多疼；不知道她那时候是不是就已经意识到了，自己伤得真的很严重；他也不知道她最后是怎么到的医院，她的家人和朋友又是什么时候才赶过来……他好像忽然变成了懦夫，那么多忽然出现在脑海里的疑问，他却一个都不敢细想。

看到他一直流泪，路西加抿了抿嘴，伸手想帮他擦掉眼上的泪痕。

“你别哭啊。”

从来都是别人因为车祸的事情安慰她，这还是第一次，她想要因为这件事去安慰别人。明明听过很多，可这时候她却想不到一句合适的话。愣了半天，她只好说：“好在，后来雨下下来了。”

车没有爆炸，她也活下来了。

付河抱紧了路西加，将脸紧紧贴着她的身子。

感觉到薄薄的睡衣被浸湿，路西加一时间竟有些恍惚。她从没想过，在事情过去这么多年后，会有一个男人，为了当初她所经历的事情而哭泣。

都说男儿有泪不轻弹，在这之前，路西加也从来没有想象过付河哭的样子。对她来说，他一直是可靠的，他帮她解决着各种麻烦，甚至一个眼神，一个动作，他就能知道她在想什么，他还能很快学会做她爱吃的手擀面，用很短的时间做出一大桌她爱吃的饭菜。他像是一个超人，飞天遁地，无所不能。

路西加抱着付河，想了半天，忽然明白了。他变成超人是因为爱她，哭得一塌糊涂也是因为爱她。命运的空间好像发生了奇妙的扭曲，终于带着她的超人去到了她那时的时空。

第二天中午，两人是被开门声吵醒的。路西加还迷迷糊糊的，不太明白是发生了什么事，付河已经起了身。

“应该是天林，我去看看。”

听到这话，路西加一下子清醒了过来。虽然经常会在付河这儿留宿，但不知是不是付河特意交代过，这么长时间，路西加一次也没和普天林碰见过。现在，就好像是两人的亲密突然被其他人撞破，路西加有些尴尬，也有些无所适从。看着付河出了门，她赶紧从床上爬起来，把睡衣换了下来。

而付河出了卧室，就看见普天林还站在门口没进来，海鸥站在客厅里，遥遥地与他对视。

瞧见付河，普天林拽了拽肩上的书包，露出懊恼的神色。他指了指地上那双格外显眼的女生的鞋子，小声解释："我不知道西加姐在，我打你电话你一直不接，找西加姐也找不到，有点儿不放心你，就过来看看。"

说完，像是怕付河生气，还小心地瞄了一眼正一步步朝他走近的人。

付河走到玄关，站定，盯着普天林看了半天，才突然一笑。

"来就来了，你心虚什么？"

普天林答不上来，就是心里觉得吧，他如果让西加姐不自在了，他哥肯定要瞧他不顺眼。

"既然来了也别闲着，"付河朝厨房的方向抬了抬下巴，"给做点儿饭，饿死了。"

普天林呼了一口气，这才从鞋柜里拿出自己的拖鞋换上："好嘞。"

"哦，先给小猪崽铲个屎。"

明显已经胖了一大圈的海鸥显然听不懂"小猪崽"三个字，还喵喵叫着跑过来，拿身子去蹭付河的腿。

普天林不大一会儿就忙活做出了一桌子菜，路西加脸皮薄，觉得他们做哥哥姐姐的反而让弟弟做饭，多少有点儿说不过去。付河倒是坦然得很，把想要去帮忙的路西加一把摁在椅子上："我以前也没少给他做饭。"

"是，"普天林端着一盆汤走出来，说道，"我这手艺一半都是跟我哥学的。"

看着面前的丰盛佳肴，路西加歪头问付河："那你之前是跟谁学的？"

付河想了想，答了四个字："生活所迫。"

不想饿死，又舍不得到外面吃饭，也就逼得自己学会了做饭。

三个人边吃边聊，为了助力自己的哥哥，普天林逮着机会就要说两句付河的好话。什么力气特别大啊，收拾曾经欺负自己的不良学生特别狠啊，干什么活都是又快又好啊，弹琴特别好听啊……开始时付河只是拿眼瞥他两下，时不时打个岔说"没有那么夸张"，直到普天林说到"我们那儿很多女生都暗恋我哥”，付河终于忍无可忍，拿手拍了拍普天林的肩膀：“洗点儿樱桃去。”

普天林二话不说，立刻起身：“好嘞。”

大约是因为“自家弟弟”这个滤镜，看着普天林任劳任怨的背影，路西加不禁对付河感叹：“你弟弟也太优秀了。”

付河看了普天林一眼，抬手给自己又夹了口菜：“怎么说？”

路西加朝付河那边歪了歪身子，掰着手指头一条条数起普天林的优点：“善良、性格好、会照顾人、会做饭，成绩还那么优秀，刚刚不是还说得了那个什么人工智能大赛的第一名。”

普天林端着洗好的樱桃回来，正对上付河打量他的目光。

“干吗？”手还湿着，普天林便抬手用手背蹭了蹭自己的脸，“我脸上有东西？”

付河“啧”了一声：“是挺优秀的。”

以前觉得就是个傻小子，不知不觉，都已经长成一棵大树了。就是还像以前一样，说话不过脑子，太实诚。

猝不及防被这么一夸，普天林有点儿发愣。但没待他说两句谦虚的话，付河已经转头，接着跟路西加说：“但你说的那些，我基本也都符合。”

路西加没想到这人会这么幼稚，她一下子笑出了声：“夸就夸了，怎么还‘基本’？”

“成绩这个事……”付河沉吟两秒，“起码到上高中时，我成绩都还不错。后面的事情没发生，不敢说。”

明明付河说这话纯粹是开个玩笑，路西加听着却是心头一动。她下意识地去看付河脸上的表情，想要知道他在说这话时是不是也带着一丝遗憾，可那张脸上除了漫不经心的笑外，就再没显露任何。

倒是普天林，像是怕路西加不信，赶紧接话说：“真的，我哥学习可好了，以前我上学，不会的题都是问他呢。”

感觉到路西加一直停驻的目光，付河将视线迎上去，挑了下眉，无声询问。

路西加扯了扯唇角，说：“我知道，我妈妈说过，你中考时，是唯一一个数学满分的。”

原本要去夹菜的筷子停在半空，付河张了张嘴，声音出来得晚了一些：“裴老师……知道了？”

“还不知道呢，”明白过来他在问什么，路西加轻声解释，“是那天你和子炎一起参加颁奖典礼，她在电视上看到了你，认出来了。”

付河点了点头，开始在心里盘算着，应该找个时间去正式拜访一下裴老师。比起哪天被班主任撞见自己拐走了她的女儿，还是主动上门表明态度更能给老师留下一个好印象。

他们这三言两语，当事人倒是聊明白了，却把一直在一旁竖着耳朵听着的普天林搞糊涂了。

“什么意思啊？裴老师是谁？”

付河没有要解释的意思，正要开口让普天林专心吃饭，路西加就先一步给普天林解答了疑惑。她指了指付河，随口说：“是他初中班主任，也是我妈妈，挺巧的是吧？”

巧？

普天林一下张开了嘴。他好像想说点儿什么，但看着付河那波澜不惊的神色，普天林又觉得一切话语在他哥面前都是多余。他端起面前的汤喝了一口，在未来嫂子面前维持着较好的形象，心里却早就有个小人儿发出了无数声呐喊。

就说嘛！他哥光棍了这么多年怎么会突然要追女生！又是玩《动物之森》又是做衣服的！还穿那么帅跑去参加颁奖典礼！

巧什么啊巧？这绝对是早有预谋！他哥什么人啊？那时候他被欺负了他哥能筹划两天才踩好点、布好局把那些人收拾一顿，终身幸福这么大的事，他哥能是一时兴起？

竟然是初中班主任的女儿……

闷头把汤喝下去半碗，抬眼间，普天林看见坐在对面的路西加，忍不住探身问：“西加姐，你是不是比我哥小啊？”

“嗯，”路西加点点头，“比他小两岁。”

普天林神色复杂地看了付河一眼。

“那你们以前认识吗？”

“他认识我，但我确实不记得他。”

路西加老实得很，普天林问什么，她就答什么。

付河看着普天林脸上越来越精彩的表情，喊了他一声：“普天林，你吃饱了？”

普天林收到警告，乖乖闭嘴，停止了八卦。但将这些信息在心里消化了半天，普天林还是将手放在桌子边缘，借着桌板的遮掩，朝付河露出一截大拇指。

——哥，你好牛。

饭后，普天林问路西加和付河有没有兴趣到他们学校去看看这次人工智能大赛的展览。

“还挺有意思的，做什么的都有，跳舞的小人儿、自主避障的小汽车、机械臂……你们要是有空就去转转呗。”

付河没什么想法，他看了看路西加，问她想不想散散心。

路西加立马答应。倒不只是为了看展，只是转身看到外面正好的阳光，她突然挺想和付河一起到学校里走一走。

说来，她和付河在读大学这件事上竟然在这一点上有着相似之处。他是压根儿没有能够读到大学，她的大学生活则是随着一场车祸戛然而止。

刚进校门，他们就遇上了普天林的两个同学，那两个男生见着普天林就扑了上来，你一言我一语地说起了一个比赛中遇到的问题。普天林顾及着付河他们，本来想先随便答两句，赶紧脱身，但那两个男生却一人架着他的一个胳膊，说好不容易逮着学长了，学长今天必须得救救他们。

付河见状，主动跟普天林说让他们慢慢聊，自己带西加先走。

两人继续走了一段路，还能听到后面激烈的讨论声，和一声声耍赖般的“学长”。付河回头看了一眼，转回来时，唇角是带着笑的。

路西加发现付河对校园里的路很熟悉，便问：“你之前经常来吗？”

付河摇摇头："很久没来了。"

事实上，虽然都在北京，但普天林的学校付河只来过几次，都是在普天林刚上大一的时候，他怕普天林不适应大学生活，周末过来了几次带他去吃饭。等到普天林习惯了北京这个大城市，习惯了这座顶尖学府的氛围，习惯了他宝贵的大学生活，付河就再也没有来过。

经过一片小树林，付河想到些过去的事，忽然笑着指了指那个方向："我小时候来过一次，在那边转了半天。"

"小时候？"

"嗯，是个暑期活动，裴老师带我们来的。"

这么一说，路西加倒是记得，儿时的暑假，妈妈确实有时需要带着班上的学生去做暑期实践活动，有时是去参观名校和名胜古迹，有时候是去听讲座、看演出。

"我记得那次定的参观时间是两个小时，裴老师让我们在下车的那个大门口集合。结果我们几个人不知道怎么，就走到了那片小树林里，然后就看见很多……好像是前辈的纪念碑。当时不太明白是怎么回事，我们看见一个，就要鞠三个躬，结果在这个小树林里鞠躬鞠了一个多小时，哪儿都没参观成。"

路西加笑起来，牵着付河的手都在晃。

"真可爱。"她禁不住说。

付河这辈子第一次被人这么夸，还是被女朋友夸，一时间心情有些复杂。他倒吸了一口气，笑着将眉头挤在一起："怎么听着这么别扭？"

"就是可爱啊。"

虽然她并不认识那时候的付河，但在她的想象中，初中时的付河一定也是瘦瘦高高的，还很帅，没准儿也像现在一样不爱搭理人。一想到这么一个男生，面对前辈的纪念碑挨个儿鞠躬，她就只能想到"可爱"这个词。

葱绿的树林，有礼貌的少年，还有前辈留下的印记，这些画面交织在一起，像是动漫里才会出现的温暖画面。

朝前走了两步，她看看那片小树林，又抬头看看身旁的人。最终，叹了口气。

叹气声很浅，掩在周围热闹琐碎的声响中，如同水滴瞬间坠入浩荡的长河。但付河还是立刻察觉到，奇怪地问：“忽然叹什么气？”

路西加噘了下嘴巴，停了一会儿，说：“有点儿遗憾。”

付河没明白，追问了一句，路西加却笑着摇摇头，怎么都不肯说了。

细细回想，和付河在一起以后，她好像经常会觉得遗憾。开始时遗憾自己没在最好的时间遇到他，后来得知了他们年少时的渊源，她便又开始遗憾自己年少时竟然从没注意到他，遗憾他的人生要遭遇那种变故……这种遗憾从来不是汹涌的，而是小心地隐藏在如今安逸的生活下，只有被某种事物触及，才会悄悄探出头来，留下一声无能为力的叹息。

就像刚才，看到付河回头望向普天林和他的同学，路西加便会想，那个中考数学能考满分，而且毫不偏科的男生，是不是本来也应该生活在这所学校，成为别人口中的“学长”。

不知为何，爱总要来得晚一些，人生中又总要充斥着这样或那样的意外。

校园路是林荫道，头顶的太阳是云彩遮不住的光芒万丈。路西加刻意放慢了脚步，躲在后面，看着付河一晃一晃的背影。

付河不过短暂地走了神，等回过神，便发现身边的人不见了。他回身去寻，却看见路西加停在那里，正举着手机，朝向自己。

见被他发现，路西加笑起来，然后快走了两步，想要赶上来。

“哎，别跑。”付河立刻往回迎了她两步。

到了他面前，路西加举起手里的手机给他看：“好看吗？”

付河还没有自恋到能对着自己的背影说好看的程度，于是他不答反问：“拍这个干吗？”

“好看啊，”路西加又自己端详了几秒，满意地说，“我要把它设成屏保。”

她一边走一边操作，看着她换下了那张用了很久的烟花图片，付河终于问：“为什么用这张烟花图片当屏保？”

路西加看看付河，又低头把那张图片从相册的收藏夹里翻出来。照片的意义之一，或许就是定格一个值得纪念的瞬间，好让人们可以在往后无数个难挨的日子里，能再一遍遍回忆起当时的美好感受。而不管看多少次，路西加再看到这张照片，心头都还是会软得一塌糊涂。

“这朵烟花，对我很重要。”

将故事抛出一个引子，她牵着付河的手，晃了两下，继续在脑海里缓慢地组织语言。视线随意地四处扫荡，于道路尽头触及一个散着几片落叶的长椅，路西加拉着付河走过去，坐了下来。

秋天的天空总显得很高，很辽阔，路西加将头仰到一个最大的角度，看到空旷的幕布上有大雁飞过。

“我记得，那年出院的时候，是个冬天。我坐着轮椅跟我爸妈回了家，很多亲戚朋友都过来看我。可我谁也不想见，我害怕面对一切，就每天都把自己关在房间里。我的生命好像被按了暂停键，每天早上醒过来，我都要想好一会儿，今天应该做点儿什么，可是想来想去，我却想不到任何可以做的事情。就好像是……突然没了力气，只能每天眼睁睁地看着太阳升起来，落下去，看着自己浑浑噩噩地醒着、坐着。”

路西加的目光随着大雁走远，等完全看不到了，才慢慢收回。她试图去寻找方才大雁在幕布上留下的透明痕迹，可视线兜兜转转，都没能把那痕迹重新描摹出来。

眼睛因睁得太久而有些酸涩，路西加索性闭上眼，歪头，靠在了付河肩上。

“后来我就想，要不……算了吧，反正人生就那么几十年，既然原来的目标倒塌了，那就混一混，凑合过完。”

付河攥了攥路西加的手，用两只手将她的手掌包起来。过了片刻，他又抬起手，摸了摸她的脸，好像这样就可以安慰到故事里那个彷徨无助的小姑娘。

像是回应，路西加垂着眼眸，用曲起的手指轻轻触碰了付河的掌心。她自嘲地笑着摇头：“那时候，是真的不想努力了。但有一天吃完饭的时候，我听到电视里的人说话，发现那天是平安夜。我爸妈都不过这些节日，可我在饭桌上随口说了句‘平安夜该吃个苹果’，我爸饭都没吃完，立刻就要给我去买。那一刻，我突然觉得我很对不起他们，小时候他们为了我学舞蹈倾尽一切，带我去找最好的老师，风雨无阻地接送我，我受伤了，他们就小心翼翼地照顾着我……可我好像很久没有为他们做过什么事了。所以我就说，我去买苹果吧。”

“后来呢？”付河轻声问，“自己去了吗？”

“嗯，”路西加笑了笑，“那是我受伤后第一次自己出门。其实还算顺利，街上没人，也就没人会来问我‘西加怎么样了’。到了便利店，收银的男生看到我，还过来帮我开门，把我推了进去。”

她记得很清楚，那个男生穿了一件白色的卫衣。她买的两个苹果是店里最后两个，在将包装好的苹果递给她时，男生还跟她说了一句：“平安夜快乐。”

那是来自陌生人的善意。

“我买到了苹果，回去的路上，转过街角的时候，无意间抬头看了一眼天。那晚的夜空没有星星，漆黑一片，显得很安静。很奇怪，那是我第一次觉得，原来没有星星的夜空也很好看。继续往前走的时候，我又想，如果能有朵烟花就好了，街上和夜空都这么安静，在这样的环境下看烟花，一定会非常美好。结果，就在我这个念头刚落下去的时候，那个街角的天空上竟然真的升起了一朵烟花。”

现在讲起来，路西加的语气里仍旧是满满的惊喜。那时的场景她这辈子都不会忘，烟花在夜空中绽开的样子，比她想象中的还要美。

“那种感觉……就像是在你筋疲力尽的时候，随便许了个不切实际的愿望，明明是个只有亿万分之一概率的愿望，它却实现了。”路西加停下来，支起身子，用亮亮的眼睛看着付河，问，“是不是很不可思议？”

付河定定地回视着她，似乎在极力克制着什么。半天，他才抿着唇，点点了点头。

“嗯，不可思议。”他说。

“还很浪漫，很治愈。”路西加补充说，“烟花盛开是有声音的，闷闷的一声，打在耳膜上。我当时的感觉就好像是，一直都像死水一样的心，忽然就被炸出了一点点很小的波动。”

她用手指跟付河比了比，强调说：“真的很小，但就是这个很小的波动，就足够了。这让我感觉到，我还是活着的，我会为了一朵烟花而心动。因为一个奇怪的愿望被满足，我终于又体会到了那种‘喜悦’的心情。”

路西加笑了一声:“于是我就想……既然老天对我这么好,那我就再试试吧。”

这个故事，路西加没有给任何人讲过，就连她的父母都不知道。这是属于她自己的秘密，没人知道她在那个街角经历了怎样的转变。

她被故事的温度焐热了眼角，秋光混着眼波，好似将那日的绚烂烟花重新搬到了付河眼前。付河看得入了神，也深陷在这个不可思议的巧合中。

路西加见他怔在那儿，便抬手在他眼前晃了晃，笑他:“喂,听呆了啊。”

付河这才如梦初醒般握着路西加的手，低头，弯起了唇角。他沉默了好半天，接着像是确认似的问了路西加一句：“这么喜欢吗？”

“嗯？”路西加没明白他这是在问什么。

“那朵烟花，这么喜欢吗？”

“嗯。”路西加这次毫不犹豫地点头，说，“喜欢得不得了，不然我也不会这么多年，一直都用那张匆匆拍下的照片当屏保。”

对她来说，那烟花早就成了一种象征。那是在她最艰难的时候突然降临的惊喜，说是命运的馈赠也不为过。

“那还把它换掉？”

手机就放在腿上，路西加用手指朝手机点了一下，屏幕便亮了起来。新的屏保图不再是漆黑夜空下的奇迹,而是秋天残留的绿,匆匆到来的金黄,还有一个她看过许多次的背影。她看着新的屏保图,沉思了几秒,才偏头说:“因为现在有你了。”

付河心头一跳。

他知道路西加不是在故意说情话，也因为这句话明白了这张屏保图的分量。

来不及反应，路西加忽然被用力摁在了他的胸口。脑袋短暂地蒙了一下，她便立刻想到他们两个还坐在人家的学校里。她赶紧用手推了推付河，提醒道：“周围好多人呢。”

付河笑了两声，笑声在胸口震荡，听上去和平日经空气传播过后的声音大不一样。

“有什么关系，起码都是大学生了，可以看别人谈恋爱了。”

“那你也别这么抱着我呀……我什么都看不见了。”路西加小声抗议着，从付河的怀里挣脱。直起身子后，她却发现付河的眼眶有些发红。

她不确定是不是自己看错了，抱着怀疑的心态又朝付河凑近了一些。哪知，付河却快速撇开脑袋，逃离般躲开了她的视线。

“你怎么了？”

路西加有些奇怪，她觉得自己今天讲的这些挺温暖的，不至于让付河红了眼睛啊。

“风吹的。”付河揉揉眼睛说。

路西加环顾四周。虽然北京的秋天总是狂风阵阵，但今天这风可是连树叶都没怎么吹动。

她正想问问付河哪里有风，忽然注意到对面站着的两个女生，好像从他们坐到长椅上开始就一直在看着他们。此刻见她看了过来，两个人还匆忙移开了视线。

她拽了拽付河的胳膊：“她们是不是认出你了？”

毕竟公开露过面，颁奖典礼的照片还在网络上火了一把。平时付河出去也会遇到认识自己的人，所以今天他特意戴了口罩，但方才两人坐下后，付河就将口罩摘掉了。

付河看了看那两个女生的方向，不甚在意地摇摇头：“不知道。”

路西加又观察了一下，很确定，那两个女生应该是认出了付河，而且很喜欢他。不过两个女生也很有分寸感，虽然刚才她们一直站在那里没有走，但始终也没有过来打扰。第二次和路西加的目光撞上时，一个女生还拉了拉另一个女生的胳膊，似乎是准备离开。

被拉的女生顺从地转了身，她们走了两步，又忽然回头，朝路西加挥了挥手。

路西加一愣，但也很快弯着眼睛朝她们挥手。

这动作看得付河有些纳闷：“认识？”

“不认识啊，”路西加转头，把一只手放到脸上，做了个叶子托着花朵的姿势，笑着解释，“女孩子之间的美好。”

阳光将她的眼睫和碎发都照成了金黄色，付河向后靠到椅背上，目光一直未离开那张笑得灿烂的脸。

良久，他摇了摇头。

“它对你一点儿也不好。”

一片落叶从树上飘下来，刚好坠到路西加的膝上。路西加拾起落叶，转头看过来：“嗯？”

付河抬起手，指了指天空。

金黄的叶子在指尖打了个转，路西加用空着的那只手轻轻拍了付河的大腿两下，像是安抚一个小孩子：“还可以啦。”

她不贪心，也不敢奢求那么多偏爱，一朵烟花就够了。

第 14 章

私仇是吗?

看完展览已经到了晚餐时间，路西加忽然想吃辣，两人便找了个水煮鱼馆子。小店客很满，他们在收银台点完单，转着找了一大圈，才终于找到了一个靠窗的位置。

坐下后，路西加探身同正在倒水的付河说：“有点儿像约会欸。”

因为是在学校附近，周围来来往往笑闹着的，几乎都是学生。隔壁桌的一对小情侣坐在同一边的沙发上，一人一个耳机看着视频，女生自然地将吃不了的米饭拨了半碗到男生那边。

半杯水在两个水杯里过了一遍，又被倒进餐盘。付河清洗餐具的动作没停，心里却在使劲琢磨着“约会”那两个字。

好像……在一起这么久，他和路西加真的还没有正儿八经约会过，倒是一同看过不少电影，吃过不少饭，可电影院总有旁人，晚餐也从来没有过烛光。

琐碎平凡的日常纵然舒服，但感情的经营似乎也需要偶尔的波澜与惊喜。

“我们出去玩一趟，怎么样？”付河将洗好的餐具递到路西加面前，突然提议。

路西加一时没反应过来：“嗯？去哪里？”

“都可以，远一点儿的吧，你有什么想去的地方吗？”付河想了想，给了路西加一些思考的方向，“比如暖和点儿的南方？或者美食比较多的城市？”

路西加立刻说：“云南，可以吗？”

这地方特殊，一个对视，付河就明白了路西加想去的到底是哪儿。

“我听天林说，你之前生活在普洱，他还跟我提过那里很美，我想去看看。”

路西加说完，便托腮看着付河。

仅仅犹豫了那么一秒钟，付河便在她灼灼的目光中败下阵来。他点了点头，笑得无奈又包容：“好，但是……我生活的地方有点儿破，我可以带你去别处转转。”

服务员叫到了“37”号，付河看了看手中的号码牌，起身去取餐。

路西加因方才敲定的行程而激动，等待付河的时候，她拿过手机，迫不及待地开始在网上搜索云南的旅行攻略。

正看着一些人晒出的游记，屏幕上方忽弹出一条田柚的消息。路西加点开，发现是一条带着视频的微博链接。她看着那条微博的文字部分皱起了眉头，考虑到等一会儿的食欲，还是决定暂时不看这个视频。

却没承想，刚要将手机放到一边，田柚的消息便又接二连三地轰炸了过来，还配上了好几个发怒的表情。

“西加姐你快看！这不是付河哥给我们写的那首曲子吗！

“我虽然不是专业音乐人但我耳朵是好的，这都不是抄了！这是直接盗用吧？”

意识到事态的严重性，路西加皱起眉头，重新将手机拿了回来。她并没有随身带耳机，此刻也顾不得那么多，直接打开视频，调小了外放的声音，将手机凑到一只耳朵旁边。

付河端着餐盘回来，就看见路西加一脸凝重地在听着什么。他最开始以为路西加是在听别人发来的语音，但等他坐回座位，路西加直接将手机递给他，随后用一只手攥成拳头，气愤地砸在桌子上：“他在节目上弹了你给我们写的那首宣传曲，说是他自己写的。”

这事听着过于离谱，付河错愕片刻，才将手机接了过来。

路西加琢磨半天，有些想不明白："这首歌，你应该只给贺岩发过吧？贺岩也没在我们内部群发，只是在工作室放给田柚他们听过，怎么会被他抄了呢？"

付河回想着自己和楚翰维为数不多的交集，很快捕捉到了一个场景。

"啊，我知道了。有一天他去找我，我着急接你下班，没理他就走了。当时我正在做这首歌的编曲，估计他就是那会儿看到了。"

看完那个视频，付河朝下翻了翻，发现评论里的粉丝将楚翰维夸得天花乱坠的。他摇摇头，将手机退出了微博界面，又递给路西加："不用跟他生气，先吃饭，不然等会儿凉了。"

付河的面色平静，路西加甚至看不出他的一点儿愤怒。

路西加应了一声，但很显然，她没有付河这样的好心态。本来十分期待的水煮鱼这会儿都显得没那么诱人了，路西加心不在焉地夹了一筷子，付河见她要往碗里放，忙说："哎，那是辣椒。"

路西加呼了口气，把辣椒放到一边，问他："你打算怎么做啊？需不需要我们出面指控他？"

"暂时不用，肯定是我这个当事人要先去找他解决一下，"付河用漏勺捞了两片鱼肉，放到路西加的餐盘里，宽慰她，"放心吧，没事。我之前还想怎么收拾他呢，他倒好，自己送上门来了。他如果只是借鉴我可能还得费劲跟他扯扯皮，直接挪用曲子……确实是……"

付河微微做了个停顿，路西加挑了下眉："怎么？"

轻轻一声嗤笑，付河摇着头说："蠢得超出了我的认知。"

本来非常生气，一听这话，路西加也有些忍不住，低头笑了出来。

"是蠢得有些可笑，但你也不要掉以轻心了，"路西加提醒，"他这么做，肯定是觉得有靠山，能让你不追究。"

"靠山？你是说纪怀则？"

"嗯，"路西加忽然想到什么，"对了，你应该不知道纪怀则和楚翰维的关系吧？楚翰维的爸爸以前救过纪怀则，所以纪怀则对他特别好，可以说是当干儿子在养。以前楚翰维闯了什么祸，都是纪怀则帮他收拾烂摊子。”

收拾烂摊子……

升腾而起的热气带出了一些过往的片段，那些曾让付河觉得奇怪的片段渐渐被串联在一起。隔着朦胧的帘幕，付河愣愣地盯着低头吃鱼的人看了好一会儿。

“所以……当初车祸的事情，也是纪怀则帮他处理的吗？”

付河没着急去找楚翰维，而是把自己的 demo 和那个视频链接发给了谢其瑞。谢其瑞过了一会儿发来了一串省略号，都没问到底是怎么回事。

隔天付河到谢其瑞办公室时，屋子里是烟雾缭绕的状态，谢老板以颓废的姿势瘫坐在椅子上，对着付河又抽完了小半支烟，才幽幽说了句：“你说我是不是欠他的啊？我真的是服了。”

付河挑了下眉，开口正要说话，却被烟气呛得咳了几声。谢其瑞见状，忙掐了烟，还起身将窗户开到最大。

“你怎么回事？”

付河摇了摇头，没解释，而是问他：“你打算怎么处理？”

谢其瑞没说话。

付河知道谢其瑞心里肯定是有些打算的，只是碍于他，谢其瑞不好将这打算说出口。他不说话，付河就等着，好半天，谢其瑞终于说：“唱歌这方面不打算让他发展了。”

这回答在付河的预料之中，但并不在他的满意范围之内。他直截了当地说：“那首歌，是给‘唐家’写的宣传曲，曲子刚写出来的时候，我就给贺岩发过，他们内部差不多都听过了。有一天楚翰维来公司找我，当时我正在做这曲子的编曲，着急去接西加，没关电脑就走了，估计他就是那会儿听了这首曲子。”

谢其瑞这下有些愕然。他原本打算一方面跟付河说说好话，让他不要追究这件事，另一方面让楚翰维以后都不要再提这首曲子，也不要再想着唱歌，但现在看来这件事牵扯的人显然比他想象中要多很多，想要瞒住怕是已经不可能了。

“瑞哥，你要带谁，本来是轮不到我插嘴的。但是一个人要当偶像，最基本的人品总要过关吧。”

“你说谁人品不好？”

门口，助理还在拦，楚翰维却已经推门而入。

付河仍旧安稳地坐在椅子上，连头都没回。谢其瑞倒是朝前迎了几步，但并未向着楚翰维，而是向着他身后的人：“纪先生。”

付河皱了皱眉。

靠山这么快就来了？

“我听翰维跟我说了，这件事确实是他做得不对，我已经批评过他了。”纪怀则说着，走到付河身后，拍了拍他的肩膀，“他这次确实是急功近利了一些，总归是还小，不懂事，付河，给我个面子，这次放他一马，我让他跟你赔礼道歉。”

这话看似是对付河道歉，实则明里暗里都是对楚翰维的维护。付河自认平日对纪怀则还算尊敬，但听了他这番话，付河连面上的礼貌都懒得装了。

他没接纪怀则递过来的这个台阶，而是起身与他相对。看着对方脸上微笑的表情，他也扯了扯唇角，似笑非笑地说：“他不小了，驾照早就考了，也早就到了可以坐牢的年龄了。”

一句话，说得楚翰维咬紧了牙关。

“你什么意思啊？”

楚翰维红着脖子朝前走了一步，纪怀则却一抬手，阻止了他再靠近付河。

“你先不要说话。”纪怀则沉声说。

付河能有今天不容易，一旁的谢其瑞并不想他因此事得罪了纪怀则，赶紧解释：“纪先生，是这样的，付河那首歌原本是给一家公司写的宣传曲，这都是签了合同的，而且曲子写好以后已经给对方发过去了，就算是他不追究，怕是对方也是要追究的。”

纪怀则点点头，问：“哪家公司？可以去谈一谈。”

又来了。

谢其瑞看了付河一眼，没回答这个问题。

“纪先生，这件事我接受的解决办法有两种。一、他公开道歉，承认挪用我的歌，以后不要再出现在镜头前。二、他不道歉，我整理好证据，发到社交平台。”

付河态度强硬，纪怀则却像是油盐不进一般摇了摇头：“两种都不行。他是做得不对，但他只是一时昏头，我认为不至于到以后不能出现在镜头前的程度。”

办公室的门在这时再一次被推开，听上去来人的力道比楚翰维还要大。人还没完全露出来，纪子炎的声音已经先一步响起：“爸爸，什么叫一时晕头？什么叫不至于啊？他什么样子你不清楚吗？我早就说让你别老包庇他，你偏不听，现在好了，他竟然蠢到直接拿付河写的歌说是自己写的，他也不自己照照镜子，他再多活五百年他能写出这种曲子吗？”

“子炎……”

自己的女儿亲自来拆台，就算是纪怀则也觉得情况有些棘手。他给了纪子炎一个警告的眼神，又将目光落在跟在纪子炎身后的人身上。

路西加不慌不忙地走进来，站定，朝他露出一个笑容：“纪先生。”

付河立刻上前两步，站到她身边：“你怎么过来了？”

“子炎给我打电话说她要来，我不放心。”

纪子炎什么脾气，路西加是知道的，她一向爱恨分明，谁都不怕，知道了这种事，不将公司闹个天翻地覆，怕是不会收场。

像是陷入僵持，屋子里的几个人都没说话，纪怀则更是一直将视线放在路西加身上。付河注意到后，不动声色地站到路西加身前。

但这次，路西加却没有像当初在楼道里碰见时那样逃避，她轻轻拍了下付河的胳膊，从他身后走出，朝纪怀则点了下头。

“纪先生，我今天也是代表‘唐家’来的，楚翰维抄的是付河给我们公司写的曲子，而这首曲子我们本来很满意，预计要下个月发行的。”

“损失我们可以赔偿。”纪怀则说。

路西加却微微一笑：“纪先生，我们的诉求是，他必须承认抄袭，公开道歉。这首曲子我们会继续用，按照合同来说，版权是在我们这里的。如果他不承认、不道歉，我们会直接发声明，走法律程序。”

纪怀则还没回应，楚翰维倒是按捺不住了：“西加，你这是在公报私仇。”

这话听得路西加只觉得荒唐。做错事的人理直气壮，还在这儿指责起了受害者。

纪子炎可没别人那么好的脾气，白眼都快翻到了天上：“喂，是你抄别人啊？要不要脸啊你？之前说你学人精你还当上瘾了是不是？”

“私仇是吗？”

路西加忽然笑了一声，而后低头，从包里掏出一个档案袋。她朝楚翰维扬了扬手里的文件，说：“我还没跟你算过私仇呢，你要算算吗？”

“路小姐。”

周围的人不知道发生了什么事情，纪怀则却是一下子便想到了那个档案袋里装的是什么东西。他深深地看了路西加一眼，声音一下子冷了不少：“当初我们的约定，你不应该忘记。”

纪子炎因为父亲带着警告意味的话语而愣住，她并不知晓自己的爸爸和路西加曾经有什么交集，也不明白为什么爸爸要这样同路西加说话，一头雾水地问：“什么约定？”

很长的时间内，屋子里都陷入了一种诡异的安静之中，没人回答她的问题。

付河一直望着路西加坚定的背影，不知在想什么。

“我没有忘记，也不会食言。但是纪先生，是您没有将约定记准确，”路西加缓缓将手放下，平静地回视着纪怀则，“我是说过我不再追究，但前提之一是，他不可以再出现在我面前。现在他出现了，甚至还到我工作的地方去骚扰我。而且您要捧他当明星，那就意味着我可能经常会在电视上看到他。您不觉得，如果一定要追究，也是您先违背了当时的约定吗？”

话说完，路西加才觉得长久以来一直憋在自己心里的一口气散了出来，胸腔那种闷痛的感觉终于消减了一些。她其实想不明白，楚翰维是不是真的对当初的事情没有一丝一毫的愧疚感，明明她已经接受了对方息事宁人的解决方案，答应不会毁掉楚翰维的前程，明明他可以去任何领域去干他想做的事情，可他偏偏不满足，竟然还想要成为看上去光鲜亮丽的明星。

他凭什么呢？

纪子炎看着眉头紧锁的纪怀则，心底隐隐有不好的感觉。她快步走到纪怀则身边，用手拉住他的胳膊，问：“这是什么意思？爸爸，你为什么会和西加姐姐有约定？”

明明他们并不熟悉啊。

纪怀则开口，试图安抚纪子炎：“子炎，你先回家去，等回去我再跟你解释。”

“我现在就要知道。”

不知何时，纪子炎的眼睛已经红了。是急的，也是气的。

“当初是我给路小姐出了全部的治疗费，作为交换的条件，她答应不再追究车祸的事。”

这件事，纪怀则从没打算让纪子炎知道。如今逼不得已要道出实情，他也尽量用轻描淡写的话语描述着当初复杂的情况。然而仅仅是这样一句话，就已经让纪子炎足够震惊。她拉着纪怀则的胳膊已经开始颤抖，眼中皆是难以置信的神情。

“我就说……为什么不追究……”从前想不明白的事情终于可以说通了，纪子炎却一下子觉得心里委屈到了极点。

当初得知楚翰维载着路西加出了车祸，路西加的腿和脚都伤得非常严重时，她是真的恨不得把楚翰维碎尸万段。那时候连她想到路西加再也不能跳舞，都会趴在桌上哭，她根本不敢想路西加要怎么接受这件事。她曾经站在路西加的床边，信誓旦旦地说即便楚翰维并非有意，她也一定要为路西加讨回公道。可后来的某一天，路西加的妈妈却告诉她，路西加并不想再追究车祸的事情了。

她怎么也没想到那个阻止路西加去讨回公道的人会是自己的爸爸。

自己一直敬爱的人忽然成了帮凶。

“爸爸，你怎么能这样呢……”

纪子炎心里有许多想要质问的话，可喉咙被涌上的情绪堵住，连同大脑也开始混乱。她哽咽着说不出话，纪怀则看得心疼，伸手，想要揽住女儿的肩膀。

纪子炎却朝后躲了一步，她强忍着平复了情绪，才问纪怀则："你到底知不知道，他害了西加姐姐一辈子啊？你出钱就出钱，干吗要谈条件！你这样和他有什么区别？"

原本克制的话语，到了最后已经变成了宣泄般的怒吼，纪子炎控制不住音量，几乎是歇斯底里地喊出了最后几个字。

在这个偌大的办公室里，好像同时存在了人类两种极端的状态。纪子炎是崩溃，其他人都是原因不同的冷静——有的人是因为早有准备，有的人则是本就麻木。

纪怀则由着纪子炎朝自己发火，等她闹够了，才用不紧不慢的语速，陈述自己的观点。

"子炎，我没有这个义务。你是我的女儿，如果你出了事，我为了你倾家荡产也愿意，但对路小姐，我没有义务去付这些钱。况且，我提出这个方案，并没有逼路小姐一定要接受，是她自己选的。"

纪怀则的话使得在场的几个人脸上的神情都产生了细微的变化。楚翰维勾了下嘴角，谢其瑞微微皱起了眉头，纪子炎则是难以置信地看了纪怀则一眼。

而路西加一直垂着头望着地板，不知在想什么，付河将手覆到她的肩上，低头，轻声询问了她一句要不要先离开。路西加朝他摇摇头，小声说："我没事。"

"什么叫没有义务？你知不知道小时候我在舞蹈教室被别人排挤，都是西加姐姐帮我的；我记不住动作是她牺牲自己的时间一遍遍教我的；老师说我长得太矮排不进队里，也是她拉着我去找老师争取的……她做这些也没有义务啊？她对我那么好，你明明知道我最崇拜、最喜欢的人就是她，你还跟别人合起伙来欺负她？你怎么这么冷血啊？"纪子炎擦了一把眼泪，摇了摇头，说，"不，你不仅冷血，你还黑白不分，没有一点儿是非观念。"

“子炎……”纪怀则因为女儿的话而沉下了脸，但再怎么不悦，也并不舍得发火。他到桌上抽了张纸，想给纪子炎擦擦脸上的泪水，却被纪子炎一把挥开。

清脆的声音，让屋里的几个人都颤了下眼睫。

一片寂静中，路西加走到纪子炎的身边。她拿起纸巾，帮纪子炎擦着脸上的泪水。可她越擦，纪子炎就哭得越凶。

付河好像又看到了那天在院子里的情景，只是这次，纪子炎一直没敢抬起眼睛去看路西加。

“子炎，别哭了，你爸爸说的是对的，他的确没有义务。”

纪子炎愣了愣。

路西加无意挑起他们父女之间的矛盾，便将当初的情况更加具体地说给纪子炎听：“当时，在基本的治疗之外，纪先生还帮我联系了最好的复健机构、医师，如果没有他的帮助，我不可能恢复到现在这样。而且……也确实是我自己选的。你不能把我教你跳舞和这件事去比，教你跳舞只是朋友之间的帮助，是举手之劳，不算什么。但你爸爸的钱是他辛苦赚来的，他当然可以在出钱的时候，来向我要求在他看来等价的交换。”

纪子炎往常什么都听路西加的，唯独这一次，即便是路西加也不能说服她。

“我不理解，”混乱的思绪中，纪子炎想到了一些小时候的事情，冲击之下，她已经顾不得考虑自己说的话是不是妥当，“西加姐姐，你不是说过，如果受到不公平的对待要自己去争取，你说遇到任何事情，我们要做勇士，不能做懦夫，那你自己为什么不去争取呢？事故本来就是他的责任，你去告他，肯定也会判他赔偿你啊，你告诉我要争取，为什么自己——”

“子炎。”看着路西加渐渐停下了手上的动作，付河上前一步，并开口打断了纪子炎的话。

路西加似是没有回过神来，她攥着纸巾的手停在空中，直到被付河握住，拉下来，才猛眨了两下眼睛。

付河微微俯身，低声问路西加：“想说的都说清楚了吗？”

路西加勉强笑着，朝他点了点头。

付河于是伸手接过她一直攥着的那个档案袋，问：“把这个留给他们？”

“嗯。”

“好。”付河回头，朝谢其瑞扬了扬手，将档案袋扔给他，“瑞哥，谁要看就给谁吧，麻烦了。”

说完，付河便拉着路西加要往外走：“走。”

纪怀则特地来一趟，并不想把这事再拖到明天。见付河要走，便立刻开口喊了他一声：“付河，你等会儿吧，咱们把这事怎么处理说清楚。”

付河停住，回身，扯出一个不大热络的笑：“现在不行，我要送女朋友回家。”

往日，在工作上几乎都是纪怀则说一不二，他实在没想到，付河会这样直接地拒绝他。也是到了此刻，他才后知后觉地看出了付河笑容背后藏着的怒气。

路西加没忘记今天自己过来是来干吗的，她从来都不想再主动与楚翰维他们纠缠当初的车祸的事情，她只是希望楚翰维能够为他的抄袭行为负起应负的责任。所以她用力拽了拽付河的胳膊，轻声道：“你先解决问题吧，不用送我，我打个车回去就行了。”

付河却不听她的，他固执地牵住了她的手，坦然说：“我的义务。”

他的声音不大，不过是恰好能让屋里的每个人都听得清清楚楚而已。

路西加一愣，随后还没反应过来，就被付河拥着出了门。直到走到电梯前，路西加才憋不住，拽了下他的手臂。

付河垂眸，路西加回视他：“你这么记仇呢？”

别人说一句没有帮路西加的义务，他就非要强调这么一句“义务”。

付河“嗯”了一声：“非常。”

路西加因他这行为短暂地笑了笑，但等电梯到来，脸上便又沉寂了下去。

电梯里没人，付河按下一层的按钮，才伸手把路西加拉到怀里，问她：“怎么了？被子炎的话伤到了？”

路西加摇摇头，用双手环住他的腰，仰头看他：“你觉得我懦弱吗？”

“当然不，”付河知道她问的是什么，也知道她在意的是什么，他帮她拨了拨额前的碎发，语气温柔，“我知道你为什么那么选。”

路西加有些讶异，也有些不敢相信。

“是不是想着如果能立刻接受最好的治疗，那么痊愈的希望便大一些？”

其实刚才在会议室里听到纪怀则的话，他就明白了。不到最后一刻，不到山穷水尽，路西加是不会放弃舞蹈的。只要还有一丝一毫的希望，她就一定会试一试。他猜，如果当初纪怀则对路西加说一句“我现在给你联系最好的医生，把你转去最好的医院，你还是有万分之一的机会可以继续跳舞的”那么，路西加就一定会为了这万分之一的机会去放弃其他的东西，拼尽全力。

“嗯，这是一个很重要的原因，但其实……还有一个原因。”

“什么？”付河轻声问。

路西加将脸埋在付河的肩膀上，深深吸了口气。

“我后来想，那场车祸，我也不能说是完全没有责任。我明知道他是刚刚考了驾照，明知道他这个人像个花孔雀一样爱炫耀，却还是坐上了他的车，一个舞者没有保护好自己，就是有错的。”

付河并没有想到路西加会这样苛责自己，听她说完，他立刻反驳：“不是的，你没有错。”

路西加沉默了一会儿，苦笑着摇摇头：“不是我想给他开脱，只是，只有这样想，我才能好受一点儿。”

付河没明白：“为什么？”

“因为我一直觉得，承担自己的错误，要比承担别人的错误更容易接受。”

为自己的过错付出再多，都可以说是在对自己负责，是理所应当，可为了别人的错误承受痛苦，就真的太委屈了。她不想整日怨恨那个自己万分厌恶的人，更不想往后的人生都和这人有所牵扯，所以她得把自己从那个旋涡中拉出来。比起追究责任，她更想做的是为了自己的梦想做好每一件她还能做的事情。

"叮"的一声响，电梯门打开，付河却保持着抱着路西加的姿势，迟迟未动。

路西加将手臂垂下，拉过付河的一只手。即便不去看，仅凭触觉，她也能找到盘踞在他手上的那几道伤疤。

她动了动脑袋，将嘴巴对着付河的耳朵，用很轻的声音说了一句话。

"所以我很心疼你。"

楚翰维并没有主动道歉，付河也没再跟他废话，两天后，直接将自己编曲和给贺岩发送文件的界面录屏放到了微博上，配文：你写的?

虽然他并没有指名道姓，但评论里第一时间便有人将这起抄袭事件的始末做了整理。SEA.G的粉丝自然都是愤怒非常，有人大骂晦气，说SEA.G第一条不为了营业发的微博竟然是因为被抄袭，有人说当初听了楚翰维弹的曲子就觉得一股子"SEA.G"味，在评论里说了一句，还被楚翰维的粉丝骂得删了评论。

楚翰维的微博评论彻底沦陷，最终，不管情愿不情愿，这人终于道了歉。

这样的结局其实称不上完美，放在故事里说的话，应该算是坏人得到了一些惩罚，可又似乎远远不够。但路西加不想再纠结这些，反倒是纪子炎，先是找到路西加，为那天有些莽撞的话语道了歉，又信誓旦旦地向她保证，以后绝对不会再让她爸爸和楚翰维胡来。

虽然计划着要去云南，但两人都被工作上各种各样的事情绊着，好不容易空闲了一些时间，海鸥又忽然开始拉肚子。去医院检查过后发现它是患上了肠炎，路西加和付河认认真真给它喂了几天药。

看着海鸥无精打采的样子，路西加心疼得不行，每天睡觉前都要把它抱在腿上，一下下抚摸它的肚子，嘴上还念叨着"海鸥要快点儿好起来"。海鸥一点儿都不挣扎，就只闭着眼享受，还惬意地发出"呼噜噜"的声音。

大概是真的很舒服，等病好了，海鸥还对这项服务念念不忘，只要路西加在付河家过夜，它就会在每天晚上睡觉前弓着身子凑到路西加旁边求摸摸。

这天付河洗漱完进来，看到路西加又抱着海鸥靠在床头，忍不住笑道：“你这样像是抱着个小宝宝。”

“就是小宝宝。”路西加摸了摸海鸥的下巴，小声说，“哎，我们海鸥都瘦了。”

付河躺到床上，将一只手伸过去，也摸了摸海鸥脸上的肉：“确实是瘦了一点儿。”

女孩子心软，路西加“呜”了一声，将脸贴到海鸥的脑袋瓜上：“好心疼，我们小海鸥以后千万别生病了，要健康长大。”

她轻轻晃着脑袋，脸颊一下下蹭着海鸥柔软的毛，付河就撑着脑袋，目不转睛地看着他爱的一人一猫。

蹭够了，路西加抬起头，刚好撞上付河专注的目光。

“怎么了？”她问。

付河轻轻摇摇头，没头没脑地来了一句：“我觉得也是。”

路西加没听明白：“也是什么？”

视线下移，付河捏了捏海鸥柔软的爪子。长长叹出一口气，沉默了半天，他才说：“我的小海鸥们，要健康长大。”

他的声音很轻，但不知是不是路西加的错觉，他的语气似乎格外认真，好像这真的是一句虔诚的祈祷。

路西加愣了愣，然后放开海鸥，俯身过来，将鼻子凑到付河的脸旁。

付河被她的气息弄得笑了一声，将手搭到她的颈后，问她：“干吗？”

路西加缩了缩脖子，又使劲嗅了嗅：“你晚上也没喝酒啊，怎么话都不会说了？”

“嗯？”付河忍着笑，应了一声。

“是我们的小海鸥。”

她伸着一根手指，认真纠正，付河却像个不好好听课的学生，一直无声地笑。

笑到最后，他忽然用另一只手拉了一下路西加的手臂。猝不及防间，路西加重心不稳，跌到他身上，紧接着迎来一个炙热的吻。

她被吻得缺氧，伏在付河的肩头喘息。恍惚间，感觉到付河的手摸了摸自己的脑袋，然后听到那人又用低沉的嗓音固执地重复了一遍：“我的小海鸥们。”

真的动身去云南时，已经是十二月，普天林刚好没什么事，一听见这消息，非常积极地要跟着一起回家看看。

计划行程时，路西加翻着日历说：“好像可以在那边过圣诞节啊。”

“嗯，圣诞之后回来吧。”付河蹲在地上，先抬头看了坐在一边的路西加一眼，又将新买的相机装进旅行箱，“元旦你要不要回趟家？”

最后这句话付河说得漫不经心，但路西加很快明白了他是什么意思。她歪着头笑道：“怎么，想去见见你的班主任啊？”

“对啊，”付河开玩笑般说，“都把你拐出去玩了，我怕我再不去，班主任要杀过来要我写检讨了。”

路西加笑了两声，朝他摆摆手：“放心啦，我都跟我爸妈透露过了，我妈很喜欢你的。”

“这倒是，”付河一点也不谦虚，“那时候我可是每次英语听写都是满分，课上也是第一个举手回答问题。”

话说到这儿，路西加就又回忆起了她一直耿耿于怀的那件事。

“你还说呢，我妈妈之前跟我说，她那时候准备了礼物让你们集小星星兑奖，你集了好多好多小星星，把一个乐高玩具兑走了。所以你生日我才会买乐高，结果你竟然不喜欢了！”

付河有些讶异：“你是因为我那时集小星星才买的乐高？”

“对啊，”路西加“哼”了一声，又瞥他一眼，忍不住说，“善变的男人。”

当初集那么多小星星，怎么能说不喜欢就不喜欢了？

“善变的男人”也不知道哪根筋搭错了，明明正在被女朋友指责，却在短暂的愣神之后，忽然笑得特别起劲。路西加看得奇怪，可怎么追问，付河都不说自己到底在笑什么。

往常路西加并不喜欢出远门，因为觉得太累了，规划行程累，拎行李累，走路也累。但这次，路西加全程都特别轻松。

两人只带了一个大大的行李箱，付河自己的衣服和洗漱用品都少得可怜，里面装的大部分都是路西加的东西。路西加也是在收拾完行李之后才发现自己竟然带了这么多东西，但这真的不能全怪她。以前她出门都是一切从简，能不带的坚决不带。但这次她拿起什么犹豫一下，付河都会立马说“带着吧”。路西加说觉得会很沉，付河就轻松地来一句“不沉”。

到了机场，付河也是想尽了一切办法让路西加少走点儿路，一会儿让她坐到椅子上，一会儿让她坐行李箱上，看得一旁的普天林一直偷笑。

因为想看看沿途的风景，乘飞机抵达昆明后，路西加并没有选择转机到普洱。付河想着转机其实也挺折腾的，索性在机场租了辆车，一路开到普洱去，让路西加舒舒服服地看了一路景色。普天林对这边比付河还熟，一直都扒着前方座椅，给坐在副驾驶位的路西加介绍着自己的家乡。

到达普洱时已经是晚上八点，车进了村子，路西加远远地就看到了一个穿着校服、扎着马尾辫的女生。就像有心电感应似的，虽然不认识，但路西加的直觉告诉她，女生好像是在等他们。

付河也刚好留意到，抬了抬下巴问普天林：“那是小静吧？”

路西加之前听付河提过，普天林还有个妹妹，叫普天静，今年刚升高中，是个很懂事的小姑娘。

“是！”普天林已经很久没见妹妹，立刻降下车窗，一边挥手一边喊了普天静一声。

付河将车开到普天静身边停下，小姑娘上车后先甜甜地叫了声“哥哥姐姐”。

普天林揉了两把妹妹的头：“长高了啊？”

“那是。” 或许是女生之间本就容易亲近起来，普天静没顾得上跟俩哥哥叙旧，便挂着俩小酒窝问路西加，“西加姐姐，折腾了一天是不是累了呀？”

“还好，不怎么累。”路西加朝后扭头，一边笑一边指指付河，“估计你哥比较累，一直在开车。”

“确实是，”普天静瞟了付河一眼，“嘻嘻”笑了两声，“不过这点儿路对我哥来说应该不算什么，更长的他也开过。”

“更长的路？”路西加看向付河，有些好奇，“是从哪里到哪里？也是自驾游吗？”

“不是，我哥以前开过那种大货车，都是长途，有时候一去就是一两个月，连睡觉都是在车上睡。”

小丫头嘴快，又没想那么多，路西加问什么，她就一股脑儿都抖搂了出来，付河想拦都来不及。

付河心里叹了口气，侧头看了一眼，正好瞧见路西加的眉头开始微微皱起，嘴角也慢慢耷拉了下去。想了想，他伸手把路西加的手拉过来，放到了自己的腿上。

路西加沉默了一会儿，说了句：“一定很累。”

她的声音太小，这句话又和前文断开了太久，普天静只模模糊糊听了个大概，还以为路西加是在说有点累了。

“没事，西加姐姐，等再过两年你们过来就不用这么折腾了，我们老师说玉磨线不用多久就要通车了，到时候你们就从昆明坐火车过来，又可以看风景，又不会累。”

“是吗？”付河难得表现出惊奇，问了一句。

“嗯，对。”

回想这一路，几乎大部分路程都是在走盘山公路。路西加望了望窗外绵延的山脉，不禁说：“这种地势，修铁路应该挺难的吧。”

“对啊，几乎都是隧道，要把山炸出洞来，再一点点修，所以特别慢……”

“到了。”

普天静的话还没说完，车子已经在一个院子前停下，小姑娘也顾不得继续说修铁路的事情了，立刻打开车门，下了车。

路西加想动，手却还被付河拉着。直到普天林也下了车，付河才把头探过来，在她的唇上飞快吻了一下。

“别不开心，嗯？”

第 15 章

你去……穿件衣服

德叔的样子和路西加想象中的差不多，老实憨厚，逢人便笑，看上去脾气好得不得了。德叔的妻子付河叫她慧姨，应该是常年生病的缘故，她的身形极为消瘦，气色看着并不好，但见着付河和路西加来，也是笑得合不拢嘴。

晚餐都是德叔做的，丰盛的一桌饭菜看得付河都笑着直摇头，说德叔这真的是下了大功夫了。

路西加捧着德叔刚刚递给她的一大碗米饭，笑容底下藏着点儿为难。她看着付河，欲言又止，付河立刻会意，将头朝她这边凑了过来。

“米饭太多了，我吃不了。”

本来碗就是大碗，德叔给路西加盛的这碗还冒了尖，她觉得她吃三顿都吃不完这么多饭。可如果剩下很多，一是浪费，二是失礼，实在不太好。

付河低头瞅了眼自己那碗，一点儿都不比路西加的少，于是小声说：“你先吃，等会儿拨给我。”

路西加这才放心地下了筷。

付河将饭吃了大半碗，一边回着慧姨的话，一边将自己的碗悄悄朝路西加这边推了推。路西加会意，赶紧往他碗里扒饭，可德叔瞧见她这动作，立刻放下自己的碗筷，起身道：“哎，付河，锅里还有，我再给你盛点儿，你别搞得西加吃不饱啊。”

“不用，德叔！”路西加生怕德叔再搞一碗饭出来，急得声调都高了一些，“我吃不了。”

“吃得了，你折腾一天了，多吃点儿。”

德叔说着，就将手伸过来，要拿付河的碗筷。那只手上布满了老茧，悬在空中时，还在止不住地颤抖。

路西加看着德叔的手愣了愣神，等回过神来，看到德叔都快碰到付河的碗了。她忙摆手说：“吃不了，吃不了！”

付河看路西加急得都要把他的碗直接端走了，赶紧笑着伸手拦下了德叔：“德叔，她真吃不了，她饭量小，你别忙了，我要真不够我自己会去盛的。”

慧姨见状，也伸手扯了一把德叔的衣服：“就是，付河这是回自己家，你老在这儿客气什么啊？”

被媳妇训了一句，德叔笑得怪不好意思的，连连应着“好”，终于重新坐回了椅子上。

毕竟是一大家子住在一起，付河怕路西加不自在，提前就同她说好了要带她去住县里的酒店。德叔和慧姨听见这话后自然是不同意，但不管他们怎么挽留，都被付河挡了回去。

隔着落下的车窗与德叔他们道了别，等汽车驶出一段距离，路西加才双手攥着安全带，长长呼出一口气。

“累了？”付河轻笑着问。

路西加伸出手指，朝他比画：“有一点儿，主要是德叔和慧姨实在太热情了，我快要撑死了。”

在来之前付河就说过，和德叔家吃的这顿饭，就算是见家长了，所以路西加整个晚上都提着一口气。再加上饭桌上德叔和慧姨一个劲儿让她吃这个，吃那个，她不好意思拒绝他们的好意，所以吃得格外多。

“这边的人都是这样，热情好客。以前我在这儿的时候，早上出门碰见邻居都得躲着，生怕他们给我拉到家里去吃饭喝酒。”

该是因为许久没有回来，此时驱车驶过一栋栋门楼，夜色中的几家灯火轻易勾起了付河从前为数不多的温暖记忆。

"啊？"路西加有些惊奇，"早上就喝酒？"

"嗯，当地人的酒量大部分都不错，早上去串门就开始喝酒、喝茶，从早喝到晚，再从晚喝到早。"

路西加倒是不知道云南人这么爱喝酒，思索片刻，她不知想到什么，倏然一笑："那你是得躲着点儿。"

这话怎么听都是话里有话。

轻抬食指，敲击方向盘两下，付河微微侧头，问："什么意思？"

路西加这次只笑不说话，一边笑还一边往车门那边躲。

"我酒量也没有特别差吧？"付河争辩。

"嗯……"路西加仔细想了想，一本正经地点头，"也没有特别差……"

车子在一个十字路口停下，付河这次完全转过头来，等着路西加那句未说完的话。

路西加朝他伸出两根手指，认真说道："只不过是，我见你喝过两次酒，恰好两次都醉了。"

她憋着笑，刻意将"恰好"两个字说得极重，使得调侃的意味更浓。

面对事实，付河无可反驳，便只好纵容地跟着他的女孩笑。笑完，又听路西加接着说："我看以后我们还是别办婚宴了，不然我还要替你挡酒。我倒是没什么，你会不会觉得没面子？"

"怎么会？"迎着狡黠的目光望了一眼，付河笑着看向前方，发动了车子。他握着方向盘，淡定地接道："夫人帮我挡酒，是我的荣幸。"

原本一直处在上风的人被反将一军，路西加一时语塞，只瞧见付河的嘴角都要扯上天了。

到了酒店，路西加先洗了个澡。洗完澡出来，她才发现付河已经把她带来的床单和枕套都铺好、套好了。

吹干头发，躺到床上，周身的疲惫终于彻底释放出来。路西加刚玩了一会儿手机就已经困得睁不开眼，她就这么攥着手机，迷迷糊糊地睡了过去，连付河出来都不知道。

直到手里的手机被抽走，她才猛地清醒了过来。

“我睡着了？”

“嗯，”大概是还没来得及收拾自己，付河头发还湿着，毛巾搭在赤裸的肩膀上。他轻轻拍了拍路西加的肩膀：“接着睡吧。”

“好，”路西加抬手揉了揉眼睛，随口问，“明天你想去哪儿啊？”

“我想去哪儿？”付河琢磨着，“好像应该我问你想去哪儿吧？”

路西加于是解释：“你也挺久没回来了，有没有想去的地方，想看的人？”

付河听了，摇了摇头。他没那么多牵挂，先前在这儿生活的日子里，除了德叔一家，也没有什么其他深交的朋友，不需要专程拜访谁。

“明天等起来以后看看时间，带你到附近转转。可以看看景色，或者……”

沉吟之下，付河忽然想到了一个地方。

“想不想去这边的集市看看？”他问。

“集市？”路西加眼睛一亮，问，“你以前买东西的地方吗？”

“嗯，买水果和菜，还经常会找一个老奶奶买土鸡蛋，一块钱一个，都是自家散养的鸡下的，非常好吃。”

注意到付河说这话时的好心情，路西加立刻说：“好啊，那明天我们再去找老奶奶买点儿。集市是不是一般都在早上开啊？我们是不是要早点儿起？”

“不用，那个集市一直开到下午三四点，老奶奶来的话也会待得比较久。你明天睡到自然醒就好，我们待好多天呢，没必要太累……”

他的话音未落，一阵手机铃声突然响起。付河回身拿起放在床头柜上的手机，看着屏幕，似是犹豫了几秒，才按下接听。

这一通电话他只说了很简短的几个音节，路西加一开始并没有听出来对方是谁，直到最后听付河说了句“有空会过去的”，她心中才有了一个大概的猜测。

等付河放下手机，路西加试探性地问：“你爸爸？”

“嗯，想让我去看看他。”

“那要去吗？”路西加问。

付河没立刻回答，而是将手机随手扔在一边，扯起毛巾，揉了两把头发。他的动作牵动了肌肉、皮肤，还有那一道道陈旧的伤疤。

“我再想想吧。”付河补充，“就算我去，你也可以不用去。以后也是，只要你不想，都不需要和他产生任何交集。”

路西加应了一声，然后想了想，说：“我想问你一个问题，但不知道你会不会不高兴。”

付河停下动作，回头看她：“什么？”

“你一直没说过你妈妈……”

路西加没说完，付河已经明白了。

“当时我们一家三口一起跑的，后来我妈就走了。”

见路西加的眼中一下子更多了几分同情，付河忍不住笑：“别误会，我妈没有抛弃我，是我坚持让她走的。”

“你让她走的？”路西加琢磨着这话里的意思，有些不理解，“为什么？”

“一个泥潭，没必要困住那么多人。”

付河的语气稀松平常，仿佛只是在陈述一件与他无关的事情，路西加却是听得一愣。

“那会儿我们在东北，我妈一个人打几份工，有时候被别人欺负了也因为怕丢工作不敢吭声，我不想她这么受苦，就说服她走了。”

所以，他把自己爱的人推了出去，最后只有他被困在了泥潭里。

很奇怪，路西加明明没有见过少年时期的付河，却好像能想象出那张青涩、沉默的脸。她觉得那时候的付河应该也和现在差不多，会用平静的语调跟妈妈说话，会把所有的苦都埋在心里，不跟任何人抱怨。

见她一直不说话，付河又擦了两下头发，笑着问她：“怎么了？”

路西加心里一阵酸，一阵疼。好像有很多话堵在心口，但最终她全部忍了下来，就只抱着枕头，轻声说了句：“付河，你好帅啊。”

原本还有些沉重的气氛因为这一句话而变得奇怪，付河还没来得及笑，就听见路西加又说：“怎么办……我好像越来越喜欢你了。”

路西加的音量越来越小，到最后，不像是在与人对话，倒像是盛满了少女心事的呢喃，散在皮肤和布料摩擦出的窸窣声响之下。

付河的动作立刻停住，随后他缓缓将毛巾撤下来，攥在手里。路西加一直出神般盯着付河的脸看，所以没注意到那条毛巾在他的手里变形了一次又一次。

时间寂静淌过，不知过了多久，付河忽然深吸一口气，俯身，靠近了路西加。

他的脸越贴越近，害羞的感觉这才姗姗来迟。路西加本能地将整个身体都缩进被子里，只露了个脑袋在外面。她在已经感觉到付河的鼻息时闭上了眼睛，紧接着，唇上不出意外地有了柔软的触感。

发根潮湿而坚硬。

吻完了，睁开眼，路西加却发现付河并没有将身子挪开的意思。

“西加。”

他的嗓子哑得厉害，路西加的脸也红得厉害，她从鼻子里挤出一个音：“嗯？”

付河的视线在她的脸上缓慢移动，恋恋不舍般扫了一个遍。

“以后晚上不要对你男朋友说这种话。”

路西加脑袋有点儿蒙，都没做思考，就自然地又发出一声：“嗯？”

这一声，气息占了大多数，气氛于是更显旖旎。女孩的眼里映着光，光亮里还有个似乎想要永远停驻的影子。

“容易心潮澎湃。”

终是忍不住，付河说完便笑了一声，很短促，但就像点燃烟花的那一簇火光，“刺啦”一下，烧得路西加浑身滚烫。明明被子没有捂住脸，她却已经觉得呼吸困难。出于自救的本能，她在自己憋气到窒息之前，僵硬地点了点头，又将手从被子边缘抽了出来。

她伸出一根手指，戳了戳付河那很明显的胸肌，气若游丝。

“你去……穿件衣服。”

路西加早年也来过一次云南，但那次去的地方，大多是已经开发得很好的景区，周边贩卖纪念品的商店也早已经被浓浓的商业气息覆盖。商店中的纪念品虽不至于粗制滥造，可批量的生产似乎也使得纪念的意义大打折扣。路西加如今本就是个手艺人，所以在集市上看到手工的银饰、织品，一下子便走不动了。

“喜欢吗？”付河从一旁凑近，问。

路西加将两个镯子举到他的面前，问：“哪个好看？”

两个镯子……似乎区别不大？

付河在心里发出这么一声疑问，但面对设计师女朋友，还是更加认真地又将题目审视了一遍。

看他这样子，路西加就知道他在想什么。这两个镯子的款式的确差不多，只是其上勾勒的花纹不同，一个看着更沉稳些，一个则更青春些。

“那都要吧，给小静一个。”路西加小声说。

普家兄妹知道他们要来集市，便也过来买菜。普天静对路西加喜欢得不得了，一直黏在她身边，方才也在给她挑镯子。作为本地人，要说平日没见过这种银饰摊子是不可能的，可刚才路西加看普天静那兴致勃勃的样子，倒像是第一次见，竟然比她这个外地人还挪不开眼。一开始路西加还有些纳闷，但看到小姑娘身上已经洗得发旧的校服，她便很快明白了——虽然常常能见着银饰摊子，但小姑娘大概从来没有这样光明正大地在摊子上看过这么久。或许是怕自己看久了想要，也或许是怕家人以为她想要。

可女孩子爱美哪里有错，懂事的孩子更应该得到珍贵的礼物。

路西加将一个镯子戴好，又在普天静惊讶的目光中，将另一个替她戴到了手上。普天静立时有些慌乱，赶紧将自己的手往后缩：“西加姐姐，我不要，我不用戴这个的。”

“怎么不用，”路西加牵着她的手晃了晃，两人的银镯荡出相似的弧度，“多好看呀。”

付河垂眼，伸手轻轻拍了下普天静的后脑勺，把小姑娘拍得愣是朝前俯了下身子。

“西加姐姐送你的，戴着吧。”

有了付河这句话，普天静才露出一对小酒窝，不大好意思地跟路西加说了声“谢谢。”

想着自己送的礼物应该由自己付钱，路西加匆匆打开支付软件。她张望着寻找付款码，摆摊的老爷爷却朝她摆摆手：“小姑娘，我不会摆弄那些，有没有现金啊？”

路西加先是有些无措，之后便是懊恼自己怎么没考虑到这种情况。她没有随身携带现金的习惯，正要求助付河，却见付河已经打开钱包，掏出了钱。

瞥见他嘴角若有若无的笑意，路西加一下子就明白了刚才这人怎么会这么安静。

“哇，你好阴险啊，”路西加拽了拽他的胳膊，“你知道这种情况不告诉我，还在一边看热闹。”

“告诉你干什么？”付河慢悠悠地将找回的零钱放回钱包，把钱包合起来，“告诉你只会被你剥夺我送你礼物的机会。”

“我哪儿有？”

“刚才你就有。”

“那是因为是我要送小静礼物！”

两个人突然为这点儿小事幼稚地绊起了嘴，普家兄妹非常识趣地结伴退到了另一个摊子上。

这样说起来，两人其实一直以来都没有刻意地在钱财上划分过界限。路西加经常会收到付河给她买的东西，在看到什么适合他的衣服、用品时，也都会毫无顾虑地买下。这样的关系是自然而舒服的。

视线下滑，看着付河手里的钱包，路西加忽然想起了一个自己之前一直没有追究的问题。她清了清嗓子，转了转眼珠，忽然说：“之前谢老板说，你钱包里有个小姑娘？”

付河的动作一顿，有些像是被这话吓到。

他迟迟未答，还眯了眯眼睛，沉思般发出很长的一声“啊”。

路西加没想到他会是这种反应，脸上的笑意瞬间就没了。她盯着付河的脸看了几秒，而后迅速抬手，抽走了他手中的钱包。

“难道你还没处理掉？”

她是不相信自己那么好的男朋友会在心中留着“白月光”这种东西。手指在钱包上停了片刻，路西加还是没有一下子掀开，而是用狐疑的目光再次打量付河的脸，想要确认。

这回，她分明见着了和刚才付钱时类似的笑意。

付河朝她抬了抬下巴，道：“你打开看看。”

路西加噘了下嘴巴，朝他扬了扬手里的钱包：“我打开，我们不会吵架吧？”

付河抱臂摇头，笑得更加明显：“怎么会。”

有这句话，路西加一下子就放心了。

“看来是都处理好了啊！”她捏着那个钱包，左右又看了两遍，然后伸手把它递回给付河，“那算了，不看了。”

“不看了？”付河有些意外，没有立刻接过来。

“嗯。”路西加把钱包放在他的手臂上，笑吟吟地拍了拍他的胳膊，“相信你。”

付河拿着钱包，若有所思地看了她几秒，勾引似的再次问：“真的不看？”

路西加坚定摇头，越过他，朝前走去。

快到中午，普洱的气温很高。路西加戴着新的银镯子，牵着付河的手走在路上，心情好到不自觉地哼起了小曲。走到这条街的尽头，路西加看到了一个裹着头巾的老奶奶。她坐于石阶上，面前放着两个小箩筐，旁边还卧着一只正在闭目养神的大黄狗。

付河指了指那个老奶奶，路西加便知道了这便是他今天要来见的人。

两人走近，老奶奶仍旧是笑眯眯地看着正前方，路西加这才发现老奶奶的视力大概已经不大好了。她本以为老奶奶的眼睛大概是从前变坏了，可看到身旁人有些错愕的神情，才意识到，或许付河也是第一次见着这样的老奶奶。

付河蹲下身，让自己的视线和奶奶的眼睛保持在一个水平线上，才开口唤道：“阿奶，还有鸡蛋吗？”

集市很闹，周围干扰的声音太多，使得老奶奶似乎没能听得真切。她微微侧了侧头，像是在寻找这声音的来源。

“唉，有的，”老奶奶应了一声，又问，“你是不是以前经常来啊？听着你的声音很熟啊。”

付河紧紧抿唇，望了老奶奶半天，才笑着说：“是啊，阿奶，您还记得吗？”

“哦……”老奶奶似乎有些不敢相信，嘀咕一声，朝前伸出了手，“是付河啊？”

付河拉住老奶奶的手，点点头。他慢半拍地意识到老奶奶看不到他的动作，又说：“是啊。”

老奶奶立刻开心地笑出了声音，连一旁一直安静卧着的大黄狗都站了起来，摇着尾巴想要朝付河这边靠。

“你好几年没回来了呢。”

“嗯，”付河转头，看了看路西加，又跟老奶奶说，“我带女朋友回来的。”

听到这话，老奶奶显然很吃惊。路西加适时地向老奶奶问了声好，老奶奶直笑得眼泪都溢了出来。她从兜里掏出一块干净的小手帕，擦了擦眼泪，一边擦一边夸路西加的声音甜，一听就是个乖女。

路西加见付河一直看着老奶奶擦眼睛的动作，便轻声问：“阿奶，您的眼睛怎么了？”

“老了，眼睛就不好使了。”老奶奶朝他们挥挥手，“没事，来，要多少，我给你们装，二十个？还是十个？”

老奶奶问完，还像讲故事一样朝着路西加的方向说：“你男朋友啊，以前有钱的时候就买二十个鸡蛋，没钱就买十个，可会过日子了。”

二十个就是二十块钱。

路西加抿着唇，看向付河，付河被她看得低头直笑。

“阿奶，这回我都要了。”

他们买走了老奶奶全部的鸡蛋，老奶奶笑着同旁边同样在卖鸡蛋的人说，自己今天可以早早收摊了。付河他们想送老奶奶回去，但老奶奶坚持不让，说这段路几乎每天都走，瞎了也不妨碍什么。说完，就自己挑上扁担，牵上那条陪了她许多年，如今还认真帮她引路的大黄狗，走了。

集市上还是热闹的，路西加随着付河朝前走了一段距离，其间回头望了几次老奶奶消失的方向。

付河摸了摸她的头，路西加看着他，幽幽地叹了一口气。

“其实人老得挺快的。”

“嗯。”付河应了一声，然后低下头，踢走了地上的一个石子。

石子滚远了，付河也渐渐停住。

他也转身，后退着走了两步，而后说：“算了，好不容易回来一次，还是去看看他吧。”

一声算了，是对岁月的妥协，也是对自己的妥协。

路西加也笑笑：“好。”

原本依照付河的性子，多半会拖到最后一天才去看自己的父亲。但这次他不想被琐事牵绊着，索性在第二天就买了点儿东西，打算过去一趟。

路西加说要跟着，付河尊重她的想法，也没再说什么。

两人驱车到了付敬才的住所，刚下车，迎面过来一位领着个小女孩的大叔就跟付河打了声招呼。付河跟那大叔寒暄了两句，路西加则悄悄逗着那个一直看她的小孩子玩。

“行，那你们快去吧。”大叔扯了扯小女孩的胳膊，“跟叔叔阿姨说再见。”

小女孩很乖巧地同他们道了别，但四个人分开，没走几步，身后的大叔又叫住了付河。

“我最近撞见几次你爸的朋友过来，”大叔挠了挠头，似乎很是为难的样子，“怎么说呢，里面有个人我知道，隔壁村的，好赌。当然，我不是说你爸又赌了啊，就是你，你多少看着点儿他，别又被人带沟里去。”

路西加心里一沉，与此同时，感觉到付河握着她的手猛地紧了紧。

这边昼夜温差较大，太阳落下去后便是寒风侵袭，路西加打了个冷战，看向付河。

很奇怪，明明他就站在她身旁，明明她还牵着他的手，她却觉得付河像是孤单地站在萧瑟的景象中。他敛着眉，视线也垂着，不知在想什么。

好半天，他才勉强弯起嘴角，礼貌地说了句：“好，谢谢叔。”

之后的路上，付河一直没说话，直到站到家门前，付河忽然摸了摸自己的口袋，像是在确认什么东西。

路西加不明所以地看着，尽管心里很紧张，但始终没吱声。

付河抬起手，似要敲门，却又迟迟没有落下去。一只手就停在距离门板一拳的位置上，处境艰难，如同这么多年里他的进退不得。

最终，那只被提起的手骤然垂下，付河拉着路西加后退了两步，变成背对门板站着。他又将手伸进衣兜里，路西加以为他在找烟，便从自己的口袋里掏了一块糖出来——听人说戒烟的时候吃糖会好受一些，路西加经常揣着，但其实之前从没用到过。

糖果躺在白皙的掌心，包装纸随着昏黄的灯光在闪烁。

付河静静看了片刻，才抬手，将糖果取走。指尖与掌心相碰，路西加第一次在付河的手上感受到这样低的温度。

站在路边，付河把糖吃了。街对面有个小馆子，晚饭的时间客人正多，热气和香气混在一起，填充着一个再普通不过的生活场景。

“我以前也爱到一个小馆子吃饭。”付河看着，忽然说。

路西加顺着他的视线看过去，也看到了那个店面狭窄，环境也有些简陋的馆子：“好吃吗？”

对于这个问题，付河想了半天，但最后还是摇摇头，笑道：“说不上来。应该不算好吃吧，倒是很便宜，米线和面都是五块钱一碗。分量很大，也很油很咸，基本都是给干体力活的人吃的，油盐大点儿，吃完才有力气。我一般都是吃面，虽然这边的米线好吃，可是饿得太快了。”

听到这儿，路西加才注意到对面的面馆进出的人，真的大多都是工人师傅的打扮。

付河没有刻意回忆过去，可是故地重游，熟悉的景物实在太容易倾覆层叠的记忆高塔。那些已经被封存了许久的画面重新浮现，付河仿佛又看到了小馆子里那张总是油乎乎的桌子，和头顶永远在啸叫的大风扇。而在这些看似已经快要成为静态的画面里，几帧带着声音的影像尤为显眼。

“我记得……那个小馆子里有台电视机，挂在天花板上，偶尔会放球赛，但大多数时间，都是放老板娘喜欢看的一些偶像剧。有一天我太累了，去那个馆子吃面的时候，我想，要不……算了吧。”

付河说着，侧了侧头。路西加看到他被夜风吹着的眼睛，里面沉静一片。她不自觉地朝他靠了靠，似想要走进他的回忆。

“算了什么？”她问。

付河笑了一声，有些自嘲的意味：“债不还了，不管他了，我也跑掉，他爱怎么着怎么着……但就好像老天在监视我，这个想法冒出来的时候，我正好看了一眼电视机，里面一个男人朝一个正在哭的女人喊‘难道在你眼里，人犯了错就永远没有改正的机会吗？’。”

嘴里的糖化了不少，付河将剩下的半块在舌头上倒了个地方，甘甜的滋味变得更加明显。他在这时想，或许这是个好的征兆，他心里的不安只是过往的噩梦在作祟。

路西加知道，付河是在害怕。他害怕那扇门之后有着他最不愿意看到的场景，害怕旧事重演。

沉默了一会儿，她上前抱住他，拍了拍他的背。

“别怕，或许没那么糟糕。”

付河苦笑着看了她一眼，说：“我希望他是真的改了。”

他们终于再次回到门前，两声敲门声，随后便是应门声、脚步声。这一连串的声响像是解开答案前的最后铺垫，连路西加都觉得自己的手心一直在冒汗。

付敬才见到门外站着的人很是意外，他结巴了半天，才终于叫出了“小河”两个字。

路西加还是第一次听到有人这样称呼付河。也是，或许只有将孩子从小养大的父母，才会喜欢在名字前面加一个“小”字。她看到付敬才布满褶皱的脸上，眼眶在转红，心里慢慢舒了一口气。

他还是爱付河的。

震惊过后，付敬才才注意到路西加。他这次仍然结巴，但脸上是很明显的高兴："这，这是小河女朋友吧，快进来快进来，怎么也不提前说一声，我这什么都没准备。"

路西加跟在付河身后进了屋，环顾四周，发现比起德叔家，这个家里的摆设明显要简陋许多。很明显，主人并未曾用心布置。

许是因为许久未见，付敬才拘谨得很，他让着他们坐到沙发上，嘴里又不住念叨着要给他们去倒杯水。

付河的目光将客厅扫过一圈，最后落在付敬才弯着腰去开饮水机的背影上。

"别麻烦了，我们坐一会儿，看看你没事就走。"他说。

如果不是事先知道情况，路西加绝对不会相信这是亲父子相见的场景。

"啊？别走啊，留下吃顿饭……"付敬才急忙转身挽留，但约是立刻想到自己也做不出什么像样的饭，又说，"咱们出去吃一顿，你第一次带女朋友回来，我怎么也要请姑娘吃顿饭的。"

付河没回话，付敬才便将这当成了默认。他急匆匆到电视柜上拿起手机，说要在馆子里订位，翻了两页电话本后又想起水还没倒："哎哟，看我，一高兴什么都忘了，我先给你们倒水，喝茶还是白水？"

他一直看着付河，付河的视线却没再往他那里去。路西加不想气氛太尴尬，主动说："白水就好了，谢谢叔叔。"

"好，等等啊，我去给你们洗个杯子。"

付敬才说着就要往厨房走，一直坐在一旁的付河忽然起身，说："我来吧。"

付河径直朝着角落里一个低矮的柜子走去，付敬才明显怔了怔，随后赶紧折回，追了几步："不用，小河，你坐着，杯子早就不放那儿了……"

他的话和脚步一样匆忙急促，只是再急的话也没能拦住付河的动作。付敬才的话音刚落，付河就已经蹲下身，将那个矮柜打开。

像是影片中突然插入了一个静音的慢放镜头，有那么一秒钟，周遭似乎安静到了极点，紧接着，便是一片巨响，像是一座山脉轰然坍塌，无数碎石滚落，击在地砖上。

是麻将。

路西加的呼吸一顿，放在腿上的手一下子收紧。因为付河背对着她，她看不到他的表情，但能看到他握着柜子扶手的手上，正在逐渐暴起的青筋。

耳边被方才那声震得嗡嗡作响，路西加好像又听到了付河方才在门前说的那句话——我希望他是真的改了。

付河将这个姿势保持了很久，然后忽然低头，用一只手捡起了地上的两块麻将。他将两块麻将放在一起，揉搓了两下，又张开手掌，任他们落在地上。

麻将块弹了两下，停住。

付敬才朝前走了一步，张口似要解释，付河却突然伸手，一把将麻将布整块掀出。

路西加被他的动作吓得颤了下肩膀，然后紧紧咬住嘴唇。

“戒不掉，是吧？”

付河说着，从柜子里拿起了什么东西，起了身。路西加终于看到了他脸上的神情，是和他的声音一样的木然。

“没了这玩意儿，你是会没命吗？”

哑了半天，付敬才才像是终于找回了自己的语言，着急地解释：“小河，你别生气，我没有赌，我就是跟朋友玩玩，当乐子，你看，我们玩的都是几十几十的。”

“几十几十的……”付河点着头，忽然笑了。

路西加看得清楚，他的嘴角是颤的，下颌也在不受控制地抖，极力克制的情绪已经塞满了眼眶。

他明明在笑，眼底的泪水却更加真切。

像是知道付河不会相信，付敬才明显变得急躁，他胡乱抓了把自己的头发，眉头也不耐烦地皱起：“真的只是玩玩，我没有赌啊！”

“当年，你不也是这么开始的吗？几十、几百、几万、几十万、几百万……”

在儿子的女朋友面前被这样连续质问，付敬才打心里觉得没脸面，他并没有回答付河的问题，而是忽将声音提高了一大截，梗着脖子争辩：“我就是自己待着无聊，那我还不能约几个朋友聊聊天？你这孩子能不能别这么小题大做啊！”

付河看着他没说话，过了好半天，举起手里那一摞钱，朝付敬才抖了抖，用不大的声音问他：“你还记得清，我给你还债还了多少年吗？”

付敬才顿时没了刚才的气焰，将视线移开，没吱声。

有细微的声响，是付河不住抖的手带得那一摞钱在颤。

路西加再看不得付河这样，她站起来，心疼地想要走到他身边，带他离开这儿。但付河接下来的两个字，却让她没能迈出步子。

“十年……”付河停了一会儿，又用更轻的声音重复，“十年……”

情绪终于像是决堤的洪水般倾泻而出，付河将那一摞钱狠狠甩到付敬才身上，似是用尽了全身的力气。

“我赔了我的十年！”

这是路西加第一次听到付河这样声嘶力竭的声音，也是第一次知道，原来钱打在人的身上，可以发出这么大的声音，可以带给人这么大的痛苦。

路西加呆呆地看着付河，一直忍着的眼泪就这么毫无征兆地滚了下来。

哭泣中，她不自觉地吸了吸鼻子，却见付河朝她看了一眼，然后快步走了过来。

她还没来得及说什么，就被付河牵住手，带到了一旁一直紧闭房门的一间卧室里。

卧室里空荡荡的，付河进门以后先将衣柜打开看了一个遍，确认没有人，才拉着路西加坐到椅子上。

路西加仰头看他，他紧紧抿着唇，没说话。只是又将手伸到了刚才一直摸的衣兜，掏出了一副耳机。他将手机和耳机连接好，然后将耳机给路西加戴上。

做完这一切，他才蹲下身来，握着路西加的手说：“在这儿听会儿歌，等我一会儿。”

他摁下了播放键，音乐响起的同时，他便已经要起身。路西加哭着拉住他的手，付河也很有耐心地重新蹲了下来。

其实路西加并没有想好要说些什么，从理智上说，她似乎应该告诉付河“别冲动，好好说”，可刚才付河那句“十年”早就冲破了她心里所有的防线，她也再一次想起那晚，头发还湿漉漉的付河说，“不能把所有人都困在泥潭里”。她一直都觉得那段过往一定非常苦，可直到刚才看到付河的失控，她才真切地体会到了他的恐惧。

她开始控制不住地想，如果他没有被谢其瑞发现呢？如果他没有成为这么厉害的作曲人、制作人，如果他还在吃着五块一碗的面，买着十个鸡蛋，那他为别人的错误赔上的，又岂止是十年。

她没办法说出这句“别冲动”，她的爱人不该再被任何人拖进泥潭。

所以，紧紧地攀着他的手臂，路西加只说了句：“我等你。”

房门开合，再然后，就是混在音乐声中的激烈争吵。

路西加的手一直在抖，她不想让付河看到她的害怕，便不停地将两只手交握、攥拳，又不住地擦着眼泪。

她一直盯着那扇房门，终于，房门被打开，路西加先是看到了付河通红的眼睛，再然后，视线下移，是一个血淋淋的拳头。

“怎么，受伤了？”

原本已经平复得差不多的情绪一下又翻腾起来，路西加着急地起身，付河却很快走到她面前，帮她摘掉了耳机。

“没事，”付河用没受伤的那只手牵住她，安静的房间中，有很轻的叹息声响起，“走了。”

第16章

我们回家吧

付河手上的伤口有些深，路西加用酒精帮他做了简单的处理，还是坚持带他去了医院。医生在处理伤口时嘴上说着可能会有些疼，但付河自始至终一声都没吭。好像从失控之后，他唯一的表现便是沉默。

处理完了，护士将缴费单递给路西加，跟她交代了缴费的地点，付河这才偏偏头，抬手，要去拿那张单子。

“我去，”路西加很快躲了一下，还拉着付河的手臂，将他带到急诊室外面的长椅上，认真地同他交代，“你就在这儿等我来接你。”

付河愣了愣，等回过神，视野里已经只剩了一个背影。他望着路西加消失的方向，半天，才将头转回来。

路西加交完钱回来，看到付河仍然保持着刚才的姿势坐在椅子上，只不过视线换了方向，一双眼睛一直看着角落。停住步子，路西加顺着付河的目光看过去，看到那里有一个小男孩正在打点滴。一旁应该是他的父亲在陪同，小男孩闭着眼睛靠在父亲身上，沉默的中年男人时不时扶正儿子睡歪了的头，或者抬头关注药瓶里的液体余量。

普普通通的场景，和方才的惨烈一幕形成了鲜明的对比。

在路西加的认知里，父亲本该是这样的。就像她的爸爸，会在她受伤后整夜地陪床，会因为她随口说了句想吃什么，就跑上大半个城市去买。可今天发生的一切却告诉了路西加，并不是所有的父亲都像语文书里写的那般好，不是每个男人都能给自己的孩子如山的父爱。

路西加慢慢走到付河身边，坐下，又将背脊挺到最直。她伸手扒了一下付河的头，让他靠到自己的肩膀上。

虽然路西加身高也有一米七，但一米八九的付河靠在她的肩上，上身还是不得已变得扭曲。付河被路西加突然的动作弄得愣怔，明白过来她这是什么意思后，他艰难地弯了弯唇角，然后顺着椅背将身体朝下滑，调整到一个舒服的姿势，闭上了眼睛。

“其实……那个偶像剧里，女生在那场争吵里还喊了一句话，我一直记得很清楚。”

晚上的急诊室走廊称不上安静，但他们所处之处还算空旷，所以付河不大的声音也格外清晰地传进了路西加的耳朵里。他缓缓地讲述着一个故事，也在回忆着曾经那个狼狈不堪的自己。

“她说，我很努力地想要过生活，可是只有父亲，我不能选择。”

停了一会儿，付河眨了两下眼睛，好像这样就可以把曾经遮在他眼前，永远不肯散去的大雾驱逐干净。他忘不了自己听到这句台词时的心情——原本在擦拭桌子的手突然变得酸软，浑身的力气好像一下子被抽干。那是一种只有经历过才能理解的迷茫和恐惧，他在毫无防备间被别人一语道破自己的困境，明明心里有那么多的不甘，却也只能绝望地承认，她说的是对的。

他根本没的选。

付河深深吸了口气，在黑暗中接着说：“我那时候很讨厌 ATM 机，对我来说，它的功能永远都只有存钱、转账，我不停地把挣到的钱存进去，可它就像一个我永远填不满的无底洞，张着血盆大口，吞噬着我所有的精力，我所有的生活。”

时间过去这么久，付河仍旧能清晰地想起一些细节，比如 ATM 机点钞的声音，比如那个机械冰冷的提示音。他一开始对这些声音还很敏感，会认真听着每一步的操作提示，到了后来，他就已经听得麻木，以至于听到这些声音就会出神。但他从来不会弄错任何一步操作，因为一个动作重复的次数多了，就不用再过脑子了。

“每次存完钱，我都会查一遍余额，等到银行卡里的钱攒到一个整数，再全部给别人汇出去。然后一切归零……周而复始。”

只这么听着，路西加就已经要被那种看不到任何光亮的生活压到窒息。她不知道如果是自己面对了那样的情况会怎么做，一面是父亲欠下的巨额赌债，一面是自己只有一次的人生……而那时的付河也不过十几二十几岁。

医院里的人要么是脚步匆匆，要么是被疾病拖得步履艰难，急诊室里的人更是常在和时间赛跑。路西加看着一群医生推着一个病人匆匆进了抢救室，心里忽然产生了一个强烈的念头——她忽然希望年少的付河能自私些、懦弱些。

可这念头只闪过那么一下，就被她苦笑着否决。如果是那样，付河就不是付河了。或许在这个世界上，人本不应该被分成三六九等，但人的品性一定可以分成三六九等。有的人自私、冷漠、懦弱，所以面对潜在的危险，可以毫不犹豫地牺牲前一刻还在口口声声说着“喜欢”的人，可付河永远不会这样。

在来到云南之前，路西加很期待能够看一看付河以前生活的地方，她总遗憾自己认识付河的时间太晚，总想更了解他一些。可事到如今，不过刚刚将他的过往触及很小的那么一个边角，她就已经有些不忍心看下去。正如她在读书时，一直不大喜欢看那些天之骄子被打入尘泥的故事，她不想看什么“苦其心志，劳其筋骨，饿其体肤”，她希望骄傲的人永远骄傲，永远能面对属于自己的广袤疆土。因为她知道，这句话的背后也是有着失败的概率的——很多人或许永远走不出上天给他的磨难，即便有再坚强的意志，他的一生也只能困在无尽的泥沼中，没人看得到。

路西加低下头，目光扫过付河那被纱布包着的手，她终于忍不住说：“我们回家吧。”

付河以为她是累了，想要回酒店休息了，便起身，要带她走。路西加却拉住他的手，仰头看他，接着道：“我想海鸥了。”

她想带他回到那个属于他们的世界，那里没有害他偏离了本来绚烂的人生轨道的父亲，也没有人生可能会再次被横插意外的恐惧，只有一只被他们在大雨天救下的小猫咪，只有他们每晚的相拥而眠。

对视间，付河明白了她的意思。他蹲下身，看着她的双眼已经恢复了乌亮平静的样子。

“再等两天，”他拉起她的手，放到唇边，“还有想带你做的事情，等过完圣诞，我们就回去。”

第二天上午，两人是被付河的手机铃声吵醒的。付河伸长了手臂摸过手机，路西加则翻了个身，将脸埋在付河的肩膀处，继续睡。

付河用一只手盖住她露在外面的耳朵，小声应着电话。

“嗯，我们明天过去……好……”

听出来他这是在安排明天的行程，好奇心驱散了睡意。等他挂了电话，路西加动了动，费力地将一只眼睁开一条缝，问：“明天我们去哪里？”

“明天啊……”付河用一只手在手机上敲了几个字，继而卖起了关子，“先保密。来，起床了，我们要去德叔家吃饭。”

德叔一家见着付河的手都吓了一跳，普天静嘴快，立刻惊呼一声，问付河这是怎么了。余下的人却像是立刻明白了什么似的，面色凝重，谁也没说话。

等寻了个理由把普天静和普天林支出去，德叔才问付河：“你爸又干吗了？”

“打牌。”

付河简简单单说了两个字，已经引得德叔重重地叹了口气。德叔摇着头，说不出什么，付河似乎也不想多聊这个话题，便跟德叔说：“下午我带天林去给慧姨买药。”

德叔在前两天说过，现在慧姨吃的那种进口药非常不好买，他跑了两次县城都没买到，人家说得去宁洱的大医院看看。

德叔皱皱眉，不赞同地道“你手都受伤了，就别去了，让天林自己去吧。”

“没事，天林开车，我坐旁边给他看着点儿。”说完，付河又问路西加，“要跟我一起去吗？”

路西加想了想，摇摇头：“我就不去了，之前答应了天静要教她画线稿，正好今天教她。”

付河和普天林吃过午饭便出发了，路西加跟着普天静到了她的屋里，正拿出自己随身带着的速写本给她看，院子里忽然响起一个男人的声音。

这声音有些熟悉，路西加放下笔，忙将头探到窗前。果然，看到付敬才正背着手站在院子里，跟德叔嚷嚷着什么。

“敬才叔怎么来了？”

普天静不解地嘟囔了一句，路西加已经匆匆转身，赶出去看。

“我跟他吵？你是没看见啊，他昨天看见那点儿麻将整个人就跟疯了似的，给我这一通骂，当着他女朋友的面一点儿面子都没给我留，他眼里早就没我这个爹了！我再怎么不对，我也生了他，养了他十几年吧……”

“他为什么疯你不知道吗？你自己看看你干的那是人事吗？”

“我怎么了我？”付敬才将两只手伸出来，狠狠拍了两下，“我都说了我没赌、我没赌！你们为什么不信我呢？我们就几个人凑一块儿玩玩，二十块钱一盘也叫赌？不过是打发打发时间罢了！”

“能打发时间的东西多了去了，你就非要打那个破麻将，你被骂就是活该！”德叔扶着门框，也早已经是骂得满脸通红，他指着付敬才，一只手抖得厉害，“你明明知道他恨那些东西，你非要玩，非要刺激他！你还好意思说他眼里没你？你眼里有过你儿子吗？你关心过他、心疼过他吗？他因为你吃了那么多苦，浑身上下都是伤，你知道吗？他才二十多岁，医生说他那个肺就跟四十岁的人似的，你知道吗，啊？你哪怕稍微心疼他一点儿，你都不会再去碰那个牌一下！”

路西加跑到门口，正听见德叔这句话。她呆愣地停住，脑袋里嗡嗡地回响着德叔方才怒极了喊出来的话。

肺……

什么意思？

付敬才被德叔的话噎得哑口无言，支吾了片刻，才又鼓着腮帮子喊：“他不说我怎么知道？从前就天天阴着个脸，跟个闷葫芦似的，我哪儿敢惹他啊我？而且，而且他现在不是过得挺好的吗！还上了电视，成了名人，你们还老提以前干什么？”

德叔没想到这个老东西能不要脸地说出这种话：“你……”

他气得捂住了胸口，眼见着他浑身都在颤，路西加和普天静赶紧上前一步，扶住了德叔。

见着路西加出来，付敬才那强装出来的气势一下子弱了不少。他没再大喊大叫，随意摆了摆手，道：“既然他不在我就明天再来。”

“你别来碍他的眼！”

德叔气急，抓起窗台上正晾着的一只鞋就朝付敬才丢了过去。

鞋子打偏，落到地上，划出长长的痕迹。

付敬才猛地转了身，正要发火，路西加却先开口，截断了他欲出口的话。

“他现在过得好，以前受过的苦就不存在了吗？”

说这话的时候，路西加已经尽量保持平静，可情绪激动之下，她的哭腔忍都忍不住。她根本不理解，付敬才是怎么嘴硬地说出这种话的。想到付河身上伤痕累累的样子，想到他本来应该精彩纷呈的最好的十年，她替付河委屈到不行。

被她这句话一堵，付敬才脸上的神色变了几次，最后眉头慢慢皱起，挤出了山川的形状。面对路西加，他没有大声争辩，而是沉默了好久以后，说了句：“反正，我是真的没再赌。”

付敬才走了，路西加和普天静扶着德叔到椅子上坐下，德叔还在一个劲儿数落着付敬才的不是。

注意到德叔的右手抖得厉害，路西加有些担心，轻声问：“您有哪里不舒服吗？”

德叔用左手用力攥了攥右手的手掌，宽慰道：“没事，老毛病了。平时就抖，情绪一激动就抖得更厉害。”

其实刚到云南的那天晚上，德叔要给付河盛饭，路西加就注意到德叔的手似乎一直在抖。但那会儿她以为德叔只是紧张，便没大当回事。

“是受过伤吗？”她追问。

德叔抿了抿唇，似在犹豫要不要回答。普天静将端来的水递给德叔，罕见地，小姑娘也垂着眼站在一旁，没说话。

“以前在工地干活，被石头砸过，落下的病根。”

德叔喝了口水，抬手示意普天静先出去。堂屋里就剩了他们两个人，德叔突然起身，跟路西加说等他一下。

路西加不明所以，但还是点点头，坐到一旁的椅子上等着。

德叔从里屋再出来时，手上多了个红包，他走到路西加身前，笑呵呵地将红包递给她，说：“家里孩子第一次带女朋友回家，都应该给红包的，这是我跟你慧姨给你准备的，你拿着。”

“不用，德叔。”路西加知道德叔家的情况，忙站起身，将红包推了回去。但德叔却像是早有防备，借着路西加这个推拒的动作，直接将红包硬塞进了她的手里。

“听话，拿着。”不知怎么，德叔又红了眼，“西加，我知道，现在两个人想凑一块儿过日子，恐怕还要看看对方的家庭。你千万别因为付河他爸而对付河有什么意见……”

德叔说着，似是想到了什么，哽咽着揉了把眼眶，又颤颤巍巍地坐回了椅子上。他垂着头，望着地面呆了好一会儿，才万般无奈地叹了一声：“付河他爸爸虽然不怎么样，但付河是个好孩子。他一点儿都不像他爸，谁对他好一点他都牢牢记着……”

德叔将自己的右手抬了抬，给路西加看：“我这手，其实是当时帮付河挡了一下才伤的，打那以后，他就一直帮衬着我们家。你慧姨这一病，把我们家的那点儿积蓄都掏空了，付河自己要还债，但半点儿也没少给我们……那会儿天林初中毕业，我实在拿不出钱给他接着读书了，天林自己也说，他不读了，要出去打工赚钱。但付河知道这事以后，跟我们说一定要让天林接着读，要读高中、上大学，学费他出。我当时觉得这孩子怎么这么拗，我说，你自己都过成什么样了，哪还有这个钱给天林读书？那读高中不算生活费，一个学期也要四千多呢。结果你猜他说什么？”

德叔笑着看着路西加，眼里有很明显的泪光。即便是现在想起来，他还对当时的场景印象深刻。当时就是在这间屋子里，他坐在椅子上，普天林站在他旁边，付河则是靠在门框上，背对着幽幽暮色。从他认识付河开始，付河就不大爱说话，偶尔笑笑，也是勉强的，沉默的。明明他也就比天林大几岁，但好像早就没了孩子的模样。

胸口像被什么东西堵着，路西加觉得透不过气。她暗暗攥紧了放在膝盖上的手，摇摇头，声音很小："他说什么？"

"他说，四千块钱改变不了他的什么，但能改变天林的一辈子。"

目光长久地落在那个付河曾经站过的位置上，好一会儿，德叔用已经有些哑的声音说："他心善，自己受了苦，就不想再让别人受这种苦。"

这样的往事，对路西加而言是全然的陌生，可德叔所描绘的付河，又分明是她最为熟悉的样子。她先是哑然，再之后便是心头无尽的酸楚。

他还真的是用尽了全部的力气，把他在乎的人一个个都拉出了泥潭。

窗外，太阳已经往下走，外头的光斜照进来，好似刚好能覆住旧时的那个人影。

"我说这些，就是想让你知道，付河这孩子是真的特别好。他喜欢你，对你就一定是掏心掏肺的。你千万别因为他爸，就不要他。你们放心，大不了以后我把他爸弄到我边上来住，我看着他，肯定不让他再犯错。"

路西加一时有些难受，只勉强笑着，说："我不会的。"

有时候情绪就像洪水堵在闸口，不说话时还好，一旦开口，它们就逮住机会，跟着话语一同涌出来。路西加忍下眼泪，才问德叔："您刚才说他的肺，是怎么了？他生过病吗？"

"也不是生病，"德叔说，"我们以前不是在工地上干活吗？挖隧道、修铁路……那地方灰尘太多，环境差，干久了的人多少都有肺病，好像是叫尘肺病。"

这样回想，付河的确有时会咳嗽，她还为此勒令他戒了烟。

这病的名字听着骇人，路西加心里慌极了，立刻低头开始用手机搜索。

弥漫性肺纤维化疾病……慢性病程……

冷冰冰的医学名词和那个"不能治愈"的字眼，看得路西加两只手都变得冰冷。

看到她这么紧张的样子，德叔又有点儿后悔跟她说这些。他不安地搓了搓手，说：“你也别害怕，我以前陪他去过医院，他的病没有那么严重，当时检查出来的时候是轻症，医生说还好发现得及时。那之后，我就拦着他没再让他去工地。”

路西加低着头，沉默半晌，而后她擦了擦眼泪，像做了什么决定似的问德叔：“德叔，您能带我去看看吗？”

她记得在来时的路上，普天静说过，那条玉磨铁路要过一段时间才会通车。那么现在一定还在修。

就像那次付河帮她修车时一样，路西加站在山坡上，看着那些辛苦工作的工人师傅，根本想象不出付河在这里干活的样子。

“他那时候是干什么工作？”她问。

“其实他干过挺多的，最多的是钻爆工。”德叔知道路西加肯定对这些不了解，便指了指隧道的洞口，多解释了一些，“钻爆工就是要在隧道最前面的位置，扛着钻杆打炮眼，一般得打两三个小时，如果碰上大石头就难打一些，得四五个小时。炮眼打好了以后再装炸药，等所有炸药装好了以后一块儿爆破。”

“炸药？”路西加心下一凛，自然地想到，“那是不是很危险？”

“其实现在炸药倒都还是安全的，主要是在洞里工作的时候，可能会有碎岩石滚下来，砸到人。我这胳膊就是这么受伤的。”

“那……他能挣多少钱？”

“这种是按台班算钱，一般一天一个台班，一次爆破，一个台班三四百。付河是有台班就跟，所以他一个月能挣不少。”德叔摇头，叹道，“这孩子，那时候跟不要命似的，专干那种危险的活，这种活愿意干的人少，给钱多。有一阵他还非要去当‘水鬼’，我说什么都不让他去，愣给他按下了。”

“‘水鬼’？”

这些建筑相关的职业对路西加来说已经很是陌生，更何况是行业内的代称。

“嗯，你肯定都没听过。他们干桥梁的，有时候打桩机的钻头会掉到打出来的地基井里，就得人下去捞。那井下都是泥沙，又很窄，下去的人如果出什么事，都没法救援。这活太危险，虽然下去一趟给的钱是真的多，但有去无回也是有可能的，所以不是真缺钱的人都不会去干。付河那会儿……就是被逼得没办法了。”

那天路西加并没有跟德叔一起回去，她一个人在山坡上待了很久，开始时是站着，后来累了，就索性坐到了地上。她也不知道自己为什么留在这儿，她只能感觉到自己的心疼到发慌。她看着底下来来往往的工人师傅，脑袋里飘荡的是漫无目的的思绪。

工人师傅的衣服上落满了灰尘，头发也被蒙上一层白灰。这样看着，路西加忽然想到，在自己那段灰暗的岁月里，她曾有一次独自坐上公交车，在漫无目的的行程中，经过了一条有些破旧的街道。街道的墙壁在翻新，两个阿姨正拿着工具将墙上的旧石灰磨掉。那些自墙上剥落的石灰烟尘纷纷扬到空中，扑到阿姨们的脸上，那两个阿姨却只是用头巾裹住了脑袋和口鼻，连口罩都没戴一个。

那是个冬天，外头寒风冷冽。她在那一刻意识到，生活对大部分人都是残酷的，阿姨们即便这样辛苦应该也挣不了多少钱，但这或许已经是她们能找到的最好的工作。每个人面临的棋局都不一样，可即便是再艰难，她们仍在为了过上更好的生活努力着。

放在兜里的手机振动了两下，是付河打来了电话。

“我可能要天黑才能回去，多等我一会儿，好吗？”

“好。”

路西加用力吸了几下鼻子，回话时，却还是带了浓浓的鼻音。一个字，已经足够让那端的人听出不对劲。

“你怎么了？”

“没事。”怕他担心，路西加便解释说，“好像被风吹的，有些感冒。”

这不算撒谎，太阳从天空坠下后，气温便也跟着降了不少。她在山上待得久了，这会儿回了神，终于迟钝地感觉到了早就席卷全身的冷意。

“你在哪儿？”付河奇怪地问，“没在德叔家吗？”

“没有，我……出来转转。”

听她这样说，付河有些担心：“天快黑了，你对周围不熟悉，快点儿回去。想逛的话等我回去陪你。”

反正该看的也已经看了，路西加没做任何争辩，老老实实地应了声好，便起身，拍了拍身上的灰尘，开始往回走。付河一直没挂电话，两人有一搭没一搭地聊着，路西加听出来付河正在那边买着什么东西，但当地人多少带了些口音，再加上隔着电话，路西加并没有听明白他在买什么。

天黑以后，见她时不时要朝门口望一眼，普天静悄悄把头靠向她，坏笑着问：“西加姐姐，你这就想我哥了呀？”

路西加收回目光，瞥她一眼，抬手轻轻掐了下她的脸蛋儿：“就你机灵。”

普天静看着她走了下神，而后直起身子，忽然说了句：“西加姐姐，你刚才的表情和语气，都和我哥好像。”

两个人在一起久了，对方的一些习惯、动作大概真的会不知不觉也落到自己身上。低头看了看手机上两人的聊天界面，路西加心底的想念忽就再难抑制。原来谈恋爱时，是真的会对一个人这样牵肠挂肚。不过就分开半天而已，也太没出息了。

看她不再说话，普天静也没再和她开玩笑。

电视里在放着最近热播的一档综艺，主持人和嘉宾都是笑声连连，路西加却是半点儿都提不起精神。她坐不住，正要出去望一望，普天静从旁边蹭过来，拽了拽她的衣袖，说：“西加姐姐，能陪我去下商店吗？”

村子里的路灯并不是很亮，夜路漆黑，路西加攥着手电筒，虽然面上镇定，心里却一直绷着根弦。不知是不是神经紧张之下产生了错觉，路西加总觉得后面有人在跟着她们，但她朝后望了几次都没见着人。

“你是想买什么？”她拉了拉普天静的胳膊，让她靠到自己半个身前的位置，自己则继续警惕地听着身后的动静。

方才普天静只说要去小商店，但一直含含糊糊，不说到底要买什么。路西加当时以为普天静是要买卫生巾之类的女性用品，这才没多问。

“啊……”普天静拖了半天长音，才大声说，“苹果！”

“苹果？”

“对！”

也对，路西加这才想起来，今天又是平安夜了。

路西加刚想说些什么，却敏感地察觉到，身后真的有脚步声。

这条路本就荒凉，四下环望，连一家住户都没有。路西加觉得周身的汗毛一下子便竖了起来，她的第一反应就是揽着普天静快些往前走，却没承想，慌乱间，两人的胳膊相撞，手电筒一下子掉到了地上。

身后的脚步声越来越近，也越来越急，路西加一颗心都要跳到嗓子眼了。

四周的黑暗突然变得骇人，正在路西加打算拉着普天静朝前狂奔时，一声熟悉的闷响传入她的耳朵，与此同时，乌黑的夜空上有一大朵烟花绽放开来，滚烫而热烈。

烟花绽开的声音掩盖了身后那令人惊慌的脚步声，路西加抬头，看向夜空。她没注意到身旁的普天静忽然转头朝后跑开，也就是仰头愣住的这一秒钟，身体忽然被拥进一个有力的怀抱。

鼻头发酸，路西加一下子就认出了来人。

微凉的唇吻上了她的耳朵，路西加痒得躲了一下，却是与这个人贴得更紧。

“平安夜快乐。”他说。

以前路西加一直不懂，为什么每次看到烟花升空，自己心里都会那么激动。直到这一刻，她才终于明白，原来烟花绽开时的那一声响和心跳声类似，夺目的光彩，便像是将心中的悸动和欢喜统统具象化地展现在眼前。

她仰头靠在付河的肩头，耳畔、脸侧都被呵上亲密的气息。

“是不是想我了？”付河这样问，话里藏着掩不住的开心。

刚被他吓到，路西加惊魂未定，嘴硬地回：“没有。”

似乎对这个回答毫不介意，付河“嗯”了一声，尾音长长的，拐了个弯坠下来，绕得人心软。尾音消散之时，他笑了一声，说：“可我想你了。”

心里忽然塌陷了一角，有那么一瞬，路西加在短暂停滞的呼吸中体会到了从高空坠下的失重感。

这个夜晚和多年前的平安夜一样安静，同样是无人的街角，同样是漆黑的夜空。但烟花不再是静静的一朵，烟花底下站着的，也不再是孤零零的一个人。

像那天一样，路西加掏出手机拍了照片，然后在付河的怀抱中，快速回过身，搂住了他的脖子。本来准备了话要问，可转头过来，对上他的眼睛，里面流动的光影像是掠走了脑海里所有的逻辑和语言。有那么三秒钟，路西加的大脑中都是一片空白，等从那双勾人的眼睛中拽回心神，她才抿抿唇，问他："你怎么这么晚才回来？"

这话有些明知故问，用带着委屈的声音说出来，不像质问，而更像是在撒娇。

付河听懂了，也不解释自己是去布置烟花了，就只抱着路西加亲了一下，说："嗯，我错了。"

的确回来得太晚了些，这场烟花也让她等得太久了些。

"喜欢吗？"付河问。

路西加看着他，点点头。

付河似乎还不满意，又故意问："那和以前的屏保比，更喜欢哪个？"

对路西加来说，一个是偶然之得，一个是他精心准备的礼物，她几乎没有犹豫，便回说："虽然那天运气很好，但我一定更喜欢你送我的。以后还有吗？"

"当然，"付河沉吟片刻，歪着头笑道，"不过在北京可能有点儿难，我们可以每年换个地方，我放不同的烟花给你看。"

在这之前，因为亲身经历过，路西加大多时候对意外都抱着悲观的态度。人生中有太多的未知和不可捉摸，谁也不知道一个转身后会发生什么，也没人能幸免。可听到付河这话，她开始奢望他们之后的日子都不要再被意外打扰，希望老天能遗忘他们，让他们按照自己的意愿，去按部就班地过好后面的每个日子。

在别人的偏爱里，心里藏得很深的那股孩子气容易破土而出。路西加扑闪着双眸，眼瞳闪着光点，轻笑着同付河打商量"可以不只是平安夜吗？"

烟花还剩下最后一组，是最为耀眼的白色花火。

“好，”付河没有丝毫犹豫，认真地回答她，“不只是平安夜，元旦、春节、情人节、儿童节……或者任何一个普普通通的日子，只要你想看，我们立刻就出发。”

回去的路上，四个人排成两排。普天林带着妹妹走在前面，付河和路西加则牵着手跟在后面。不知是不是路西加的错觉，她总觉得前面两个人一直在嘀嘀咕咕，特别是普天静，好像还有些激动，时不时会悄悄回头望一眼。

双方的距离不远，路西加隐约听到“又是放烟花”这样的话，心里奇怪，侧头问付河：“他俩在说什么？”

付河低头，牵着路西加的手晃了两下，哼出一个悠扬的调子。

“不知道，大概是小孩儿没见过别人谈恋爱。”

“哪儿有，”路西加摇摇头，不赞同，“天林也不小了，说不定人家早就谈过了。”

“不可能。”他这话说得自信满满，路西加甚至还从里面听出一点儿“他没谈过恋爱，但我谈过”的骄傲来。

幼稚。

路西加故意表现得不服气，拉着付河的手朝前扬了下，说：“你问问？”

她想让付河问问普天林有没有谈过恋爱，不承想付河会错了意，朝着前方喊道：“你们俩嘀咕什么呢？”

普天静先回了头，却又被普天林拽回去，小姑娘倔强地再次将脑袋转过去，看着他们嚷：“我们在说你为什么这么喜欢烟花！”

乍一听，路西加以为这是在说自己，可结合语境，很显然，这话不是对着她说的。

“什么意思？为什么说你……”手指交错间，路西加忽然觉得不大对劲儿，顾不及将话说完，她将付河的手提起来，借着手机的灯光检查。果然，发现他的手背上有一道新的伤口。

“怎么弄的啊？”比起方才的窃窃私语，她的声音一下提高了不少，引得前方的兄妹一齐回了头。

付河却不大在意，他将头凑过来看了看，说：“估计是弄烟花的时候不小心剐了，不疼，你不说我都没注意。”

这伤口和他过往的那些比起来，确实太微不足道。

路西加原本很开心，但看到这伤口，听着付河毫不在乎的话语，她就又想起了下午的事。

“小伤口也是伤口，你一点儿都不爱惜自己。”

她的语气和方才大不相同，付河立刻听出了区别，可一时间又有点儿摸不着头脑。

这是生气了?

看着路西加放开他的手，自顾自插兜往前走，付河愣在原地。

就……因为他把手划了小口子?

应该不至于吧……

尽管还没想明白女朋友为什么生气，付河的行动却一点儿没落下。他赶紧追上去，扯住路西加的一只胳膊，微微俯身去看她的表情：“怎么还生气了? ”

停下脚步，路西加抬起头，皱眉看着付河：“你明明知道自己肺不好还抽烟! ”

自打下午知道他肺病的事，路西加每每想起都觉得心里堵得慌。她忘不了第一次见付河时他烟雾缭绕的样子——来别人店里还要自己到院子里抽根烟，可见之前是一点儿都没有因为自己身体不好而收敛。

这么想着，路西加又恼怒地瞪了付河一眼。

第一次见着路西加将对自己的怒气表现得这么明显，付河措手不及，便显出些慌乱。

“你怎么知道的? ”

话一出口，付河就后悔了。不听医嘱在先，刻意隐瞒在后，怎么想好像都是罪加一等。

果然，路西加又瞪了他一眼，似乎连话都不想同他说了，加快步子进了院子。

进屋后，路西加做的第一件事就是问普天静有没有碘伏之类的东西，普天静也不大确定，便带着路西加到小屋一通翻找。

没一会儿，普天林寻到小屋来，在门口探身问付河去哪儿了。

路西加指指卧室：“被德叔叫去了，应该是有事情说。”

“哦，”看了看卧室紧闭的房门，普天林从兜里掏出个钱夹，走进来，“那西加姐，我哥的钱夹先给你吧。刚才他带着放烟花的大哥踩点的时候不方便，让我给他揣着，我怕我一会儿忘了给他。”

“哦好。”

路西加应了一声，刚伸手去接，站在一旁的普天静突然一个回身。

“西加姐姐，这儿有个半瓶的，但是不是已经过期了啊？”

肩膀冷不防被撞了一下，路西加手上还没拿稳，钱夹便一下子摔了下去。坠落撞击之下，钱夹打开，扣在地上。

普天林忙俯身去捡，却在刚刚将钱夹捞起来时猛然停住了动作。

那个已经有些发旧的钱夹摊在他手上，露出一张蓝底的一寸照片，上面是一个扎着马尾辫的小女孩。尽管过去多年，样貌有所变化，但照片上的人大体的模样和如今总还是一致的。

三个人的视线都落在那张照片上，静了很久，普天静和普天林瞪大眼看向路西加，又像同时明白了什么似的看向对方。

“所以……”普天静僵硬地抬起一只手，指了指屋外的方向，“哥那次回去放烟花，难道也是为了……”

她没将话说完，就用两只手捂住了嘴巴：“天哪……”

路西加只觉得耳边一直在轰隆作响，普天静的话传到了她的耳朵里，却又好像完全没有被解析成功。她不太明白为什么自己的一寸照片会出现在付河的钱夹里，用力眨了几次眼睛，确认眼前的事物不是自己的幻觉后，她伸手，从钱夹的夹层里取出那张照片，翻至背面。

照片的背面用黑色的签字笔写着几个字，笔迹稚嫩、青涩，岁月悠长。

“初一（一）班，路西加。”

第 17 章

我从来都不喜欢玩乐高

付河对小屋里发生的事情并不知情，只觉得这天回去的路上，路西加一直都格外沉默。车里随机播放着付河手机里的歌单，路西加则一直将头靠在座椅靠背上，看着窗外，偶尔听到不熟悉但好听的歌，才会开口问付河歌曲的名字。

酒店旁边的药店还开着，两人到达后，进去买了碘伏、棉签。在明亮的灯光下，付河这才发现路西加的眼尾带了薄薄的红色。

“冷吗？”付河一边低头找店家的收款码，一边用另一只手握住路西加的手。

的确很凉。

他自然地将路西加的手揣进自己的衣兜，药店的收银员掀起眼皮暗暗瞅了一眼，又赶紧将头埋了下去。

付河朝四周张望一圈，隔着药店的玻璃，看到一家咖啡店，店内灯光橙黄，红绿色的圣诞挂饰装饰了满屋，看上去暖和又安逸。

“我们等会儿去买杯热饮再上去。”他顺口说。

付好钱，店员将打印好的小票递过来，付河刚要将小票揣进兜里，忽然想到什么，一只手赶紧摸了摸自己的两个衣兜。

瞧见他的动作，路西加已经猜到了他在找什么，却还是朝下转了下眼珠，故意问：“怎么了？”

付河没注意到她打趣的语气，歪了下头，在认真地懊恼：“钱包落在天林那儿了。”

说完，他摸出手机，要给普天林发消息。路西加则不作声地挣脱他的手，从自己的口袋里掏出那个钱包，举到他的眼皮底下。

付河有些惊讶：“他给你了？”

路西加弯着唇角没说话，只是将钱包缓慢移动，挡到自己的脸前，然后食指一挑，将钱包翻开，夹层露出。

照片上的人与眼前人的无限重合，就好像是他曾经无数次翻动钱包，拼命将记忆中的那张脸叠在照片上一样。付河在这一刻仿佛看到了无数个涌动的瞬间，有她插着口袋站在教室的前门，有她穿着漂亮的舞蹈服立在舞台中央谢幕，还有她在舞蹈教室的前方认真教着他们那些简单的舞蹈动作，以及透过窗户的阳光，拂动了她发梢的微风……

药店又进来了顾客，开合的玻璃门放进了一阵冷风，吹醒了看着照片出神的人。付河笑了一声，低沉的音色引得刚进门的两个小姑娘都看了过来。他抬手，将钱包接过，又熟练地用拇指拂过透明的塑料夹层。

“总算是看到了。”

说这话时，他似乎是松了一口气，像是少年时代的隐秘心事终于被公开，一直藏于记忆深处的珍贵宝物终于展露在阳光下，也找到了它的主人。

路西加看了他半天，双唇越抿越紧，末了，她轻轻瞥了他一眼：“骗子。”

说完，她转身朝外走，刚被定义为“骗子”的人赶紧朝前追。

“这怎么说？”付河觉得有点儿冤，“我怎么还成骗子了？”

“说什么‘钱夹里的小姑娘’，”路西加愤愤不平地道，“害得我还琢磨了好一阵你是不是以前有什么特别喜欢的人！”

付河拉开药店的门，哭笑不得：“那不是我说的啊，而且我不是让你看钱夹了吗？你没看。”

女生生气的时候，男朋友说的每一句话都像是狡辩。他不提这个还好，一提起，路西加就想起那天他那双满是戏谑的眼睛。

“你那哪儿是让我看，你分明就是在说‘呀，吃醋了呀？真可爱，快让我多看看’。”

付河因路西加这句话愣了愣，随即笑得不能自已，他站在马路边，用一只手臂用力将她抱在怀里：“你怎么知道我怎么想的？”

夜风将他的头发吹得胡乱飞起，加上脸上一时肆意的笑，恍惚间，路西加竟觉得自己是穿越时空，看到了那个十几年前张扬的少年。那时的他应该就是这样的，会和朋友因为一件小事而放肆地笑起来，身体不自觉地前倾，背脊变成山脉般的轮廓。

一时出了神，她就这么仰头看着他，站在异乡的街头，眼里波光闪动。

像是察觉到什么，付河带笑的眼眸朝她看过来，然后低头，吻上了她的唇。

咖啡店里香气浓郁，他们推开大门时带响了门前的铃铛，原本趴在桌上看着电视剧的老板忙站起来。

一杯咖啡、一杯热巧克力，他们点好单，便找了个窗边的位置坐着。音响里一直在单曲循环播放一首歌，路西加听着好听，却不知晓名字，便问身边的专业音乐人：“这首歌叫什么名字？”

是一首日文歌，又是甜甜的女声，路西加原本以为付河应该没听过，却没想到他很快说：“*Christmas in Love*（《爱在圣诞》）。”

“真的吗？”

从刚才到现在，付河答出了她问的每一首歌的名字，路西加甚至都已经有些不相信，怀疑他是随口说的。她掏出手机，想要在音乐平台上搜索验证，可手指敲击，刚打了几个字母，身子便突然被付河抱住。她失去重心，靠到他怀里，听到他说：“抱一会儿。”

很奇怪，尽管曾在云南生活了这么久，付河却从没将这里当成过家。对他说，东北也好，云南也好，北京也好，都只是他漂泊的人生中暂时停驻的一个地方，就如同为了躲避一场大雨而找到的屋檐，或是循着阴凉去到的一棵大树之下。可这会儿抱着路西加，看着窗外川流不息的车辆汇成光影，付河突然明白了归属感是什么。不是一栋房子，不是一棵大树，也不是一个生活了很久的地方，而是有那么一个人，让生命中所有的牵挂和期盼都有了着落。

这是很简单的道理，一段回忆可以被一首歌绑住，听到这首歌，就会自然而然想到当初青涩的故事、懵懂的感情，一段岁月，也可以轻易地被一个人绑住。

钱夹就被放在桌子上，就着这个姿势，路西加拿起钱夹，再次翻出那张一寸照片。付河就这么静静地看着，即便已经抱着这个活生生的人，他望着那张照片的目光还像是温柔得能溢出水来。

路西加问付河："现在可以说了吧？你为什么会有我的一寸照片啊？"

这种写了名字、班级的照片，一般都是交上去制作证件照，或者是要贴到什么资料档案中的。路西加捏着照片的一角，翻来覆去看了好几遍，忽然想起在初一的时候，她的确有一次没能按时交上去照片……

"啊！"想到这儿，她激动地拍了拍付河的胳膊，"你不会偷偷拿了我的照片吧？我记得有一次我明明在前一晚把照片夹到了自己的作业本里，第二天到了学校却怎么都找不到，还被老师说了一顿。"

"我去哪儿偷你照片啊？差着两个年级呢。"

路西加想了想："也是，那样就有点儿吓人了。"

老板很快把他们点的饮品端了上来，路西加见来了人，挣扎着想要从付河的怀里坐起来，付河却不撒手，就这么箍着她，跟老板说了句"谢谢"。

等老板走了，路西加才扬起头，小声催促："快说啊，不许卖关子，不许隐瞒，把没告诉我的事情都如实招来。"

付河笑了一声，将下巴抵在路西加的头顶靠着。

"嗯……"他沉吟两秒，才缓缓说，"其实我也说不清楚照片是哪里来的。大概是……也不知道是哪个小姑娘，偷玩妈妈给学生准备的乐高玩具，结果不小心把照片弄到盒子里了。"

"乐高玩具？"

路西加的手一直悬在空中，时间久了，已经有些抖。她沉浸在回忆中未曾发觉，还是付河帮她将手收了下来。

“嗯，我那天去办公室，裴老师给我们看了看新买的奖品。我本来没太在意，结果无意间一瞥，发现那个乐高玩具的盒子里有一张很小的照片。其实当时隔着距离，根本看不清，但就是心里猛地动了一下，觉得那一定是你的。我就猜……肯定是你喜欢这个玩具，偷偷玩来着。我怕别人发现，还非常有心机地走过去，装模作样地把那个玩具端详了一番，然后主动帮裴老师又装回了盒子里。”

听他这样说着，路西加也早就回忆起妈妈说过的事。那些零碎的信息好像突然都有了前因后果，事情的来龙去脉也都清晰了起来。

“妈妈说你集了很多小星星，换走了乐高玩具，所以……你是为了我的照片吗？”

她问得迟疑，付河的回答却没有半点儿犹豫。

“嗯，”付河说，“西加，我从来都不喜欢玩乐高。”

让他站在办公室心猿意马的不是乐高，让他处心积虑去收集小星星的，也从来不是乐高。

心头震动，路西加久久说不出话。一切好似都已经真相大白，可真相之下藏着的情感，又让她一时看不懂。

“可是……你为什么……”

问到一半，她将话语停在唇齿之间，不忍心去向这遥远的深情提问。

“想问我为什么会这么在意你？”付河接下了她的话。

路西加点点头。

她想不明白，既然她对那时候的付河完全没有半点儿印象，那么于她而言，他们曾经不过也只是最为普通的萍水相逢。或许打过照面，可她从来没注意过他。那么，他的心意是从何而起，深情又是从何而来?

玻璃窗上映出交叠的人影，付河看着，终于体会到了命运迟迟未曾给他的圆满。

“其实我也说不清。”付河回忆着，忽然说，“但第一次见到你时的场景，我一直记得很清楚。是下午的最后一节课，英语课。我们正在做一篇阅读理解，我忽然听到裴老师说了句‘又忘带钥匙了啊’，抬头，就看到你站在门口。你扎着马尾辫，穿了件黑色的羽绒服，有点儿不好意思地在朝裴老师笑，看着漂亮又乖巧。我当时……”

如今回想当时的画面，付河都有些忍不住想笑，他记得原本他只是听到声音，无意抬头扫了一眼，但目光触及站在门口的女孩，在指尖转的笔一下子落到了桌上。

同桌被他吓得抬起了头，他则像一个看傻了眼的愣头青，一动不动地盯着门口的女孩看。

那天，英语一向很好的他阅读理解错了很多，同桌看着他满篇的叉号，难以置信地瞪圆了眼睛，问他今天是不是丢了魂。

“你当时什么？”

听着与自己有关的故事，路西加的心里是忐忑而欢欣的。这样去要钥匙的事情发生过许多次，黑色羽绒服加马尾辫，也是她最寻常的装束。她不可能记得付河说得是哪一天，只能迫切地希望借着付河的语言，去描绘出他为自己心动的那个瞬间。

“我当时，只觉得……我这是看见天使了吗？”

很俗气，可也很真实。她笑得太温柔，以至于他都不敢相信这个女孩和自己是一个物种。

而如今回想，那一眼，真的有种一眼万年的感觉。

他也是真的丢了魂。

热巧克力已经摆了一会儿，付河怕凉了，端起来递到路西加唇边：“喝一口。”

路西加没伸手，只将嘴巴凑过去，借着付河的手喝了一大口。巧克力的香甜融化在舌尖，路西加靠回付河的肩头，依然觉得有些回不过神。

瞧她一直望着玻璃窗不说话，付河将环着她的胳膊更收紧了些，问:“在想什么？”

玻璃窗上的影子在轻轻晃动，路西加仰头看了他一眼，说：“在想……你好像瞒了我很多事情。”

她本来以为他只是初次见面就对她有好感，却没想到这个初次见面会是在他们的中学时代，随后，她以为年少时只是浅淡相逢，他却在今天告诉她，那时少年的心里就已经有了她。

彼时那么青涩，路西加忍不住再一次向付河确认："那……你是那时就喜欢我了吗？"

对于这个问题，付河认真想了很久后，才严谨地说："其实那时候也不太懂什么喜欢不喜欢的，就是总想看看你。你放学以后到裴老师的办公室写作业，我就总磨磨蹭蹭地不走，去找裴老师问问题。当时我朋友都很奇怪，问我英语哪儿来的那么多问题。但你写作业太认真了，我进去你都不太抬头看我。"

难得地，付河笑得竟然有些不好意思。现在想起来，那时候真的很单纯，他每次进办公室前都会想好，万一路西加抬头，他要做出什么样的表情才会显得自己既亲和又帅气，可这个小姑娘却从没给过他实践的机会。

路西加听着，笑了两声。是了，写作业认真是她从小就培养起来的习惯。

"还有呢？"她问。

"还有……你的演出我都会去看，学校里的、电视台的……只要我提前知道，就都会过去。"付河说，"我记得你跳的每一场舞蹈。"

"每一场？"

初中的时候，她在校舞蹈队，又一直在少年宫学舞蹈，排的舞蹈很多，演出也不少。隔了这么久的时间，路西加都不记得自己初一到底跳了什么舞。她来了兴致，瞪着一双明亮的眼睛问付河："那你最喜欢哪个舞蹈？"

没有太多的犹豫，付河很快说："我名字的那场。"

名字?

像是听了个谜语，路西加微微蹙起眉，不大懂："什么名字？"

但刚刚问完这句话，她就忽然像被回忆的流星击中了心窝。一场演出的画面浮现于眼前，那是学校里的艺术节，校舞蹈队排了一个不是很难的舞蹈，但舞蹈的剧情很有意思，讲的是一只失明的小海鸥和它的同伴们在海上经历风雨的故事。

她的角色就是那只失明的海鸥。

海鸥……

一个名词，带出了很多句他曾说过的话。

“叫海鸥吧。”

“海鸥的英文单词，记得怎么读吗？”

还有一句，是她以为他说错了的胡话——我的小海鸥们，要健康长大。

……

像一颗颗珍珠，在落地后被捡起，穿成了漂亮的饰品。路西加握着那串珠子，有些不敢相信自己的猜测：“你……”

付河将目光投向窗外的夜，然后飘向很远的从前。

“我记得，那年艺术节，你们表演的舞蹈叫《失明的海鸥》，舞蹈服是黑白的，裙子很像是芭蕾舞裙。你们的头饰也很漂亮，每个人的头上都别着一根羽毛。在舞蹈最后一段的时候，你站在一个白色的台子上，你的同伴拿了一根羽毛，挡在你的眼睛前面。”

付河说着，抬起一只手，遮住了路西加湿漉漉的眼睛，然后轻轻地晃动了两下，模仿着记忆里那根为她疗伤的轻柔羽毛。

就像那场舞蹈的最后，失明的小海鸥被同伴的羽毛治好了眼睛，跟着它们自由飞远，当付河的手移开后，路西加睁开眼睛，咖啡店的灯光再次充满了她的视野。很奇异，那一瞬间，路西加忽然觉得过往或悲或喜的岁月都变得晴朗起来。

她以为早就丢失了的光亮原来一直被人记着，那个执着的自己也一直被他牵挂着。

情绪翻涌间，视线对上一双温柔的眸子，她在他的眼中看到了自己，那张脸分明还是中学时的模样。

这一刻，路西加才终于懂得，原来那些动人的爱情故事是真的存在的，而自己就是那个幸运的主人公。

“烟花呢？”

她问得不大明确，付河有些疑惑。

在他的怀里，路西加用哽咽的声音重复了从普天林那里听到的故事：“刚才天林他们说，你回过一次家乡，他们问你到底回去干吗了，你说是给一个人放了朵烟花。”

没想到这件事竟然被她知道了，隔了两秒，付河低低地笑了一声，他摇着头，有些无奈地说：“这两个小孩，真是憋不住事。”

路西加很快懂了：“所以……那年的平安夜，真的是你放的烟花？”

说到最后，路西加的眼眶已经彻底变红。于她而言，那场烟花像是在黑夜独行时偶遇的一盏灯，它的意义重大，所以来历显得尤为重要。就像她同付河说过的那样，她一直以为那是老天给她的一个礼物，一个让她继续好好生活的暗号，她从没想过，或许写出这个浪漫故事的人另有其人。

“嗯，”付河应了一声，然后自心底叹出一口气，“其实原本想多放点儿的，但是我实在没钱了。”

他用自嘲的口气说出这话，原本想逗路西加笑一笑，却不想怀里的人在短暂的停顿后便用力挣开了他的怀抱。两人面对面坐着，付河这才看清了路西加红红的眼睛。

“为什么？”路西加问，“为什么要去放烟花？”

“其实最开始回去，不是为了放烟花，只是知道你受伤，就想去看看你。其实从看到了你受伤的新闻起，我就想回去，我知道我回去没有任何用，也知道回去可能会被追债的人发现……可我就想回去看看你怎么样了。但其实我不知道你具体住在哪里，也不知道你那时候到底在不在家里，所以就想着，放个烟花吧，万一……你能看到呢？”

付河紧紧绷着下巴，似乎在极力克制着一些不好把控的情感。虽然那些年他的日子过得一直都很苦，可是毫无疑问，在路西加出事以后的那段时间，是他觉得自己最撑不住的时候。他曾经一遍遍看她最新的跳舞视频，搜寻她点点滴滴的消息，看着她考上了舞蹈学院的附中、舞蹈学院，在一步步实现自己的梦想，他便觉得，这个世界也没有那么糟糕。尽管他的运气差了一些，可起码，她的前方是一路坦途。

可偏偏，命运跟她开了个巨大的玩笑，大到连他都快要承受不住。

他开始整夜地失眠，他一次次翻看着那张匆忙中当作宝贝带走的一寸照片，不停地回想她在舞台上的样子，最终，理智还是没能拉住情感，他揣着仅有的几百块钱，坐最便宜的火车回了家。

算上转车的时间，那趟旅途他用了整整两天。他在火车上挨过了每一次售货员的叫卖，挨过了很多个饥肠辘辘的时刻，大部分时间他都在迷迷糊糊睡着，而每一次转醒，都要先看看现在是到哪里了，还有多长时间到家。因为开货车的时候吃了太多的泡面，本来他发誓这辈子再也不吃泡面了，可火车实在开了太久，最终，他还是买了一碗泡面。

靠在窗边，泡面吃了半碗，他抬头，看到窗外那轮格外圆的月亮。

也不知道是泡面的热气熏的，还是月光刺的，很久都没哭过的人就这么红了眼。

付河将思绪从回忆中抽离，抬起目光，看到路西加已经重重撇下了嘴角。

“那你为什么不告诉我？”路西加带着哭腔问他，话里掺杂了许多情绪。

付河因为这个问题微微走了神，他想到自己在她的工作室第一次看到那张烟花图片时的茫然与惊喜。好像就是从那时开始，老天终于发现了从前待他太过苛刻，开始给他一点儿甜头。

“没想过你会真的看到，还这么喜欢。第一次见着你用烟花图片当屏保，你还不大认识我，我不知道要怎么开口跟你说。后来听了你讲的买苹果的故事，我也认为在那个街角，这样的巧合很美好。然后就觉得……”付河想了一会儿，谨慎地挑选了一个合适的词，“你得偿所愿就好。”

她想要一朵烟花，天边就出现了一朵烟花。

既然她的心愿已经实现，那么是谁实现的，好像也没有那么重要。

一直在路西加眼睛里藏着的泪滴终于流了出来，付河见着，忙去桌上拿纸巾，但在他抓住纸巾前，却被路西加猛地抱住。

“你说得对……”

路西加突然蹦出来这么一句，付河一下子没理解。但他还是紧紧回抱了她，然后侧了侧脸，吻了下她的耳廓。

“什么？”

“老天对我一点儿也不好，是你对我好。”

从来没有什么偶然拾得的惊喜，老天对她一点儿也不好，对她好的是他。一直都是他。

脖子上沾了泪水，付河忽然发现，他们在一起之后，她好像很爱搂住他的脖子，然后将脸整个埋在他的颈窝。委屈的时候是这样，感动的时候也是这样。而每一次，这个姿势都能让他的心里软得一塌糊涂，恨不得就这么将她揉进怀里。

温柔的音乐在不知疲倦地继续，女孩哭肿了眼睛，像是要把所有的感动与遗憾哭出来。

他们抱了很久，后来路西加哭累了，又被付河以最开始的姿势揽进怀里。

店主不打算打烊，他们谁也没说要走。路西加缠着付河说那些和自己有关的瞬间，偶尔会忍不住抱怨一句，问他为什么不早点儿追自己。

"如果你那时候再主动点儿，我们也能算青梅竹马了。"半眯着眼，她小声嘟囔。

听着这话，付河敛着眉，静默了片刻。

"追班主任的女儿……我是吃了豹子胆吗？"

原本因为夜深而涌上的困意一下子因这句话消失不见，路西加想了想自己的妈妈，颤着身子笑个不停。

笑完，她又闭上了眼睛，再次变得迷迷糊糊间，忽然听到付河用低沉的声音在她耳边说了一句："其实……我是有过计划的。"

他说得太轻，像是梦里的呢喃。

"嗯？"

"我计划着，要好好学习，以后拿到一个漂亮的分数，考上一个非常好的大学。等我考上大学，你也才刚上完高一，只要你不早恋，我应该还是很有机会的。"

这样的假设，只听起来就很美好。

"然后呢？"她不知什么时候扯起了唇角，玻璃窗里，两个人都在笑着。

"然后，找个风和日丽的日子，到你家，拜谢师恩。"付河说。

路西加不信："就只是拜谢师恩？"

“当然，还要找个机会和你说话，让你认识我。要和你保持联系，但要等你高中毕业之后再表白。”说着，付河忽然将头一歪，靠到沙发靠背上，他笑得慵懒，目光遥遥，却藏着几分无奈的遗憾，“我是一个不大喜欢做计划的人，这么多年，也只做过这一个计划……”

一个计划，藏了他年少时所有的萌动，那是青春草地上长出的嫩芽。

“如果”是世界上最没用的词，可即便如此，付河还是会克制不住地去描绘那个不可能存在的平行时空。因为那个世界太过美好，她不会受伤，他也不会被迫背井离乡。就像她刚才说的，或许他能算是她的竹马，一路护着她，到达任何她想去的地方。他不会让坏人靠近她，会努力做她的超人。

可人生就像多米诺骨牌，或是蝴蝶效应，一件事情偏离正轨之后，便会打乱之后的一切。

青春的草地，芳草没有碧连天。

“我计划得缜密周全，可惜，没能实现。”

回北京之前，付河又神神秘秘地说要带路西加去个地方。汽车顺着曲折的山路走了很久，最终在几栋两层小楼前停下。

“同心小学。”将门口的牌匾读了一遍，路西加不大明白，转头看向付河，“来学校做什么？”

付河卖起了关子，跟她说：“进去就知道了。”

下车时，付河还从后备厢拎了个书包。路西加好奇里面是什么，付河却又将刚说过的话重复了一遍，搞得路西加一头雾水。

还没到寒假时间，学生们仍在上课。这个学校不大，学生也不多，一路看下来，路西加发现一个年级也只有一个班而已。付河带着她到了教学楼二楼，两人刚从楼梯转角转过来，迎面便有一位女老师笑容满面地走了过来。

“郑老师。”付河跟来人打了个招呼，又跟路西加介绍，“这是郑老师，也是学校的校长。”

郑校长已经上了些年纪，戴着副眼镜，脸上胖乎乎的，笑容亲和，很符合路西加心目中校长的形象。

“郑老师好。”路西加驻足，朝郑校长微弯了弯身。

“唉，西加，之前听付河在电话里说过。”说完，她微微蹙眉看了付河一眼，开玩笑般说道，“看来你描述得不大准确啊，西加比你说的还要漂亮。”

路西加不好意思地笑起来，付河却是坦然地牵住她的手，朝郑校长点头：“那是。”

看得出郑校长和付河的关系不错，两人又简单说了几句学校的情况，随后郑校长便朝左边伸手，做了个指引的动作：“走吧，孩子们都准备好了。”

孩子们？

路西加疑惑地看向付河，付河则默不作声地朝她笑了笑，拉着她跟上了郑校长的脚步。

他们穿过走廊，一直走到尽头的一间教室前才停下。郑校长推开门，站在门口，示意他们先进去。这次付河将路西加拉到了身前，然后将一只手搭在她的肩上，给了她一个朝前行进的力道。

路西加踏入教室，音乐声适时响起。她有些错愕地看着在教室中央摆好了开场造型的小女孩们，终于明白了这一趟付河到底是要带她来看什么。

小女孩们的脸上都挂着标准的微笑，露出白白的牙齿。这让路西加忽然想到，在小时候刚学舞蹈的时候，每次老师都会强调，上了台一定要注意面部表情，小孩子们有的记不住，老师就会在平时配乐练习的时候站在前面喊“某某某，笑”。

路西加不知道多久没在现场看过别人跳舞了，舞蹈欢快，她不自觉地跟着打起了拍子，自己没有丝毫察觉。直到女孩们的最后一个造型摆出来，她才从对面的玻璃镜中发现了自己的跃跃欲试。

最后的造型，女孩们摆成了一个盛开的花朵形状，不知是不是因为紧张，站在中间当花蕊的女孩子竟没站稳，刚踮起脚便又踉跄地跌了下去。好在她反应很快，及时纠正，又将身体顶起来，但毕竟年龄小，还是没能控制住懊恼的神色。

音乐落下，路西加带头鼓起掌来，小女孩们似有些认生，都站在原地，扬着一张红扑扑的脸看着她。那个没站稳的女孩儿脸上更是格外红，她眼神躲闪，一直往地上瞟，路西加留意着，在她瞄向自己时，一边鼓掌一边朝她露出了一个安抚的笑。

“怎么样？跳得好吗？”付河问。

“好啊。”路西加特意提高了音量，让所有小孩子都能听到，“动作标准、整齐、有力度，而且大家的表情都非常好。”

虽然动作简单，舞蹈的编排也一般，但是能看出这些小孩子是真的喜欢舞蹈，一支舞下来，脸上都是热情洋溢的，看着就浑身都是劲。

郑校长适时插嘴道：“我们这儿的小孩子都是能歌善舞的，不过我们学校条件差，以前是没有舞蹈班的，这教室还是后来付河资助的，哦，不只是教室，新盖的教学楼也是。但虽然有教室了，我们这儿也没太好的舞蹈老师，地方偏，特别专业的老师都不往这边来。她们的舞蹈是我们一个年轻的女老师教的，她也没正儿八经学过舞蹈，只能说……更多的是为了让孩子们开心吧。”

路西加有些讶异，她不知晓付河是在怎样的机缘巧合下资助了这间舞蹈教室，但到了今天，在明白了他那么多年的心意后，即便不用再次向他确认，她也知道这间舞蹈教室的存在一定或多或少与自己有关。

她朝付河看过去，两人对视，心照不宣。

郑校长对小孩子们拍了拍手，说带大家去换衣服，一群小女孩便跟着校长有序地走出了教室。看着她们的背影彻底消失了，路西加才有些可惜地跟付河说：“刚才看她们跳舞，有几个女孩的身体条件非常好。如果能跟专业的老师学，说不定以后会大有前途。”

她说完这话，目光便随意地收回来，却被付河含笑的双眼捉了个正着。心头轻颤了一下，路西加从他的眼睛里看出一些不大明显的暗示，却还是没勇气戳破。

她别过头去，稍显匆忙。又走到镜子前，摸了摸练功用的扶杆。

她站在那儿，长久地，没说一句话。

“我第一次看到她们跳舞，是在院子里的空地上，她们跳了一支孔雀舞。那会儿没这么多孩子，只有七八个特别喜欢跳舞的小女孩，眼睛一个比一个亮。”付河慢慢走到路西加身边，将身子靠到扶杆上，“我看着她们，就想到了你。”

真的做喜欢的事情时，眼里的喜悦是藏不住的，那些小女孩眼里的光亮，和当初路西加眼中的一模一样。所以，当他在夕阳下看到这群跳舞的女孩子，便立刻决定要给她们建一间舞蹈教室。哪怕以后可能也找不到愿意过来教学的舞蹈老师，他也觉得，每个女孩都应该拥有在镜子前起舞的机会。

因为他的话，路西加也在回想着小时候的自己。的确，那时，自己每次都是第一个到舞蹈教室，最后一个走，每一样基本功，她都要对着镜子默默练习很多遍，哪怕老师说合格了、可以了，她也觉得自己可以做得更好。

她又想起方才那个没站稳的小女孩，又忽然想到，自己小时候第一次站在少年宫的镜子前时，就是跟着老师做了一个踮起脚的动作。那是她第一次懂得了什么叫“伸展”，就像鸟儿张开翅膀，猫咪伸了个舒服的懒腰。

就是视线升高的那几厘米，让她爱上了跳舞的感觉，从此一发不可收拾。

付河将手中一直提着的书包放到地上，忽然微微侧了侧身，将脸凑到她面前。

“要不要再试试？”

“试什么？”路西加不自觉地问。

付河没答，而是弯下身，打开了书包拉链。

路西加将手臂撑在扶杆上，朝那边探身，看清了书包里装着的东西。

她愣在那儿，看着付河将几双舞蹈鞋取出来。

“我在网上查了很久，但还是不知道我买的这种你能不能穿得习惯。也不确定你到底穿多大码，就买了三双。”

包装袋被攥出了刺啦的声响，钻进路西加的耳朵里，像是不安分的猫爪，在用绒毛蹭着她。

她深深吸了口气，伸手，从付河的手里拿过一双舞蹈鞋。

“我很多年没穿过了。”

将舞蹈鞋拎在手里，她才发现那份重量已经不再熟悉。好像比她印象中的轻一些。

“这里只有我们两个人，”付河问，“想穿吗？”

路西加想了想，点了点头。

大概是刚才被小姑娘们眼中的热爱感染了，不仅是付河，她也想见一见当初的自己。

付河先帮路西加脱了外套，然后拉着她坐到旁边的椅子上。修长的手握上了路西加的脚踝，路西加先是本能地缩了下脚，等察觉到他的用意，也就没再反抗，任他脱下了自己的鞋子。

“我来帮你穿。”付河低声说。

舞蹈教室很暖和，付河已经褪去了外套，只穿了一件薄薄的棉质长袖。路西加平日就很喜欢看付河穿这种简单的衣服，身材好的话，穿什么衣服都是恰到好处的修饰。屋子里的一切都是静的，唯独他蹲在地上，低着头，肩头因为手臂的动作不断起伏。

瞧着他这动作，路西加有点儿好奇：“你怎么看着这么熟练？”

付河将头抬起，看着她说：“我专门在网上学习过。”

原本还有点伤感，一听见付河这话，路西加立刻笑了起来。

“你做了好多功课啊！”

舞蹈鞋买的几乎是最好的牌子，码数也很合适，还特意学习了怎么穿舞蹈鞋比较容易……

“当然了，现在各个平台给我推送的都是舞蹈鞋、舞蹈服……”略微停顿，付河有些好笑地说，“这也就算了，竟然还有成人古典舞班的广告。”

“哈哈哈，”路西加笑得朝前倾了身，索性将一只胳膊搭到付河的肩膀上，“大数据也挺有意思的。”

这么说着，她忽然想到那个电台。

“对了，你看之前我听到你的那个电台，不就是首页推送的嘛，说明我们的听歌口味差不多，大数据都觉得我们有缘分。是不是？主播？”

说这话时，她的语气里带着掩饰不住的骄傲。好像从很多点点滴滴的事情来看，他们都是天生一对，就该变成最亲近的人。

主播手上的动作顿了顿，而后笑得纵容：“嗯，感谢大数据。”

将两只鞋都穿好，付河向路西加确认是否合适。路西加在地上踩了两下，感受过后，认可地朝付河竖起了大拇指。

没等她的手放下去，付河就将她的手牵住。他将她带到屋子中央，然后连同她的另一只手一起放到了自己两侧的肩上。

腰被一双手揽住，路西加仰头看着和自己贴得很近的人，问他：“干吗？”

付河将脑袋微微左右摆了两下，似乎在思考什么。就在路西加又要开口问他第二句的时候，他忽然低头，在她的唇上亲了一下。

“踮起脚，好不好？你可以只用一只脚，我会扶着你。”

他话语温柔，半哄半劝，弄得路西加都无暇去想这个动作到底代表着什么。

等回过神，她才发觉自己的视线已如小时候那样，朝上移了几厘米。不同的是，那时踮起脚，看到的后方窗户透过来的落日余晖，灿烂夺目，而此刻踮起脚，看到的则是他的眉眼。

心脏像是快要跳出胸膛，记忆中的欢畅热烈不住奔袭。那个她用了许多年构筑出来的世界，好像……又来到了她的眼前。

第 18 章
这就是我男朋友

回北京的那天，昆明的天格外蓝。路西加坐在靠窗的位置，飞机起飞时，底下的山脉河流不断变小，直到那片总是生机盎然的土地被掩埋在云层下，彻底不见，路西加才收回视线，转过了头。

像是看出了她要说话，付河握着她的手，将头朝她靠了靠。

“我想……以后有时间的话，我可以过来教她们跳舞。”

“可以啊。”付河对路西加的话并不意外，还立刻帮忙完善她的计划，“我们的工作时间都比较自由，有空的时候就可以过来住一两个月，就当度假了。如果你决定了，我在这边买个房子，以后也不用总住酒店。”

平凡的一天，普普通通的对话中，未来好像忽然就有了样子。路西加觉得心里一直被什么感觉充满，那感觉给身体带来的热度，甚至盖过了飞机拉高时的轰隆响声。

为了去见路西加的父母，付河准备了很多样礼物。回家前一天晚上，看着付河一样样清点着餐桌上的礼品，路西加犹豫地问：“是不是有点儿夸张了？”

付河却笑笑，说：“不夸张，郑重点儿好。”

两人再次踏上回家乡的旅途，这次在车上更为紧张的人变成了付河。路西加给妈妈打了个电话，确认到达的时间，结束通话后，她忽然想到什么，问付河：“欸？你等会儿见着我妈妈，是叫裴老师，还是叫阿姨啊？”

“当然叫阿姨了……”付河用食指敲击着方向盘，思考，“叫阿姨，以后改口比较顺。”

没想到他会从这个角度考虑问题，路西加“扑哧”一声笑了出来。

到了家门口，拎着一堆礼物袋子的人特意撑了撑肩膀，试图让自己看上去更加精神。路西加等着付河做完动作，才小声问他：“准备好了吗？”

“嗯？”

被她突然提问，付河没反应过来。

路西加从兜里掏出钥匙，像拿着铃铛似的晃了晃：“拜谢师恩。”

清脆的响声，似是时光机的旋钮在转动。付河怔了怔，低头，无声地笑。

从前的计划终于成了真，尽管故事发生的先后顺序出了错，但好在，他们各自去大大的世界绕了一圈，又终于回到了他们最初相遇的地方。

锁匙刚一碰撞，大门便被人从里面拉开。

看见里面站着的满脸笑容的人，路西加立刻叫了声：“妈妈！”

她的话音落下，隔了半秒都不到，身后忽然传来一声：“裴老师好。”

路西加因这称呼而诧异地回了头，却只看见一张笑得十分拘谨的脸。

裴静应了付河一声，招呼他们进门，简单寒暄了几句，才一脸奇怪地看向一直在低着头偷笑的女儿。她以眼神询问，路西加咬了下嘴唇，朝她轻轻摇了摇头。

路西加帮着付河把带来的东西都放到了客厅一角，两人弯腰凑在一起的时候，她小声问：“不是说叫‘阿姨’吗？”

——怎么一声“裴老师”叫得这么顺嘴？

付河轻咳一声，掩饰尴尬，解释说：“没办法，大概是……对班主任有着刻在骨子里的尊敬。”

为了欢迎他们回家，路尚源和裴静准备了一大桌子的菜。因为曾经的师生关系，裴静见着付河倒是亲切得很，聊起天来话题也多。路西加特别爱听他们说一些付河读书时的事，每当裴静回忆起什么，她都要追着问个没完。

“那时候我还让你教过我们班学生跳舞呢，你忘了啊？”

“啊？”路西加看着裴静，摇摇头，“什么时候啊？”

“就是他们初三的毕业晚会啊，当时说晚会的最后一个节目，要搞一个舞蹈串烧，从一班到八班，每个班都要跳一段集体舞。我们班没人会跳舞，我就让你编好了舞过来教的他们。”裴静说完，还将手朝路西加那边一摆，用一副习以为常的语气补了一句，“你这孩子从小就不记事。”

教跳舞？

听裴静这么一说，路西加才终于有了模糊的印象。她迅速转头，问付河：“你也跟我学了？”

没等付河回答，裴静就先说：“当然了，当时可是我们一个班都跳了。”

饭后，付河跟路西加一起到厨房刷碗。路西加被他拉到一边站着，看着水流将碗碟上的油渍冲洗干净，她还在想着当年练舞的事情。

“你是不是也不记得了？”她试探地问付河。

付河看了她一眼，说：“怎么可能？”

果然，路西加叹了口气，记性不好的只有她自己。

好像嫌她不够愧疚似的，付河还挑着眉，添油加醋地来了句：“唉，终究是我一个人的回忆啊……”

“哪儿有……”路西加嘴硬，“我现在已经想起来了！我就是在三楼那间大舞蹈教室教的你们，对不对？你们班上还有一个长得特别好看、身体也很软的女孩子，每次都站在第一排中间的位置。”

“那我呢？”

付河突然问。

“你什么？”

付河将一个碟子摞到旁边，貌似不经意地问：“我站在哪里？”

路西加答不出来，只好可怜巴巴地看着付河，摇了摇头。

“倒数第二排，从左数第二个。”

“噢……”路西加想了想，抱怨，“那你应该往前站站，你们班六十多个人呢，我哪儿能把你们的脸都记住呀？你站在第一排，我肯定就记住你了。”

“我也想往前站，其实我一开始就站到了第一排来着，但是我个儿太高了，他们说我挡着他们了，愣把我挤到后排去了。”

憋了一会儿，付河有些无奈地接着说：“那时候我还想过，要不要故意跳错动作，来吸引你的注意力，因为你每次都会对跳错的人单独纠正。但是转念一想……我怕你觉得我太蠢。现在想想……”

说到这儿，付河停住，看向路西加。

路西加朝他歪了下脑袋：“嗯？”

“当初如果脸皮厚点儿，不要总想着给你留个好印象就好了。”

他的脸上满是认真，路西加看了，赶紧说：“没有，怪我、怪我。不过，虽然我没记住你，但你们那个舞蹈我还记得呢。”

说完，路西加后退了两步：“我跳给你看。”

给没舞蹈基础的人编的舞自然是比较简单，路西加凭着记忆，将舞蹈跳了一遍。虽然她不记事，但她自觉自己记动作还是很厉害的，跳完后，她自信满满地问付河：“怎么样？我是不是基本没跳错？”

付河的脸上有明显惊喜的神色，他点点头：“厉害，很完整。不过……你还是漏了个动作。”

路西加迅速反应过来，问他：“你记得这么清楚啊？什么动作？”

手还湿着，付河便只弯起膝盖，朝后抬了下腿：“有个抬腿的动作。”

路西加皱着眉回想，半天，还是没想起来。

“不记得了？”付河提示，“你记不记得，当时你教我们这个动作，说先抬右腿，但是总有人先抬左腿，你就站在前面，面对我们做示范。结果你后退得太多，一抬腿，就踢到了后面的墙壁。”

教比自己大两级的学生跳舞，当初的路西加大概也是头一次，所以不免有些紧张。付河还记得，路西加第一次来给他们上课时，班上有比较调皮的男生冲路西加喊了声“小老师好”，小姑娘当时就红了脸，连连摆手。

像是在回忆什么甜蜜的片段，付河不自觉地笑了一声。

“我都还没反应过来发生了什么，你就已经快速回过身，一边摸着墙一边说‘对不起、对不起’。”

听到这儿，路西加忍不住耸了下肩膀："我好傻啊……"

"哪儿有，"付河快速否认，纠正道，"我当时就想，怎么会这么可爱，竟然跟墙壁道歉。后来，你当了纪子炎的服装师，咱们开会的时候，你不小心打了白板，你也是这样，立刻转过身去跟白板道歉。"

一摞碗碟已经刷干净，如同暴雨过后，满地的泥泞都被冲洗掉，只剩下最初洁净的样子。付河抽了张纸，将手擦干，才快速抱了路西加一下："那时候我就发现，你从来都没变过。"

晚上，路西加睡在了家里，付河则是自己到附近的酒店去睡。

路西加洗了个澡，正准备进屋去跟付河聊天，路尚源却难得地叫她过去聊一聊。一看路尚源这又是沏茶又是拿零食的架势，路西加就知道，这是要说正事了。

一家三口在沙发上坐下，路西加垂下眼眸，端起爸爸刚刚沏好的茶，送到嘴边。

路尚源清了清嗓子，开始了今天的家庭会议。

"今天我问付河，他说想明年跟你结婚，你们俩商量过这事吗？"

"咯……"

被一口茶呛住，路西加克制不住地咳嗽了起来。坐在一旁的裴静连忙递上张纸巾，又帮她拍背："哎呀，这么大的人了，怎么喝口水还能呛住。"

路西加把茶杯放下，又赶紧摆了摆手："还没。"

"还没？"路尚源狐疑地问，"不是，你反应这么大干吗？你不想结婚啊？"

"没有，"路西加解释，"就是我之前没想过，你突然提起来搞得我措手不及。"

"哦，那你可以考虑考虑了，这事还是要你自己拿主意的。"路尚源说，"我们俩反正看着付河不错，他家的情况我们基本也都了解，我们之前唯一的顾虑就是他爸爸。其实我们不介意对方家里条件差点儿，但是一个赌徒，就像是一颗定时炸弹。他估计也是怕我们担心，那天他说，家里的事情他都会处理好，如果他爸爸以后再惹出什么事，他也可以保证不会影响到你们两个的生活。”

过了两秒，路西加点点头，又饮了一口茶。

不知是不是因为那一杯茶，路西加在床上躺了半天都没能入睡。她起来去了趟厕所，关灯的时候，另一间卧室的裴静忽然打开了门。

“妈妈？”路西加看了一眼墙上的时钟，“你怎么还没睡？”

裴静拢了拢头发，朝她摇摇头：“我也睡不着。”

见她手里拿着本相册，路西加好奇地问：“那是什么？”

裴静拉着她一起回了她的房间，母女俩躺在床上，说起了悄悄话。

“其实我今天看见付河，挺感慨的。”裴静说，“以前是想起他来就会觉得这孩子可惜，没想到现在他竟然要变成我的女婿了。”

路西加笑了笑，搂住裴静，问：“那我是不是眼光挺好的？”

说完这话，路西加又觉得不太妥当。因为严格来说，好像……从很久以前开始，就是付河的眼光比较好。自己则是……瞎了似的。

“是。哦对，”裴静拍拍拿进来的相册，“我刚才睡不着，脑袋里不停回忆以前的事。我忽然想起那时候我就觉得很奇怪的一件事来……你先老实告诉我，你们那会儿到底认识不认识？”

无意间和裴静的眼睛对上，路西加才理解了付河那句“对班主任有着刻在骨子里的尊敬”。

这眼神也太吓人了……

“不认识啊，”路西加快速回答了一句，说完，又补充，“其实他认识我，因为我不是经常去找你嘛，所以他见过我很多次。但是我真的对他没印象，你也知道，我一向不记人……”

裴静听了，靠在床头琢磨了片刻：“那这小子……不会那会儿就喜欢你吧？”

手指头不知什么时候暗暗绞在了一起，为了付河的安危，路西加垂下眼帘，嘟囔了一句：“没有吧……”

“那不对啊，”裴静皱着眉头翻开相册，“你记不记得那时候，学校要排个英语的舞台剧，是初中三个年级联排，每个班都会选英语好的学生去面试。后来角色分配下来，你演了个小女孩。”

路西加点点头。

就是她坐在很高的地方唱歌的那次，付河还给她唱过那首童谣。

回想到这儿，路西加突然愣住。

等一下……那首童谣……真的会这么巧吗?

预感到事情或许并不只是巧合那么简单，路西加屏住呼吸，看着裴静的动作。

“那会儿我们班就是付河去的，他本来被选上的是男主角，就是你那个角色的父亲，负责舞台剧的老师还跟我说付河的条件非常好。结果过了两天他跟老师说他演不了这个角色，说是背不下来词，非要演一棵树。为这，我还把他叫去办公室训了一顿，我说他得锻炼一下自己，不能事情还没干就先说自己不行，但我苦口婆心劝了半天，他还是铁了心要演树。”

裴静不理解，但对剧本非常了解的路西加心里却跟明镜似的。按照那个舞台剧的剧本，女孩的父亲在女孩刚出生的时候就死了。如果他演父亲，那么他们没有任何对手戏，甚至不会在同一时间出现在排练场。

她还在出神，裴静已经翻开相册，取出了一张老照片。

“你看，当时你们还照过一张合照，里面的人太多，以前我还没注意。刚才我细细看了看，”裴静将照片交到路西加手里，用一根手指指着一个男生，说，“你看他，是不是在看你?”

男生扮作大树的模样，在别人开心地合照的时候，将头微微偏向了一边，看着前一排的女孩子。

所以……那个在她走下梯子时突然伸出了手的大树，就是付河。

她终于如愿见到了少年时代的他，却未曾料想，会是在这样的场景之下。

舞台剧……

很多人……

看着密密麻麻排了好几排的大合照，路西加忽然心底一个激灵，想起来那时候负责舞台剧的老师曾专门给大家拉了个QQ群，用来发一些台本、伴奏。

她不想错过任何过往的痕迹，在裴静走后，便拿起手机，下载了QQ，回忆当初的账号和密码。费了一番工夫终于登录上去，令她意外的是，上面竟然有很多老同学的留言，都是知道她受伤以后发来的问候。

当初因为不想面对过去，她单方面切断了和所有朋友的联系，QQ 自然也是再没有上过。那些头像如今大多都是灰色，时间过去那么久，她不知道他们是否还在用这个 QQ 号，但还是带着惊讶和感动，仔细查看了每一条消息。

将留言都看完，她才点开了那个舞台剧的 QQ 群。群聊天的界面是一片空白，她找到成员栏，一个个看过去。

她不知道付河的 QQ 号是哪一个，甚至都不确定，他作为一棵大树，会不会在这个群里。但视线触及一个头像，她几乎立刻认定，那就是付河。

点进个人资料卡片，一行简短的签名，再次印证了她的猜测。

他的头像是一只海鸥的图片，个性签名是一句：想带你重回红灯舞台。

她看着那句签名，眼泪一下子就冲到了眼眶里。

她一向不爱记那些生活琐事，可这一刻像是捡到了一张照片一般，清晰地回忆起，那晚的舞台，就是一个有着红色灯光的舞台。

舞台剧不是她唯一的节目，她还跳了舞，还参加了最后那个大合唱。就像春晚的保留曲目是《难忘今宵》一样，那时的文艺晚会，合唱的保留曲目永远是那首《明天会更好》。

顾不得已经是深夜，路西加打开聊天框，什么都没说，只给付河发了一个哭泣的表情。

付河很快将电话打了过来，路西加把脸埋在被子里，一声不吭，付河就好脾气地一声声问她怎么了。

终于，路西加吸了吸鼻子，问：“你是为了我演的大树吗？”

那端，付河站在酒店的落地窗前，看着外面的点点灯火。路西加的一句话，似乎一下子将他拉回了毕业晚会的那个晚上。他换上了别人不愿意穿的大树服装，站在那个有她的红灯舞台上，听着她用动人的声音说着每一句台词。

她坐在那棵作为道具的大树上唱歌，他就站在那里一直看着。等她唱完，朝下走时，那把讨厌的梯子却一直在晃。

他伸出一只手，扶住了梯子，又将另一只手臂也递出去，让她扶着。

他的小动作太过自然，连他的女主角都没察觉到里面藏着的别有用心，却被他那个知道他坚持要演大树的同桌看了个通透。于是，毕业聚餐时，在真心话的环节中，他同桌故意使坏，问他是不是有喜欢的人。

好歹也是“班草”，这样的问题自然使得无数双眼睛都亮了起来。他在众人灼灼的目光中将手里把玩的筷子包装系成了蝴蝶结的形状，垂着眸子，平静地说：“有。”

看同桌似乎意犹未尽，他勾了下唇角，接着补充：“以后会追。”

十几岁的人多单纯，好像说一句“喜欢”，就已经是天大的事情。

一句话使得周围炸了锅般响起了各种起哄声，他们也就这么热闹地散了场。

时针已经过了十二点，是新的一年了。

夜色的映照下，付河眨了下眼睛，对着手机，轻轻叫了声：“西加。”

“嗯？”

付河低低地笑起来，眉眼生动，和那日毕业聚餐时很是相像。

他说：“大树是为你演的，星星是为你集的，烟花是为你放的。大数据让你找到我，是因为曾经你的QQ动态里，会显示你正在听的歌，每一首，都在我现在的歌单里。”

年少时不是一时冲动，那时说出的话也绝不是说说而已。

“我是真的，有在认真追你。”

从很久很久以前开始。

第二天早上，路西加被书页翻动的声音吵醒，她撑开眼皮看了一圈，只见堂姐路明枝正坐在地毯上，翻着自己原本放在床边的相册。

前一晚睡得太晚，尽管已经日上三竿，路西加仍然觉得很困。搞清楚了屋子里的状况，她将脑袋又重新埋进枕头里，含糊地问了句：“姐，你什么时候来的？”

“才来一会儿，你怎么今天睡到这么晚啊？不像你的风格啊……”路明枝奇怪地看了路西加一眼，又朝她晃了晃手里的相册，“而且还大半夜不睡觉，看相册。”

也不知是不是女人的第六感实在太准，见路西加没听到似的不作声，路明枝眯着眼睛凑近她，伸手拨开挡在她脸上的头发，端详了半天，非常肯定地说：“你有情况。”

路西加现在没力气讲故事，便把脸转了个面，避过她的视线：“我要再睡一会儿。”

“还不跟我说？”路明枝当即不满，作势要往门口走，“再不说我放萧然进来了啊，他可比我八卦。”

“别别别。”

一听这话，路西加赶紧求饶。

路明枝将相册合上，往路西加的床头一拍：“那你速速招来。”

看着路明枝气定神闲的样子，路西加突然起了恶作剧的心思。她把手机攥在手里，“哗”地将被子拉过头顶，丢下一句：“等我给你找找照片。”

过了约半分钟，被子底下的人还没动静，路明枝假装不耐烦地催促：“好了没啊，要是男朋友实在长得难看就别找了，直接分手吧。”

她的话音刚落，路西加就露出了一颗头发蓬乱的脑袋：“你怎么这么颜控？”

“我当然颜控了，”路明枝说，“我长得这么好看，还不能对男朋友控一控？再说了，这些男的没一个让人省心的，反正都要气着我，我还不如找个好看的，看着心里还舒坦点儿。赶紧把你男朋友的照片交出来，我审阅一下，看看配不配得上我们家仙女。”

于是，仙女笑眯眯地递出手机。

路明枝对着手机屏幕看了三秒，扯了下唇角，皮笑肉不笑地问路西加：“你在这儿逗我呢？”

“没逗你啊，”路西加坐起来，伸手把星星形状的抱枕拉过来，搂进怀里，笑得一脸娇羞，“这就是我男朋友。”

“真当我不听歌啊？你是不是不知道他是萧然的偶像，这小子天天在家里拿我几千块的音箱放他写的歌！”路明枝没想到路西加竟然也会犯花痴，她哼了一声，“怎么越大越像个小女孩。”

本来昨晚就是被哄着入睡的，路西加这会儿心里还甜得冒泡，根本不在乎路明枝信不信。她晃了两下脑袋，脸上的笑越来越浓：“反正他是我男朋友。”

“得得得，你男朋友，赶紧起床吧，SEA. G的女朋友，我们要去看电影呢，萧然买了票。”

路明枝不想跟追星族计较，“我男朋友”“我老公”这种词她从自己那帮朋友嘴里听得多了，再多一个这么叫的也完全无所谓，反正都是假的。

但站起身，瞥见路西加那埋头偷笑的姿势，路明枝还是忍不住翻了个大大的白眼。

怎么回事，一个个挺漂亮的小女生，净做梦。

简单吃了点儿东西，路西加就被姐弟俩拉出了门。路萧然刚买了辆车，新鲜劲儿还没过，明明是步行只需要十几分钟的路程，他愣要开车，结果三个人硬是在商场门口堵了二十分钟才进去停车场。

下了车，路萧然就直跺脚：“快快快，要开场了，这剧几乎所有音乐都是我偶像写的，可不能迟到，我还特意买了IMAX大银幕厅，效果更好。”

“哎！”路明枝立马伸出一根手指，一脸严肃地制止路萧然继续说话，“现在可不能叫偶像了啊，叫姐夫。”

在疑惑的同时，路萧然自觉地拉开通往商场的大门：“什么姐夫？”

路明枝碰了碰正挽着自己胳膊的人，给“追星女孩”创造机会：“给他秀一下。”

路西加忍不住笑起来，但还是非常配合地亮出了自己刚换上的手机屏保。

路萧然一边走一边伸长了脖子，看清楚后，嗤笑一声：“我当什么呢，这不是我偶像走红毯那天的照片啊……你看看你们，人家一露脸就喜欢上了。那天颁奖典礼之后，我朋友圈一下子多了好多分享我偶像的作品的人。”

不管男生女生，说起偶像来都是滔滔不绝，恨不得一下子让全世界都知道自己的偶像有多好。

“不过你还是很有眼光的，我偶像不仅颜值高，才华更是没的说，回头我发你点儿专业音乐人士分析他作品的帖子……”

“啧，”路明枝抬腿轻踹了他的小腿一脚，“都说了，叫姐夫。”

“行行行……我 SEA 姐夫……”

假期的电影院，人多得离谱。路明枝使唤弟弟使唤惯了，到了影院大厅就拉着路西加找了个稍微清静点儿的角落站着，让路萧然去取票。路西加一直靠着墙发消息，路明枝细细打量了她半天，更加确定，这女人一定是在恋爱！

脑袋里快速过了几句盘问的话，她上前一步，正要施展，却看见路西加忽然抬起头，开始四处张望。

“取好了取好了，快走吧！”

路萧然拿着三张票匆匆跑过来，刚对上路西加的视线，路西加的脑袋却立刻转到了另一边。不知看到了什么，她朝前方挥了挥手，脸上也是毫不遮掩的开心。

一旁的姐弟俩都注意到，不约而同地朝同一个方向看去。

来人高高瘦瘦，一身黑色大衣，即便是戴着口罩，只露出一双含笑的眼睛，路明枝也能一眼辨认出他是个帅哥。

付河走到他们面前，站定后，才摘下口罩。

“我的天！”

打招呼的话被一句惊呼阻断，声音的主人举着三张票，张大了嘴巴。

路明枝最先反应过来，震惊地转头，一双大眼睛瞪着路西加。

路西加笑着举起手机，摁亮了屏幕，又朝她晃了晃那张刚刚才给她看过的屏保图。

付河早就通过微信知道了路西加小小的恶作剧，见她开心，也跟着轻轻笑起来。笑完，才说：“堂姐好，萧然好。”

路萧然哪受得了这样的问候，脑子都没开始转，嘴就先招呼上了：“SEA

姐夫……”

路明枝及时地从后面给了他一拳。

“哦不是，”路萧然终于回过神，赶紧补救，“姐夫好！”

看着付河明显愣了一下，路西加倒觉得有点儿不好意思，她扯了扯路萧然的胳膊，一个跨步，站到付河身边：“不用叫得这么早……正式介绍一下吧，这是我男朋友，付河。”

说话间，她不自觉地朝付河靠了靠，付河便自然地抬起一只手，搂住她的肩膀。热恋中的人就是这样，会不自觉地贴近，会想要有身体上的触碰，好像无论在哪里，两人的周围都可以自动形成一个保护罩，把所有甜蜜的氛围都牢牢锁在他们之间。

“我倒不介意早点儿叫。”付河笑说。

没想到他会贫嘴，路西加微微瞪了他一眼：“叫哥就行啦。”

检票员已经在提醒入场，付河提醒了一声，路萧然突然一拍脑门。

“完了完了，我没买姐夫的票啊！”

“没事，我买了，感觉还是坐一起看比较好，我就又买了四张。”付河很快从口袋里掏出四张票，还转头跟路萧然说，“萧然，你买的票我给你报销，就当我支持朋友的电影了。”

“哎呀不用不用，”路萧然立刻摆手，“就当我支持你……”

“加个微信吧，”付河掏出手机，自然地凑近了路萧然，“我转给你。”

加微信？

刚刚还在拒绝的人立即换了个话题，一只手立马揣进兜里：“好的！加微信加微信。”

路萧然觉得自己摁下那个“通过验证”的按钮时，大拇指都是抽搐的。崇拜了这么多年的人站在自己身边，还主动加自己微信，路萧然此刻脑袋里只剩下了一个想法：自己有本事不如姐姐有本事！

一场电影结束，有人甜蜜，有人傻笑。

散场后，路尚源打来电话，说他们要去和老朋友吃饭，晚饭让路西加和付河自己解决。付河一听，立刻提议要请客。路萧然早就在偶像的光环下彻底沦陷，自然是连连点头，只有路明枝，在被帅哥短暂地迷惑了心智后，继续谨慎地帮妹妹考察男朋友。

路西加对家乡的美食不熟，晚餐地点是路明枝选的。一家比萨店，装修精美，很符合年轻人的审美。

四个人点完餐，付河去了洗手间。路明枝把路萧然支出去借充电宝，随后靠过身来，小声问路西加：“不是杀猪盘吧？”

微微愣了一会儿，明白过来她这是在说什么，路西加立刻要否认。路明枝却没给她快速开口的机会，语重心长地接着说：“我跟你说啊，娱乐圈很复杂的，虽然你男朋友是幕后的人，但平时见过的美女帅哥肯定也不少，你可千万不要恋爱脑，只看到他对你的好，一定要好好看清楚！”

只看到对我的好……

路西加和路明枝从小就亲近，再加上路西加总是一副不会发脾气的样子，路明枝以前就没少护着她。所以对于路明枝的话，路西加多半会仔细思考一下。

可是再怎么想，路西加也没想到付河对自己不好的地方。

她微微低头，喝了口杯子里的饮料，然后咬着吸管摇了摇头。

“真的不是，他特别好……”

“男人哪儿有特别好的，”路明枝对第一次谈恋爱的人十分不信任，“展开说说。”

“嗯……”

往日相处的许多画面蹦到眼前，心情比语言来得更快。他们的故事那么长，路西加一时不知要从何说起，又要说多少，于是她笑着皱了皱眉，同堂姐撒娇：“等什么时候我们一起睡觉再慢慢说。”

“西加？”

姐妹俩的悄悄话被打断，来人是个男生，个子不矮，皮肤偏黑，长相端正，笑起来很讨喜。

“真的是你？我还以为我看错了！”

看着男生明显激动的神情，路西加觉得有些熟悉。细一回想，她终于将这张脸同记忆中的一个名字对上了号。她站起来，试探地确认："陈铎？"

"对，"陈铎没想到路西加竟然还能说出自己的名字，挠挠头，说，"你还记得啊？"

"当然，班长嘛。"

路西加记得，读书的时候，陈铎就是个热心肠，谁的忙都很爱帮，所以人缘一直很好。昨天查看 QQ，还看到了他的很多条留言，都是在关心她的情况。

"真不容易，这么多年没见了，今天竟然在这儿碰见你了。是放假回来了吗？"

"嗯。"路西加笑着点点头，没做过多的解释。

另一边，付河不知什么时候走了过来，看着餐桌前站着的陌生男人，他挑了下眉，看向路西加。路西加给两人做了介绍，付河主动伸出手，同陈铎问了声好。

碰上许久没见的老同学，陈铎心里应该也是高兴，站在那儿同路西加多说了几句，临别，他的身子刚转了个小角度，又在短暂的停顿后快速转回。

"那个……"陈铎支支吾吾的，似是有什么话，不知道该不该说。

见他为难，路西加没催促，就淡淡笑着看着他，等他开口。过了两秒，像是下定了决心，陈铎终于说："其实明天有个同学聚会，你想去吗？"

这样的问题，从前从不在路西加的考虑范围内。此刻突然被陈铎提出来，她像有些被问住似的，答不上来。

好在，陈铎也没硬逼着她做决定，只是掏出手机，说："要不，加个微信？你如果想去的话告诉我。而且我也在北京工作，现在做牙医，我们留个联系方式，以后万一你有什么事需要帮忙的尽管找我，别客气。"

陈铎走了之后，付河还站在原地不动。路西加本来已经转身要坐下，见付河跟个木头似的，奇怪地唤了他一声，又指指凳子："坐呀。"

付河这才摘下口罩，朝前走了两步，坐到路西加的对面。

和路明枝有一搭没一搭聊着天，路西加却总觉得对面的人脸上表情怪异，那要笑不笑的样子看得她心里痒痒，她便趁路明枝说话的空当，给付河送去一个疑惑的眼神。

付河接收到，抱着手臂，朝她笑着摇了摇头。

这么一来，路西加更好奇了。她继续拿眼神逼问，付河终于无奈，掏出手机，打了一行字。

紧接着，路西加的手机就振动一声，亮了起来。她摸过手机查看，只见聊天框内新增一条消息——带着醋味。

“不记得我，记得初中同学？”

把这行字来回读了三遍，一个幼稚鬼的形象便生动地出现在了屏幕上。

路西加不想和幼稚鬼理论，从表情库里找了个小兔子亲亲的表情，连发了三次。

对面的人放下水杯，查看完消息，唇角就抑制不住地变了形。

他笑，路西加也抿着嘴巴偷偷笑，两双眼睛这么一对，如同人声鼎沸中，却偏偏与一片寂静撞了满怀。

纠结了一顿饭的时间，路西加还是决定去参加同学聚会。陈铎收到她的消息后很是高兴，在征得了她的同意后，还把她拉进了一个同学群。群里的欢迎仪式热烈，好几个人都是一口一个“女神”叫着，路西加受宠若惊。

卧室里，付河在一旁看着她和群里的同学聊天，感慨地说了句：“人气好高啊。”

路西加想了想，回道：“你如果现在被拉进你的同学群，大概会比我人气更高。”

“哦……”付河苦笑着摇了摇头，“算了。”

露了那一次面，已经给他的生活带来了很多改变。比如从前熬了个大夜后，他会蓬头垢面地去早餐店买吃的，而现在出门前总要顺手拿个口罩和帽子，实在懒了，就把卫衣的帽子一戴，再将领口使劲往上拉，遮住口鼻。本来他以为那一阵颁奖典礼的热度过去就好了，但他显然低估了当代年轻人的无聊程度——很多博主热衷于做各种美男盘点视频，每隔一段时间就会将他的图拉出来遛一遍……甚至，从前他的微博底下都是催他写歌，现在却会混着许多求他发照片的言论。

发照片……

长这么大，他也没拍过几张照片。

“明天我送你去吃饭，吃完我再接你。”

“好啊，”路西加答应得随意，之后，她认真地盯着付河的脸看了几秒，又补充了一句，“那请务必帅一点。”

付河挑了下眉，安静思考。

“我今天还不够帅？”

为了给堂姐堂弟留下好印象，他可是连不常穿的大衣都拎出来了。

一句话勾起了她脑海里电影院的那一幕。想起他在热闹的人群中朝自己走来的样子，路西加忍不住托着脑袋笑了起来。他个子高，身形出挑，再配上那件黑色的大衣，隔着老远都能一下子抓住别人的视线。

“够帅了，”她伸出一只手，拍了拍付河的膝盖，做鼓励状，“那同学，你就看看还有什么能提高的地方吧，查漏补缺。”

“你这话说得……和裴老师挺像，”付河努力给自己查了查漏，最后，朝梳妆台扬了下下巴，“那等会儿给我拿片你的面膜吧，我晚上回去敷一敷。”

路西加愣了愣，她实在想象不出付河敷面膜的样子，抑制不住地笑了起来：“可以！我给你拿片贵的！”

同学聚会比路西加想象中的轻松很多，尽管大家对她都很热情，但聊天时，也没有总让话题停留在她身上。她听着大家这么多年的故事，感慨时间流逝得竟如此之快，曾经那些一起喝过汽水的同窗，有的竟然已经成了爸爸妈妈，他们谈论的话题也从作业、考试变成了工作、加班、房价……好像每个人都是在生活的重压下坚持着自己那一点儿幽默，即便已经累得不行了，也要说一句：“信不信我能一口气吹三瓶。”

热血沸腾的结果，就是大家都喝得有点儿多。聚会结束后，清醒的几个人开始安排大家都要怎么回家，问到路西加，她回了句：“男朋友来接我。”

场上静了几秒，随即便是和上学时类似的起哄声。路西加有些无奈，心里想着，难道八卦真的是人类的本性，无论年岁增长多少都不会改变。

一行人笑闹着走到饭店大厅，路西加朝一旁的等候区望了一眼，没看到付河的身影，便随着其他人一起往门口走。

新年这几天，街上的灯总是格外好看，刚走出饭店大门，路西加就看到了在明晃晃的灯光下站着的人。他仍旧穿着黑色的大衣，戴着黑色的口罩，但相比昨日，路灯打下的昏黄光线为画面添了更多的氛围感，配上夜色，更显浓郁。

路西加还在看着前方发愣，付河已经摘下口罩，大步向她走过来。

喝了点儿酒，意识想法也会变得浅薄。路西加傻愣愣地看着他，心里的想法非常简单——这男人好帅啊。

周围的同学很快看出来这就是路西加的男朋友，说话的、站着的，几乎都将目光移了过来，也有几个人认出了付河便是那个很有名的音乐制作人，震惊过后，他们对望一眼，又不约而同地看向路西加。

到了路西加面前，付河同站在她旁边的几个同学点了点头，随后低声向路西加询问："喝酒了？"

路西加看着他漂亮的眼睛，麻木地点点头。

"喝多了？"付河又问。

路西加摇头，说："我酒量很好。"

付河笑起来，一副没办法的样子。

"好，那我们回去？"

两人来来回回说了这么一会儿悄悄话，才同周围的人告了别。

北方的冬天，夜里还是风大。刚走出一段距离，路西加便已经被冷风吹得清醒了不少。她抱了抱手臂，问付河："你怎么没进去等啊？"

付河将她揽到怀里，又朝漂亮的路灯扬了下头，问她："不觉得站在这种背景下更帅一些吗？"

"啊？"她朝四周望了一圈，叹道，"心机还挺多。"

酒精使得路西加的反应变得很慢，也更加不设防备。两人拐进一条没有路灯，也无人经过的小路，路西加突然一把抱住付河，将整个人都挂在他身上。

付河怕她摔倒，立刻扶住她，问："怎么了？"

路西加仰着一张涨红的脸，小声说：“不过是更帅一点儿……”

付河被她孩子气的样子逗得笑起来。

“既然你这么夸我，那我也得表示表示。”像变魔术似的，他从大衣口袋里摸出两盒仙女棒，“其实刚才是看到有卖仙女棒的，想到你喜欢，就去买了两盒。回来以后看你发消息说已经要结束了，也就没进去。”

看着那两盒仙女棒，恍然间，路西加想起了去年的新年。她躲在落满了灰尘的楼道里给他打电话，外头明月高悬，月光清白。虽然都已经是二十好几的人了，但不知为何，背着家人给他打电话，却有一种在偷偷谈恋爱的刺激感。

那时候她只觉得心跳在安静的楼道里显得格外突兀，她控制不住，就像楼道里的声控灯，总是不听话地暗下去、亮起来，勾得人无端地心猿意马。现在回想，她那时分明就已经在短暂的分别里那么想念他。

好像这样一算，她喜欢上他的时间，也没有那么晚。

仙女棒在两人的指尖燃烧，像花火灯笼一般，照亮了前方漆黑的路。不知不觉，两个人到了小路尽头，前方车流涌动，在踏入那条明显繁华了的广阔道路前，路西加忽然拽住付河的手，仰头同他说：“累了。”

“累了？”

付河有些奇怪，明明今天的路比昨天还要近一些，怎么这么快就累了？

他刚想问路西加是不是喝酒后身体不舒服，眼睛却先一步发现了那不小心露出的酒窝。

付河立刻心下了然，他朝前跨了一步，蹲下了身。

“来，我背你。”

一个是撒娇的技能越来越熟练，一个则是回应得越来越自然。

路西加如愿以偿，笑嘻嘻地趴到付河的背上，等付河站起来后，她在他耳边说：“男朋友情商高就是好。”

付河将她朝上颠了一下，问：“怎么今天嘴巴像抹了蜜一样？”

“夸你还不行……”路西加耍赖般地将下巴戳到他的颈窝，问他，“我重吗？”

“当然不重，”付河很快回，“女朋友怎么会重。”

路西加一直都知道，冬天会让人软弱，因为人都容易眷恋温暖，温暖之下，便会懒散，会觉得幸福不过如此。

此刻便是。

她趴在付河的肩头，将脸埋进他的颈窝，卸掉了所有的力气。她随着他的步伐起伏，像一叶悠闲的小舟，闲散地漂在山水间。

过了一会儿，她将付河的脖子搂得更紧了一些，轻声说：“想一直这样。”

从前一个人走的路很好，现在换成他陪着她，变得更好了。

静了几秒，付河低声回答：“那就一直这样。”

不知是不是因为喝了酒，起起伏伏中，路西加觉得有些头晕。她吸了吸鼻子，突然问：“河水会流到哪里？”

她知道自己的问题有多么无厘头，所以也只是仗着两人亲密，肆无忌惮地问出心里那些奇怪的想法，压根儿没想过付河会回答她。

她想，他就是她的河水。

哪知，车流行人的背景噪音下，付河却侧过头，用脸贴了贴她的额头，说了一句：“到很久很久以后，到一百岁，到你离开这个世界。”

路西加愣住，脑袋里刹那间变得一片空白，只看到地上那两个交叠的影子。

“西加。”

鼻子变得发酸时，付河叫了她一声。

“嗯？”

“我爱你，你知道的吧？”

付河问得很轻，像确认，也像是一次次固执地重复。

路西加昏昏沉沉地想，不清醒的人好像不止她一个。可尽管如此，她还是乖乖地答：“嗯，知道。”

一直都知道。

大结局

时过境迁

那一晚，付河一直把她背回了家，连楼梯都没让她自己上，裴静和路尚源见着他们这个样子，立刻就说路西加怎么还喝了这么多酒。路西加在原地转了个圈，向他们证明自己没喝多，付河则一直笑着看她跟爸妈撒娇，还顺手帮她脱了外套，嘱咐她要早点儿睡觉。

两人在门口依依惜别，终于把门关上后，路西加便像个小鸟一样扑到了裴静身上。

“哎哟，”裴静把她的胳膊拉开，“我穿着睡衣呢，你快去洗个澡，换衣服。”

“好，”路西加哼着小曲，有一搭没一搭地跟裴静聊着天，说着说着，忽然想起一件重要的事，“对了妈妈，我之后可能会经常去云南，我想去教那边山里的孩子跳舞。”

裴静和路尚源都很意外，他们互相看了一眼，确认自己刚才没听错。

“跟你们说的意思呢，就是让你们不要担心，我每次去付河应该都会陪我，能去教他们跳舞，我也挺开心的。”

“啊，好，”裴静清了清嗓子，找回了平日的镇定模样，“那挺好的，喜欢了那么久的事情，干吗不继续喜欢？”

“哦？”像是抓住了对方的错处，路西加同妈妈开玩笑，“你以前可没说过这种话。”

“在我们的心里，当然你开心是最重要的，你喜欢干什么我们就支持你干什么，你不想提的我们就不提。”裴静说，“这么看你这恋爱谈得挺开心啊。”

路西加本来已经进了屋，听到这话，又拉开门，拎着睡衣朝裴静摆了个非常优美的舞蹈姿势。

“那当然了。”

“再开心也不能喝这么多酒，还被背回来。”

路西加赶紧举手投降，再次声明：“我真的没有喝多，我们只是在甜甜蜜蜜地谈恋爱而已。”

路西加也是没想到，隔了几天，他们甜蜜地谈的那个恋爱，竟然能上了热搜。彼时付河已经因为工作先行回了北京，路西加被堂姐的电话吵醒，听完她的话，一个人坐在床上，一头蒙地打开了微博。

照片和视频是在昨天晚上被爆出来的，而网友的钻研能力在八卦这件事上总是表现得格外优秀，不过一晚上的时间，路西加的身份便已经被扒了出来。当然，别人并不知晓她是“唐家”的服装设计师，只是从纪子炎的演唱会纪录片里，发现她是纪子炎的服装师。也有对舞蹈了解一些的，指出她就是多年前那个获奖无数的舞者……

“西加姐姐……对不起，”电话那端，纪子炎有点委屈，“我以前说过我小时候喜欢跳舞但是跳得不好的事情，还说过有个姐姐一直帮我。我也没想到他们会扒出来咱们以前一起跳舞的视频……”

路西加听着奇怪，不明白纪子炎为什么要为这种事道歉。挂了电话，仔细翻了翻热搜广场的实时消息，她才搞清楚——

除开对她和付河的恋爱八卦外，围绕她这个突然出现的女主角的言论大概可以分成两种：一种是激动，说她是当年十几岁就拿奖无数的舞者，没想到这么多年过去，竟然还能看到她的消息；另一种则是唏嘘，说看以前的视频，纪子炎只能在角落里当配角，但如今呢？路西加却成了纪子炎的服装师，要为纪子炎的光芒添彩，真是时过境迁。

时过境迁。

路西加盯着这四个字看了半天，发现自己还真是无法反驳。

这动静闹得这么大，家里但凡是爱上网的人都已经看到了。和路西加的平静不同，路明枝带着弟弟怒气冲冲地到了路西加屋里，先是质问怎么家里这个小破地方还能有狗仔队，之后便非要拍几张路西加的美照发到网上去。

路明枝重重地捶了下床："竟然有人说你配不上付河，我可去他们的吧！他们是眼睛瞎了还是脑子不好使？就我妹妹这个脸蛋，这个才华，这个性格，配付河绰绰有余好吗！"

"就是！"路萧然在一旁扛着三脚架帮腔，"别怕，姐，虽然SEA.G是我偶像，但付河是你男朋友，我的胳膊肘绝对向着你拐！我上学期才修了摄影课，我保证给你拍得不比明星差。"

当事人看着他俩闹，反倒跟个没事人一样，在那儿抱着抱枕笑。其实那些不好的评论路西加也看到了，甚至，还有说得更难听的。当然，也有维护他们的人，在评论区问："SEA.G什么时候成爱豆了？谈个恋爱还需要跟你们报备？"

"笑什么啊？"路明枝皱眉催促，"赶紧的，起来化妆，换上你的漂亮衣服。"

"哎呀，"路西加扬了扬手，又从一旁拿过手机，打开自己的相册，"哪儿用这么麻烦，不就是照片吗，我有的是，每张都好看。"

很少见路西加说这样大言不惭的话，路明枝先是愣了几秒，眨了眨眼，随后便出了口气般大笑起来："就是！这才是我们家的人该有的底气！"

姐弟俩不让路西加看网上那些阴阳怪气的评论，但趁着路西加洗漱的工夫，两个人却在一旁看了半天，一边看一边骂，还跑去跟网友对线。

没办法，路西加只好一个劲儿好脾气地劝他俩不要和莫名其妙的人吵架。

"道理我是都懂，"路明枝喊，"但我憋不住啊！"

"那就不要看手机了嘛，或者你看看你想吃什么，你不是要跟我回北京待几天吗？我带你去吃。"

“我现在顾不上吃，我只想顺着无线信号把这些张口就来的狗东西暴揍一顿！”正气着，路明枝忽然想起来什么，站起身，靠到卫生间的门框上问，“你男朋友呢，没有说什么？”

早上起来以后还没收到付河的消息，路西加一边低头洗去脸上的泡沫一边说：“估计是还没起。”

“没起？”路明枝翻了下手腕，看了眼时间，显然不信，“这都几点了还不起？我跟你说你要多个心眼啊，可别是他原形毕露了。”

将脸上冲洗干净，路西加利落地关上水龙头，抽了张擦脸巾。

她擦着脸回身，竖起一根手指，同路明枝说：“姐，这个世界上，如果还有一个女人没有被男人蛊惑，那一定是你。”

“那当然了。”想到这儿，路明枝就又没好气地“啧”了一声，“虽然说付河是不错吧，但你也要记住，没有人值得你退让。他如果真的哪里做得不对，你该吵就要吵，该闹就要闹，也不许被他什么将功抵过的思路绕进去……”

见路西加还在那儿有条不紊地搽着精华，路明枝恨铁不成钢地戳了下她的肩膀：“听到没？”

“听到啦……”路西加回身，拍拍路明枝的肩膀，“放心吧，我都多大了，又不是小孩，别人的好和不好、对与错我都能分出来。”

“那就行……”路明枝不放心地说，“我就怕你心软的毛病害了你……”

路明枝正要继续给路西加上课，外头的路萧然突然大喊一声：“姐夫发微博了！”

路西加心下一动，面霜也顾不得搽了，立刻迈着小碎步往外跑。可路明枝就挡在洗手间门口，路西加往左，路明枝也往左，路西加往右，路明枝也很快跟过来。

路西加朝堂姐求饶：“快让我去看看！”

路明枝哼了一声：“你看，刚才那么淡定，其实还不是在心里忐忑想着男朋友会怎么做。”

“没有忐忑，”路西加为自己辩驳，“我相信他肯定不会什么都不做，只是有点儿期待他会怎么处理。”

“你啊，”路明枝看着自家妹妹那张脸唏嘘，“你得亏了碰见的是付河……”

这话里的意思太多，路西加却顾不得分析，她索性拉着路明枝一起到了外面，两颗脑袋都凑到路萧然的手机上头，一个比一个着急。

付河的微博很简单，一行字，两张照片。

一张照片是小时候舞台剧表演的大合照，是路西加之前拍照发给他的。像是生怕别人看不懂似的，他还用两颗粉粉嫩嫩的爱心图将两人的脸圈了起来。另一张，则是路西加趴在书桌上，正将脸埋在海鸥的肚皮上。

配文——时过境迁，我总是喜欢你。

路明枝和路萧然都不知道他们两个曾经的渊源，所以面对着这两张照片和那一行表白的字，他们表现出了同样的困惑与震惊。

“这句话是什么意思？”路萧然的嗓门提高了不少，“你们上学的时候就认识？”

而路西加仿佛根本没听到路萧然的问话，就一直看着那第二张照片发愣。看着看着，她突然发现，自己根本回想不起这照片到底是哪一天拍的，拍照的时候发生了什么，海鸥为什么会一脸享受的样子……好像，这只不过是他们之间一个极其普通的瞬间，她没有什么特别的印象，但这个瞬间却是真实地存在着，就像无声流过草地的溪流，早就默默繁盛了一大片青绿。

路西加的心里忽然彻底安静了下来。

其实，早上看到自己莫名其妙出现在了社交平台的热搜榜上，要说一点儿都不心慌是不可能的。虽然她一直在心里告诉自己这不过是个小插曲，也不需要在意别人的那些言论，可在偶尔控制不好心态的时候，她还是会想，这样的事情会不会对他们有什么影响。

直到看到付河发的这张照片，她才突然明白了，原来刚才一直是自己在庸人自扰。

琐碎的日常早就筑成一座光彩夺目的城堡，流言蜚语摧不破，那些小小的波折也根本不值一提。

路西加不算名人，微博号自然也没有公开。她给付河点了个赞，那一个小小的赞很快就淹没在人海之中。

那条微博底下的评论已经炸了锅，对于他们的爱情故事，也有很多种猜测。有人说他们是青梅竹马，有人说是久别重逢、破镜重圆，也有人透过那张初中的照片，看出了付河的望眼欲穿……

朦胧的爱最引人遐想，故事的结尾也理应留有空白。

发了这条微博后，付河就没再对这件事做任何公开回应，而是又单独发了一条微博。

“晚上八点，我在直播间等你。”

没头没尾的一句话，看得网友抓心挠肝。

“什么直播间？”

“有什么是我一个尊贵的微博会员不能看的吗？”

“老公，虽然我支持你谈恋爱，但你能不能把话说全！”

“我也想听……”

“孩子想学学怎么谈恋爱……”

……

不得不说，网上蛮不讲理的人很多，能逗人一笑的人也不少。路西加翻了半天评论，发现连一些付河圈内的朋友都在底下留了一大堆问号，这才去给付河拨了个电话。

电话没响两声就被接起，付河问：“看到微博了吗？”

“嗯，”路西加心情很好地应了一声，“怎么突然想到要去直播间啊？”

“没什么，”付河说，“就是觉得很久没给你放歌听了。”

从前路西加就觉得他们在直播间相遇很是浪漫，后来知道了大数据背后的意义，知道直播间名字的来历，她便更是喜欢这个直播间。

“那干吗还发微博说？”路西加笑，“搞得大家那么好奇。”

“嗯……”付河顿了顿，“谁让他们搞得你心里乱了，那我也搞搞他们的心态。”

路西加一下子笑出来。也是，以前她就发现了，付河这个人还是很记仇的。

晚上，她按照约定到了直播间。像很久以前一样，“红灯舞台”还在放着好听的歌曲，弹幕里仍旧有人在点歌，主播偶尔理一下，但大部分时间是沉默。

直到到了八点钟，主播忽然开麦，问了一句：“你来了吗？”

主播的语气是特别温柔，很难不让直播间的听众疯狂。

思索片刻，路西加选择低调一些，在微信上给付河做了个回复。

于是，直播间里，付河又说：“好，那我开始了。”

对于他今晚会做什么，路西加也在刚刚过去的几个小时里猜测过。她想到了付河或许会放一首他新写的曲子，或许会借着某一首对他们有特别意义的歌曲来向她表白……却唯独没想到，当前奏过后，耳边响起的会是他的歌声。

他的唱功专业，咬字也很清楚，即便看不到歌词，路西加也能将每一个深情的字眼听得真切。

初见是教室门前，
目光离开书卷，
匆匆撞入你的眉眼。
心动于少年，
此后辗转，
山水万年。
人生苦痛你我均未幸免，
独行的路也都已走了太远。
我知时间无法逆转，
可仍想抛却世事变迁，
带你重回那日红灯舞台，
重看锦簇花团。
你可撑我手臂，踮起脚，

我将驻足台下无人空间，
在谢幕一刻，
以我所有所有，
为你喝彩呐喊。

直播间的人数在迅速增多，弹幕也有很多，可路西加都已经看不清了。

歌曲结束后，付河关掉了直播，拨来了电话。

毫不意外，路西加是哭着接听的这通电话。

“又哭了？”付河轻声问。

“嗯，”路西加抹了把眼泪，“还不是因为你……”

歌写得太好，唱得又太动人。

付河低笑了一声，将所有的过错都大包大揽地归到自己身上：“嗯，都怪我。”

他没有让人生按照计划执行，没有早早找到她，人生不过短短几十年，他却有十几年的时间都没有她的消息。

“那给我个弥补的机会？”

“什么机会？”她问。

窗外夜色正浓，他的话如同耳语。

“珍珠耳钉已经买好了，明天我来接你回家，好不好？”

（正文完）

番外一

灌汤包

学校南门口，有一家生意火爆的灌汤包。付河听同桌描述过这家灌汤包有多美味，但他不喜欢早起，不喜欢排队，所以从来都是骑着单车，头也不回地经过那长长的队伍。

——这么说也不大准确，在看到路西加的时候，他当然是回了头的。

因为骑行者的失神，自行车径直冲向了路旁的电线杆，等付河发现时为时已晚，一阵巨响，几乎吸引了那边队伍里全部顾客的目光。

付河不敢回头，也顾不得膝盖上剧烈的疼痛，狼狈地扶起车跑了。等他一瘸一拐到了学校，看见同桌正美滋滋吃着小笼包，顿时气不打一处来。

“你瞪我干什么？”同桌不解，但也不忘关心道，“你腿怎么了？受伤了？”

付河深吸一口气，一边揉着膝盖一边试图将早上那丢人的画面从自己的记忆里删除。

见他不理自己，同桌将桌上的袋子朝他推了推：“吃小笼包吗？你尝尝。”

好不容易把那画面删除了一半，同桌这一句话又给它复原了。

付河心烦，说话也跟着狠起来：“不吃，这辈子都不吃。”

说着不吃，第二天付河就出现在排队的队伍里。

他比平时早起了十分钟，一路将单车骑得飞快。到了地方，没看到想见的人，他便把车骑到一旁的拐角处，支着条大长腿等人。

等看到路西加和另一个小姑娘挽着手走过来，付河才快速停了车，蹿到队伍里。

如他所愿，他顺利地排到了路西加身后。这样的距离，让他甚至可以听清前面两个小姑娘的窃窃私语。

“你买什么馅的呀？”

路西加想也不想，回答：“牛肉的。”

路西加依然扎着高高的马尾，说话时马尾辫跟着轻轻晃动，轻盈可爱。

真好看。付河在心里想。

“你这个狗！你不是不吃么！”

付河还在美好的画面中神游，猝不及防，差点儿被冲过来的人撞出了队伍。他被挂在自己脖子上的人压弯了腰，还很小心地控制着自己的身体，让自己不要碰到前面的路西加。

“你下来……”他攥着同桌的胳膊，咬牙道。

“我就不，哎呦呦，昨天是谁说这辈子都不吃啊？让我看看，我们付公子打算买什么馅？”

男孩子之间的打闹聒噪又幼稚，引得队伍里不少人都探头望过来。察觉到前面的路西加也好奇地回了身，付河忙背过身去，不让她看见自己的脸。

太丢人了。

付河没想到，自己预设的美好相遇会出现这样的差错。

“快说啊，买什么馅的？”

付河想让同桌闭嘴，又不好在路西加面前动粗，只好说：“牛肉的。”

“哎，我就说嘛，牛肉的真的超好吃，昨天给你吃你还不吃……”

终于把同桌的胳膊拽下来，不等他把话说完，付河就紧绷着下颌把他朝队伍外一推：“后面排队去。”

耳边清净了，队伍也朝前走了。付河听到路西加跟老板说要一屉牛肉馅的，老板则乐呵呵地答：“小姑娘运气好啊，最后一屉了。”

“啊？”

这样的话，好像并没有让路西加开心起来。

“等一下……”她忽然开口，制止了老板的动作，“要不我要猪肉的吧。”

“啊？你怎么不要牛肉的了？”站在旁边的女生奇怪道，“你不是刚刚还说要吃牛肉的？”

路西加不慌不忙，笑眯眯地答：“昨天就吃的牛肉的，今天尝尝别的也不错。”

付河不知道自己是不是可以自作多情一下，因为那时他觉得，这份牛肉灌汤包，路西加应该是留给他的。

路西加离开时并没有回头，付河知道，她不认识自己。但即便是个陌生人，路西加也会不图回报地释放出自己的善良。她从来都是这样。

番外二

转角处

在原本应该高考的那天，付河请了假。工地的领班见他请假还很奇怪：“老刘和老高请假是因为他们儿子高考，你干吗去？”

付河摘下已经快变成黑色的手套，一直没说话。领班早就习惯了他沉默寡言的性子，也不追问，就只是拍了拍他的肩膀，小声说：“行了，你要有事就去办，今天缺人，这样，你下午要是能过来就过来，钱我还给你算一天的。”

付河年轻能干，又从不惹事，领班一直比较照顾他。

付河想了想，点点头。

也行，道个别的话，半天就够了。

他去了附近的一所高中，在校门口旁边挑了一间干净的米线店，坐在靠窗的位置。还没到考试结束的时间，校门口却已经聚集了很多接孩子的家长，甚至有的家长像是从早上来了就没走，正在开着窗的车里小憩。

高考对学生来说是件大事，对家长来说又何尝不是。

破旧的手机被来来回回摁亮了很多次，应用列表翻来翻去，最后界面终于停在一只小企鹅上。

付河犹豫了几秒，才点开小企鹅——这个时间，大家都在考试，即便登录 QQ 应该也没人注意到。

班级群里又积攒了很多消息，付河大概翻了翻，基本都是对高考的一些讨论和祝福。还有人提到毕业照，看样子是前些天已经照过了。

没什么表情地看完，付河又照例找到列表里的那个小女孩。很巧的是，在点开和她的对话框后，她的状态变成了在线。

也是，今天高一、高二年级都放假了。

以前还在上学的时候，付河总是在这个聊天框敲敲打打，想和路西加说些什么。可是每次又都是打完字再一一删干净，他会拼命地用理智说服自己，要再忍一忍。

那时是打了字不敢发出去，现在的他却是连字都不敢打了。

盯着空空的聊天框看了很久，付河忽然意识到，这个对话框里大概这辈子都不会再有任何消息了。这个念头出来的时候，他的身体里被一阵酸麻的感觉席卷，力气也跟着被抽走，胳膊沉重得像是连着干了一星期的活。那一刻，他说不清到底是害怕多一些，还是遗憾多一些，抑或是不甘、委屈，好像都有，可他也知道，这些情绪都没有用。他们短暂的相遇已经到此为止，这是他必须接受的现实。

这所高中很小，考生不算多，但到了考试结束的时候，人群仍旧是成簇地涌了出来，米线店里一下子挤满了人。

“你看，我就说嘛，就应该我们提前给你打包好带回酒店。”一位妈妈进店后就忍不住唠叨，“这里都没位置了，等吃完都不知道有没有时间午休了。”

回答她的是一个胖胖的小伙子：“米线当然得在店里吃了，打包回去的就不好吃了。睡觉重要，但吃好更重要。”

听到他们的对话，付河扭头，朝四周环视了一圈，发现确实所有的位置都已经坐满了。面前的米线几乎还没动，他草草往嘴里塞了两筷子，便起身。

“阿姨，你们来这坐吧。”

那位妈妈有些惊讶，指了指他那一锅米线：“你不吃了呀？这还剩好多呢。”

付河没说话，扯着唇角摇摇头，拿上桌上的手机，作势要让出长凳。

许是见不得他浪费粮食，那位妈妈连忙拦住他，又拉着儿子坐到他的对面，连连说拼个桌就行。于是这顿饭莫名变成了三人餐，付河一边吃，一边听着对面的母子聊天。

一般来说，考生考完最好不要谈论考得怎样，但眼前的这个男生显然有一颗强大的心脏，等餐的工夫里，一直跟妈妈说自己语文考得怎么样，填空有几个不会填。

“这句我记不清了，不知道我写得对不对，回去我要查一查。”

“哎呦，”妈妈不赞同，“还查什么，回去赶紧睡觉准备下午的考试。”

“不行！不查我中午可睡不着。”

听到这儿，付河忍不住开口道：“你写得对，不用查。”

男生胖乎乎的脸上闪出惊喜的表情：“你也是考生吗？”

付河顿了顿，自觉失言，随后摇了摇头。

那位妈妈也跟着好奇：“你是哪一届呀？已经上大学了？”

付河沉默了一会儿，说：“没有，我在附近干活。”

原本还算热络的氛围因为这句话冷了下来，妈妈好像意识到他们问了不该问的问题，结结巴巴地转移话题。好在他们的米线很快上了桌，两个人便开始不住夸赞米线好吃。

付河很快用完餐，礼貌地和母子二人道别，顺便祝福男生在接下来的考试里都能取得好成绩。

走出餐馆时街上依旧还算热闹，他揣着兜，和几个穿着校服的学生擦生而过，然后终于忍不住，转过了身子，倒退着继续走。

视野中的一切好像都是飘着的，一直在晃来晃去，那所学校的校门不如他的高中漂亮，可他知道，那里面也有一个又一个的梦。

他一直后退，前方的路也就变得更加遥远。直到视线中的校门越来越小，他走到一个拐角，一个转身，便再也看不到那个象牙塔里的世界了。

他的曾经，他的未来，他喜欢却又还没来得及喜欢的女生，好像都随着这个猝不及防的转弯，消失在了他的世界里。

番外三
跟我走

路西加和付河去领证的那一天，北京的天是难得的蓝。

付河收拾得快，跟路西加说要下楼等她。他提前在附近的花店订了一束花，店长亲自给他送过来，还说了一句："祝你们永远幸福。"

付河的心情因为这束花和这句祝福而变得更好，随后，又因为路西加的出现而到达顶峰。

在一起这么久，付河不是没见过路西加盛装打扮的样子。他见过她穿旗袍、穿礼服，或是穿着看上去波光粼粼的真丝睡衣，无论哪一种，都能轻易让他贪恋。付河以为他已经习惯了她的美，可在这天，当她穿着一件叠着花波浪边的白裙子冲出来，越过层叠的阳光，朝他奔来时，他好像一下子回到了当初第一次见她的那间教室。

不会习惯的。他后知后觉地明白，原来心动从来都不会只有一瞬。

见付河看着自己发呆，路西加晃晃他的胳膊，仰头问："干吗？不好看呀？"

她一向对自己的手艺很自信，可在今天，也免不了紧张起来。

路西加还在思索衣服的种种细节是否合适，付河已经牵起她的手："好看，太漂亮了。"

他将她的手攥得很紧，就连等红灯的时间，都要凑过来再牵她。

北京还是那个北京，路上还是很堵，人还是很多，无论到哪里，都能排起长长的队伍。

等候的时候，路西加看了一圈，发现每个人脸上都是激动、喜悦的表情，别人都在说说笑笑，唯独付河将唇角抿得很紧。

看出他是在压抑着情绪，路西加用自己的手指挠了挠付河的手心，问他：“花是你选的吗？”

别人手里捧着的都是玫瑰、百合，但她手里，是白色的洋桔梗和紫罗兰。

付河低头看向那束花，应：“嗯。”

“洋桔梗和紫罗兰……花语是什么？”

“不变的爱给唯一的你，让我们抓住幸福的机会。”付河说。

两种花的花语刚好能连成一句话，而说着这话的人，眼里闪着坚定的光芒。

路西加忽然想到，前些天自己回家，堂姐还在敲打她，让她对婚姻不要太过理想化。可她现在觉得，其实付河是更加理想化的那个。

他会坚持要买一栋新房子，还要装修成路西加喜欢的样子。谈到婚礼，他会问路西加喜欢什么样子的，然后准备好将近十种方案，再和路西加一起讨论。他也会为了今天特地去选一束花，并且将花语记在心里，说给她听。

路西加记得，有一次朋友在微信里向她抱怨，说男朋友对婚礼的事情一点儿都不上心，问什么都是“都可以”，问什么都没想法，搞得每次都是她去和婚庆公司对接。

彼时她正坐在地毯上，面前就是一堆认真准备的婚礼方案。那一刻，路西加就发现，朋友说的那种情况在他和付河之间完全没有出现过，因为只要涉及到他们的事情，付河永远主动。

身旁的人将她拥在怀里，让她舒服地靠在自己的胸膛，才问她：“怎么样，更喜欢哪一种？或者都不喜欢的话，你告诉我你喜欢什么样子的。”

路西加笑吟吟地问：“我想要什么样子的都会有吗？”

其实她是很期待婚礼的，她早就给付河和自己设计了很多套漂亮的衣服，都是准备在婚礼的时候穿。

“嗯，你想要什么样的都可以。”付河低声说。

“付老板这么有钱呀？”路西加问，“那如果想在城堡，或者想在海边，也都可以吗？”

“可以。”付河说，“钱没了可以再赚，但婚礼很重要。”

他说这话时，也是用着稀松平常的语气，让路西加觉得，散尽千金这件事对付老板来说也不过如此。

最终，他们决定在森林里举行，因为路西加觉得阳光穿过树木的样子很漂亮，像是多年之后，终于守得云开的样子。

上午十点半，终于轮到他们办理结婚登记。路西加昨晚还在猜测自己今天会不会掉眼泪，可没想到，在宣誓台上竟然是付河先红了眼眶。

路西加关切地看他，他就捧起她的脸，在她唇上轻轻地亲了一下。

晚上，路西加趴到付河的怀里，小声问他，今天是不是差点儿哭了。

付河“嗯”了一声，诚实地说：“已经哭了。”

眼泪就在眼眶里打转，他憋了好久。

“这么开心啊？”

付河承认得坦然，他告诉路西加，这是他这辈子最高兴的一天。

路西加轻笑着追问：“比拿了最佳作曲、最佳制作人还高兴么？”

“没有可比性。”他说，“你是……”

停顿片刻，付河斟酌了很多词语，最后才说：“唯一的惊喜。”

努力可以成就很多事，他在困苦的时候坚持写歌，把所有来自生活的苦难变成创作的灵感，正因为在那时没有放弃自己的天赋，他才能有后来的机会。细究起来，这些事情都有因果，都有迹可循。

可唯独路西加不是。他有时候会想，如果老天对他再残忍一些，那完全可以让他们永远不再遇见，或是偶然间他再次在人海中看到了她，可她身边早就有了一个可以相伴一生的人，他还是她眼中的陌生人。如果这样的话，路西加未必不会幸福，可付河一定不会再幸福。

所以，她来到他身边，就是他生命中唯一的惊喜。

“我突然在想，结婚那天我要怎么办啊？”付河说。

“嗯？”

黑暗中，付河将路西加又抱紧了一些："我的眼泪一定会掉下来。"

他不敢想象，当路西加穿着婚纱站在他面前，会是怎样的画面，那可是穿件校服、扎个马尾，就已经让他念念不忘的人。

路西加笑了两声，认真给出一个解决方案："那我比你哭得更惨一些就好了。"

他们又聊了很久，后来路西加困了，付河便一下下拍着她的肩膀，轻声哄她："睡吧。"

意识挣扎间，路西加朝上蹭了蹭，用额头贴上付河的脸，叫了他的名字："付河。"

"嗯？"

"以后我们就有家了。"

原本的睡意被这句话驱散了个干净，付河的脑袋有些懵，这句话的余音好像荡了好久。

那晚付河做了个梦，梦见了他为了路西加偷偷回到家的那次。路西加不知道的是，其实那天刚下火车他就被债主堵住了，他们人很多，他没打过，在旧仓库里被打得浑身是血。

债主让他快点儿替他爸还钱，他低着头想了一会儿，认真地说："他欠的钱我只能慢慢还你们，之前也一直在还。如果你们一定现在就要的话……那你们打死我吧，我也算是解脱了。"

许是他说得太真诚，完全不像是在耍混，债主皱了下眉头，一时间没上接话。

架着他的小弟们也不知道这是什么情况，但手上已经没有十分用力。

停了几秒，付河轻轻挣开了身旁的人，挺直身子，说了一句："明天再打吧，我还有点事想办。"

那天晚上放烟花的时候他的手都在抖，因为太疼了。没来得及擦掉的血液还留在伤口周围，夜风一吹，便凝成了痂。

到这里，梦里还都是曾经真实发生的场景。但是镜头转换，付河听到背后有人叫他，便回了头。

夜空下，路西加穿着一条白色的裙子，像今天这样，义无反顾地朝他奔过来。她好像全然不介意他满身的伤和脏兮兮的衣服，就那样自然地抱住他的手臂，笑着说："付河，你跟我走吧。"

烟花热烈地绽放，夜风不比阳光冷。

那一刻付河觉得他不想死了，因为在她朝他奔来的时候，他就幻想了他们满头白发的样子。

图书在版编目（CIP）数据

烟花情书 / 十邮著. -- 长沙 : 湖南文艺出版社,
2023.7
ISBN 978-7-5726-1228-2

Ⅰ. ①烟… Ⅱ. ①十… Ⅲ. ①长篇小说－中国－当代
Ⅳ. ①I247.5

中国国家版本馆CIP数据核字(2023)第104508号

烟花情书
YANHUA QINGSHU

作　　者：十　邮
出 版 人：陈新文
责任编辑：李　阔
出版统筹：邓　理
策划编辑：谌　俊
装帧设计：张娅君
内文设计：杨　露
封面绘制：志志超
封面字体：南北方
插图绘制：早文吕　柠檬漫游　王点点　齐桑树　朝时予幸
出版发行：湖南文艺出版社
（长沙市雨花区东二环一段508号　邮编：410014）
网　　址：www.hnwy.net
印　　刷：湖南天闻新华印务有限公司
经　　销：新华书店
开　　本：150 mm×210 mm　1/32
字　　数：302千字
印　　张：10.25
版　　次：2023年7月第1版
印　　次：2023年7月第1次印刷
书　　号：ISBN 978-7-5726-1228-2
定　　价：45.00元